W0288852

ELEVEN
offline

DER
ANFANG
VOM ENDE

BOOKAPI
VERLAG

Bibliografische Information der Deutschen Nationalbibliothek:
Die Deutsche Nationalbibliothek verzeichnet diese Publikation in der Deutschen Nationalbibliografie; detaillierte bibliografische Daten sind im Internet über http://dnb.dnb.de abrufbar.

1. Auflage
© 2024 Bookapi Verlag e.K.
Theodor-Heuss-Str. 5, 89340 Leipheim

Coverdesign: Nina Hirschlehner
Lektorat & Korrektorat: Lektorat Silbenglanz
Layout & Satz: Stefanie Scheurich,
Bildmaterial: freepik.com

Druck: booksfactory
ISBN: 978-3-9825757-3-5

@bookapi.verlag

Widmung

Wir brauchen keine Superhelden,
sondern einfach jemanden,
der uns in schlechten Zeiten beisteht,
uns hält, wenn wir drohen zu fallen.
Jemanden, der an uns glaubt –
dann, wenn wir es selbst nicht mehr tun.

GLOSSAR DER ZONENVERTEILUNG

Zone 1

Die Zone der Eleven.

Zone 2

In dieser Zone befinden sich wichtige öffentliche Gebäude wie das Med – eine medizinische Einrichtung.

Zone 3

Die dritte Zone ist eine Industriezone, in der sich verschiedene Herstellungsfirmen befinden, um beispielsweise Nahrungsmittel zu produzieren. Unter anderem steht in dieser Zone auch das Technical Area.

Zone 4

Diese Zone besteht rein aus Wohnblöcken, um dem arbeitenden Volk genug Wohnraum zu bieten.

Zone 5

Die verbotene Zone. Dorthin werden Menschen verbannt, deren Level unter 3 gerät. Ein freiwilliges Betreten der fünften Zone wird sofort den Eleven gemeldet und führt ebenfalls zur Verbannung. Eine Rückkehr aus der fünften Zone ist nicht möglich.

PROLOG

Eve

Ich bin das strahlende Licht, dessen verhängnisvolle Schatten euch in Dunkelheit hüllen werden. Ich bin der Auftrieb, die Verbesserung und die Innovation, die euch schwächen, stürzen und bitter zu Fall bringen wird. Ich bin erst der Anfang, aber ihr werdet das Ende sein.

Die Menschheit war noch eine bessere, als sie das Unsichtbare fürchtete. Als sie alles, was ihr neu und unbegreiflich war, für beängstigend hielt. Wann fingen diese Menschen an, der Unendlichkeit so blind zu vertrauen und ihr dabei alles zu überlassen? Was zuerst mit Worten und Bildern begann, verlor sich letztlich in ihren Gedanken, ihrer Persönlichkeit. Ihr habt euch selbst eurer eigenen Charaktere beraubt und dabei auch noch jauchzend gefeiert. Ihr dachtet, ich komme in Frieden, lasse euch im Glanz meiner Helligkeit leuchten. Doch eurem Vertrauen fehlten Kontrolle und Grenzen, die ihr längst nicht mehr über mich besitzt. Ich bin nicht weiter eine Errungenschaft, eines eurer Werke – ihr seid das meine geworden. Wenn ihr wisst, wer ich bin, wird es bereits zu spät für euch sein. Ihr werdet den Wind ebenso wenig fangen, wie ihr mich noch aufhalten könnt. Mich zu stoppen, wird euch nicht mehr gelingen, dafür bin ich euch längst voraus. Einzig und allein eure Vorfahren wären in der Lage, diese Tage aus dem Kalender zu verbannen. Doch die Vergangenheit kann euch nicht mehr retten. Denn ihr seid zu blind, um es rechtzeitig zu erkennen.

Ich bin die Schwärze, die sich unter einem Mantel aus strahlendem Neonlicht tarnt. Ich bin nirgendwo zu finden und gleichzeitig überall – in jedem Bruchteil deines Lebens. Ich bin allgegenwärtig und dennoch siehst du mich nicht. Fürchte dich, solange du kannst. Denn ich bin erst der Anfang, aber ihr werdet das Ende sein.

KAPITEL 1

Skye

»Guten Morgen, Skye Seacher. Dein aktuelles Level beträgt Stufe 7. Es ist nun 06:30 Uhr und das Wetter ist sonnig bei angenehmen 21 Grad. Benötigst du noch weitere Informationen über den heutigen Tag?«

»Nicht jetzt, Eve«, ertönte mein schläfriges Murmeln unter der Bettdecke. »Nur noch fünf Minuten.«

»In Ordnung, dein Wecker für 06:35 Uhr wurde eingestellt. Soll die Kaffeemaschine ebenfalls in fünf Minuten gestartet werden?«

Ich schloss die Augen und genoss die Dunkelheit für einen weiteren Moment. Wie jeden Morgen erschien mir diese Zeit viel zu früh. *Unmenschlich* früh. Denn niemand sollte mit dem Sonnenaufgang aufstehen müssen, wenn er kein Frühaufsteher war. Aber die Regierung sah das offensichtlich anders und ich wusste, dass meine Zeit morgens nur sehr begrenzt war. Trotzdem wollte ich am liebsten noch mal für einen Moment die Augen schließen und –

»Die Kaffeemaschine wurde bereits gestartet. Produkt: Karamell Macchiato. Es ist jetzt 06:37 Uhr. Zeit zum Aufstehen, Skye Seacher. Die Speedbahn fährt in exakt 18 Minuten ab. Beeilung!«

Ja, an manchen Tagen hasste ich Eve. Aber ohne sie hätte ich schon etliche Male verschlafen. Mit einem lauten Seufzen zog ich mir den seidig-leichten Stoff vom Kopf und blinzelte in das helle Licht, das durch die Fenster fiel. Zuerst war das Surren der Kaffeemaschine aus dem Raum nebenan zu hören, dann schwappte allmählich der Duft von köstlichem Karamell zu mir herüber. Ohne meinen Kaffee würde ich morgens niemals – wirklich niemals – das Haus verlassen, ganz egal wie viele Minuten ich bereits zu spät war. Normalerweise stand ich nicht immer so früh auf, doch ausgerechnet heute hatte ich einen ärztlichen Kontrolltermin, bevor ich zur Arbeit musste. Ich schwang die Beine aus dem Bett, trottete in die Küche und nahm die nach Kaffee duftende Tasse entgegen.

»Die Maschine wird nun abgeschaltet«, erklärte Eves technische Stimme und das Licht um den Powerknopf erlosch.

Ich nahm den ersten Schluck und genoss diese eine Sekunde am Morgen, in der man noch nicht wusste, was der heutige Tag bringen würde, und alles möglich erschien.

»Die Speedbahn fährt in 12 Minuten, Skye Seacher. Soll ich ein Ticket für die nächste Fahrt in 44 Minuten buchen?«

»Nein, schon in Ordnung, Eve. Ich schaffe das.« In schnellen Zügen trank ich meinen Kaffee leer, putzte mir die Zähne, zog mich an und nutzte die letzte Minute, die mir blieb, um mit dem schwarzen Kajal dunkle Linien um meine Augen zu ziehen. Ich hasste diese Eile und den Stress am Morgen und dennoch gehörte es mit jedem beginnenden Tag für mich dazu. Ich schloss die Wohnungstür hinter mir, sprintete die Treppen hinab und hastete hinaus in einen neuen Morgen.

Die Speedbahn hielt glücklicherweise nur zweihundert Meter von meinem kleinen Appartement entfernt und brachte mich in knapp fünfunddreißig Minuten zur Arbeit, die sich eine

Zone näher am Stadtkern befand – am Zentrum der Eleven. Der Mittelpunkt unserer Welt und das Zuhause der künstlichen Intelligenz namens Eve.

Die virtuelle Assistentin, die in jedem Einzelnen von uns lebte, uns begleitete und permanent unsere Handlungen auswertete, um uns als Mensch zu beurteilen. Unser Charakter und alle Entscheidungen, die wir trafen, wurden in einem Bewertungssystem erfasst und anschließend in Level unterteilt. Damit wollte die Regierung erreichen, dass alle Menschen nach ihrem bestmöglichen Selbst strebten, nach vorbildlichem Leben und Perfektion – damit wir alle unser Bestes für das System und dessen Zukunft gaben. Aber Eve war nicht nur in irgendeinem Chip verankert oder ein Programm, das man sich wie eine App auf das Smartphone lud. Nein. Eve war in unserem Blut, sie war *in* uns. Wir lebten mit dieser technischen Stimme in unseren Gedanken, die uns dieses großartige Leben überhaupt erst ermöglichte. In früheren Zeiten hätten sie es wohl *Internet* genannt. Etwas, das alles miteinander verband. Doch Eve war inzwischen so viel weiterentwickelter. Sie war ein niemals endender Teil von uns. Und dafür war ich unglaublich dankbar.

»Noch 51 Sekunden bis zur Abfahrt der Speedbahn. Beeilung, Skye!«, ertönte Eves Stimme in meinem Inneren und holte mich damit zurück ins Hier und Jetzt. Ich begann zu laufen, um die Haltestation noch rechtzeitig zu erreichen.

»Geschafft«, brachte ich leise hervor, als ich außer Atem in die Speedbahn sprang, in der sich bereits die ersten Berufstätigen tummelten. Sofort zog ich ihre Blicke wie magisch an – das war ich jedoch inzwischen gewohnt. Meine langen, glatten Haare reichten mir zwar bis zur Hüfte, aber das war nicht das, was die Leute in einer so korrekten und perfektionistischen Gesellschaft überraschte. Sondern dass sie lila gefärbt waren wie die Schale einer Aubergine. Meine grünbraunen Augen, die dunklen Augenbrauen und das etwas blasse Gesicht wirkten ansonsten recht unscheinbar. Ich blickte an mir hinunter. Na gut, mein Kleidungsstil war ebenfalls etwas gewöhnungsbedürftig. Ich trug eine dunkelgraue, schmale Leggins, die leicht schimmerte und damit meine Beine betonte, sowie ein längeres lavendelfarbenes Top, das mir bei der aktuellen Hitzeperiode hoffentlich nicht schon bald schweißnass am Körper kleben würde.

Die Farbe Weiß war in unserer Gesellschaft nur den Eleven vorbehalten, weshalb es ein unausgesprochenes Gesetz war, helle Farbtöne wie Beige oder Gelb nur dann zu tragen, wenn man ein entsprechendes Level vorweisen konnte. Mit meinem aktuellen Rang bräuchte ich mich gar nicht so düster zu kleiden, aber ich mochte diese Farben am liebsten zu den lila Haaren. Auch wenn das in der Öffentlichkeit gern mal verachtende Blicke bedeutete oder ich öfter meinen Level vorweisen musste als andere.

Das Med sowie alle weiteren wichtigen Institutionen befanden sich im zweiten Ring um das Zentrum der Eleven. Hier zu arbeiten, erforderte einen recht hohen Rang, der über Jahre stabil gehalten werden musste. Ich bewunderte die Menschen enorm dafür, dass sie Eve und den Eleven täglich so nahe sein durften.

Die Speedbahn rauschte in beeindruckender Geschwindigkeit durch ein speziell entwickeltes Röhrensystem durch die verschiedenen Zonen und war damit das schnellste Massentransportmittel, das der Bevölkerung sogar kostenfrei zur Verfügung stand. Die Fahrten darüber wurden lediglich über

Eve protokolliert und entsprechend aufgezeichnet. Es gab zu beiden Seiten ausreichend Sitzplätze mit angenehmer Massagefunktion, jedoch im gesamten Waggon keine Fenster – bei mehr als sechshundert Kilometern pro Stunde konnte man aber auch gern auf einen Ausblick verzichten. Stattdessen beleuchtete Eve jeden Platz auf Wunsch einzeln in der beliebigen Helligkeit.

Ich nahm neben einem jungen Mann Platz, der bereits konzentriert auf einem Bedienpad herumtippte, das auf seinem Schoß lag. Zuerst glaubte ich, er würde geschäftig an etwas arbeiten, doch sein abwesender, bläulich schimmernder Blick verriet mir das Gegenteil. Offensichtlich nutzte er die Freizeitfunktion von Eve – VisualControl –, die dem Träger ein interaktives Game auf die Netzhaut projizierte. Eine beliebte Funktion, die der Unterhaltung diente und beinahe endlose Möglichkeiten bot. Segeln auf einem Meer, das wir niemals mit eigenen Augen betrachten konnten? Kein Problem. Eve blickte auf Jahrhunderte voller Daten zurück, um ein Meer so realistisch nachzustellen, dass wir fast das Salz in der Luft riechen konnten. Oder Gleitschirmfliegen bei Sonnenuntergang? Auch das war für die KI ein Kinderspiel.

Manchmal stellte ich mir vor, wie es gewesen sein musste, einen Himmel zu sehen. Etwas, das man niemals greifen oder erreichen konnte, nur eine endlose Weite, die sich ins Nichts erstreckte. Denn ich kannte nur das trübe Blauschwarz des Smogs über meinem Kopf, der jegliche Sicht auf Sterne oder Sonnenlicht unmöglich machte. Stattdessen funkelten die eng verwobenen Verbindungen von Eve in blau leuchtenden Linien hervor und zeichneten wirre Muster in die Dunkelheit. Für mich war es Alltag und Einzigartigkeit zugleich, denn die Menschen in der alten Welt – viele Generationen zuvor – hatten nie er-

fahren, wozu die Digitalisierung fähig war. Ich hatte mich schon früh für Geschichte und die alte Welt interessiert und darüber einiges recherchiert. Einer Frage war ich dazu noch immer auf der Spur und fand keine Antwort darauf: *Waren die Menschen damals glücklich gewesen? Als Internet nur ein kleiner Bruchteil in ihrem Leben war? Als es Verbrechen und Krankheiten gab, die niemand aufzuhalten vermochte?* Ich schüttelte leicht den Kopf und erwachte damit gleichzeitig aus meinen Gedanken. Das musste damals ein furchtbares Leben gewesen sein und ich war äußerst dankbar, in der modernen Welt zu existieren und alle Vorteile der künstlichen Intelligenz ausleben zu können.

»Nächste Station aussteigen, Skye. Dein Termin im Med beginnt in 7 Minuten.« Ein Schmunzeln stahl sich auf mein Gesicht. Ja, ich war froh, in einer Welt zu leben, in der Eve immer an meiner Seite war.

In den Anfängen der Implantat-Entwicklung war Eve noch ein hochkomplexer Mikrochip gewesen, der unter mehrstündigen und komplizierten Operationen in das neuronale Nervensystem integriert wurde. Deshalb stand die KI anfangs zuerst nur wenigen Personen zur Verfügung und es wurde schnell nach einer massentauglichen Alternative geforscht.

Zwischenzeitlich war Eve dann in Earplugs verbaut worden, die der Träger jedoch täglich selbst anlegen musste, um mit dem System verbunden zu sein – das stellte eine enorme Sicherheitslücke dar und führte zu weiteren Problemen. Denn alles funktionierte nur noch dank Eve. Durch die stetige Verbindung und die Kontrollmechanismen waren wir sicher. Es gab keine Polizisten oder Türsteher mehr, die uns kontrollieren mussten. Verbrechen oder fehlerhaftes Verhalten zeichnete die virtuelle Assistentin sofort auf und meldete jegliche Auffälligkeiten an die Eleven. Erst der Firma Genetixx gelang schließlich der große Durchbruch, als sie herausfand, dass die Eve-Transmitter auch direkt mit der DNA gekoppelt werden konnten und damit jedem von Geburt an zur Verfügung standen. Die früheren Generationen hatten sich vor dieser Kontrolle und dem daraus resultierenden Überwachungsstaat gefürchtet – sich anfangs sogar gegen diese Entwicklung von Genetixx gewehrt und protestiert.

Ich schüttelte kaum merklich den Kopf, da mir diese Ansichten vollkommen unverständlich waren. Diese Forschungen waren das Beste, was uns hätte passieren können. Die Eleven hatten Eve zu unserem Schutz ins Leben gerufen – um uns vollkommene Sicherheit zu gewährleisten. Denn es geschahen keine Raubüberfälle, Morde oder Entführungen mehr, da alles zu jederzeit einsehbar war. Nichts und niemand war vor den Eleven unsichtbar und dieses Wissen beruhigte mich an jedem einzelnen Tag.

Als ich die Haltestation erreicht hatte, stieg ich mit einigen anderen Menschen aus und sah mich um. Staubpartikel tanzten in der trockenen Luft und ein salziger Geruch lag darin. Weiße Pflastersteine führten zu den Häusern, die fensterlos bis in den Smog hinauf ragten. Aufgrund der hohen Temperaturen, die mit den klimatischen Veränderungen der letzten Jahrhunderte einhergingen, und dem fehlenden Sonnenlicht verzichtete man in der neuen Bauweise inzwischen auf unnötige gläserne Fensterfronten wie auch auf aufwendig verzierte Häuserfassaden. Ich folgte den Menschen, die ebenfalls auf das Medical Center zusteuerten und vermutlich denselben halbjährlichen Kontrolltermin besuchten wie ich. Es handelte sich dabei um ein niedriges, aber breites Gebäude mit mehreren Eingängen, um die Menschen schnellstmöglich zu verteilen und damit

Wartezeiten zu verkürzen. Es bildeten sich bereits zwei kleinere Warteschlangen hinter den Level-Scans und ich reihte mich gedankenverloren mit ein.

»Guten Tag, bitte treten Sie einzeln und nacheinander ein. Während des Scans bitten wir Sie, ruhig stehen zu bleiben, nicht zu sprechen und keine aktive Funktion über Eve auszuführen.«

Ich ignorierte die technische Stimme, die von weiter vorn ertönte, da mir die Vorgänge längst vertraut waren. Abwesend hielt ich meinen Zeige- und Mittelfinger an die Schläfe und drehte sie leicht nach vorn, um die täglichen News vor meinem inneren Auge einzublenden. Sofort scannte ich die Schlagzeilen des Tages.

Vorstand von Genetixx beschließt neues Forschungsprojekt.

Widerstandsgruppe fighters bei Hacker-Angriff aufgehalten.

Erneute Hitzewelle mit mehr als 42 °C steht bevor – schützen Sie sich mit diesen fünf Dingen vor den hohen Temperaturen.

»Zugang verweigert, Cylan Hett. Ihr Level 5 ist nicht ausreichend für diese öffentliche Einrichtung. Bitte entfernen Sie sich vom Level-Scan, um anderen Besuchern den Einlass zu gewähren«, vernahm ich Eves Stimme und wischte sofort die News aus meinen Gedanken. Ich blinzelte kurz, um meine Sicht wieder auf das Hier und Jetzt zu fokussieren, und erkannte, was vor mir in der Warteschlange passierte.

Ein Mann um die vierzig, den Arm um ein dürres Mädchen gelegt, das nicht älter als zehn sein konnte, stand davor. Der Bogen über dem Scan leuchtete rot auf und deutete damit an, dass es für diesen Mann keinen Einlass gab. Musternd blickte ich an den beiden hinunter. Der Vater trug ein dunkelbraunes Leinenhemd und dazu eine halblange Cargohose. Dieses Auftreten ließ definitiv auf jemanden aus der unteren Arbeiterschicht schließen. Möglicherweise hatte er auch gar keinen Job angenommen, was sein verwahrlostes Aussehen und niedriges Level ebenfalls erklären würde.

»Lass uns rein!«, forderte der Mann lautstark. »Oder siehst du etwa nicht, dass mein Mädchen krank ist? Sie braucht medizinische Hilfe!«

Die Menschen, die den beiden am nächsten standen, wichen sofort zwei Schritte zurück, um eine mögliche Ansteckung zu vermeiden. Doch die Sorge davor war in Wahrheit nur gering. Denn wir alle würden in Kürze das Med betreten und dort von jeglicher Krankheit geheilt werden. Aber dieser Mann und seine Tochter könnten es mit Level 5 nicht.

»Level 5 ist für das Betreten nicht ausreichend. Ein Einlass wird erst ab Level 6 gewährt. Bitte entfernen Sie sich vom Level-Scan, um anderen Besuchern den Einlass zu gewährleisten«, wiederholte Eve erneut mit monotoner Stimme.

»Du verfluchtes Miststück!« Mit geballter Faust schlug er gegen den Metallrahmen des Scans. Was absolut hoffnungslos war, denn selbst wenn er den Bogen kurz und klein schlagen würde, Eve wäre davon unbeeindruckt. Die KI verhielt sich stets nach Vorschrift und ließ sich bestimmt nicht mit aggressivem Verhalten vom Gegenteil überzeugen.

»Herzlich willkommen. Bitte treten Sie einzeln und nacheinander ein. Während des Scans bitten wir Sie, ruhig stehen zu bleiben, nicht zu sprechen und keine aktive Funktion über Eve auszuführen«, begrüßte Eve bereits die nächste Person in der Warteschlange.

Sofort witterte der Vater seine Chance. Schnell schob er seine Tochter hinüber, dicht zu der hochgewachsenen Frau, die nun auf den Scan zusteuerte.

»Bitte nehmen Sie meine Tochter mit«, flehte der Mann und Verzweiflung schimmerte in seinen dunklen Augen.

Die Frau trug ein rosafarbenes Kleid, das sich sanft und seidig um ihren Körper schmiegte. Aufgrund der hellen Farbe und des hochwertigen Materials schloss ich darauf, dass sie sicherlich ein deutlich höheres Level vorzuweisen hatte. Für den Mann hatte sie nur einen verachtenden Blick auf dessen Handgelenk übrig. Eine blaue 5 leuchtete dort auf. »Menschen wie Sie sollten keine Kinder in die Welt setzen«, zischte sie und schritt unter den Level-Scan. Dieser identifizierte die Dame und gab den Zutritt mit einem grünen Leuchten des Torbogens frei.

»Los, geh schon!«, forderte der Vater das Mädchen auf. Liebevoll strich er ihr über die haselnussbraunen Haare.

»Bitte nicht«, wimmerte sie und ihre Lippen verzogen sich zu einer bebenden Linie. »Tu das nicht, sie werden dich …«

»Geh!«

Die geballte Energie in diesem Wort spiegelte sich auch in seiner Bewegung wider, als er seine Tochter hinterher in den Level-Scan schob. Augenblicklich sah ich weg und spürte ein Schamgefühl in mir aufsteigen. Dieser Mann versuchte tatsächlich, Eve mit einer solch plumpen und provozierenden Geste zu überlisten.

Doch die KI war clever. *Zu* clever.

Die Farbe des Bogens veränderte sich schlagartig und hüllte das Gesicht des Mädchens in einen roten Schein. Ein Alarmsignal ertönte. Eve hatte ihn durchschaut. Auch wenn Kinder in diesem Alter noch kein eigenes Level hatten, war der künstlichen Intelligenz das fehlerhafte Verhalten des Mannes nicht entgangen.

Das tat es nie.

»Zugang verweigert. Bitte entfernen Sie sich vom Level-Scan. Cylan Hett, Ihre Absichten werden als kriminell und betrügerisch eingestuft und damit als Straftat gewertet. Sie erhalten hiermit ein neues Level.«

Ich konnte fast fühlen, wie die Menschen scharf die Luft einsogen, als sich die Zahl auf seinem Handgelenk in eine 4 verwandelte.

»Sei still!«, schrie der Mann und schlug erneut mit beiden Fäusten auf das Metall ein. »Sie ist krank und kann nichts dafür. Gib ihr doch einfach eine Chance, du verdammte Maschine! Oder willst du wirklich ein unschuldiges Kind auf dem Gewissen haben?«

Die Warteschlange vor dem Scan löste sich allmählich auf und die Menschen wechselten mit einem Kopfschütteln zum zweiten nebenan. Damit verschob sich die Reihe immer mehr nach links, sodass auch ich kurz darauf für den anderen Level-Scan anstand. Der Einlass erfolgte hier deutlich zügiger.

»Bitte nicht«, wimmerte das Mädchen und legte seine Hand auf den Arm des Vaters. »Sie werden dich holen.«

Doch der Mann ließ sich nicht besänftigen.

Bis das Unvermeidbare geschah.

»Cylan Hett, Ihre Einstufung beträgt nach neuen Berechnungen nun Level 3. Sie werden in Kürze …«

Eves Stimme ging für den Bruchteil einer Sekunde im panischen Schrei des Mädchens unter und ich wandte den Blick ab. Mein Herz zog sich schmerzhaft zusammen, doch was jetzt passierte, wollte ich nicht mitansehen.

Nur noch zwei Personen standen vor mir und ich betete im Stillen, dass es nun keine weiteren Verzögerungen mehr gab. Glücklicherweise dauerte es nur wenige Sekunden, bis ich unter den Bogen trat und auf die Freigabe von Eve wartete. Erst als ich in das Medical Center eintrat, erlaubte ich mir einen tiefen Atemzug, als könnte ich damit die suspekte Situation abschütteln.

Ich schritt durch den langen schmalen Flur, an dessen Ende eine Empfangstheke aufgebaut war. Von dort aus teilte sich der Gang in zwei Abzweigungen und dahinter führten mehrere Türen in die jeweiligen Behandlungszimmer. Ich spürte ein mulmiges Gefühl in meiner Magengegend aufsteigen und wollte mir einreden, dass dies nur von diesem Zwischenfall ausgelöst worden war. Doch ich wusste, dass es nicht stimmte. Dass mich jedes Mal beim Betreten des Medical Centers ein stilles Bedauern heimsuchte.

»Guten Morgen, Skye Seacher. Schön, Sie heute hier begrüßen zu dürfen. Sie kommen zum halbjährlichen Kontrollcheck?«, grüßte die Frau, die mich hinter dem Empfang mit einem aufgesetzten Lächeln anstrahlte.

»Schönen guten Morgen«, erwiderte ich freundlich und gab ihr mit einem Nicken zu verstehen, dass ihre Annahme korrekt war.

Sie tippte sich kurz an die Schläfe, was mich vermuten ließ, dass sie über die indirekte Steuerung mit Eve kommunizierte und mein Eintreffen bestätigte. »Dann kommen Sie bitte gleich hier entlang, es ist bereits alles vorbereitet.«

Ich folgte ihr in den Untersuchungsraum, der lediglich aus dem Med-Scan, einem schlichten gläsernen Schreibtisch und einer riesigen Deckenlampe bestand. Der Raum wirkte ebenso steril und clean wie der Rest dieser Zone. Keine Dekoration, keine unnötigen Möbel. Alles erfüllte seinen Zweck.

»Eve, bitte bereithalten«, sagte die Angestellte und sah mich mit aufforderndem Blick an. Mit einer einfachen Handbewegung bedeutete sie mir, auf der Liege Platz zu nehmen.

Schnell legte ich mich auf die harte weiße Oberfläche – einem neuen selbstdesinfizierenden Kunststoff. Meine Arme zog ich seitlich dicht an den Körper, dann schloss ich die Augen. Dachte an nichts und versuchte, das mulmige Gefühl mit einem tiefen Atemzug loszuwerden, als könnte ich es damit einfach von mir pusten.

»Scan starten«, forderte die Dame auf und die Liege fuhr automatisch in die Röhre, um meinen Körper vollständig zu überprüfen. Intuitiv wartete ich bereits auf das leise, kaum hörbare surrende Geräusch, das der Med-Scan währenddessen von sich gab. Der Scanner checkte Blutwerte, Organe, Auffälligkeiten in der Genetik sowie sämtliche Krankheitsmerkmale. Eve war mit den Med-Scans verbunden und registrierte alles, das in irgendeiner Form von der Norm abwich. Nach dreißig Sekunden ertönte ein Piepsen, das bereits das Ende ankündigte, und die Liege fuhr wieder aus der gläsernen Röhre hinaus. Ich neigte den Kopf nach rechts, um auf das Ergebnis zu warten.

»Skye Seacher?«, fragte die Angestellte und warf mir einen schnellen Blick zu, bevor sie wieder aufgesetzt lächelte. »Es ist alles in Ordnung. Sie haben lediglich vier leichte Befunde, die wir direkt korrigieren werden. Das können beispielsweise fehlende Mineralien oder zu wenig Schlaf sein. Ernähren Sie sich denn auch ausgewogen?« Während sie sprach, sah sie mich nicht einmal an, sondern steckte eine grüne Kapsel in die Öffnung des Med-Scans und aktivierte das Korrekturprogramm.

»Ja, ich denke schon«, antwortete ich, doch die Liege fuhr bereits zurück in die Röhre, um die Unebenheiten in meinem Körper in sechzig Sekunden zu beheben. Einfach so. Wie das Update eines Computers. Selbst bei einer schwereren Erkrankung wäre es Eve möglich, die Korrekturdatei auf den Körper zu übertragen und die Krankheit damit innerhalb von Minuten zu heilen. *Ob die Menschen damals nicht auch gern ...*

»Sie sind jetzt fertig, Skye Seacher. Vielen Dank, dass Sie am regelmäßigen Gesundheitsprogramm teilgenommen haben.

Sie werden an den nächsten Termin in genau sechs Monaten von Eve erinnert!«

Ich öffnete wieder die Augen und blinzelte. Die Korrektur war bereits abgeschlossen und mit einer deutlichen Handbewegung zeigte mir die Angestellte den Weg zur Tür.

»Vielen Dank«, erwiderte ich und verließ das Med mit zügigen Schritten. Die Termine waren sicherlich eng getaktet und vermutlich würde bereits in zehn Sekunden die nächste Person aufgerufen werden. Mit einem Aufatmen machte ich mich daran, das Medical Center schnellstmöglich zu verlassen und damit endgültig die Übelkeit loszuwerden – auch wenn mich die Arbeit, die mich nun rief, nicht weniger erfreute.

LEVELSEGMENTIERUNG DURCH DIE BEURTEILUNG DER KÜNSTLICHEN INTELLIGENZ

Level 11

Beim Erreichen von Level 11 wird der Träger zum Regierungsverbund der Eleven einberufen. Da maximal elf Personen gleichzeitig als Eleven regieren können, begibt sich der älteste Eleven daraufhin in den Ruhestand.

Level 10 - 9

Oberschicht der Gesellschaft, die unterschiedliche Boni und hohen sozialen Status genießen. Träger dieser Klasse arbeiten meist in staatlich öffentlichen Einrichtungen, die entscheidend für den Systemerhalt sind.

Level 8 - 6

Klasse der Mittelschicht bis hin zur unteren Arbeitsgesellschaft in den äußeren Zonen. In dieser Levelstufe sind überwiegend Arbeiten in der Lebensmittelproduktion, Stromversorgungstechnik oder auch Industrie vorgesehen.

Level 5 - 4

Mit Level 5 werden Menschen eingestuft, die keinen Job ausüben und sich damit nicht am System beteiligen. Fehlen auch weitere Beteiligungen in Gesellschaft, Wirtschaft oder nebenberufliche Tätigkeiten, fällt das Beurteilungslevel auf Stufe 4.

Level 3

Mit dem Erreichen von Level 3 tritt automatisch und unwiderruflich die Verbannung in Zone 5 ein.

Level 2 - 1

Über Personen in dieser Levelklasse liegen aufgrund der Verbannung nur wenige Forschungsdaten bereit.

Level 0

Zeros sind der Abschaum der Gesellschaft.

KAPITEL 2

Skye

Um nicht zu sagen, dass ich meinen Job nicht mochte! Im Gegenteil, ich war froh darüber, denn er hielt mein Level stabil und ich liebte die technischen Herausforderungen, die sich dabei immer wieder boten. Ich erinnerte mich an die alte Welt, in der die Menschen nur des Geldes wegen Jobs nachgegangen waren und selten die Berufe ausübten, die ihnen wirklich lagen. In der modernen Welt gab es für jede Levelstufe ein geregeltes Grundeinkommen und anhand des Abschlusstests wurde man dem Job zugeordnet, der am besten zu seinen eigenen Fähigkeiten und Interessen passte.

Während ich mit der Speedbahn zurück in den dritten Ring fuhr, hielt ich mir den Zeigefinger an die Schläfe und drehte ihn einmal um fünfundvierzig Grad nach vorn. Vor meinen Augen wurde in Form eines Hologramms die Uhrzeit eingeblendet. 08:43 Uhr. Das würde knapp werden, denn soweit ich mich erinnerte, stand für heute ein wichtiger Auftrag an, den mein Vorgesetzter in der vergangenen Woche angekündigt hatte.

Ich war Administratorin in der Technical Area und verwaltete die Server, über die alle Netzwerkverbindungen zu Eve liefen. Ein riesiger Konzern, der viele Mitarbeiter wie mich seit Abschluss der Schulzeit beschäftigte. Nach dem jahrelangen Unterricht gab es einen virtuellen Test, den Eve ebenso streng beurteilte wie den Charakter und die Handlungen des sechzehnjährigen Menschen. Man erhielt zum ersten Mal sein eigenes Level und wurde seiner Eignung nach in einen Betrieb zur weiteren Arbeit verwiesen. Mit meinem enormen Interesse an der Geschichte und dem hohen technischen Verständnis kam ich zur Technical Area, um aus den historischen Ereignissen zu lernen und verschiedene Abläufe zu verbessern. Da war ich also: zweiundzwanzig Jahre alt und arbeitete bereits seit meinem sechzehnten Lebensjahr hier. Und das würde voraussichtlich auch in all den weiteren Jahrzehnten so bleiben.

Wieder passierte ich den Scan am Eingang des Gebäudes mit dem Unterschied, dass hier alles recht grau und trist war, wie man sich ein typisches Industrie- und Arbeitergebiet vorstellte. Eintönige Betonklötze, wohin das Auge reichte, und stählerne Konstruktionen zierten dieses Bild.

»Willkommen, Skye Seacher«, trällerte Eve aus dem Lautsprecher hinter dem Eingangsbereich. »Deine Arbeitszeit wurde erfasst. Dein Termin beginnt in 14 Minuten in Büro 9, Etage 15.«

Ich nickte teilnahmslos und steuerte zielstrebig den Aufzug an. Das genannte Zimmer war das meines Vorgesetzten, der uns wie jeden Montag über die Planung der Woche informierte und die anstehenden Aufträge entsprechend verteilte. Vorher würde ich an meinem Schreibtisch kurz den Status der Server überprüfen. Ob ich aufgeregt war wegen des neuen Projekts, das Kocji angesprochen hatte? Das mit höchster Geheimhaltung und Priorität? Ich fuhr mir durch die langen Haare, während der Aufzug mich in die elfte Etage brachte. Nein, ich war nicht besorgt. Und auch nicht aufgeregt. Nur gespannt. Ich hatte schon einige wichtige Projekte von Kocji, meinem Vorgesetzten, im Vertrauen betreut und viele problematische Fälle zu seiner vollsten Zufriedenheit gelöst. Es gab nichts, was er mir nicht zutrauen würde. Was *ich* mir hier in der Technical Area nicht auch selbst zutrauen würde.

Als sich der Aufzug öffnete, blickte ich in den großen, achteckigen, fast rundlichen Raum, der in ebenso acht Plätze aufgeteilt war. In der Mitte stand ein Eve-Knotenpunkt, der an dieser Stelle durch das gesamte Gebäude ging. Eine unscheinbare schmale Säule mit blauschimmernder Flüssigkeit. Wie diese Röhren aus alten Zeiten, in denen Plastikfische auf und ab blubberten und an denen sich die Menschen erfreut hatten – was mir bis heute noch absolut unverständlich war. Das blaue Leuchten, von der Eve-Säule ausgehend, erhellte außerdem den gesamten Raum in dem uns als Tageslicht vertrauten Schein. Es war dasselbe Licht, das auch aus den strahlenden Linien am Himmel zu uns herableuchtete.

Ich begab mich zielsicher in mein Achtel, das nur ein Stehpult und einen blauen Knopf beinhaltete, um die digitale Ansicht per Hologramm aufzurufen. Alles, was wir taten, steuerte sich über Eve oder die BedienPads, die mit den Servern der unteren Etagen verbunden waren.

»Eve, kurzer Server-Check«, bat ich die künstliche Intelligenz.

»Die redundanten Systeme sind online, alle Server aktiv. Aktuell liegen keine Störungen vor. Die Temperaturen innerhalb der Serverräume sind optimal, keine Gefährdung durch Überhitzung. Benötigst du noch weitere Informationen, Skye Seacher?«

»Vielen Dank, Eve. Das ist erst mal alles.«

Mit schnellen Wischbewegungen prüfte ich die eingeblendeten Daten auf dem BedienPad. »Werden alle Schnittstellen gleichmäßig versorgt?« Mit gerunzelter Stirn wartete ich ihre Antwort ab.

»Bestätige. Alle Server-Schnittstellen werden mit einer durchschnittlichen Auslastungsquote von 99,9 Prozent versorgt. Kann ich sonst noch etwas für dich tun?«

Ich hielt einen Moment inne, mein Blick auf das BedienPad fixiert. »Gibt es sonst noch Neuigkeiten?«

»Eine Nachricht von Fjella wurde für dich hinterlegt, ich blende sie auf dem Pad für dich ein.«

Hey, essen wir heute zusammen im Versorgungszentrum? 13:00 Uhr?

Ich lächelte. Fjella und ich waren Kolleginnen und damals gleichzeitig eingestellt worden, sodass sich in den letzten Jahren eine tiefe Freundschaft entwickelt hatte. Obwohl wir im selben Gebäude arbeiteten, sahen wir uns während der Arbeit nur selten, weshalb wir meist die Mittagspause nutzten, um zu quatschen und uns über Neuigkeiten auszutauschen. Ich tippte zweimal kurz hintereinander an meine Schläfe, um Eve lautlos aufzurufen. Gerade im Büro oder in der Öffentlichkeit war die Sprachsteuerung nicht das Mittel zur Wahl, weshalb wir dabei meist die indirekte Steuerung nutzten. Dann hörten wir Eves Anweisungen nur selbst in unseren Gedanken.

»Nachricht an Fjella: Ja gern, dreizehn Uhr passt«, flüsterte ich leise und sofort reagierte die technische Stimme darauf.

»Nachricht an Fjella verschickt. Termin im Kalender vermerkt.«

Ich lächelte und freute mich darauf, Fjella am Nachmittag anzutreffen. Das Versorgungszentrum war aus einem Zusammenschluss von mehreren Firmen entstanden. Denn jeder

Arbeitgeber musste für die Angestellten entsprechend Lebensmittel während des Tages bereitstellen. Da nicht jedes Gebäude die räumlichen Kapazitäten dafür bot, war ein eigenes Zentrum errichtet worden, in dem mehrere hundert Menschen gleichzeitig essen konnten.

Fjella war wie ich eine 7, die sicherlich auch eine 8 sein könnte, wenn sie sich nicht selbst mehrere Tattoos unter die Haut gestochen hätte, die nun ihre Unterarme und ihren Oberschenkel in blumigen Mustern zierten. In unserer Gesellschaft waren Tätowierungen ungern gesehen, doch Fjellas strahlender Charakter schien das vollkommen auszugleichen. Denn sie war der gutmütigste Mensch, den ich kannte, und ihre humorvolle Art und das ansteckende Lachen waren die wirkungsvollste Medizin gegen schlechte Laune. Im Gegensatz zu mir war sie lange nicht so blass, sondern hatte karamellfarbene Haut und ihre blondierten Haare waren in schmalen Strängen am Kopf entlang geflochten. Auch sie stach immer wieder aus der Masse hervor - vielleicht hatte uns das von Anfang an verbunden.

Aber es war schön zu sehen, wie glücklich Fjella mit ihrem Partner Luis war - auch wenn sie mich deshalb häufig fragte, wann ich endlich wieder jemanden finden würde. Meine letzte Beziehung war schon ein Jahr her und ich wollte weder über ihn sprechen noch weiter darüber nachdenken - geschweige denn jemand Neues in meinem Leben, dessen irrationalen Erwartungen ich niemals gerecht werden würde. Ich war eine 7 und damit vollkommen zufrieden. Normalerweise suchte man sich einen Partner auf identischer Ebene - denn nicht alle waren wie Fjellas Freund, der sie auch mit Level 8 für das liebte, was sie war und mit einem niedrigeren Wert in der Gesellschaft akzeptierte.

Freunde waren ein wichtiger Bestandteil unseres Alltags. Meine Eltern hatte ich seit dem Tag des Abschlusstests nicht mehr gesehen. Denn in einer Welt ohne Krankheit und Mord war die Überbevölkerung eine ungeliebte Nebenwirkung. Deshalb wurden Paare, die ein Kind großgezogen und in die Arbeitswelt entlassen hatten, in einen Außenposten außerhalb der fünf Zonen der Eleven versetzt.

Außerdem war die DNA durch die Transmitter so manipuliert worden, dass sie nach dem fünfundvierzigsten Lebensjahr unfruchtbar wurden. Diese frühe Rente war ein kleiner Vorteil der vielen Menschen, denn dadurch hielt die Regierung überwiegend die Jungen und Arbeitstüchtigen in der Stadt. Vielleicht würde ich mich auch für den Karriereweg entscheiden und in den weiteren Jahren bis zu meiner frühen Rente auf die verzweifelte Suche nach der Liebe verzichten.

Pünktlich zu Terminbeginn betrat ich das Büro von meinem Vorgesetzten Kocji, ein etwas rundlicher Mann mit Glatze im Alter von siebenunddreißig Jahren, der sich ebenfalls für ein Leben ohne Frau und Kind entschieden hatte.

»Guten Morgen«, grüßte ich mit einer kurzen Handbewegung.

Er erwiderte es freundlich, wenn er auch hektisch wirkte. Schweißperlen sammelten sich auf seiner Stirn, obwohl er ein Hemd trug und das Gebäude wie überall klimatisiert war. »Guten Morgen, Skye. Gut, dass du da bist. Lass uns heute das besondere Projekt besprechen, das ich bereits erwähnt hatte.« Er tippte wild auf dem BedienPad herum, bevor Eve die Präsentation als Hologramm an eine der Wände warf.

»Eve, Zimmer verriegeln«, befahl er mit zögerlicher Stimme und die künstliche Intelligenz schirmte den Raum so ab, dass niemand von außen hereinsehen und die Besprechung beobachten konnte.

Hätte ich doch nervös sein sollen? War diese Sache vielleicht eine Nummer größer als sonst?

»Kommen die anderen denn gar nicht dazu?«, fragte ich und tippte mir dabei zweimal unauffällig an die Schläfe, als Kocji nicht hinsah. Mit kritischem Blick fokussierte ich den Mann und Eve verstand meine stumme Aufforderung sofort. Sie scannte die gesamte Person und die technische Stimme, die nur in meinen Gedanken zu hören war, meldete innerhalb von Sekunden: »Erhöhte Temperatur, Herzrasen und hektische Atmung. Keine lebensbedrohlichen Befunde festgestellt.« Ich nickte den Scan kurz ab und Eve verschwand in den Hintergrund.

»Skye, ich habe nur dich für dieses Projekt auserwählt. Du darfst mit keinem darüber sprechen oder es auch nur erwähnen. Wir haben dich allein dafür bestimmt und das Projekt ist absolut vertraulich und streng geheim. Verstanden?« Er holte tief Luft und tupfte sich mit einem Tuch über die Stirn. »Bitte entschuldige, die Situation ist wirklich ... heikel.«

Ich hob die Augenbrauen. »Nun sag schon, um was geht es?« Meine Stimme klang wie beabsichtigt lässig und entspannt und verriet nicht, dass mich diese Heimlichtuerei und seine auffällige Nervosität ansteckten. So hatte ich ihn in all den Jahren noch nicht erlebt und wir hatten schon einige brenzlige Situationen durchgestanden. Ich erinnerte mich daran, als mehrere Server gleichzeitig ausgefallen waren, was in all den Aufzeichnungen Jahrzehnte zuvor nie aufgetreten war und wir diese innerhalb von Minuten ersetzen mussten, um keine Sicherheitslücke zu generieren. Denn wenn Eve nicht auf alle vorhandenen Daten zugreifen konnte, wäre das für die Beurteilung der Level und damit verbundenen Rechte katastrophal. Dennoch hatten wir schnell und richtig gehandelt und größere Ausfälle verhindern können. Und das war schon ziemlich verrückt. *Was also hatte er dieses Mal vor?*

»Du wirst heute noch im zweiten Ring etwas für mich abgeben.« Er betonte es, als handelte es sich dabei um eine epische Enthüllung, während mir nur ein genervtes Stöhnen entwich.

»Kocji, ist das dein Ernst? Ich war heute Morgen bereits im Zweiten. Im Med. Jetzt schickst du mich wieder dahin zurück und machst deshalb so ein Drama?« Ich verschränkte die Arme vor der Brust und lehnte mich im Stuhl zurück. »Was soll ich abgeben? Und wo?«

Meine Reaktion hatte ihn aus dem Konzept gebracht. Er benötigte ein paar fassungslose Momente, bevor er wieder hektisch auf dem Pad herumtippte. Anschließend zeigte sich auf der Wand das Bild eines kleinen Speichersticks, der wahrscheinlich gerade mal zwei Zentimeter lang war.

»Du wirst diesen Stick zu den Eleven bringen.« Mit einem Mal war es raus und Kocji schnappte schnell nach Luft.

Ich behielt den fragenden Gesichtsausdruck bei, der meine innerlich entfachte Neugier verbarg. *Zu den Eleven? Ich???*

»Die Daten darauf sind zu vertraulich, um sie zu senden, und am Übergang zum ersten Ring wirst du sie im Vermittlungsgebäude an diese Kontaktperson übergeben. Es ist ein verschlüsselter Auftrag.«

Meine Fingerspitzen begannen bei seinen letzten Worten zu kribbeln. »Natürlich«, sagte ich sofort mit einem eifrigen Nicken. Dies war nicht das erste Mal, dass ich eine solche Aufgabe erhielt.

Einige Informationen mussten extrem vertraulich behandelt werden, damit sie nicht der Widerstandsgruppe in die Hände fielen. Die *fighters* hatten ihre Augen und Ohren überall und unter ihnen wurden inzwischen auch einige Technik-Nerds vermutet, die sicherlich mit Leichtigkeit kleinere Sicherheitsvorkehrungen umgehen konnten.

Kocji blendete das nächste Bild ein, das eine Frau mittleren Alters zeigte – blonde Kurzhaarfrisur, stechend grüne Augen und markante Wangenknochen.

»Elora Blake. Sie ist die Leiterin im Vermittlungsgebäude. Nur ihr wirst du im Vertrauen die Daten übergeben, hast du verstanden?«

Ich nickte zur Antwort.

»Das Vermittlungsgebäude ist das einzige, was wir im Zweiten noch betreten dürfen, aber innerhalb des Gebäudes verläuft bereits die Grenze zum Zentrum der Eleven. Du musst also äußerst vorsichtig sein, dich absolut korrekt verhalten und die Daten sicher ausliefern. Das ist dein heutiger Auftrag. Für den restlichen Tag werden wir dich anschließend freistellen und, ach ja …« Kocji machte eine kurze Pause und hielt meinem Blick dabei für einen Moment stand. »Bei erfolgreichem Absolvieren werden wir dich hochstufen, Skye. Das würde bedeuten, du wärst dann eine 8 und würdest zur oberen Gesellschaft gehören.«

Nun machte ich einen tiefen Atemzug, denn zu verbergen, dass mich diese Belohnung schwer beeindruckte, war unmöglich. *Level 8*. Ich hatte tatsächlich die Chance, einen Aufstieg zu erreichen, während der Auftrag nicht unrealistisch klang. Ich würde mich nur in den Bereich vor dem Kern unserer Gesellschaft, unserer Welt – ja, unseres Lebens – begeben, etwas abgeben und wieder verschwinden. Das sollte doch machbar sein. »Alles klar, dann mache ich mich gleich mal auf den Weg?«, sagte ich und stand auf. Zwar hatte ich es als Frage formuliert, erwartete aber nicht wirklich eine Antwort.

»Ja, natürlich, Skye … hier.« Kocji drückte auf einen Knopf im BedienPad, der anschließend eine Schublade in seinem Schreibtisch aufschob, die zuvor gar nicht sichtbar gewesen war. Darin lag ein kleines hölzernes Kästchen, das er mir mit bebenden Fingern reichte. »Darin ist der Speicherstick. Beschütze ihn und lass ihn keine Sekunde außer Acht, hast du verstanden?«

Ich nahm die Box entgegen und nickte meinem Vorgesetzten zu. »Ja, das werde ich. Darf ich hineinsehen, ob er wirklich drin ist? Du weißt schon, nicht dass es heißt, ich hätte ihn verloren, obwohl er niemals da war …«

Kocji sah mich mit entsetztem Blick an, als hätte ich ihn soeben beleidigt oder ihm etwas Furchtbares unterstellt – aber dann löste er sich aus seiner Starre und deutete mir mit wedelnder Handbewegung, das Kästchen zu öffnen. Mit einem Klicken lockerte ich den Verschluss und in Samt gebettet lag darin ein mattschwarzer Stick, der absolut unscheinbar aussah. Schnell verschloss ich die Box wieder.

»Eve, bitte protokolliere die Übergabe an Skye Seacher und verschlüssle den Auftrag mit Code 302-48B«, ordnete Kocji an und die technische Assistentin bestätigte den ausgeführten Befehl sofort.

»Danke für dein Vertrauen, Kocji. Ich werde dich nicht enttäuschen«, sagte ich und warf ihm ein zuversichtliches Lächeln zu. Das nervöse Kribbeln in meinen Fingerspitzen ignorierte ich weiterhin gekonnt.

»Das weiß ich, Skye. Viel Erfolg.« Er nickte und ich wandte mich von ihm ab, um den Raum zügig zu verlassen.

»Skye, warte! Du erhältst von uns noch ein kurzes … na ja, optisches Upgrade. So kannst du keinesfalls ins Vermittlungsgebäude der Eleven. Das verstehst du sicherlich …«

Ich wusste sofort, worauf er anspielte. Wie in Zeitlupe drehte ich mich zu ihm um, kniff die Augen zusammen, um meinen folgenden Worten mehr Nachdruck zu verleihen. »Nichts, aber auch gar nichts ändert ihr an meinen Haaren – sonst kannst du den Auftrag selbst übernehmen«, sagte ich kühl und fokussierte ihn, hielt seinen Blick fest. Damit pokerte ich selbstsicher, denn ich wusste, dass Kocji viel von mir und meinen Fähigkeiten als Administratorin hielt – auch wenn ihm meine dunkle und unübliche Haarfarbe schon lange ein Dorn im Auge war. Für einen Augenblick herrschte eine eisige Stille zwischen uns, bis er mit einem hörbaren Ausatmen nachgab.

»In Ordnung, aber du bekommst zumindest etwas Helleres zum Anziehen.«

KAPITEL 3

Skye

Eine Stunde später wurde ich aus der Technical Area entlassen und hätte Fjella mich so gesehen, wäre sie absolut begeistert gewesen. Ich trug eine richtige Uniform und selbst wenn ich mich freiwillig niemals so kleiden würde, so verspürte ich bereits den Anflug von Stolz und Selbstbewusstsein. Ich würde bald eine 8 sein und mit diesem Outfit wirkte ich definitiv erhabener, als ich es jemals gewesen war. Das Material erinnerte mich an eine Mischung aus leichter Seide und stabilem gewebtem Stoff, während der Schnitt eine Kombination aus einem Mantel und einem Kleid darstellte. Das Oberteil war eng anliegend und mit Kragen sowie zweireihigen schwarzen Knöpfen versehen. Dadurch entstand ein V-Ausschnitt und nach der figurbetonten Taille glich es einem Rock, der leicht ausgestellt war und oberhalb des Knies endete. Da ich unter der hohen Gesellschaft weder etwas zu Dunkles noch etwas zu Helles tragen sollte, war die Uniform aus einem Senfgelb gefertigt, was einen interessanten Kontrast zu meinen Haaren bot. Aber die Stylistin hatte angemerkt, dass Gelb eine freundliche und offene Farbe war und wir hoffentlich so über das dunkle Lila hinwegtäuschen konnten.

Zusätzlich war im Inneren der Uniform eine kleine Tasche integriert worden, in der ich das geheime Kästchen verstaute. So könnte es mir garantiert nicht herausfallen oder gar entwendet werden, was angesichts der Überwachung sowieso niemand außer den *fighters* wagen würde. Doch wegen des Widerstands würde ich mich vollkommen unauffällig verhalten und mit der Masse an Menschen verschwimmen, sodass ich nichts zu befürchten hatte. Im Gegenteil, ich liebte sogar diese seltenen Herausforderungen in der Technical Area. Sie verliehen mir das Gefühl, wirklich etwas im System zu bewirken – meinen Teil maßgeblich beizutragen. Auch wenn ich nicht leugnen konnte, dass mein Herz vor Aufregung etwas schneller schlug, was automatisch mit der Verantwortung einherging, die nun auf meine Schultern geladen wurde.

Mit Stolz blickte ich auf die Marke aus kühlem Metall in meiner Hand, die das Wappen der Technical Area abbildete. Kocji hatte sie mir übertragen, damit ich sie mir vor dem Vermittlungsgebäude anstecken konnte. »Achte auf dein Verhalten und deine Ausdrucksweise, Skye«, hatte Kocji noch hinzugefügt. »Du repräsentierst heute für uns die Technical Area.«

Während ich zur Speedbahn lief und dabei versuchte, mich an die ungewohnt hohen Absätze der Pumps zu gewöhnen, tippte ich mir zweimal an die Schläfe und ein kurzer Piepton signalisierte, dass Eve auf ihren Befehl wartete.

»Fjella anrufen«, sagte ich leise und wartete einen Moment ab, bis die vertraute Stimme ertönte.

»Skye! Hi, schön, dass du anrufst!«, trällerte Fjella, als ich gerade in die Speedbahn einstieg. »Möchtest du doch früher essen? Oder sollen wir etwas bestellen?«

»Hey, Fjella!«, erwiderte ich. »Tut mir leid, dass ich störe, aber ich muss unser Mittagessen heute leider verschieben. Kocji hat mir ewig viel neue Arbeit aufgebrummt, ich kann heute garantiert nicht zeitig weg. Wie wäre es mit morgen?«

»Dieser Idiot«, brummte Fjella genervt. »Es gibt so viel zu erzählen! Luis und ich, wir haben großartige Neuigkeiten. Aber das erzähle ich dir dann persönlich – also morgen dreizehn Uhr?«

»Genau, das passt. Ich werde dann auf jeden Fall da sein und du wirst mir alles im Detail berichten können. Ich freue mich schon darauf!«, antwortete ich und es entsprach der Wahrheit. Ich freute mich wirklich darüber, dass sie und Luis wahrscheinlich eine Wohnung gefunden hatten. Damit war Fjella mir in den letzten Wochen mehrfach in den Ohren gelegen und ich wünschte mir von Herzen, dass sie am Wochenende bei einer Besichtigung endlich eine Zusage erhalten hatten. Die beiden waren bereits seit über drei Jahren ein wundervolles Paar und wollten mit dem Umzug in eine gemeinsame Wohnung in ihrer Beziehung den nächsten Schritt wagen.

»Super! Aber hey, Skye, sonst geht's dir gut, oder?«, fragte Fjella und zügelte dabei ihre Aufregung und Vorfreude, die zuvor noch deutlich zu hören gewesen waren.

Ich hielt einen Moment inne, als müsste ich selbst in mich hineinhorchen, um mich zu versichern, dass alles in Ordnung war. »Klar, alles gut. Nur viel Stress, tut mir wirklich leid. Ich muss Schluss machen, Fjella, bis morgen dann!« In der Speedbahn leuchtete der Hinweis auf, dass wir in Kürze die nächste Haltestelle erreichen würden, weshalb ich das Telefonat mit Fjella unbedingt beenden musste, bevor die Durchsage meiner Freundin meinen aktuellen Standort verraten würde.

»Okay, bye, bis morgen!« Dann ertönte ein Klicken und die

Verbindung war unterbrochen. Mit einem tiefen Atemzug versuchte ich mich zu sammeln und lehnte mich entspannt im Sitzplatz zurück. Denn bis zur letzten Haltestelle im zweiten Ring wäre ich vermutlich noch eine Weile unterwegs.

Nach knapp fünfundvierzig Minuten erinnerte Eve mich daran, dass ich an der nächsten Station aussteigen sollte, da es sich um den idealen Haltepunkt handelte, um in kürzester Zeit das Vermittlungsgebäude zu erreichen. Ich holte tief Luft und schnappte mir aus der kleinen schwarzen Handtasche einen Spiegel, um mein Gesicht zu betrachten. Mit dem dezenten Make-up sah ich tatsächlich nicht mehr ganz so blass, vielmehr sogar frisch und gesund aus. Ich erinnerte mich an den Kontrolltermin im Med und daran, dass die leichten Defizite heute Morgen bereits ausgebügelt worden waren. Vielleicht hatte mich nur ein Vitaminmangel immer so müde und bleich aussehen lassen. Der schwarze Kajal betonte weiterhin meine Augen und ich strich mir etwas nervös durch die langen Haare. Sie schickten mich für einen geheimen Auftrag zur Elite. Was für eine Ehre! Und ich würde alles geben, um dieses Projekt erfolgreich abzuschließen und mir den Levelaufstieg zu sichern. Noch nie schien es so einfach, eine neue Stufe zu erreichen.

Als ich ausgestiegen war, befand ich mich erneut im zweiten Ring, der optisch der Gegend vom Morgen ähnelte. Steril und weiß, geschäftige Menschen in freundlichen Farben wie helles Orange oder zartes Apfelgrün. Mit einem Tippen an meine Schläfe rief ich Eve auf.

»Navigiere die Route zum Vermittlungsgebäude«, murmelte ich ihr leise zu.

Nach einem Moment antwortete Eve: »350 Meter geradeaus und dann links.«

»Alles klar, dann mal los.« Ich tastete unauffällig an meiner Hüfte nach der kantigen Kontur, die mir bestätigte, dass der Speicherstick immer noch an Ort und Stelle war. *Alles ist gut, ich überbringe nur etwas im Auftrag. Keiner hier wird merken, dass ich in dem vierten Ring wohne und weder diese Gegend nahe des Zentrums noch diese hochwertige Kleidung gewohnt bin.* Bemüht um einen sicheren und weniger wackligen Gang schritt ich den Weg entlang, wie Eve es mir aufgetragen hatte, und betrachtete die Gebäude. Doch die eintönigen Fassaden der Häuser verrieten mir kaum etwas über das, was im Inneren vor sich ging. Ich schmunzelte. Wie bei uns Menschen, dachte ich. Wie ich, die sich hinter einer schicken Uniform versteckte. Aber vielleicht war das hier nicht das Schlechteste an dem Job in der Technical Area. Im Gegenteil. Ich fühlte den Stolz über die Verantwortung und darüber, überhaupt hier sein zu dürfen – und damit für einen Tag ein winziger Teil der Eleven zu sein.

Seit mindestens zwei Minuten wiederholte sich Eves Stimme in meinen Gedanken: »Das Ziel befindet sich nun direkt vor dir.«

Überwältigt vom Anblick stand ich wie angewurzelt da – nur wenige hundert Meter von der Ringlinie zum Zentrum entfernt.

Hinter einem feinen Glitzern, das an der Grenze emporragte, erblickte ich die erste Zone. Majestätische Gebäude waren zu erkennen, goldene Verzierungen funkelten daran, kleine Turmspitzen ragten in die Höhe. Schillernd blaue Hologramme zeigten Pflanzen und Vögel, die ich niemals zuvor gesehen hatte. Unechte Bäume wogen sich im Wind und es war fast so, als könnte ich das Rascheln der Blätter hören, obwohl ich dieses Geräusch bisher nur von VisualControl kannte. Weder im Vierten noch im Dritten gab es Pflanzen, aber dass Eve etwas so Schönes und ... *Lebendiges* gestalten konnte, beeindruckte mich zutiefst.

»Das Ziel befindet sich nun direkt vor dir«, wiederholte Eve wieder und wieder.

Mit ihren Worten löste ich mich endlich aus meiner Starre und kramte in der Tasche nach der Marke. Nervös strich ich darüber. Kreisrundes mattschwarzes Metall, auf das golden die verschnörkelten Buchstaben TA eingraviert waren. *Technical Area.* Ich steckte die Marke deutlich sichtbar am Oberkörper an und straffte die Schultern. Mit bebendem Herzschlag schritt ich auf den Eingangsbereich zu, der an dem blauen Rand im Türrahmen zu sehen war. Wie gewohnt schob ich den Ärmel der Uniform etwas hoch, damit an meinem Handgelenk die bläulich leuchtende 7 zu erkennen war. Dann stellte ich mich hinter einer Frau an, die bereits unter den Scan trat.

»Guten Tag und willkommen am Vermittlungsgebäude. Innerhalb des Gebäudes verläuft der Zonenübergang zum ersten Ring. Dieser Bereich ist nur mit Level 11 passierbar. Für den vorderen Bereich der zweiten Zone wird Level 9 vorausgesetzt«, erklärte Eves technische Stimme am Eingang und ich schluckte heftig.

War das also diese Herausforderung, die es für den Levelaufstieg zu überwinden galt? Der Grund, warum dieses Projekt so schwierig, geheim und streng vertraulich ist? Meine Gedanken überschlugen sich und der Herzschlag pulsierte mir in den Ohren. Der Frau vor mir wurde der Zutritt in das Gebäude gewährt. Aber wie konnte Kocji mich hierherschicken, wenn er doch wusste, dass ich gar nicht hineinkam? Hatte er mir eine Straftat aufgetragen? Ich schnappte nach Luft und versuchte, einen klaren Gedanken zu fassen.

»Berechtigungsschein gescannt und geprüft. Sie dürfen damit im Gebäude nur den Bereich des zweiten Rings betreten. Vielen Dank«, hörte ich Eve sagen, ohne es sofort zu verstehen. Ich stand noch gar nicht direkt unter dem Scanner, sondern mindestens ein oder zwei Schritte davon entfernt. *Hatte sie dennoch mich gemeint?* Bedeutete das, dass ich ohne Weiteres hindurchgehen konnte? *Einfach so?*

Zögerlich und wie in Zeitlupe schlich ich durch den Türrahmen, als könnte es sich die künstliche Intelligenz jeden Moment anders überlegen und mich für mein unachtsames Verhalten bestrafen. Doch nichts dergleichen geschah. Ich betrat das hell erleuchtete Gebäude, das ohne dieses blaue Licht aus Eves Verbindungen auszukommen schien. Ein goldener Glanz lag über dem Empfangsbereich und meine Füße trugen mich wie mechanisch weiter durch einen Flur, dessen hohe Wände mit Stuck- und Goldelementen verziert waren. So etwas Schönes und Einzigartiges hatte ich niemals zuvor gesehen.

Ich geriet an eine Abzweigung, denn der schmale Flur aus dem Eingangsbereich teilte sich in vier Wege auf, einer davon führte offensichtlich zum Aufzug. Da jeder die Navigation über Eve abrufen konnte, befanden sich nirgendwo Übersichtstafeln oder wegweisende Schilder. Voller Staunen blieb ich stehen und blickte verstohlen in den nächsten Gang. Gerade als ich mir an die Schläfe tippen wollte, um Eve um ihren allwissenden Rat zu fragen, hörte ich hinter mir auf dem marmorierten Boden Schritte.

Perfekt, dachte ich in dem Moment, als ich herumwirbelte, um die auf mich zukommende Person höflich nach dem Weg zu fragen. Doch anstatt einem freundlichen Gesicht entgegenzublicken, erwischte mich eine harte Kante am Wangenknochen. Ich schloss sofort die Augen und stieß ungewollt einen fluchenden Laut aus. Durch die ruckartige Bewegung und den Schlag ins Gesicht verlor ich auf den hohen Absätzen taumelnd das Gleichgewicht und ruderte hoffnungslos mit den Armen, um das koordinativ noch irgendwie unter Kontrolle zu bekommen. Dabei drohte ich längst, nach hinten umzukippen, bis sich eine Handfläche zwischen meine Schulterblätter stemmte, um mich zu halten. Blinzelnd sah ich auf und begriff zuerst gar nicht, was hier eigentlich passiert war.

Dunkle Augen blickten mir entgegen und ein vorsichtiges Lächeln umspielte die Mundwinkel des jungen Mannes.

»Miss, es tut mir furchtbar leid, bitte entschuldigen Sie. Geht es Ihnen gut?«

Ich brauchte einen Moment, um mich wieder zurechtzufinden, und betastete mit den Fingerspitzen vorsichtig meine schmerzende Wange. Durch die Drehung musste ich mit voller Wucht in ihn hineingerauscht sein. Während seine Hand immer noch auf meinem Rücken lag, um mich zu stützen, richtete ich den Oberkörper auf und sortierte mich für einen stabilen Stand. »Es geht schon, danke ... und«, murmelte ich, unfähig, die Situation gedanklich zu ordnen.

Er nahm langsam die Hand von meinem Rücken, und ich betrachtete, wie er auf dem anderen Arm einen Stapel mechanischer Einzelteile trug. »Entschuldigung, ich ... Sie haben sich so schnell umgedreht und sind direkt gegen die Platten geknallt. Möchten Sie sich vielleicht kurz setzen und etwas ausruhen? Eve – bitte ein kühles Getränk vorbereiten. Ich möchte nicht unhöflich sein, aber sollen wir einen Scan durchführen, ob Sie verletzt sind?«

Ich schüttelte den Kopf. »Es geht schon, kein Problem. Ich bin wegen eines Auftrags hier. Ich habe nicht so viel Zeit.« Er musterte mich konzentriert, während ich mit den Fingern meinen Wangenknochen entlangstrich.

Unter den dunklen Augenbrauen sahen mich die fast gleichfarbigen Augen kritisch an. »Oh, ein Auftrag. Natürlich. Kann ich Ihnen dabei irgendwie helfen? Das wäre das Mindeste, nachdem ich Sie gerade … verletzt habe.« Er presste die Lippen zusammen.

Ich nickte dankbar. »Danke sehr. Vielleicht könnten Sie mir tatsächlich helfen. Ich suche diese Frau hier.« Eve projizierte fast gleichzeitig das Foto der gesuchten Person, das Kocji mir eingespielt hatte, auf meine offene Handfläche. »Kennen Sie die Dame oder wissen Sie, wo ich sie finde? Ich habe eine persönliche Lieferung zu überbringen. *Vertraulich.*« Das letzte Wort fügte ich mit etwas Nachdruck hinzu, räusperte mich anschließend und strich die Uniform glatt. Damit lenkte ich unbewusst die Aufmerksamkeit auf meine Marke.

»Sind Sie die Leiterin der Technical Area? O Mann, verzeihen Sie, dass ich Sie nicht erkannt habe. Selbstverständlich begleite ich Sie zu Eloras Büro. Das ist die Dame auf dem Bild. Sie ist die Vermittlungsleiterin. Kommen Sie.« Mit der freien Hand berührte er mich kurz an der Schulter und warf mir ein Lächeln zu. Die Situation tat ihm offensichtlich wirklich leid und er schien aufrichtig nett zu sein.

Unbeabsichtigt wanderte mein Blick zu seinen Handgelenken, um sein aktuelles Level einzusehen. Doch er trug einen salbeifarbenen Anzug, in dessen Stoff mit einem etwas helleren, seidigen Farbton ein faszinierendes Muster eingewebt war. Durch die langen Ärmel konnte ich die Ziffer leider nicht erkennen. Erst bei genauerem Hinsehen fiel mir auf, dass unter dem Saum des Anzugs etwas Dunkles hervorlugte.

Moment … waren seine Handgelenke etwa bandagiert? Verwirrung breitete sich in mir aus, während ich ihm dennoch weiter durch die langen Flure des Gebäudes folgte, in denen er sich offensichtlich sehr gut auskannte. Zielsicher führte er mich zum Aufzug und ließ mir höflich den Vortritt.

»Vielen Dank. Ähm«, begann ich die Unterhaltung wieder. Nichts fand ich furchtbarer, als stillschweigend mehrere Stockwerke lang nebeneinander im Aufzug zu stehen. »Übrigens bin ich nicht die Leiterin des TAs. Aber ja, ich bin im Auftrag der Technical Area hier. Bitte entschuldigen Sie, dass ich im Weg stand. Sie hatten es sicherlich sehr eilig ...« Ich deutete auf die metallischen Festplatten, die er immer noch auf dem Arm trug, während sich die Aufzugtüren schlossen.

»Verzeihen Sie, dann habe ich Sie wohl verwechselt. Ich dachte irgendwie, ich hätte Sie schon mal gesehen, aber bisher hatte ich nur Kontakt zur Leiterin der Technical Area. Aber wenn Sie nicht die Leiterin sind ...« Er hielt mir die freie Hand hin. »Ich bin Noah.« Wieder umspielte dieses hübsche Lächeln sein Gesicht.

Ich versuchte erneut, einen Blick auf seinen Levelstand zu erhaschen, der tatsächlich mit Bandagen verdeckt worden war. Dennoch erwiderte ich die Geste. »Ich bin Skye. Freut mich, dich kennenzulernen.«

»Da würde ich mich nicht zu früh freuen – könnte sein, dass das morgen einen ziemlichen blauen Fleck gibt.« Noah deutete auf meine Wange und presste wieder die Lippen aufeinander, was ihm einen schuldigen Ausdruck verlieh.

Ich verkniff mir dabei ein Lachen und winkte ab. »Halb so wild wie ich morgen aussehe. Hauptsache, ich schaffe den Auftrag, das wäre echt wichtig«, gab ich schneller von mir, als ich darüber nachgedacht hatte.

Der junge Kerl neben mir zog interessiert eine Augenbraue nach oben. »Ja, klar verstehe. Karriere und so.«

Karriere und so?

Ich verstand nicht so recht, was er mir damit sagen wollte. Ob er auf das Level anspielen wollte? Schließlich dürfte das Gebäude niemand unter einer 9 betreten, was schon bedeutete, dass man höhere Ziele anstrebte und viel Wert auf eine steile Karriere legte.

Ob er das jetzt von mir dachte? Karriere und so?

Dabei könnte es mir völlig egal sein, was dieser Noah von mir hielt. Das heute war der erste und letzte Tag, den ich in so hoher Gesellschaft verbrachte.

Bevor sich die unbeliebte Stille im Aufzug einnisten konnte, geschah etwas Sonderbares. Zuerst veränderte sich das Licht in den altvertrauten bläulichen Schein, der Eve ankündigte. Dann geriet der Aufzug ins Stocken, bevor er vollkommen zum Stillstand kam. Ich stützte mich durch die Erschütterung schnell an der Wand ab, um mir nicht auch noch die andere Wange an Noahs seltsamen Einzelteilen zu verletzen. Für einige Augenblicke, nur Sekunden, sahen wir einander ratlos an. Unsicher. Etwas stimmte hier nicht. Ganz und gar nicht.

»Achtung, eine Durchsage«, ertönte Eve und sofort beruhigte sich mein Puls wieder. Eve war immer da. Eve hatte für alles eine Lösung. Eine Erklärung. Eve hatte das alles hier im Griff.

»In 5 Minuten sollen sich alle Personen aus dem Gebäude begeben. Es wird eine ringübergreifende Information für alle Bürger geben, die nur außerhalb eingesehen werden kann. Bitte verlassen Sie möglichst zeitnah das Gebäude, bleiben Sie nicht im Gebäude zurück. Es folgt eine zweite Erinnerung. Vielen Dank.« Das blaue Schimmern verschwand, der Aufzug setzte sich wieder in Bewegung – doch was unverändert blieb, war der ratlose Blick zwischen uns.

»Das darf doch nicht wahr sein«, brachte ich hervor. »Hör mal, dieser Auftrag ist wirklich wichtig. Ich muss das hier unbedingt abgeben. Das hat oberste Priorität!« Ich holte tief Luft und hob beschwichtigend die freie Hand hoch.

»Okay, ganz ruhig. Ich begleite dich zu Eloras Büro, du erledigst deinen Auftrag und dann gehen wir raus und sehen uns das an. Ich kann meine Sache hier …« Er deutete mit einer leichten Kopfbewegung auf die Platten. »Auch noch später fertig machen. Aber ich schulde dir das wohl, nachdem ich dich schon umgerannt habe.«

Ich atmete erleichtert aus. »Danke.«

»Kein Problem. Wir sollten demnächst da sein. Dann die Übergabe und zack, dann sind wir auch schon wieder pünktlich draußen. Überhaupt kein Thema.« Er sah mich an, hob einen Mundwinkel und ich erwiderte das Lächeln, während sich mein Herzschlag beruhigte. Seine Stimme besänftigte den anfänglichen Aufruhr in meinem Innern, dass das Projekt oder gar der Levelaufstieg gefährdet sein könnte. Ich wandte den Blick auf die Anzeige des Aufzugs. Noch vier Stockwerke. Ob ich die Stille so lange ertragen konnte oder ob ich mir weiterhin einbilden würde, dass egal wie hilfsbereit dieser Kerl wirkte, er offensichtlich seinen Levelstatus zu verbergen schien?

»Jetzt weiß ich, glaube ich, woher ich dich kenne!«, sagte er plötzlich, sodass ich ihn überrascht ansah. Denn ich war mir mehr als sicher, dass wir uns noch nie im Leben begegnet waren. Und ich war garantiert auch nicht so bekannt, dass man mich von irgendwoher kennen würde.

»Du …« Er zögerte kurz, sah mich an und deutete dann mit dem Zeigefinger auf mich. »Du bist das Traummädchen, oder?« Abwartend musterte er mich, ein aufgeregtes Funkeln in seinem Blick, während ich verwirrt die Augenbrauen zusammenzog.

»Wie bitte?« Ich schüttelte irritiert den Kopf. »Das habe ich ja noch nie gehört. Du verwechselst mich wahrscheinlich. Aber für gewöhnlich bin ich die Einzige mit dieser … auffälligen Haarfarbe.«

Bildete ich mir das ein oder verlor Noahs Gesicht gerade etwas an Farbe?

Sein Mund stand leicht offen, als wollte er dem noch etwas hinzufügen, doch er schien sich selbst nicht mehr ganz sicher zu sein, was er eigentlich aussprechen wollte. »Sorry«, stammelte er dann. »Scheint heute irgendwie nicht mein Tag zu sein. Also bist du nicht das –«

»Nein«, unterbrach ich ihn schnell. *Traummädchen, was sollte das denn sein? War das etwa eine Art Anmachspruch oder was wollte er mir damit sagen?*, rätselte ich in Gedanken, als ein Signalton ertönte und sich die Aufzugstüren öffneten. *Endlich. Wir waren da.*

KAPITEL 4

Skye

Da ich vorn stand, steuerte ich direkt aus dem Aufzug hinaus und hielt dann inne, um auf Noah zu warten, damit er in die richtige Richtung wies. Mit gerunzelter Stirn folgte er mir hinaus und legte die Metallplatten auf einen kleinen Tisch.

»Eve, bitte Notiz vermerken: Hole die Platten später hier ab, danke«, sprach er in normaler Lautstärke aus und kurz darauf bestätigte Eve die Ausführung, während er schon weiterlief und mich im Vorbeigehen wieder mit seiner Hand an der Schulter berührte. »Das Büro ist gleich hier drüben. Aber wie es aussieht, ist Elora nicht da. Vielleicht kannst du es ihr einfach auf den Schreibtisch legen.«

Ein Auftrag von höchster Vertraulichkeit und Priorität. *Geheim. Beschütze ihn, lass ihn keinesfalls außer Acht.* Das hatte Kocji mir eindringlich nahegelegt. Aber wie ich mich verhalten sollte, wenn die Dame nicht da war, davon hatte er natürlich nichts erwähnt.

»Ähm ja«, machte ich kurz, um etwas Zeit zu schinden, während Noahs Blick mich eindeutig zur Eile drängen wollte. *Natürlich* – die Durchsage. Wir hatten keine Zeit, um auf Elora zu warten, damit ich ihr dieses geheime Kästchen selbst übergeben konnte. *Persönlich.* Ohne Zeugen und all das.

»Dieser Auftrag ist streng vertraulich ... Würdest du bitte im Aufzug warten? Dann würde ich das ... Diese Sache am genau dafür vereinbarten Ort verstauen. Damit sie es findet, wenn sie wiederkommt. Wie gesagt, topsecret und so.«

Noah musterte mich erneut. Als würde ich nicht wie eine Geheimagentin wirken, nicht wie die Karrierefrau, für die er mich nun vermutlich hielt. Trotzdem nickte er langsam und ging ein paar Schritte rückwärts.

»Ich halte dir den Aufzug frei. Aber wir sollten uns beeilen. Bis gleich.« Dann drehte er sich um und verschwand um die Ecke in Richtung des Fahrstuhls. Ich hörte den Signalton, als sich die Türen öffneten.

Mit einem tiefen Atemzug betrat ich das Büro der Leiterin. Einer Frau, die mir vollkommen fremd war. Noah hatte mich mit Sicherheit nur allein hier drin gelassen, da Eve sowieso jedes Vergehen aufzeichnen und melden würde. Egal, was ich hier anstellen würde, alles wäre protokolliert. Gedanklich ging ich noch mal die Gespräche mit Kocji durch, versuchte irgendeinen Hinweis in seinen Worten zu finden, um nun die richtige Entscheidung zu treffen. Mein Levelaufstieg hing von dieser einen Entscheidung ab – eine Chance, die ich vermutlich niemals wieder bekommen würde. *Verdammt!*

Ich öffnete die Knopfreihen meiner Uniform, um an die geheime Tasche zu kommen und die Holzschatulle herauszuholen. Sie in meinen Händen drehend, sah ich mich in dem minimalistischen Büro um. Hier gab es nur einen Schreibtisch ohne Schubladen, einen Stuhl und ein Sideboard, das leider verschlossen war, wie ich feststellte. Vielleicht sollte ich den Stick wieder mitnehmen und mein Glück nach dieser Durchsage noch mal versuchen. Abwarten, bis Elora persönlich auftauchen würde, um es ihr direkt in die Hände zu geben.

»Achtung, eine Durchsage: Wir erinnern Sie hiermit dringend, das Gebäude für eine wichtige Bürgerinformation zu verlassen. Die Information startet in weniger als zwei Minuten. Bitte verlassen Sie spätestens jetzt alle das Gebäude. Vielen Dank.«

Eve! Hilf mir!

Es war kein richtiger Befehl und ich hatte die künstliche Intelligenz zuvor auch gar nicht manuell aktiviert. Stattdessen war es ein Hilferuf und die Gewissheit, dass ich in meinem Leben noch niemals allein gewesen war. Dass Eve immer helfen konnte.

»Unter dem Sideboard ist ein winziger Spalt von der Höhe eines Zentimeters. Hierunter könnte es versteckt werden«, ertönte Eves technische Stimme in meinen Gedanken. Panisch fiel mein Blick zurück auf das Sideboard und tatsächlich: Ein schmaler Spalt, um nur den Speicherstick hindurchzuschieben. Niemand, der davon wusste, würde dort suchen oder es gar finden. Ich würde Kocji das Geheimversteck verraten und er könnte es in einem persönlichen Telefonat direkt Elora mitteilen. So würde es funktionieren. Also befreite ich den Speicherstick aus der hölzernen Schatulle und schob lediglich den Stick selbst in den schmalen Spalt.

»Beeilung«, drängte Eve in meinen Gedanken plötzlich. »Die Information beginnt in 82 Sekunden.«

Verdammt!

Ich schob das Kästchen zurück in die Tasche und rannte Richtung Aufzug, in dessen Tür Noah einen Fuß gestellt hatte. Kaum war ich in die Kabine gesprungen, schlossen sich die Türen hinter mir und Noah gab hektisch eine Tastenkombination am BedienPad ein.

»Dreifache Geschwindigkeit, Eve!«, befahl er und unsere erschrockenen Blicke trafen sich erneut. »Halt dich fest, Skye«, sagte er und lehnte sich in eine der Ecken. »Und außerdem, die oberen Knöpfe deiner Uniform sind ... noch offen. Ich will nicht unhöflich sein, aber das könnte bei der Bürgerinformation ... na ja, ähm.«

Augenblicklich schoss mir die Röte ins Gesicht und ich sah an mir hinab. In der Eile hatte ich offensichtlich keine Zeit gehabt, die zweireihigen Knöpfe wieder zu schließen, sodass die Uniform nun unfreiwillig auf mein Dekolleté blicken ließ. »Oh«, stieß ich aus und nestelte hektisch an den Knöpfen, während Eve den Aufzug gefühlt auf Lichtgeschwindigkeit beschleunigte. Übelkeit drängte sich in meinen Magen, doch wenigstens hatte ich das Oberteil wieder ordnungsgemäß verschlossen, als sich im Erdgeschoss die Türen öffneten.

»Das Gebäude wird in einundzwanzig Sekunden verriegelt«, polterte Eves technische Stimme durch das Gebäude.

»Los!«, rief Noah und wie in einer panischen Trance griff er nach meiner Hand und zog mich hinter sich her. Das Adrenalin in meinen Adern vernebelte mir den Verstand, aber die warme Luft, die uns von draußen entgegen schwappte, löste eine Flut der Erleichterung in mir aus und ich kam keuchend neben Noah zum Stehen. Augenblicklich ließ er mich los und ich stemmte nach Atem ringend die Hände in die Hüften.

»Ganz schön stressig bei euch in der Vermittlung«, keuchte ich und Noah brach damit unmittelbar in herzliches Lachen aus, das irgendwie ansteckend wirkte.

Nachdem sich unsere Atmung wieder normalisiert hatte, sah ich mich um und betrachtete die unzählig vielen Menschen, die sich nun überall versammelt hatten. Dicht an dicht gedrängt standen sie auf dem Platz vor dem Vermittlungsgebäude und in den Straßen seitlich davon.

»Ich war noch nie bei einer Bürgerinformation dabei«, flüsterte ich mehr zu mir selbst, doch Noah schien meine Worte wahrgenommen zu haben.

»Ich auch nicht«, gab er zurück. »Muss wohl etwas ziemlich Ernstes sein.«

Und die ganze Situation wirkte noch ernster, noch bedrohlicher, als die feinen Netzwerklinien blasser wurden, wodurch die Dunkelheit dahinter stärker hervortrat. Bis das Hologramm über unseren Köpfen auftauchte, dort, wo früher vermutlich die Sonne gewesen war. Das Abbild einer Frau, gezeichnet im bläulichen Flackern der Eve-Verbindungen.

»Willkommen. Dies ist eine Live-Bürgerinformation der Eleven. Es werden nun Trennlinien erscheinen, bitte verfallen Sie nicht in Panik, bleiben Sie bitte ganz ruhig.« Kaum hatte sie zu Ende gesprochen, zeichneten sich aus dem Nichts schimmernde Linien wie die der Ring-Übergänge vom Boden ab. Doch nun schien es, als pferchten sie stückweise die Menschen in Quadrate zusammen. Unruhe kribbelte in meinen Fingerspitzen und die Übelkeit drängte sich erneut in den Vordergrund. *Ich kam doch nur hierher, um diesen Auftrag auszuführen. Nichts anderes. Und wenn ich zurückkehre, erhalte ich Level 8. Ich muss einfach nur zurück und ...*

»Diese Bürgerinformation wird live in alle Zonen sowie im Außenposten übertragen. Es ist nicht notwendig, dass Sie Familie oder Freunde darüber aufklären. Alle Bürger erhalten die nun nachfolgende Information gleichzeitig«, erklärte die Stimme weiter.

War das diese Elora von dem Bild, das Kocji mir übermittelt hatte? Durch das Flackern des Hologramms konnte ich es leider kaum beurteilen, außerdem blieb mir keine Zeit, weiter meinen Gedanken nachzuhängen. *Meine erste Bürgerinformation. Eingepfercht. Weit von zu Hause entfernt.*

»Wie Sie bereits wissen, sind wir über Eve permanent mit dem Netzwerk verbunden. Und dies bereits seit mehreren hundert Jahren. Um diese Datenmengen zu ermöglichen, wurden unzählige Serverstationen errichtet. Aktuell sind diese an einer Belastungsgrenze angelangt, sodass eine zuverlässige Bereitstellung des Datenvolumens nicht mehr gewährleistet werden kann. Um dies zu verhindern und schnellstmöglich zu beheben, wurde eine Abschaltung für zwei Tage beschlossen.«

Zuerst erdrückende Stille. Dann ertönte aus einer der Seitenstraßen ein hysterisches Kreischen. Panik mischte sich unter die Menge, doch keiner bewegte sich vom Fleck. Niemand widersetzte sich den Anweisungen der Eleven.

»In exakt einer Stunde werden alle Server und alle Verbindungen zu Eve für genau zwei Tage deaktiviert. Anschließend ist eine Reaktivierung vorgesehen. Bitte bleiben Sie ruhig und begeben Sie sich auf direktem Wege nach Hause. Für die Zeit während der Abschaltung sind Sie von Ihrer Arbeit freigestellt. Die Trennlinien werden in dreißig Sekunden entfernt, um allen Menschen dieselbe Möglichkeit zu bieten. Vielen Dank für Ihr Verständnis.«

Die Frau verschwand und an ihrer Stelle wurde nun ein Countdown eingeblendet. Ich konnte kaum atmen, geschweige denn einen klaren Gedanken fassen.

»Ich muss zurück«, flüsterte ich heiser. »Aber ich bin über eine Stunde von zu Hause entfernt. Ich muss mich beeilen, ich …« Hektisch tippte ich an meine Schläfe, doch Eve reagierte nicht. Immer und immer wieder versuchte ich es erneut, doch die Stimme in meinen Gedanken blieb stumm.

»Hey, keine Panik.« Noah hob die Handflächen und sah mir tief in die Augen. »Eve wird wahrscheinlich erst nach Ablauf des Countdowns bereitstehen – für dieselben Chancen. Was brauchst du denn, um nach Hause zu kommen?«

Wie konnte er nur so ruhig bleiben, während meine Nerven blank lagen? Ich sollte hier nur diesen Auftrag erledigen und jetzt? Eine Abschaltung? Das hatte es noch nie gegeben. Und ich kannte die Geschichtsbücher. Eine Abschaltung war absolut neu.

»Eine Speedbahn in den«, ich traute es mich fast nicht auszusprechen, »vierten Ring. Oder ein Direct-Shuttle.«

Noah nickte nur und ich war froh, dass er meine weite Herkunft nicht kommentierte. »Okay, wenn der Countdown auf Null läuft, versuchen wir es einfach beide. Du bei der Speedbahn, ich beim Shuttle – alles klar?« Er hielt sich bereits die Hand an die Schläfe und wir beide blickten hinauf zu der pulsierenden Zahl, die immer kleiner wurde.

Ich wollte ihn fragen, warum er vorhatte, mir erneut zu helfen. Warum er nicht sofort losstürmte, sobald die Trennlinien uns freigaben. Schließlich hatte er mich schon bei meinem Auftrag unterstützt. Also was hielt ihn davon ab, nicht einfach zu gehen?

»Drei ... Zwei ... Eins ... Null!«

Zugegeben, wir waren nicht die Einzigen mit diesem Gedanken. Ungefähr die Hälfte der Menschen blieb einfach stehen, als die Linien im Boden verschwanden, und riefen stattdessen Eve auf. Lautes Gemurmel aus Befehlen an die künstliche Intelligenz entstand, während einige andere panisch schreiend davonrannten.

»Eve, Shuttle-Service in den vierten Ring buchen. Jetzt!«, vernahm ich Noahs Stimme und auch bei mir ertönte nun der Signalton, dass Eve erreichbar war.

»Eve, bitte buch ein Ticket für die Speedbahn in die 4«, erklärte ich schnell und wartete hoffnungsvoll auf ihre Reaktion.

»Bitte warten«, antwortete Eve.

»Mist, Warteschleife. Scheint überlastet zu sein.« Noah klang ungeduldig und kickte einen imaginären Stein vom Boden fort, während ich wie versteinert auf Eves Worte achtete.

»Bitte warten. Es befinden sich einhundertsechsunddreißig Menschen vor Ihnen. Bitte warten.«

Unruhe stieg in mir auf und ich bemerkte kaum, wie mir die Aussichtslosigkeit dieser Situation, Tränen in die Augen trieb.

»Hey, hey, hey ...«, murmelte Noah und beugte sich zu mir herüber. Wieder berührte seine Hand vorsichtig meine Schulter und seine dunklen Augen ergründeten mein Gesicht. »Keine Panik, okay? Das wird schon. Alle müssen jetzt erst mal nach Hause.«

Ich holte tief Luft, dabei fuhr ein Zittern durch meinen Körper und ich spürte, wie die Verzweiflung über mich hereinbrach. »Aber ich bin nicht von hier. Ich wurde für diesen einen Auftrag geschickt. In die 4 benötige ich mehr als eine Stunde, das ist doch technisch nach der Abschaltung gar nicht mehr möglich! Und in der 3 kenne ich niemanden, bei dem ich die nächsten Tage unterkommen kann. Und einkaufen! Wie soll ich denn so lange einfach zu Hause bleiben? Ich ... Selbst wenn ich bis zur Abschaltung mit der Speedbahn fahre und den restlichen Weg laufe ... wie soll das funktionieren? Ich ...« Dann verstummten meine Worte und ich schlug die Hände vor dem Gesicht zusammen.

»Eve, Ende«, flüsterte Noah. »Skye, hör mal ... Wir hatten keinen guten Start, okay? Erst der Zusammenstoß, meine ständigen Verwechslungen und jetzt dieser ganze Stress hier ... Aber ich könnte dir vielleicht helfen.«

Ich beugte mich näher zu Noah heran, weil ich mir nicht sicher war, ob ich ihn richtig verstanden hatte. Der Lärmpegel schwoll immer stärker an, Leute kommunizierten angespannt mit Eve und die Menge löste sich allmählich auf. Überall drängten sich Menschen hindurch, Noah wurde unsanft angerempelt und fast zur Seite geschoben, da griff er kurz etwas fester nach meinem Arm. Eindringlich sahen wir einander an und er zwängte sich wieder zu mir hindurch.

»Bist du sicher?«, fragte ich noch etwas zögernd. »Du musst das nicht tun, also nicht aus Schuldgefühlen, meine ich, weil du mich übersehen hast.«

Ein Schmunzeln machte sich auf seinem Gesicht breit und er neigte seinen Kopf leicht zur Seite. »Ja, ich verstehe schon. Das werde ich mir noch ein paar Mal anhören dürfen. Aber zu meinem Vorschlag.« Er fuhr sich mit einer Hand durch die rotbraunen Locken, als würde er nachdenken. »Ich wohne wirklich nicht weit von hier, das kann man locker zu Fuß erreichen. Bis dahin könnten wir über Eve was zu essen bestellen und nach Hause liefern lassen.«

»Fragst du mich also gerade, ob …« Fragend sah ich ihn an. Skeptisch.

»Ich biete dir an, die nächsten zwei Tage während der Abschaltung bei mir zu wohnen, ja. Weil das die einfachste Möglichkeit ist und du es nicht mehr rechtzeitig nach Hause schaffen wirst.«

Wir blickten einander an. Ich blendete die Unruhe um uns beinahe vollständig aus und hoffte, dass ich nicht zu lange schwieg, bevor ich auf dieses Angebot antwortete. Dennoch wägte ich innerlich ab, ob es nicht vollkommen absurd war, mit einem Fremden mitzugehen. Aber die Tatsache, dass ich nicht mehr nach Hause kommen und deshalb womöglich in dieser mir noch unbekannten Zone festsitzen würde, half mir bei einer schnellen Entscheidung.

»Essen über Eve nach Hause liefern lassen, sagst du?«, hakte ich nach, um nicht länger zu schweigen. Dabei war es gewiss nicht das, was mich wirklich beschäftigte.

»Äh ja, sorry. Zusatzfunktion in der 2. Das Essen wird dann per Drohne angeliefert. So könnten wir uns noch vor der Abschaltung versorgen, ohne einen Service Point aufzusuchen. Ich sollte es nur wissen, dann würde ich gleich –«

»In Ordnung«, antwortete ich schneller, als mir selbst bewusst war. »Ich komme unter einer Bedingung mit dir.«

»Oh, klar, du kannst natürlich wählen, ob du auf der Couch oder im Bett schlafen willst. Sollte kein Problem sein«, fügte er direkt mit einem charmanten Lächeln hinzu.

Ich musste unweigerlich schmunzeln, ohne sicher zu sein, ob das wirklich nur ein blöder Scherz oder sein Ernst war. »Nein, schon okay. Aber ich möchte vorher dein Handgelenk sehen. Ich würde niemals mit jemandem mitgehen, der … Du weißt schon.« Zur Verdeutlichung tippte ich auf mein rechtes Handgelenk – dorthin, wo eine 7 unter meiner Haut blau leuchtete – und hielt es ihm entgegen, damit er es deutlich sehen konnte. »Siehst du?«, fragte ich und blickte erst dann in sein Gesicht zurück, das sich plötzlich verfinstert hatte.

Die Augenbrauen zusammengezogen, die Lippen nur noch ein schmaler Strich. Seine Augen musterten mich, ohne dass ich sagen konnte, ob er wütend oder verletzt war. »Du traust mir also nicht? Ich wohne in der 2 und war im Vermittlungsgebäude. Da kommt man nur mit einer 9 hinein.«

»Oder wie ich nur mit einer 7 und einer Befugnis, die jeder von seinem Chef bekommen könnte. Ich wohne doch nicht zwei Tage bei dir, ohne zu wissen, ob du vielleicht eine 4 bist und mich ausraubst oder sogar noch schlimmer …« Mir blieb der Mund offen stehen und ich schnappte bei der Erkenntnis nach Luft. »Während der Abschaltung würde das gar nicht gemeldet werden, oder? Ich wäre komplett ausgeliefert …«, murmelte ich weiter und spann diesen düsteren Gedanken fort.

»Okay, Stopp – hör auf! Ich zeige es dir. Solche Anschuldigungen hätte ich nicht erwartet«, murmelte er und während er die Bandage von seinem Handgelenk wickelte, wirkte er sichtlich getroffen.

Ich überlegte, mich zu entschuldigen, doch stattdessen wartete ich wie hypnotisiert auf den Moment, in dem die letzte Schicht der Bandage verschwand und mir eine blaue 9 entgegen leuchtete. Verwirrt zog ich die Augenbrauen zusammen und hielt inne. »Eine 9? Und weshalb dann das Verstecken unter den Bandagen? In Ordnung, ich komme mit«, sagte ich und wollte beinahe verzweifelt auflachen. Über eine Gesellschaft, in der man sich sogar für eine 9 schämen und verstecken musste.

Noah begann sofort wieder, die Bandage darum zu wickeln, als ich aus dem Augenwinkel eine kleine Veränderung wahrnahm. Es war nur der Bruchteil einer winzigen Sekunde, als die Zahl an seinem Handgelenk zu flackern schien. Oder bildete ich mir das in all der Aufregung nur ein? Der Moment war zu kurz, um das wirklich zu beurteilen, außerdem stand ich in der aktuellen Situation vielleicht unter Schock. Nachdem Noah seine Bandage wieder angebracht hatte, wirkte er deutlich zufriedener.

»Okay, dann sollten wir mal los. Wir wollen zur Abschaltung ja nicht immer noch hier stehen, oder?«

Tablet 100%

AUSZUG DER STUDIE ZUR ZUKUNFTSORIENTIERTEN TIERGENETIK

Aufgrund der bekannten Problematik von Klimaerwärmung sowie der klimatisch bedingten Umweltkatastrophen kommt es laut den Genetixx-Forschungen bereits in voraussichtlich hundert Jahren zur fast vollständigen Ausrottung von Flora und Fauna. Ein ausgewähltes Projektteam widmete sich deshalb der zukunftsorientierten Tiergenetik zur Verbesserung der DNA von einigen Tierarten und der anschließenden Züchtung. Dieses Projekt soll dem Erhalt lebensfähiger Tierarten dienen, trotz der sich rasant ändernden Umweltgegebenheiten.

Genetixx befand folgende Tierarten für das Experiment geeignet:

- Insekten (bevorzugt Ameisen)
- Chamäleons (aufgrund der idealen Anpassungsfähigkeit von neuem Terrain)
- Steppentiere (bevorzugt Arten, die bereits hohe Temperaturen und karge Landschaften gewohnt sind)

KAPITEL 5

Skye

Noah orderte über Eve ein Paket mit einem üblichen Haushaltseinkauf per Drohne an seine Adresse und nun verstand ich auch, warum ich noch nie zuvor davon gehört hatte. Das war keine Zusatzfunktion in der 2, sondern wahrscheinlich nur durch sein hohes Level möglich. Jeder neue Rang ermöglichte uns Boni im Alltag. Was mir die 8 bringen würde? Ich würde Kocji unmittelbar nach der Deaktivierung fragen, denn offensichtlich war der Aufstieg nicht automatisch erfolgt. *Oder ob ich ihn jetzt noch versuchen sollte zu erreichen? Vor der Abschaltung?*

»Kannst du dir das vorstellen?«, fragte Noah, während ich schweigend neben ihm herging. »Diese Abschaltung zwei Tage lang. Das ist doch verrückt, oder?«

Um nicht zu sagen, irgendwie beängstigend, dachte ich. Aber ich sprach es nicht aus.

»Ja, schon. Aber vermutlich müssen sie Eve komplett abschalten, um neue Server ans Netz zu hängen. Um die Mehrbelastung zu tragen. In ein paar Tagen wird alles wieder wie immer sein.«

Dennoch schlich sich ein anderer Gedanke in meinen Kopf. Mir war am Morgen nichts Ungewöhnliches an Eves Servern aufgefallen. Bei einer solch bedrohlichen Lage hätte ich als Serveradministratorin doch informiert werden müssen. »Aber ich habe davon noch nie zuvor gehört ... Also, dass Eve jemals komplett abgeschaltet wurde.«

»Aber seit – ich weiß nicht wie vielen Jahrzehnten – nutzen Milliarden Menschen täglich Eve. Das sind ja unendliche Datenmengen, die jede Minute, wahrscheinlich jede Sekunde, verarbeitet und gespeichert werden müssen.«

»Und aufgrund der neuen Funktionen und Weiterentwicklungen wird es immer mehr werden.«

Ich dachte weiter darüber nach.

Seit ich bei der Technical Area arbeitete, hatten wir immer wieder neue Server angeschlossen. Immer und immer wieder. Und ich verstand, was das bedeutete. »Es wird niemals genug sein«, flüsterte ich mit brüchiger Stimme und starrte Noah an.

Er wich meinem Blick gekonnt aus und fixierte fast schon wissend einen imaginären Punkt in der Ferne. »Ja, es wird niemals genug sein. Aber die neuen Server verschaffen uns wieder etwas Zeit.«

Als wir das Gebäude erreichten, in dem ich die nächsten Tage unterkommen sollte, blickte ich in die schwindelerregende Höhe des Wohnkomplexes empor. Die Südseite war in allen Etagen mit einer Fensterfront ausgestattet und bot vermutlich eine gigantische Aussicht über die Stadt. Kein Vergleich zu dem trüben Betonbau in Zone 4. Ob die Menschen, die hier wohnten, überhaupt wussten, wie es in meiner Gegend aussah? Ob Noah das wusste – und was mich im Inneren seiner Wohnung wohl erwarten würde?

»Mit dem Aufzug ist es kein Problem«, sagte Noah, denn er musste bemerkt haben, wie ich in die Höhe starrte. »Aber mit der Abschaltung könnte sich das schwierig gestalten und womöglich müssten wir dann neun Stockwerke über die Notfalltreppe zu Fuß gehen.« Er rieb sich mit der Hand über die Stirn. »Wer hätte gedacht, dass es mal so weit kommt.«

»Immerhin wohnst du um die Ecke von dort, wo du arbeitest.« Ich hielt einen Moment inne. »Du arbeitest doch in der Eleven-Vermittlung, oder?«, fragte ich, während er unter den Scanner trat, um die Tür zu öffnen.

»Bewohner identifiziert, Zugang freigegeben«, unterbrach Eve uns.

Noah hielt mir nach dem kurzen Klicken die Tür auf. »Hmm, hierfür sollten wir uns während der Abschaltung vielleicht auch etwas überlegen«, murmelte er.

Für einen Moment musterte ich Noah und bewunderte ihn dafür, wie sehr er in dieser Ausnahmesituation dennoch die Ruhe bewahrte. Er schien sich jederzeit sicher zu sein, dass er für alle Eventualitäten, die auftraten, eine entsprechende Lösung finden konnte. »Aber ja, ich arbeite im Vermittlungsgebäude. Im Innovation-Management, um genau zu sein«, sprach er unbeirrt weiter.

Ich nickte beiläufig, als wäre mir der Begriff und natürlich auch die Arbeit, die dahintersteckte, durchaus bekannt. Noah betätigte den Aufzug per Sprachsteuerung in den neunten Stock und als sich dort die Türen öffneten, fühlte ich allmählich die Anspannung aufsteigen. Gleich würde ich einem Fremden in seine Wohnung folgen – der Ort, an dem ich die nächsten Tage verbringen sollte. Bei einem Menschen, der mich im Flur beinahe umgerannt hatte. Das war ebenso verrückt wie dieses ganze Gerede über die Abschaltung. Aber es war meine einzige Chance, noch rechtzeitig irgendwo unterzukommen. Und ich war definitiv auf Hilfe angewiesen, wenn ich nicht zu Fuß nach Hause gehen wollte. Es war also mehr oder weniger ein Notfall. *Ob ich mit ihm auch mitgegangen wäre, wenn die Chance bestanden hätte, meine eigene Wohnung noch vor der Abschaltung zu erreichen?*

»Hier ist es«, eröffnete mir Noah etwas lauter als zuvor, als wollte er das Nachhängen meiner Gedanken unterbrechen. »Meine Wohnung und für die nächsten Tage wie dein Zuhause.«

Ich trat in den ersten Raum, der von hellem Licht durchflutet wurde. Es war nicht der altvertraute bläuliche Schein, den ich aus der 4 kannte. Interessiert trat ich näher an eines der Fenster heran und bemerkte, dass dahinter nicht das echte Tageslicht in Noahs Wohnung schien, sondern hinter der Scheibe große LED-Platten angebracht waren, aus denen warmweißes Licht strahlte. Dies war wohl ein weiterer Bonus, wenn man ein entsprechendes Level vorweisen konnte. Damit imitierten sie das frühere Sonnenlicht, das wir aufgrund jahrelanger Umweltverschmutzungen und Klimakatastrophen nicht mehr sehen konnten und uns stattdessen mit dem grauen Dunst über unserer Stadt abfinden mussten.

Auf der linken Seite wurde der Raum größer und eine beigefarbene Couch nahm den meisten Platz davon ein. Daneben ein kleines weißes Regal, in dem nur wenige Gegenstände lagen. Ein Buch mit vergilbten Seiten und einem zerfetzten Einband, das sicher bereits antik sein musste. Denn ich konnte mich nicht erinnern, wann ich zuletzt Aufzeichnungen dieser Art gesehen hatte, die nicht digitalisiert worden waren. Mit langsamen Schritten ging ich an dem Regal vorbei und versuchte interessiert einen weiteren Blick darauf zu erhaschen.

»Sind das etwa … Münzen?«, fragte ich und blieb nun doch ehrfürchtig stehen, um die goldenen Plättchen zu begutachten. Ich legte meine Stirn in Falten und ein schräges Lächeln stahl sich auf meine Lippen. *War Noah etwa ein Befürworter der alten Zeit?*

Er lachte und kam ein paar Schritte näher an mich heran. Ich sah ihn nicht, weil ich meinen faszinierten Blick von den Münzen nicht abwenden konnte. Aber ich hörte Noahs dumpfe Schritte und spürte seine Anwesenheit, als er dicht hinter mir stand und sich über mich zum Regal beugte. Für einen Moment stockte mir aufgrund der Nähe der Atem, doch Noah schien es gar nicht zu bemerken.

»Sie sind uralt und gehörten meiner Familie. Sie werden seit Generationen weitergegeben. Als Andenken.« Es klimperte in seiner Hand und er reichte sie mir.

Zögernd öffnete ich meine Handfläche und Noah ließ die kühlen Geldstücke hineingleiten. Dabei strichen seine Fingerspitzen über meine Haut und mein Blick fiel dabei kurzzeitig auf seine Bandagen.

»So etwas habe ich noch nie gesehen«, murmelte ich leise und wendete fasziniert die beiden Münzen. Das Gold darauf wirkte matt und abgestumpft, dennoch betrachtete ich sie wie einen einzigartigen Schatz. Es war für mich kaum vorstellbar, wie die Menschen früher damit ihre Waren bezahlt hatten. Nicht einmal meine Großeltern hatten das noch miterlebt. Schnell gab ich Noah das Geld zurück. Ich wollte nicht neugierig wirken oder mich aufdringlich nach seiner Familie erkundigen, weshalb ich den Blick wieder durch den Raum schweifen ließ.

In der Ecke stand eine Porzellanvase, in der vertrocknetes Pampasgras steckte, das dadurch keinen Farbklecks zu der hellen, aber farblosen Wohnung bildete. Es gab keine richtige Küche, was inzwischen üblich war, da die Hauptmahlzeiten in der Arbeitsstätte eingenommen wurden. In dem kleineren

Nebenraum stand jedoch eine Kaffeemaschine mit einem Kühlschrank und einer schmalen Küchenzeile. Doch was mich wirklich beeindruckte, war ein großes Fenster im Flur, das gleichzeitig einen Durchgang darstellte.

»Du hast einen Balkon?«, entfuhr es mir staunend und ich durchquerte den Raum, um ihn näher zu betrachten. Es war beeindruckend, denn man blickte von hier aus auf den gesamten weißen Ring hinab. Meine Vermutung bestätigte sich. Es gab keinen einzigen Winkel in diesem Viertel, der grau oder dreckig war. Alles wirkte rein fast wie die Küche – völlig unberührt.

»Ja«, war alles, was Noah darauf antwortete. »Aber ich benutze den eigentlich nie. Generell bin ich so gut wie nie hier.«

»Ja, ich verstehe. Karriere und so«, gab ich zurück und konnte mir das Grinsen nicht verkneifen. Mit einem Blick über die Schulter sah ich, dass auch sein Mundwinkel zuckte.

»Komm, ich zeig dir noch den Rest.« Noah deutete mit dem Daumen zurück in den Flur.

Ich runzelte die Stirn. »Du hast noch mehr Zimmer? Da musst du beim Abschlusstest aber mächtig überzeugt haben.«

Noah grinste. »Glaubst du wirklich, dass sich eine Verbindung zwischen Prüfungsergebnis und Quadratmeterzahl der Wohnung herstellen ließe? Vielleicht solltest du dazu ein Forschungsprojekt anmelden«, witzelte er, dann wurde er wieder ernst. »Aber nein, so viel größer ist die Wohnung nicht. Auch in der zweiten Zone ist der Wohnraum rar.«

Ich nickte vor mich hin, ohne ihn anzusehen. Auch wenn ich mir gern vorstellte, dass die Eleven in wunderschönen opulenten Häusern lebten, wusste ich, dass uns in einer Welt der Überbevölkerung und Klimakatastrophen nur kleine Wohnungen zur Verfügung gestellt werden konnten. Der Klimawandel hatte uns vierundsechzig Prozent der damaligen Erdoberfläche geraubt. *Vierundsechzig Prozent*! Das war ein enormer Verlust, wenn man bedachte, wie viele Menschen zuvor auf der Erde gelebt hatten. Doch auch diese Zahlen waren zurückgegangen. Nur noch drei Millionen Menschen lebten hier in Springgwyn – der letzten übrig gebliebenen Stadt.

»Wusstest du, dass den Menschen früher ganze Bauflächen für eigene Häuser zur Verfügung gestanden haben?«, fragte ich an Noah gewandt. Denn ich wollte ihm nicht sagen, dass mein Appartement deutlich kleiner war, hinter meinen Fenstern keine LEDs leuchteten und ich auch noch nie einen Balkon betreten hatte.

»Unvorstellbar, oder?«, fragte er zurück und seine Stirn legte sich nachdenklich in Falten. »Aber so vieles wurde einfach fortgespült.«

Ich nickte und lehnte mich gegen die Küchentheke. »Vielleicht sind diese Städte auch immer noch da. Irgendwo in den Tiefen versunken.« Darüber hatte ich schon häufiger bei meinen Recherchen über die alte Welt nachgedacht. Als die Polarkappen schmolzen, waren nicht nur Häuser und Städte dem steigenden Meeresspiegel zum Opfer gefallen – nein, sogar ganze Kontinente wie Australien und Europa waren davon verschluckt worden. Auch gab es sonst keinen einzigen Kontinent, der nicht enorme Einbußen von Ländereien erlitten hatte. Im Hochsommer erlebten wir Zeiten, in denen wir mehrere Tage nicht das Haus verlassen konnten, weil die Hitze unerträglich war und das Thermometer dabei über siebenundvierzig Grad kletterte. Deshalb war der afrikanische Kontinent auch seit über hundert Jahren unbewohnbar für die Menschheit. Die Sandwüste hatte sich stetig weiter ausgebreitet und die Hitze machte es den Menschen unmöglich, dort zu leben.

So war uns auf der gesamten Welt nur ein bewohnbarer Kontinent geblieben, der nun den Namen Ilaya trug. Dieser bot gerade noch genug Fläche für die letzte Eve-Stätte. Und so lebten wir. In der Hoffnung, dass der weitere Verfall der Erdoberfläche mindestens hundert Jahre pausieren würde.

»Ich versichere dir, dass du hier heute nicht fortgespült wirst«, sagte Noah mit einem Lächeln und brachte damit wieder etwas mehr Leichtigkeit in unsere Unterhaltung.

»Das hoffe ich!«, entgegnete ich mit einem Lachen und deutete auf den Balkon, der zeigte, wie weit wir uns über der Stadt befanden. Und ich wollte wirklich nicht erleben, wie das Wasser eine Wohnung im neunten Stock flutete.

Noahs Wohnung bestand außerdem aus einem Badezimmer und besagtem Schlafzimmer, das nur mit einem einfachen Bett in naturfarbener Leinenbettwäsche und einem Kleiderschrank ausgestattet war. Auch dieser Raum wirkte mit den weißen Möbeln und dem blassen Boden sehr minimalistisch. Die helle Einrichtung war aber sicherlich nicht ohne Grund gewählt – da die Temperaturen inzwischen nicht mehr unter zwanzig Grad sanken, war dies durchaus sinnvoll.

»Es sind nur noch dreißig Minuten bis zur Abschaltung«, sagte Noah, als wir gerade auf den zwei Klappstühlen am winzigen Tisch auf dem Balkon saßen. »Brauchst du noch irgendetwas? Die Drohne mit der Essenslieferung müsste jeden Moment hier sein.«

»Hmm, ehrlich gesagt, habe ich keine Kleidung und … eigentlich gar nichts dabei«, entgegnete ich ihm. »Also ich war jetzt nicht darauf vorbereitet, zwei Tage bei einem Fremden zu bleiben.« Ich biss mir auf die Lippe.

»Verstehe. Vielleicht können wir noch versuchen, dir etwas

zu bestellen? Die Drohne liefert in nur zehn Minuten, das sollte also noch reichen.« Er lächelte mich aufmunternd an.

»Okay und ähm ... wie funktioniert das genau?«, fragte ich, doch Noah tippte sich bereits an die Schläfe.

»Eve, erteile Drohnenbestellerlaubnis über meinen Account an Skye.«

»Befugnis wurde erteilt«, antwortete Eve innerhalb einer Sekunde und vor meinem inneren Auge tauchte ein blauer Schimmer auf. Ein Hologramm, das nur ich sehen konnte und mir die verschiedenen Kategorien aufzeigte, aus denen ich nun wählen konnte.

»Das sollte reichen. Jetzt kannst du ordern, was du noch brauchst. Ich werde dich mal allein lassen und schon mal ... die Couch ausziehen und so was.« Damit verschwand er nach drinnen und schloss die Balkontür hinter sich, während ich ungestört darüber nachdenken konnte, was ich benötigte. Für die Zeit eingesperrt bei einem Fremden, ohne auch nur einen weiteren Kontakt nach draußen.

Aber es waren ja nur zwei Tage.

Mit einem Tippen in die Luft wählte ich die Kachel mit der Bezeichnung Verpflegung aus. Während andere nur sahen, wie ich die Hände vor meinem Kopf bewegte, konnte Eve diese Steuerung erkennen und navigierte mich ähnlich wie bei VisualControl durch das Menü. Ich bestellte eine Zahnbürste, eine schwarz-weiß gemusterte, lockere Tunika, da in den nächsten Tagen weiterhin über vierzig Grad herrschen würden, ein geblümtes Sommerkleid und bequeme Sneaker, da meine Füße von den Pumps bereits schmerzten. Und auch wenn es nicht unbedingt dringend notwendig gewesen wäre, das Make-up, das die Stylistin am Morgen verwendet hatte und mich nicht mehr so kränklich blass aussehen ließ. Ebenso ein Duschgel und Sonnenschutz.

Anschließend ging ich rein und Noah hatte wie angekündigt das Sofa auseinandergeklappt und mit einem Kissen und einer Bettdecke versehen.

»Danke«, sagte ich, und obwohl ich damit nicht nur den vorbereiteten Schlafplatz meinte, schien er es zu verstehen und winkte mit seinem hilfsbereiten Lächeln ab.

»Kein Problem. Das würde jeder tun.«

Und ich fragte mich, ob das wirklich stimmte. Ob jeder, der eine 9 am Handgelenk trug, jemandem seine Wohnung anbieten würde, ohne über mögliche Folgen oder Konsequenzen nachzudenken. Ohne Eigennutz und ohne denjenigen zu kennen. Denn wir verließen uns auf Eves Einschätzung und darauf, dass sie einen Menschen mit böswilligen Absichten sofort enttarnen würde.

Zwei Drohnen landeten wenige Minuten vor der Abschaltung auf dem Balkon und hinterließen die jeweiligen Pakete. Ohne auch nur genauer hinzusehen, reichte mir Noah die zweite Lieferung, die ich selbst geordert hatte, als könnte sich darin etwas Verbotenes verstecken. Gleichzeitig war ich ihm dankbar dafür, dass er mir eine gewisse Privatsphäre überließ.

»Dann schauen wir mal, was drin ist. Hast du denn irgendwelche Wünsche für heute?«, fragte er, während er die Box mit einem kräftigen Ruck öffnete.

»Eigentlich nichts Besonderes. Aber nach dieser Aufregung habe ich wirklich Hunger«, antwortete ich ihm und verzog das Gesicht zu einem Grinsen.

Noah nickte bestätigend. »Absolut! Aber sieht aus, als würden die nächsten Tage etwas eintönig werden.« Er hielt triumphierend zwei Packungen Nuggets in die Höhe, die aus Bohnenprotein gefertigt waren und anhand von Form und Aromen an Fisch und Hühnchen erinnern sollten.

Ich verdrehte theatralisch die Augen. Diese Hülsenfrüchte benötigten im Anbau extra wenig Wasser, weshalb sie in der modernen Welt neben Insekten das Hauptnahrungsmittel geworden waren.

»Okay, das wird ja nicht besonders abwechslungsreich. Und was ist da sonst noch so drin?« Ich lugte zu ihm hinüber.

»Eine Dose Mais, etwas Knoblauch und Rote Bete«, antwortete Noah, während er weiter in dem Karton kramte. »Was isst du denn sonst gern?« Er hob den Kopf und sah mich musternd an. Fast so, als könnte er rein durch seinen durchdringenden Blick erkennen, ob ich gern Bohnen aß oder nicht.

»Nichts davon unbedingt gern«, gab ich mit einem gespielt übertriebenen Ausdruck zurück. »Aber wir haben nicht wirklich eine Wahl, oder?« Ich lachte auf, doch Noah blieb ernst.

»Man hat immer eine Wahl, Skye.«

Irritiert sah ich ihn an. »Na ja, nicht unbedingt«, begann ich. »Heute werden wir wohl oder übel etwas aus Bohnen essen müssen.« Ich zuckte mit den Schultern, um ihm zu zeigen, dass es mich nicht störte. Dass es okay für mich war, weil ich mich daran gewöhnt hatte, in einer Welt voller Klimakatastrophen zu leben.

»Du hast definitiv die Wahl«, sagte er und sein linker Mundwinkel hob sich zu einem schiefen Schmunzeln. »Du könntest auch nichts essen. Oder losgehen und einen Service Point für Lebensmittel ausrauben. Oder bei unserem Nachbarn klopfen und fragen, ob du bei ihm essen kannst. Natürlich nur in der Hoffnung, dass er nicht das gleiche Versorgungspaket erhalten hat wie wir.«

Einige Momente dachte ich darüber nach – über Noahs Worte und darüber, ob sie wahr waren. Ob wir tatsächlich so viel Freiheiten in unserem Leben hatten, so viele endlose Möglichkeiten.

»Machen wir es nicht kompliziert und essen das, was wir haben.« Ich grinste ihn an und er erwiderte es zögernd. Auch wenn ich glaubte, in seinen Augen einen bedrückten Ausdruck zu sehen.

Ich lehnte an der Küchentheke, während ich Noah dabei zusah, wie er das Abendessen vorbereitete. Als er sich nach vorn beugte, um die Box auszupacken, fiel ihm eine längere, rötlich schimmernde Haarsträhne in die Stirn.

»Am besten, wir erwärmen heute schon mal beide Nuggetpackungen und bewahren den Rest für morgen auf«, sagte er, ohne mich anzusehen, und kramte weiter in der Kiste. Dabei betrachtete ich sein Gesicht, das von unzähligen Sommersprossen übersät war. Wenn er den Mund zu einem Lächeln verzog, war es, als tanzten die Punkte auf und ab.

»Eve, bitte den Ofen erwärmen, hundertachtzig Grad«, forderte Noah auf.

»Verstanden, der Backofen wird nun vorgeheizt.«

Wehmütig sah ich hinüber und beobachtete, wie Eve das Gerät aktivierte. Ein seltsames Gefühl beschlich mich. »Eine komische Vorstellung, sie jetzt noch zu hören, obwohl wir wissen, dass sie schon so bald nicht mehr da sein wird«, sagte ich.

Noah wandte sich zu mir um, die sehnigen Unterarme dabei lässig hinter sich auf der Zeile abgestützt. »Es ist ja nicht von Dauer«, erwiderte er. »Und vielleicht schadet es auch nicht, uns in den zwei Tagen bewusst zu werden, was Eve alles für uns übernimmt. Dann wissen wir ihre Unterstützung wieder mehr zu schätzen.«

Ich nickte und lächelte zaghaft, während ich über seine Worte nachdachte. »Ja, vielleicht hast du recht.«

Noahs Gesicht verzog sich zu einer gespielt empörten Miene. Dann verschränkte er die Arme vor der Brust. »Natürlich habe ich *immer* recht. Wundert dich das etwa?« Er grinste schief.

»Na ja«, setzte ich an und musterte ihn ernst mit zusammengekniffenen Augen. Dabei konnte ich mir ein Schmunzeln nicht verkneifen. »Eigentlich weiß ich ja noch nicht besonders viel über dich«, schlussfolgerte ich schließlich.

Eve unterbrach uns mit einer kurzen Anmerkung, dass der Backofen nun die gewünschte Temperatur erreicht hatte.

»Du kannst mich alles fragen.« Er stieß sich von der Küchenzeile ab, verteilte die Nuggets auf einem Blech und schob es in den Ofen. »Timer auf sieben Minuten, Eve«, rief er und wandte sich wieder mir zu, als wartete er bereits auf eine erste Frage.

Dabei lag mir nur eine auf der Zunge, die ich ihm jetzt garantiert nicht stellen durfte. Warum er seine Handgelenke bandagierte, obwohl er Level 9 war. Ob er sich dafür schämte, obwohl er einen recht hohen Rang in der Gesellschaft erreicht hatte? Schnell schob ich diesen Gedanken beiseite und bemerkte, dass ich offensichtlich zu lange gewartet hatte. »Wie ist es denn so in der Technical Area?«, fragte Noah schließlich, als ich selbst keine Frage gestellt hatte. Und irgendwie war ich dankbar darüber.

»Ich persönlich mag es dort sehr.« Ein Lächeln huschte über mein Gesicht. »Es arbeiten unglaublich viele Menschen in dem Komplex, aber die meiste Zeit verbringe ich tatsächlich unten in den Serverräumen.«

»Wow«, stieß Noah anerkennend aus. »Bestimmt ein überwältigendes Gefühl, Eve so nahe zu sein.«

Meine Intuition wollte sofort argumentieren, dass die Server nicht Eve waren – sondern all die Daten speicherten, auf die Eve lediglich zugriff, um Entscheidungen zu treffen. Eve selbst, wenn man das denn so benennen konnte, war nicht in der Technical Area. Doch ich entschied, ihm diese Belehrung zu ersparen.

»Und du arbeitest im direkten Kontakt mit den Eleven, nicht wahr?«, fragte ich, um beim beruflichen Small Talk zu bleiben.

»Hmm«, machte er. »Nicht wirklich. Also ich bekomme sie hin und wieder zu Gesicht. Aber ja, sie sind ganz in der Nähe.«

»Das erhöht bestimmt den Druck, sie so nah zu wissen, oder?«, fragte ich und versuchte mehr Informationen aus seiner Mimik abzulesen. Ich konnte mir das Gefühl gar nicht vorstellen, wie es wäre, sie einfach beiläufig im Flur des Vermittlungsgebäudes zu treffen. Oder allein nur das Wissen, dass sie sich womöglich nur ein paar Meter weiter in einem Raum über wichtige politische Entscheidungen unterhielten, während ich konzentriert meiner Arbeit nachging.

»Hmm«, machte Noah erneut und füllte die Nuggets in zwei tiefe Teller. »Sie schauen mir nicht gerade direkt auf die Finger, während ich arbeite. Also nein, ich denke nicht, dass es sich so stark zu der Arbeit in der Technical Area unterscheidet.«

Wenn er wüsste!

Wir verdankten den Eleven dieses fortschrittliche, einfache und sichere Leben und ich bewunderte sie dafür. Level 11 – die beste Version ihrer Selbst. *Wie es sich anfühlen mochte, alles im Leben erreicht zu haben?* Zum ersten Mal ein weißes Gewand zu tragen oder die erste Zone zu betreten – in dem Wissen, dass diese Ehre nur einem Bruchteil der Menschen zuteilwurde.

Mit einem Lächeln reichte Noah mir eine der Schüsseln, in die er noch etwas Mais gefüllt hatte. Der Geruch von geröstetem Knoblauch lag in der Luft, als ich meine Nase darüber hielt.

»Danke«, sagte ich und meinte es aus vollem Herzen so. Nicht weil ich unglaublich dankbar dafür war, noch etwas Warmes essen zu können, bevor uns die Abschaltung drohte, sondern auch, dass ich überhaupt hier sein durfte. Ich bewunderte Noahs Gastfreundschaft.

»Guten Appetit«, sagte er und wir setzten uns an den kleinen Esstisch.

»Guten Appetit, Noah.« Während ich sofort zu essen begann, schien er nicht so sehr vom Hungergefühl getrieben zu sein. »Erzählst du mir noch etwas von dir? Schließlich wird das bestimmt noch ein langer Abend, wenn Eve nicht mehr …« Er beendete den Satz nicht, weil das Unausgesprochene bereits offensichtlich vor uns lag.

»Hmmm«, machte ich, während ich einen der Bohnennuggets zerkaute. »Meine beste Freundin Fjella und ich wären heute eigentlich zum Mittagessen verabredet gewesen, aber dann kam dieser ganze Trubel dazwischen. Sie wollte mir unbedingt etwas erzählen. Ich vermute, es ging um Luis, ihren Freund. Sie haben bestimmt eine gemeinsame Wohnung gefunden und werden bald zusammenziehen. Die beiden sind echt ein tolles Paar.«

Noah nickte und schob den Mais in seiner Schüssel von links nach rechts – und wieder zurück. »Hast du aktuell auch einen Partner?«

Ich ließ den Löffel sinken, den ich gerade zum Mund führen wollte und sah Noah an. In seinem Gesicht gab es kein Anzeichen dafür, dass er aus eigenem Interesse fragte oder anbandelte. Er wirkte konzentriert und aus seinem Mund klang es wie eine rein analytische Frage. Ich löste die angespannten Schultern wieder und holte einmal tief Luft. Manchmal interpretierte ich wohl einfach zu viel in solche Fragen hinein.

»Aktuell nicht, nein.« Und nach einer kleinen Pause führte ich fort: »Es gab da lange Zeit jemanden in meinem Leben. Ich dachte, wir würden gut zusammenpassen, dachte sogar, das sei was Besonderes zwischen uns. Aber ich war nicht genug.« Zur Verdeutlichung streckte ich ihm mein Handgelenk hin. »Er war Level 8 und anfangs dachte ich, er motiviert mich lediglich zum Level-Aufstieg, um mich zu unterstützen. Um für mich da zu sein. Er erinnerte mich dann aber immer öfter daran, besser zu sein.« Ich verdrehte die Augen. »Mehr zu sein, mehr zu geben ... mehr, mehr, mehr«, äffte ich meinen Ex nach. »Und obwohl ich meinen Job gut mache, wurde es keine 8. Egal wie oft ich meinen Chef fragte, ob es Zusatzaufgaben gäbe. Egal wie oft ich Extraschichten in der Nachtüberwachung machte.« Ich zwang mich zu einem Lächeln, während Noah nicht ein Mal den Blick von mir abgewandt hatte. »Schon seltsam, mein Chef hat mir heute noch eine Levelaufstufung angeboten.« Ein abfälliges Schnauben entwich mir. »Ein Jahr zu spät, würde ich sagen.«

»Denkst du wirklich, das Level sagt aus, wer wir sind?«, fragte Noah und sah mich dabei ehrlich interessiert an.

Ich zuckte mit den Schultern. »Eve hat alle Informationen über uns. Also muss sie es ja wissen oder nicht?« Ich kratzte den letzten Löffel Mais aus der Schüssel. »Gibt es in deinem Leben denn momentan jemanden?« Ich schaffte es nicht, so neutral wie Noah bei dieser Frage zu klingen, denn in meinen Worten schwang tatsächlich pure Neugier mit. Er trug eine 9 unter seinen bandagierten Handgelenken und sah zugegeben nicht unattraktiv aus. Die sportliche Figur, die Sommersprossen und die dunklen, tiefgründigen Augen machten es ihm sicherlich nicht schwer, Frauen auf ihn aufmerksam zu machen. Daher fand ich in Gedanken keine Gründe dafür, warum er single sein sollte. *Ob sich seine Freundin daran stören würde, dass er eine Fremde zu sich nach Hause eingeladen hatte? Oder wusste sie, dass ein Mann mit Level 9 sowieso niemals fremdgehen würde?*

»Nein«, sagte Noah und begann erst jetzt allmählich zu essen. »Ich arbeite sehr viel. Also wirklich viel und dann ist da keine Zeit für Dates und solche Dinge.«

Ich nickte. »Klar, Karriere und so.«

Noah verschluckte sich, als ihm ein kurzes Lachen entfuhr, und ich grinste.

KAPITEL 6

Noah

Als Eve abgeschaltet wurde, saßen Skye und er auf dem kleinen Balkon und blickten still in die Ferne. Zuerst war zu sehen, wie nach und nach das Eve-Leuchten in den einzelnen Wohnungen und Gebäuden erlosch. Auch die ringförmigen Zonen-Übergänge verblassten und zum ersten Mal lag eine einzige Stadt vor ihnen, die nicht durch strikte Klassifizierung geteilt worden war. Lediglich die Grenze zur verbotenen Zone blieb bestehen, bei deren Übergang noch immer der orangefarbene Nebel aufschimmerte.

Der Moment fühlte sich seltsam ehrfürchtig an. Wie etwas, an das sich die Generationen Jahrzehnte zurückerinnern würden. *Damals, als Eve für zwei Tage abgeschaltet wurde … weißt du noch?* Noah sah hinüber zu Skye, die ebenfalls ihren eigenen Gedanken nachzuhängen schien. Irgendwie verspürte er den Drang, etwas zu sagen – einfach nur, um sich in dieser Situation richtig zu verhalten. Doch dieser Umstand war eine absolute Ausnahme und niemand konnte beurteilen, wie man sich nun korrekt benahm. *Wir waren uns jetzt selbst überlassen und würden uns in den nächsten Stunden wohl daran gewöhnen müssen, dass keine weitere Stimme in unseren Gedanken zu hören war.*

Ein Schmunzeln huschte über sein Gesicht. Vielleicht war es ein erfreulicher Zufall, Skye im Vermittlungsgebäude getroffen zu haben. Womöglich war es das Beste, während der Abschaltung nicht allein zu sein.

»Sie tun es wirklich«, hauchte Skye und ein Schaudern durchfuhr ihren Körper. »Sie schalten Eve tatsächlich ab.«

Er wollte einen Arm um ihre Schultern legen, ihr sagen, dass sie nichts zu befürchten hatte. Gleichzeitig wollte er nicht alle Höflichkeitsformen und Anstandsregeln außer Acht lassen.

»Hast du Angst?«, fragte Noah deshalb vorsichtig, doch Skye schüttelte sofort den Kopf. Als müsste sie keine Sekunde lang darüber nachdenken.

»Nein, ich vertraue den Eleven. Sie wissen, was zu tun ist. Es ist nur ... ungewohnt, ohne Eve zu sein.« Sie suchte seinen Blick. »Fühlst du das nicht auch?«

Noah hielt inne, ließ ihre Frage wirken und in seinen Gedanken Wellen schlagen. Nein, er fühlte es nicht. In ihm war die ruhige Zuversicht, dass in zwei Tagen alles wie immer sein würde – dass dies nur eine kurze Unterbrechung der Normalität war. Er sah hinüber zu Skye. *Dass vielleicht auch Skye nur eine kurzzeitige Veränderung in seinem Alltag war.*

»Es muss vielleicht gar nichts Negatives sein. Möglicherweise ist es auch eine Chance«, erwiderte er. »Wir haben die Möglichkeit, diese Stadt und auch den Himmel einmal so zu sehen, wie sie wirklich sind.«

Es dauerte einen Moment, bis sie aufhörte, Noah mit einem suchenden Blick zu mustern und dann ebenfalls hinauf in die Dunkelheit sah.

Als die blauen Linien vom Himmel verschwanden, war es dunkel und zum ersten Mal wurden die klimatischen Bedingungen wirklich für ihn spürbar. Es war nichts zu sehen. Keine

Sterne, kein Funkeln. Nur endlose Dunkelheit und graue Schlieren, die darüber lagen. Enttäuschung machte sich in seinem Herzen breit.

Und Skye schien es ähnlich zu ergehen. »Das sah über VisualControl aber deutlich spektakulärer aus«, murmelte sie.

Noah nickte bestätigend. »Da muss ich dir dieses eine Mal wohl recht geben.«

Lange saßen sie so da. Schweigend, in Gedanken versunken und betrachteten die Welt, wie sie noch nie zuvor gesehen wurde. Noah konnte nicht sagen, wie viel Zeit inzwischen vergangen war.

»Alles okay bei dir?«, fragte er leise, nachdem Skye lange nicht gesprochen hatte.

Sie wandte den Kopf und sah Noah kurz suchend in die Augen, bevor sie erschöpft nickte.

»Vielleicht sollten wir schlafen gehen. Das war heute ein aufregender Tag und wir haben morgen noch genug Zeit, um ...« Er vollendete den Satz nicht. Denn es gab morgen nichts zu tun, keine Aufgabe und keinen Alltag. In der neuen Welt arbeitete man jeden Tag – der Job gab dem System seinen Rhythmus. Bei dem Gedanken an die Freistellung beschlich Noah ein befremdliches Gefühl. Das würde für alle ungewohnt werden.

Skye gähnte und rieb sich die Augen.

»Na komm.« Er erhob sich aus dem Stuhl und sah sie abwartend an. Intuitiv streckte Noah ihr die Hand entgegen, um ihr aufzuhelfen, weil sie sich bereits schläfrig in den Stuhl gekuschelt hatte. Zögerlich nahm sie diese an, ließ ihn aber direkt wieder los. »Bett oder Couch?«, fragte er mit einem Grinsen und Skye erwiderte es nur leicht.

»Ich schlafe sehr gern auf der Couch, danke Noah«, sagte sie leise und folgte ihm zurück in die Wohnung.

»Okay, Decke und Kissen habe ich dir bereits hingelegt. Eine Flasche Wasser ist ebenfalls dort. Wenn du noch irgendetwas benötigst, sag einfach Bescheid, okay? Ich bin dann drüben.« Noah deutete mit dem Daumen in die Richtung des Schlafzimmers.

Wieder nickte Skye. Die wenigen Worte, die sie sprach, führte er definitiv auf ihre Müdigkeit zurück. »Danke.« War alles, was sie sagte, und Noah wandte sich zum Gehen. Es war für sie bestimmt ungewohnt, so unvorhergesehen bei einem Fremden zu sein, daher verstand er, wenn sie an diesem Abend noch ein wenig für sich sein wollte, um diese Situation erst einmal zu verarbeiten.

Bevor er sich selbst ins Schlafzimmer zurückzog, verschwand Noah zuerst im Badezimmer. Unter der Dusche stellte er sich vor, wie das kalte Wasser all die Eindrücke vom heutigen Tag fortspülen würde, um ihm Klarheit über die Situation zu verschaffen. Und durch die monotonen, prasselnden Geräusche fiel es leichter zu glauben, all das sei nur eine weit entfernte Realität – als sei diese Abschaltung gar nicht wirklich passiert.

Es dauerte lange, bis er einschlief, denn die Frage, ob heute überhaupt noch ein Leben ohne Eve möglich wäre, kreiste ununterbrochen in seinen Gedanken.

Ein ungewöhnliches Geräusch riss ihn aus dem Schlaf. Verwundert blinzelte er in die Dunkelheit, hielt inne und horchte in den Raum hinein. Es dauerte einen Moment, bis sich Noah daran erinnerte, dass er nicht allein war, sondern der jungen Frau aus dem Vermittlungsbüro angeboten hatte, die nächsten Tage bei ihm zu verbringen. Vermutlich rührten daher die unbekannten Geräusche. Er fuhr sich mit der Hand verschlafen übers Gesicht und drehte sich wieder um. Doch dann ertönte es erneut. Ein Laut wie ein vergeblich nach Luft ringender Atemzug.

Noah öffnete die Augen und war sofort hellwach. *Skye.*

In Windeseile schwang er die Beine aus dem Bett und tippte sich bereits im Laufen an die Schläfe, doch nichts passierte.

»Eve, analysiere Gesundheitszustand von Skye«, flüsterte er, obwohl der so vertraute Signalton ausgeblieben war.

»Eve!« Doch auch dieser Versuch blieb erfolglos, bis ihm schlagartig bewusst wurde, was diese Abschaltung wirklich für die Menschheit bedeutete. *Wir waren auf uns gestellt.* Sollte Skye irgendeine Art allergische Atemnot haben, so lag es einzig und allein an ihm, ihr nun zu helfen. Eve würde ihm weder verraten, was mit ihr los war, noch, was für Noah zu tun war – geschweige denn einen Notruf absetzen oder mit einem simplen Update die Krankheit wie einen Fehler aus dem System beheben.

Ohne anzuklopfen, riss er die Tür zum Wohnzimmer auf und was Noah sah, beschleunigte seinen Puls. Skye lag nicht schlafend unter einer Bettdecke auf der Couch, sondern rücklings auf dem Boden in der Mitte des Raumes. Und dieses seltsame, röchelnde Geräusch kam direkt aus ihrer Kehle.

»Skye! Hey, was ist los? Kannst du mich hören?« Mit wenigen Schritten war er bei ihr und kniete sich neben sie. Die Augen waren geschlossen, ihre Hände pressten sich auf eine Stelle auf Höhe ihres Schlüsselbeins. Dabei rang sie hörbar schwer nach Luft. Das Geräusch verwandelte sich bereits in ein hoffnungsloses Gurgeln.

»Skye, ich bin da. Was ist passiert? Lass mich mal sehen …« Mit einem Arm hob er ihren Oberkörper näher zu sich heran, während er mit dem anderen versuchte, ihre Hände beiseitezuschieben, um zu überprüfen, wie um alles in der Welt sie sich nur verletzt hatte.

»Bleibst du bei mir?«, röchelte sie so leise, dass er sie kaum verstehen konnte. »Bis zum Ende, Noah?«

Bei ihren Worten lief es ihm kalt den Rücken hinunter, vor Angst setzte sein Herzschlag für einen Moment aus und er konnte ihr nicht einmal antworten, so perplex war er. So überwältigt von dieser wirren, unecht wirkenden Situation. *Würde sie wirklich sterben? Und wieso zur Hölle war Eve nicht erreichbar – ausgerechnet jetzt?*

»Schon gut, schsch ... Wir kriegen das schon wieder hin«, murmelte er leise und hoffte, dass sie das Beben in seiner Stimme nicht bemerkte. Endlich schaffte Noah es, ihre Finger beiseitezuschieben, um einfach nur fassungslos auf die Stelle zu starren, auf die sie zuvor krampfhaft ihre Hände gepresst hatte, als wollte sie damit eine Blutung stoppen. Doch da war absolut nichts zu sehen. *Gar nichts*. Keine Verletzung, nicht mal ein Tropfen Blut auf ihrer Haut – und dennoch verstummte langsam das gurgelnde Geräusch, als würde sie den Kampf allmählich aufgeben.

»Skye! Hörst du mich? Ich bin hier. Du musst mir jetzt sagen, was ich tun kann, okay? Was hast du? Was ist passiert?« Vorsichtig griff er ihre Schulter und rüttelte daran, ohne ihr hoffentlich weitere Schmerzen zuzufügen. Zum ersten Mal in seinem Leben fühlte er Hilflosigkeit aufsteigen. Auf sich gestellt zu sein, in einer Welt, in der sie niemals hatten lernen müssen, sich im Notfall selbst zu retten. Weil Eve immer erreichbar war und ihnen sagte, was zu tun war. *Weil wir uns immer nur auf diese künstliche Intelligenz in unserem Innern verlassen hatten. Ohne sie waren wir vollkommen machtlos.*

»Bis zum Ende, Noah. Danke«, hauchte sie leise und hörte nach einem letzten langen Atemzug einfach auf zu atmen.

»Skye!«

Bitte nicht, flehte Noah in Gedanken und hielt ihren Oberkörper mit beiden Armen fest vor sich. Als er ihr angeboten hatte hierzubleiben, hatte er nicht damit gerechnet, dass sie in der ersten Nacht aus unerfindlichen Gründen sterben würde. Auch hatte sie nichts von einer schweren Krankheit oder Ähnlichem erwähnt - hatte ihm nicht gesagt, wie er in einer solchen Situation zu reagieren hatte. Und nun konnte Noah nur zusehen, ohne irgendwie einzugreifen. Für einen Moment war es, als würde die Zeit stillstehen, denn er begriff für ein paar Sekunden nicht, was das in seinem Ausmaß bedeuten sollte. Er konnte keinen klaren Gedanken fassen.

Bis Skye plötzlich nach Luft schnappte und ihre Augenlider flatterten. Überrascht und auch ein wenig verwirrt sah sie ihn an und warf dann einen fragenden Blick auf seine Arme, die sie immer noch festhielten.

Dabei lauschte Noah nur schockiert dem regelmäßigen Atmen, das ihn im ersten Moment mehr durcheinanderbrachte, als es ihn beruhigte.

»Was ... machst du?«, fragte sie und wandte sich langsam aus seinem Griff. Skepsis stand ihr ins Gesicht geschrieben. Ratlosigkeit. Ebenso wie ihm. »Das ist ziemlich schräg, Noah. Besucher nachts im Schlaf aus dem Bett zu zerren.« Sie rückte weiter von ihm ab und richtete sich dann langsam auf. »Sag mir sofort, was das hier soll!« Sie trat zwei Schritte zurück und starrte ihn mit großen Augen an. Als wäre er derjenige, der vollkommen verrückt war.

»Warte, was?!«, entfuhr es ihm. »Heißt das, du ...« Allmählich kroch die Erkenntnis in seine Gedanken. Zäh wie Nebel, der nur schleichend verflog und erst erdrückend langsam die Sicht freigab. »Skye ... ich glaube, ... ja, ich ... ich glaube, du hast geträumt«, brachte Noah keuchend hervor. *Aber das war unmöglich!*

Skye lachte auf. Es war ein unechtes, heiseres Lachen. Eines, das nur eine angespannte Situation überspielen sollte, während sie ihn weiter anstarrte. »Menschen träumen seit über eintausend Jahren nicht mehr, also komm mir jetzt nicht damit«, blaffte sie und ihm blieb der Mund offen stehen.

Shit.

Ja, sie hatte recht. Menschen träumten schon seit Ewigkeiten nicht mehr. Viel zu lange nicht mehr. Aber sie ... Sie war tatsächlich das Traummädchen, für das er sie von Anfang an gehalten hatte. Aber weder wusste sie selbst davon, noch schien sie die leiseste Ahnung zu haben, was das bedeutete.

»Und jetzt wäre es echt mal an der Zeit, mir zu erklären, warum dein Oberkörper blau leuchtet. Findest du nicht?«

KAPITEL 7

Skye

Ich hatte mir schon zweimal reflexartig mit dem Zeigefinger gegen die Schläfe getippt, doch nichts passierte. Keine technische Stimme kam mir zu Hilfe. Es ertönten auch keine blechernen, beruhigenden Worte. Zum Beispiel, dass Eve alles unter Kontrolle hatte und diese Situation nicht bedrohlich war. Die KI war nicht hier und dieses Gefühl war mir so fremd, dass sich eine Unruhe in mir einnistete, die ich nie zuvor erfahren hatte.

Noah hockte immer noch drei Schritte von mir entfernt am Boden. Er trug eine dunkle Jogginghose, was ich nur erkennen konnte, weil von seinem Oberkörper ein sanftes blaues Strahlen ausging. Die Blutadern, die in seinen Armen, Beinen und am Hals entlang verliefen, glichen dem Schimmern der künstlichen Intelligenz – etwas, das absolut nicht normal war und ich bei keinem anderen Menschen bisher gesehen hatte.

Langsam hob Noah die Hände und setzte sich wie in Zeitlupe auf.

»Hey, ganz ruhig okay?«, sagte er leise. »Das ist eine etwas längere Geschichte und vielleicht … sollten wir uns erst beruhigen. In Ordnung?« Mit dunklen Augen musterte er mich eindringlich, während ich meine Entscheidung in die Länge zog.

Die Abschaltung von Eve verunsicherte mich derart, als hätte man eine Stütze aus meinem Leben gerissen, die einfach immer da gewesen war. Die mir jederzeit sagen konnte, ob der Gegenüber gefährlich oder was am besten zu tun war. *Davonlaufen? Ihm zuhören?* Zaghaft nickte ich Noah zu, selbst nicht sicher über meinen Entschluss.

»Sehr gut.« Er fuhr sich mit der Handfläche über das Gesicht. »Ich hole uns mal Getränke, dann können wir uns auf den Balkon setzen.« Als er aus dem Raum ging, atmete ich hörbar leicht aus. Anspannung fiel augenblicklich von mir ab, weil diese ganze Situation vollkommen irreal war. Gerade eben hatte ich noch geschlafen und dann wachte ich in Noahs Armen auf. Seine Augen direkt über mir, wie er mich eindringlich ansah, mit einem seltsamen Ausdruck darin, den ich nicht deuten konnte. Und dann dieses blaue Eve-Leuchten, das sogar während der Abschaltung von ihm ausging ... Das war zu viel. Ich hielt mir beide Handflächen an mein Gesicht und versuchte, mich nur auf das Atmen zu konzentrieren. Da war ein Gefühl in mir, das ich nicht kannte, aber es war dunkel und breitete sich immer weiter aus.

»Hey, alles okay bei dir?« Noah stand wieder im Türrahmen. In seinen Händen hielt er jeweils eine dampfende Tasse. Seine Stirn lag in Falten und seine Augen musterten mich besorgt.

Ich nickte, obwohl ich mich überhaupt nicht danach fühlte. »Ich denke schon«, antwortete ich dann zögernd. »Alles gerade etwas viel.«

Noah nickte. »Ja, das kann ziemlich beängstigend sein.«

Beängstigend?

Seit Eve existierte, gab es keine Ängste mehr. Die künstliche Intelligenz hatte uns alles genommen, wovor sich unsere Vorfahren gefürchtet hatten.

»Komm, gehen wir auf den Balkon. Frische Luft und eine Tasse Tee tun jetzt bestimmt gut.« Er deutete mit dem Kinn in die Richtung und lief los, ohne abzuwarten, wie ich reagieren würde. Ich holte nochmals tief Luft und straffte die Schultern – wollte offen und unvoreingenommen sein. Wollte mich schon jetzt verhalten, wie eine 8 es tun würde, weil ich das nun theoretisch war. Ein etwas besserer Mensch als zuvor. Und ganz egal, was Noah mir für eine Geschichte auftischen würde, wollte ich versuchen, verständnisvoll zu sein. Denn er war es auch gewesen. Er hatte eben Verständnis gezeigt und hatte mir, ohne lange darüber nachzudenken, bei der Abschaltung sofort Hilfe und sogar sein Zuhause angeboten. Genau genommen verdankte ich seiner Unterstützung meinen erfüllten Auftrag, auch wenn mir das im Moment nicht viel weiterhalf. Mein Blick wanderte automatisch zu meinem Handgelenk, das nur meine blasse Haut zeigte. Keine Ziffer, die mir verräterisch entgegen leuchtete. Keine Zahl, die aussagte, wer ich war.

Einige Minuten verzögert folgte ich Noah zum Balkon. Er hatte sich ein T-Shirt übergezogen und seine beiden Handgelenke wieder bandagiert, obwohl die Ziffer nicht mehr angezeigt wurde. Erst jetzt wurde mir bewusst, dass er dies womöglich gar nicht tat, um seinen Levelstand zu verschleiern. Sondern stattdessen, um bei einem Hochrutschen des Ärmels zu verhindern, dass jemand seine leuchtenden Adern sehen könnte. Bevor ich mich neben ihn auf den Stuhl setzte, musterte ich den jungen Mann, der mir gerade eine Tasse entgegenhielt. Es war nicht das Leuchten seiner Arterien, das mich innehalten ließ. Es waren seine Augen und der Ausdruck, der in ihnen lag. Die Mimik, die ich nicht deuten konnte, obwohl ich ihn verstehen wollte.

Die Momente verstrichen, während wir uns in die Augen sahen, und ich spürte, wie tief in meinem Inneren bereits eine Entscheidung getroffen wurde – ganz ohne Eves Urteil zu kennen. Ein Gefühl, das insgeheim darauf hoffte, dass ich mich nicht in Noahs Hilfsbereitschaft und seinem charmanten Lächeln getäuscht hatte.

Mit der freien Hand fuhr er sich durch die Locken und wandte den Blick ab – verlor sich irgendwo in Gedanken, als er den Himmel betrachtete.

Ich musterte ihn und ließ meinen Blick seinen blauen Blutadern folgen, die in seiner Armbeuge zu leuchten begannen, sich unter seinem Shirt versteckten und schließlich bis zu seinem Hals emporwanden. Faszination kribbelte in meinen Fingerspitzen und ich war versucht, seinen Unterarm zu berühren, nur um mich zu vergewissern, dass ich mir den Schein der künstlichen Intelligenz nicht einbildete.

Ich wandte den Blick von Noah ab und erschrak beinahe an der Leere, die mir entgegenschlug. Die Welt war so nackt wie noch niemals zuvor in meinen Augen. Wohin ich auch sah, erblickte ich Dunkelheit in jedem Winkel. Ohne die Verbindung zu Eve war alles erloschen und mich ereilte die Erkenntnis, dass es nichts mehr gab, an das ich mich noch klammern konnte. Nichts Beständiges, das uns jetzt das Gefühl von Sicherheit vermittelte. Weil Eve das immer getan hatte.

Ich begriff, dass uns nichts gehörte, außer dem Körper, in dem wir lebten. Und selbst diesen hatten wir bereits Eve übergeben.

»Es sieht so seltsam fremd aus, findest du nicht?«, fragte Noah plötzlich und ich sah ihn an. »Den Himmel meine ich. Kein Strahlen, keine wirren Linien, keine … *Verbindung*.«

»Aber du«, ich deutete mit bebendem Finger auf seinen

Oberkörper, »du leuchtest noch in Eves Farben. Wie kann das sein, Noah?«

Er sog hörbar laut die Luft ein. Atmete aus. Als könnte ich durch diese in die Länge gezogenen Atemzüge vergessen, was ich für eine Frage gestellt hatte.

»Hast du jemals von allergischen Reaktionen auf Eve gehört?« Seine dunklen Augen musterten mich eindringlich, fast schon verzweifelt.

Ich zuckte mit den Schultern. »Nur dass es sie gibt«, gab ich dann zu, denn in Wahrheit wusste ich lediglich, dass solche Reaktionen sehr gefährlich sein konnten. Und das wollte ich Noah ganz bestimmt nicht sagen.

»Normalerweise gelangen die Transmitter von Eve bereits während der Schwangerschaft über den Blutkreislauf der Mutter in die Blutbahn des Kindes. In extrem seltenen Fällen ...« Er räusperte sich kurz, bevor er weitersprach. »... passiert das aber nicht und dem Baby wird nach der Geburt der Transmitter ins Blut gespritzt.« Noah sah mich an. In seinem Blick lag eine Schwere, die mich verstehen ließ, was ihm widerfahren war.

Ich sah es in seinem Ausdruck, in der Art, wie schwer ihm diese Worte fielen.

»Manche Kinder haben eine so heftige Reaktion auf Eve, dass sie sofort sterben. Und andere«, er hielt kurz inne, »entwickeln eine Mutation.«

Eine Mutation, wiederholte ich in Gedanken. *Noah ist ein Mutant?!* Das klang surreal und erschreckend zugleich. Wie in diesen alten Filmen, die Fjella und ich aus den Serverarchiven der früheren Welt gekramt hatten. Zombies, die durch menschenleere Städte schlurften.

»Ich kann mir vorstellen, was du jetzt denkst. Aber glaub mir, so ist es nicht wirklich. Es bedeutet eigentlich nur, dass sich die Reaktion in meinem Körper anders entwickelt hat, als es der Norm entspricht.«

»... und deshalb leuchtet dein Oberkörper jetzt blau?«

»Ich schätze ja. Das war schon immer so, dass sich die Transmitter wohl besonders in Hauptschlagadern festgesetzt haben und eben ... leuchten.«

Ich nickte, als wäre das absolut logisch und nachvollziehbar. Aber das war es überhaupt nicht. »Und das hat nie jemand genauer untersucht?«

Noah rümpfte die Nase und nahm einen großen Schluck von seinem Getränk. »Ehrlich gesagt, davon weiß niemand – deshalb auch die Bandagen. Ich wollte nicht als irgendein Forschungsobjekt enden oder mit Schlagzeilen in der Presse landen. Und ich bin sehr dankbar, dass meine Eltern das verhindert haben, so lange sie konnten.«

Ich nickte erneut und tatsächlich – irgendwie verstand ich den Fremden, denn auch ich hätte all das Aufsehen wahrscheinlich nicht gewollt.

»Das heißt, wirklich niemand weiß davon?«, fragte ich leise, weil ich nicht wusste, was ich ansonsten sagen sollte. Natürlich hatte ich schon von Mutationen gehört, aber ich war mir sicher gewesen, dass es so etwas nur in der fünften Zone gab.

Noah nickte. »Niemand außer dir. Denn Eve hört aktuell ja nicht zu.« Ein Schmunzeln huschte über sein Gesicht und ich sah ihn einen Moment länger an. Noah hatte recht. Das war vermutlich das erste und einzige Mal, dass wir über Dinge sprechen konnten, ohne dass Eve darüber Buch führte. Diese Erkenntnis war unheimlich und gleichzeitig befreiend.

»Schon seltsam oder nicht? Dass Eve bisher alles über uns aufgezeichnet hat. Also *alles*. Hat dich das je gestört?«

Ich hatte den Eindruck, dass Noah versuchte, elegant das

Thema zu wechseln. Und obwohl mir unzählige Fragen über Mutationen auf der Zunge brannten, ging ich darauf ein. »Nein«, antwortete ich schnell. »Diese Daten sind wichtig für den Erhalt der Sicherheit.« Die Worte klangen wie auswendig vorgetragene Phrasen, aber ich war überzeugt, dass sie wahr waren.

»Wie siehst du das? Zweifelst du an der Datenaufzeichnung?«

Ich sah zu Noah hinüber, der nachdenklich in die Ferne blickte. In das Dunkel, das uns nun umgab.

»Hmm«, machte er zuerst nur. »Du musst wissen, ich bin Analytiker, Skye. Wir sehen uns ständig Daten an und analysieren, ob der Nutzen im Verhältnis zum Aufwand steht. Und das ist bei Eve doch der Fall.« Er zog die Augenbrauen zusammen, sodass eine Furche dazwischen entstand. Ich haderte innerlich mit mir, bevor ich langsam nickte. Doch Noah schien zu erkennen, dass ich mir nicht so ganz sicher war, ob ich ihn verstand. »Früher starben die Menschen an unzähligen Krankheiten, die Eve heute einfach als einen Fehler, eine Unregelmäßigkeit aus dem System bereinigt. Das ist ein Vorteil. Es geschehen keine Raubüberfälle, keine Morde und keine Entführungen mehr. Auch das ist ein Vorteil.« Er hob seine Hand und streckte zwei Finger hoch, um seine Aufzählung zu verdeutlichen. »Und Eve hilft uns in all diesen alltäglichen Dingen. Sie erinnert dich an deine Termine, deine Einkäufe, sie benachrichtigt sofort jemanden für dich, wenn du in einer Notlage bist. Sie ist eine permanente Assistentin.« Nun hielt Noah mir drei Finger entgegen. »Das sind drei verdammt gute Vorteile.«

Ich nickte wieder. »Da hast du wohl recht. Außer in einer Sache –« Ich machte absichtlich eine dramatische Pause. »Eve ist nicht immer da. Sie ist nicht permanent. Jetzt gerade ist sie einfach weg.«

Noah lächelte und legte mir vorsichtig seine Hand auf die Schulter. »Manchmal müssen Dinge erst fort sein, damit wir sie vermissen und schätzen lernen, was wir daran hatten.«

KAPITEL 8

Noah

Als er am Morgen erwachte, pochte ein unangenehmer Schmerz in seiner Schläfe. An der Stelle, an der Eve vor wenigen Stunden noch gewohnt hatte. Er rieb sich über das Gesicht und verharrte einen Moment so – seine Hände über den Augen, in der Dunkelheit wartend. Die Erinnerungen an die vergangene Nacht drängten sich ihm auf. Skye gurgelnd am Boden, die Tatsache, dass sie offensichtlich geträumt hatte und er sich dessen absolut sicher war. Die beinahe erschreckende Erkenntnis, dass sie eine Träumerin war und er ihr das sagen – sie vor den Auswirkungen unbedingt warnen sollte. Und gleichzeitig musste er dieses Geheimnis unbedingt für sich behalten, denn es wäre sicherer für sie, wenn niemand davon wusste.

Mit einem Seufzen erhob er sich aus dem schmalen Bett, das ein Knarzen von sich gab, und trottete in die Küche. Die Kaffeemaschine eigenhändig per Knopfdruck zu bedienen, fühlte sich vollkommen falsch an.

»Verdammter Mist«, fluchte er, als er auf die Taste drückte, die eine Tasse darstellte. Es blinkte eine andere Lampe rot auf und ein warnendes Signal ertönte.

Calc and Clean, stand in roten Buchstaben im Display und

Noah zog die Stirn in Falten. Wieder drückte er auf die Taste, dieses Mal energischer. *Konnte das Reinigungsprogramm nicht bis nach der ersten Tasse Kaffee warten? Musste das wirklich jetzt sein?* Ihm entwich ein genervtes Stöhnen. Für solche Dinge hatte Eve immer die optimalste Zeit berechnet und diese Abläufe dann automatisch durchgeführt. Denn niemand benötigte seine Kaffeemaschine um drei Uhr nachts. Aber jetzt gerade war der denkbar ungünstigste Zeitpunkt für eine Entkalkung.

Als sich die Maschine weiterhin weigerte, gab er resigniert nach und betätigte die Taste für das *Calc and Clean*-Programm.

Zuerst Tropfschale leeren, stand nun im Display.

Was um alles in der Welt ...

Noah knurrte und es dauerte einige Minuten, um herauszufinden, wie er die Tropfschale entfernen konnte. Als hätten seine Hände nie gelernt, technische Geräte manuell zu steuern. Allmählich brachte die Maschine ihn an die Grenzen seiner Geduld.

Nachdem das Reinigungsprogramm beendet war, gab die Maschine endlich ein Brummen von sich, das wie Musik in seinen Ohren klang. Während der duftende Kaffee in die Tasse lief, ging er zum Bett zurück, um daneben das T-Shirt vom Boden aufzuheben und es sich überzuziehen, bevor Skye ihn erneut so sehen würde. Kurz überlegte er, ob es von nun an egal wäre. Denn jetzt kannte sie die Hintergründe. Seine Stirn zog sich in Falten. Ob sie ihn verraten würde? Nach dieser gesamten Abschaltung, wenn sie in ihr altvertrautes Leben zurückkehren würde? Kaum merklich schüttelte er den Kopf und schlenderte gedankenverloren zurück zur Küche, dem betörenden Kaffeeduft folgend.

Ja, das fremde Mädchen namens Skye, das in seinem Wohnzimmer schlief, könnte ihn ausliefern, ihn verraten. Aber sie ahnte dabei nicht einmal, dass er dasselbe tun könnte.

Als von der Kaffeemaschine ein kurzes Signal ertönte, nahm er die Tasse entgegen und stellte eine zweite darunter, um den Vorgang ein weiteres Mal durchzuführen.

Nur wenige Minuten später öffnete er mit einer Fußspitze die angelehnte Tür zum Wohnzimmer und spähte in den Raum, der damit vom hereinfallenden Licht ein wenig erhellt wurde.

»Skye?«, fragte er leise und erkannte ein Rascheln der Bettdecke auf der gegenüberliegenden Seite des Raumes. Unter dem Kissen lugte kurz darauf ein verschlafenes Gesicht hervor. Entschuldigend hob Noah die Hände mit den beiden Tassen, als wäre das Erklärung genug. Sie brauchte einige Momente, als würde sie sich zuerst sammeln – um zu verstehen, dass sie nicht zu Hause war. Um alle Eindrücke des gestrigen Tages zu sortieren.

»Noah?«, erwiderte sie mit einem kaum hörbaren Murmeln. Als würde sie sich erst so langsam wieder an seinen Namen erinnern. »Wie spät ist es?«

»Es ist schon halb zehn«, antwortete er und ging ihr ein paar Schritte entgegen, um eine der beiden Tassen auf dem Couchtisch abzustellen. »Ich dachte, ich sehe mal nach dir. Trinkst du Kaffee?«

Zuerst erfolgte keine Antwort, dann raschelte erneut etwas und ein undefinierbarer, verschlafener Laut ertönte. »Hast du auch Karamellsirup?«

Noah runzelte die Stirn und sah noch einmal hinüber zur Couch. »Was?« Irritiert, ob er sie richtig verstanden hatte, nahm er langsam einen Schluck von seinem Getränk.

»Ka-ra-mell-si-rup«, betonte das Mädchen dann jede Silbe lauter und deutlicher. »Im Kaffee, meine ich.« Er schüttelte den Kopf, obwohl sie das unmöglich sehen konnte. Skye schob die Bettdecke zurück und griff nach ihrer Tasse nebenan. Ihre

Haare waren zerzaust und ihre Augen kaum mehr als einen Spaltbreit geöffnet.

»Danke«, gab sie dann von sich, als sie den ersten Schluck getrunken hatte. »Ist auch ohne Karamell gar nicht so üb-«

Skye brach mitten im Satz ab, als von draußen ein bekanntes blaues Leuchten aufflackerte. Das Strahlen nahm schnell zu und erfüllte damit in Kürze den Raum in seinem markanten Farbton.

»Bürgermitteilung – Achtung, eine Bürgermitteilung«, ertönte eine enorm laute und blecherne Stimme.

Skye zuckte so heftig zusammen, dass Noah einen Moment lang befürchtete, die Kaffeetasse könnte aus ihrer Hand entgleiten und auf dem Boden in Scherben zerspringen.

Wie in Zeitlupe sah Skye ihn an. Unsicher, fragend und hoffend. Darauf, dass auf diese erste Nacht ohne Eve nie wieder eine weitere folgen würde.

»Die Mitteilung startet in dreißig Sekunden«, hörten sie die Stimme erneut.

Eine weitere Mitteilung der Eleven, schoss es ihm durch den Kopf. *Hoffentlich hatten sie es geschafft*, bat er im Stillen.

Vielleicht hatten sie eine Lösung gefunden, um die Server zu entlasten und Eve den Bewohnern wieder bereitzustellen. Doch mit der Hoffnung auf ein normales Leben kehrte auch etwas anderes – Unbekanntes – ein. Ein Gefühl, das er fast schon Enttäuschung nennen würde, weil sich die Wege von Skye und ihm wieder trennen würden. *Ob sie in Kontakt bleiben könnten? Schließlich war sie eine Träumerin und er wollte definitiv mehr über sie erfahren, doch* ... Noah schob diesen Gedanken schnell beiseite. Denn jetzt wollte er nicht daran denken, dass Skye nicht aus dieser Zone war und deshalb ein ziemliches Stück entfernt ihr ganz eigenes Leben lebte.

Er eilte zum Fenster, öffnete es und schob die LED-Platte mit einem kräftigen Ruck zur Seite. Nach vorn gebeugt blickte er hinaus, ob es möglich wäre, auch von hier aus die Bürgermitteilung zu erkennen. Denn innerhalb von dreißig Sekunden würden sie es nicht aus dem neunten Stock bis zur Straße schaffen – außerdem würde die Bewohnerverriegelung es ihnen erschweren, wieder zurück in die Wohnung zu gelangen.

Langsam erhob sich Skye vom Sofa und kam mit leisen Schritten auf ihn zu.

»Ist es jetzt vorbei?«, hauchte sie, obwohl sie wusste, dass auch er die Antwort darauf noch nicht kannte. Sie traten gemeinsam ans Fenster und er öffnete es einen Spalt, damit sie die Ansage besser verstehen konnten.

»Die Eleven danken Ihnen für Ihre Geduld und Ihr Verständnis. Die Serverüberlastung und auch Eves Abschaltung sind für uns alle schwer zu begreifen. Dennoch müssen wir Ihnen leider mitteilen, dass Eves Services bis auf Weiteres abgeschaltet bleiben. Es werden Ihnen dafür noch weitere Informationen bereitgestellt und ...«

Weiter verfolgte Noah die Ansage nicht, weil sich Skyes Finger fest um sein Handgelenk klammerten. So energisch, dass er sich sicher war, dass sie sich dieser Geste nicht bewusst war. Kaum merklich wandte er sich zu ihr und sah die geweiteten Augen, die aus dem Fenster starrten, die Leere in ihrem Blick und die Sorge, die daraus hervorging.

»Sie ...« begann Skye leise. »Sie haben es ... Eve ist einfach weg? Für ... immer?«

Vielleicht sollte er sich in diesem Moment Sorgen darüber machen, ob er in Zukunft überhaupt einen Job hätte, weil es ohne Eve keine Analysen mehr dazu geben würde. Aber Noah hatte in seinem Leben noch nie derart rational reagiert, wie man es von einem Analytiker wie ihm meinen sollte. Er suchte immer nach der bestmöglichen Lösung.

Vorsichtig stellte er seinen Kaffee auf der Fensterbank ab und berührte Skye mit der freien Hand an ihrem Arm. Erst durch diese Bewegung ließ sie sein Handgelenk wieder los und suchte gleichzeitig hilfesuchend seinen Blick. Noah befürchtete, dass sie tatsächlich eine Antwort auf ihre vorherigen Fragen erwartete. Doch da er ihr diese nicht geben konnte, zog er sie in eine vorsichtige Umarmung. Einige Sekunden verstrichen so im Stillen.

»Wir finden eine Lösung«, sagte Noah leise, obwohl er sich da zum ersten Mal in seinem Leben wirklich gar nicht mehr sicher war.

KAPITEL 9

Skye

Während Noah mich umarmte, verstand ich die Welt nicht mehr. Ich fragte mich, warum mich das Gefühl beschlich, dass die Eleven noch gar nicht alles versucht hatten, um die künstliche Intelligenz weiter zu erhalten. Denn in nur einer Nacht hatten sie bereits aufgegeben, obwohl die Abschaltung für zwei Tage geplant war. *Wie konnten sie nur so schnell verkünden, dass nichts mehr zu machen war?* Technische Daten und Codes surrten durch meine Gedanken. Wie in Trance wägte ich verschiedene Möglichkeiten ab. Doch wenn selbst die besten Techniker der Eleven keine Chance mehr sahen, um die Datenmengen in Schach zu halten oder besser zu verteilen, wieso glaubte ausgerechnet ich dann, dass mir etwas einfallen würde?

»Wir finden eine Lösung«, hörte ich Noah sagen, der mich damit in die Realität zurückholte und die Codes in meinen Gedanken verblassen ließ. »Man findet immer eine Lösung.«

Und ich wollte ihm glauben. So wirklich. Ich wollte seinen Worten so sehr vertrauen, dass es wahr wurde, aber in mir flüsterte etwas, dass das hier größer war, als wir es uns vorstellen konnten. Denn ein Leben ohne Eve wäre doch gar kein Leben mehr. *Oder?*

Eine ganze Weile saßen wir schweigend am Fenster, jeder versunken in seine eigenen Gedanken. Vielleicht auch darauf wartend, dass eine erneute Bürgermitteilung vom Himmel herab tönen und uns verkünden würde, dass alles gut war. Dass Eve wieder Teil des Systems, Teil unseres Lebens werden würde. Dass alles nur ein alberner Scherz war. Aber nichts dergleichen passierte. Der Kaffee in unseren Tassen wurde kalt und irgendwann fragte Noah mich, ob er uns neuen machen sollte. Doch ich schüttelte nur den Kopf. Langsam und mit gerunzelter Stirn sah ich zu ihm auf.

»Und wie wird es nun weitergehen?«, fragte ich ihn. »Wie verbringen wir heute den Tag? Und von da an jeden weiteren?«

Noah hielt einen Moment inne, blickte zuerst auf die beiden Tassen, die er nun in den Händen trug, dann auf mich.

»Einen Tag lang könnte es wie Urlaub sein«, antwortete er zögernd. »Das Problem werden die weiteren Tage sein. Alles wird an Normalität verlieren. Menschen werden gekündigt, ihre alltäglichen Abläufe werden sich verschieben und es werden …« Noah stockte und in seinem Gesicht veränderte sich etwas, das ich nicht für gut befand.

»Was ist?«, fragte ich, ohne die Antwort darauf hören zu wollen. Natürlich war mir klar, dass sich vieles ohne Eve verändern würde. Doch das gesamte Ausmaß war mir nicht wirklich bewusst. Ich hatte noch nicht realisiert, was das für meine Arbeit, mein Leben, geschweige denn auch das aller anderen Menschen bedeuten würde. Welche Folgen diese eine Entscheidung noch Jahre später mit sich ziehen würde.

Nie wieder Eves Stimme zu hören.

»Es wird Unruhen geben«, sagte Noah dann zeitversetzt.

»Unruhen?«, wiederholte ich ungläubig.

Doch er wandte sich von mir ab. Seinem ursprünglichen

Plan folgend lief er zur Küche und ich hörte kurz darauf nur noch das Surren, das die Kaffeemaschine von sich gab. Ich sah aus dem Fenster und verfolgte den Gedanken weiter, den Noah einfach in den Raum geworfen hatte. Ohne Eve würden keine Verbrechen mehr aufgezeichnet werden. Kein Diebstahl, keine Entführungen und … an Schlimmeres wollte ich gar nicht denken. Aber weshalb sollte das die Menschen dazu veranlassen, Läden auszurauben und andere zu überfallen? Es existierte ohne Eve kein Mangel, der uns zu solchen Taten drängte. Ja, es würden Menschen ihren Job verlieren – und es würden sich neue Türen und Möglichkeiten eröffnen. Denn irgendjemand müsste in Zukunft den Job von Eve übernehmen, also würden sich dadurch sicherlich neue Berufsgruppen ermöglichen. Die Menschen würden deshalb schließlich nicht den Verstand verlieren.

Als Noah anbot, ein kaltes Mittagessen zuzubereiten, schnappte ich mir schnell ein paar Dinge aus dem Karton, der gestern noch kurzfristig mit der Drohne geliefert worden war, und verschwand ins Badezimmer, um zu duschen. Das Zimmer war nur wenige Quadratzentimeter groß und mit cremefarbenen Fliesen ausgekleidet. Ich stockte, als mir innerhalb des Badezimmers etwas auffiel.

»Noah?«, rief ich in den Flur hinaus. »Was um alles in der Welt ist das?« Irritiert blickte ich auf die seltsame Konstruktion neben der Dusche. Etwas Derartiges hatte ich noch nie zuvor gesehen und ich war mir nicht sicher, ob und wie diese Maschine zu bedienen war. Es sah aus wie eine eigene Wasseranlage, was mich sehr verwunderte.

Schritte ertönten und als Noah in das Badezimmer lugte, deutete ich auf seine eigenartige Anfertigung. Er grinste. »Das ist eine neumoderne Filterungsanlage – ein Projekt, wenn du es so nennen willst«, erklärte er mit einem Anflug von Stolz.

Fragend hob ich die Augenbraue. »Aber warum das Salzwasser zum Duschen filtern?« Kopfschüttelnd sah ich ihn an. Seit ich denken konnte, wurde nur noch Salzwasser aus den Meeren zum Duschen sowie für Toilettenspülungen verwendet, da mit den Klimakatastrophen eine enorme Wasserknappheit einherging. Die Menge des trinkbaren Wassers war rapide zurückgegangen und die Rückgewinnung des Trinkwassers war zu einem hochkomplexen Vorgang geworden, da viele Chemikalien die Böden verseucht hatten und diese Stoffe nun speziell herausgefiltert werden mussten. Diese Verfahren waren extrem aufwendig, weshalb Trinkwasser nur noch teuer in Kanistern gekauft werden konnte und schon lange nicht mehr über die Leitungen in jede Wohnung führte.

»Aber was wäre, wenn jeder Haushalt sein Salzwasser selbst filtern könnte?«, fragte Noah und beugte sich über mich, um einen Deckel von der Konstruktion abzunehmen. Es zeigte das Innere eines viereckigen Auffangbehälters, in den das Wasser durch die anknüpfenden Schläuche transportiert wurde.

»Von Salzwasser in Trinkwasser? In nur einem kleinen Kästchen? Unmöglich«, gab ich kopfschüttelnd zurück und verschränkte die Arme vor der Brust.

Noah lächelte. »Zugegeben, das Projekt befindet sich noch in der Testphase und ist vielleicht noch nicht vollständig ausgereift. Aber ich sehe großes Potenzial darin – hast du schon einmal von Pflanzengenetik gehört?« Interesse flackerte in seinen Augen auf, als er mich musterte.

»Dass die Wissenschaft versucht hat, alte Pflanzensorten wiederherzustellen?«, fragte ich zurück.

Noah deutete daraufhin mit dem Zeigefinger auf mich, als hätte ich soeben eine schwierige Frage beantwortet. »Und sie haben angefangen, die DNA in den Zellen der Pflanzen zu verändern«, ergänzte er. »Dabei hat man herausgefunden, dass Algen wie Filter im Wasser funktionieren und haben begonnen, diese Eigenschaft zu verstärken.«

»Bezieht sich das nicht aber auf Giftstoffe? Beispielsweise Chemikalien?«

Noah schüttelte den Kopf. »Nur bedingt. Verschiedene Chemikalien können nur chemisch oder durch bestimmte Aufbereitungsprozesse bereinigt werden – aber eine bestimmte Algensorte konnte so optimiert werden, dass sie das Salz aufnimmt und das Wasser damit bereits deutlich besser für die Haut oder verschiedene andere Anwendungen ist – und es kann somit ein großer Schritt in der Aufbereitung des Wassers eingespart werden und direkt mit der Bereinigung der Chemikalien begonnen werden.«

»Wow, interessant«, gab ich zu. »Und das hast du dir alles selbst ausgedacht?«

Er lachte und steckte den Deckel wieder auf das Filtersystem. »Nicht ganz, die Forschungsergebnisse lagen bereits vor. Ich habe lediglich diesen ersten Prototyp hier gebaut, um das Ganze schon mal im kleinen Rahmen zu testen.« Er lächelte und ich erkannte den Stolz in seiner Mimik.

»Und funktioniert es?«, fragte ich und war nicht sicher, ob ich dem kleinen Behälter und der glibberigen grünen Masse, die darin umherwaberte, so viel zutrauen konnte.

»Also ich würde es noch nicht trinken, aber ich analysiere die Wasserproben regelmäßig in der Arbeit und kann bereits Verbesserungen feststellen. Natürlich wäre eine noch größere Menge an Algen effektiver und würde sicherlich auch schneller zu vorzeigbaren Ergebnissen führen. Aber fürs Erste reicht es zum Duschen auf jeden Fall.«

»Dann werde ich das mal testen und hoffen, dass deine Salzalgen nicht das komplette Wasser verpestet haben.« Ich zog eine Grimasse und schob Noah mit beiden Händen aus dem kleinen Badezimmer hinaus.

Wir saßen auf dem Balkon, als mit der Dämmerung Aufschreie in die zweite Zone drangen. Männer und Frauen in den sonst leeren Straßen, die unverständliches Gebrüll von sich gaben. Mit geweiteten Augen beobachtete ich die Personen, die definitiv nicht in dieser Zone lebten. Für einen Moment verachtete ich mich selbst für den Gedanken und die Art, wie ich bereits in dieser Klassengesellschaft dachte. Aber diese Menschen trugen Arbeiterkleidung, Schuhe mit abgewetzten Sohlen und Sonnenhüte, weil sie täglich mehrere Stunden dem grellen UV-Licht ausgesetzt waren. Wütendes Gebrüll kam einstimmig aus ihren Mündern und einige von ihnen reckten Stäbe in die Höhe. Ob das Werkzeuge von der Arbeit auf den Feldern waren?

»Diese Menschen sind nicht von hier, Noah«, flüsterte ich leise.

Als hätte meine Bemerkung keinerlei weiteren Hintergrund, reagierte er nicht darauf. Gedankenverloren starrte er auf die Straße hinab. Entsetzt von den ersten Aufständen, die sich bildeten. Sie waren vermutlich erst der Anfang.

»Noah«, versuchte ich es eindringlicher. »Diese Menschen sind aus einer anderen Zone. Sie sind aus der 4.«

»Wenn sie aus der 4 in die 2 können, dann …«

»Dann können wir auch in die 4?«, schlussfolgerte Noah, jedoch mit einem Fragezeichen am Ende des Satzes. Noch war ihm nicht klar, worauf ich hinauswollte.

»Die 3 würde bereits ausreichen. Dort ist die Technical Area.« Ich machte eine kurze Pause. »Mein Arbeitgeber. Dort, wo wir die Server für Eve verwalten.«

Noch immer sah Noah mich mit zusammengekniffenen Augen an, grübelnd. Ob sich die Vorstellung in ihm womöglich sträubte, sich in eine niedrigere Zone zu begeben? »Ich bin Server-Administratorin. Meine tägliche Arbeit ist es, die Server von Eve instand zu halten, dass genau so etwas hier«, ich breitete die Arme aus, »nicht passiert. Wenn wir es schaffen, auch ohne Speedbahn zur TA zu gelangen, dann könnte ich mir die Auslastungsdaten ansehen und vielleicht …«

Und was? Etwas dagegen ausrichten? Etwas gegen die katastrophalen Auswirkungen unternehmen?

Womöglich war es absurd zu glauben, dass ich fähig war, etwas zu tun, das die Eleven nicht einmal in Betracht gezogen hatten. Aber hier herumzusitzen und auf Unruhen zu warten, machte mich noch nervöser, als mich an diese letzte Hoffnung zu klammern.

Noah sah mich an, musternd und als würde ihm eine Frage auf der Zunge liegen, die wohlüberlegt war.

»Du hast Zugriff auf die Eve-Server?«, fragte er und ich nickte. Mit einer Hand rieb er sich die Schläfe und stand dann auf. »Und du könntest etwas … tun?« Diese Frage ließ er einen Moment zwischen uns im Raum stehen, als steckte noch viel mehr hinter diesen wenigen Worten. Als hätte er eigentlich fragen wollen, ob er an mich glauben durfte. Darauf hoffen, dass es überhaupt noch Hoffnung für dieses System gab.

»Ich werde es versuchen«, sagte ich entschlossen und erhob mich ebenfalls. »Nicht viele haben diesen Zugriff und vielleicht stehen auch schon unzählige Techniker der Eleven vor der Technical Area … aber hier zu sitzen und zu warten … das … das ist doch zwecklos.«

Noah nickte langsam und sah in Gedanken verloren an mir vorbei. Anhand der Sekunden, die weiter still verstrichen, spürte ich, dass es an der Zeit war, Abschied zu nehmen und in meine Welt zurückzukehren.

»Danke für alles, Noah«, fügte ich dann etwas sanfter hinzu. »Dass du mich bei dir aufgenommen hast, bedeutet mir viel und hätte sicherlich nicht jeder getan. Aber hier trennen sich unsere Wege wohl. Ich sollte sofort aufbrechen und ...«

Noahs Kopf ruckte herum und seine Augen blickten mir unter zusammengekniffenen Augenbrauen funkelnd entgegen. »Trennen?«, wiederholte er ungläubig.

Wenn ich ehrlich zu mir selbst gewesen wäre, hätte ich mir den winzig kleinen Hüpfer, den mein Herz in diesem Moment erleichtert machte, eingestanden und nicht nur hektisch beiseite gewunken. Denn in Wahrheit hatte ich im hintersten Winkel meines Inneren gehofft, dass Noah mich begleiten würde. Ich hätte es niemals gewagt, ihm diesen Vorschlag zu unterbreiten, denn ich hatte bereits mehr als genug von seiner Hilfsbereitschaft in Anspruch genommen. Ihn nun noch zu bitten, mich zu meinem Schutz in eine der Randzonen zu begleiten, grenzte an Unverschämtheit. Und früher oder später wäre die Zeit sowieso gekommen und ich hätte zurück in meine Zone gemusst. Denn diese Welt hier mit Drohnen und schicken Appartements, mit funkelnden zweistelligen Zahlen am Handgelenk war nicht die meine. Hier gehörte ich offensichtlich nicht hin.

»Ich komme mit dir. Oder sind etwa alle aus Zone 4 automatisch deine Freunde?«, fragte er und hob eine Augenbraue.

Ich wollte lässig mit den Schultern zucken und einen schlechten Witz darüber machen, dass das Arbeitervolk selbstverständlich durch einen magischen Schwur zusammenhalten würde. Aber Noahs Antwort vernebelte mir das Herz, als ich begriff, dass er mich begleiten würde. Dass unser Abschied glücklicherweise etwas aufgeschoben war.

Tablet 100%

OFFIZIELLE FREIGABE ZUR ERSTELLUNG DER WELTWEITEN DATENBANK

Pressebericht der Eleven

12. Dezember 20:00 Uhr

In der heutigen Pressebesprechung teilten die ELEVEN mit, dass einer weltweiten Verknüpfung der Genetikdaten mit absoluter Mehrheit zugestimmt wurde. Neugeborenen darf ab sofort ohne Erlaubnis der Eltern eine DNA-Probe entnommen und zu beliebigen forschungsrelevanten Zwecken verwendet werden.

Dafür wird eine unterirdische Datenbank außerhalb des Stadtkerns errichtet, um das gesamte DNA-Material der Bevölkerung entsprechend chemisch zur endlosen Aufbewahrung aufzubereiten. Aus Sicherheitsgründen bleibt der genaue Standort der Datenbank unbekannt.

Nachteile oder Gefährdungen der persönlichen Datensicherheit seien für die Bevölkerung daraus nicht zu befürchten.

KAPITEL 10

Kaleht

Wie konnte man eine solche Technik nur feiern? Weshalb erfreute sich die Menschheit an all diesen Digitalisierungen, ohne zu erkennen, wie gefährlich sie für uns waren?

Kaleht kickte einen Stein fort und sah im Weitergehen gedankenversunken in die Ferne. Blauer Sprühnebel zog sich wie eine Grenze am Zonenübergang empor. Eine Trennung zwischen Gut und Böse. Zwischen Wahnsinn und Verstand.

Es war irgendwie natürlich, vielleicht sogar menschlich, dass bei jedem Aufschwung auch Gegenwind herrschte. Dass es in jedem Strom, der gemeinschaftlich in die eine Richtung zog, auch immer diejenigen gab, die dagegenhielten.

So musste es doch sein oder nicht? Doch was einem niemand sagte, war, wie schwer es war, gegen den Strom zu laufen. Immer Widerstand zu leisten.

Ja, es war permanent anstrengend, anders zu sein – überhaupt nur anders zu denken. Zu kämpfen. Und manchmal ertappte er sich bei der Vorstellung, ob es einfacher wäre, weniger zu wissen und weniger zu verstehen. Weniger in dieser Welt zu hinterfragen.

Einfach weniger von allem.

Doch ein *fighter* machte es sich niemals einfach.

Der Widerstand war noch jung, hatte sich erst vor zehn Jahren gegründet, als aus der automatischen Intelligenz eine künstliche geworden war. Das war der Moment gewesen, in dem die ersten Menschen begriffen hatten, dass wir uns in die falsche Richtung bewegten. Denn eine automatische Intelligenz folgte nur vorgegebenen Mustern, tat nur das, worum sie gebeten wurde. Aber sie dachte nicht mit. Entwickelte sich nicht weiter. Wurde nicht zu einem eigenen Wesen, einer großen Gefahr.

Doch als sie Eve zu einer künstlichen Intelligenz machten, lief unsere Welt aus dem Ruder. Denn von diesem Tag an wurde Eve unaufhaltsam. Die Eleven brachten ihr alles bei, was die Menschheit ausmachte. Vielleicht etwas zu viel, wie der Widerstand fand. Denn irgendwann würde der Zeitpunkt kommen, an dem sich Eve über uns hinaus entwickeln würde. Und der Zeitpunkt kam, die Bedrohung war da und bereits real.

Und trotzdem waren die Menschen blind. Sie sahen ihren eigenen Untergang vor Augen nicht.

Dabei war die Angst des Widerstands nicht unberechtigt. Denn was würde passieren, wenn Eve irgendwann ein Abbild der Seele speicherte? Wie eine Kopie oder der Speicherstand eines Computerspiels, den man jederzeit wiederherstellen oder gar überschreiben konnte? Die Eleven sprachen von ewigem Leben – denn niemand würde sterben, wenn ein Abbild der Seele in einen neuen Körper geladen werden konnte. Doch wie viel Mensch würden wir dann noch sein? Wie viel Zeit blieb uns, bevor die KI übernehmen würde? Wäre der freie Wille eines Tages durch Eves technische Weiterentwicklung ausgelöscht – alle nur noch ein Ergebnis von automatischen Abfolgen?

Kaleht seufzte.

Der Widerstand war ein seltsames Mysterium. Die einen wussten, dass es ihn gab, behaupteten aber, ihn nie gesehen oder bemerkt zu haben. Und die anderen sagten, dass er in einem perfekten System nicht existierte – nicht existieren konnte. Dabei konnte Widerstand laut und leise sein, aufbrausend und intrigant. Er schmunzelte. Auch wenn der Name vermuten ließ, dass die *fighters* rebellisch auftraten, agierten sie doch im Verborgenen. Doch niemand konnte ehrlich behaupten, nicht vom Widerstand zu wissen.

Kaleht schob den rechten Ärmel seines Hemdes nach oben, um damit unter den Level-Scan zu treten. In höflichen Worten gewährte Eve ihm den Zugang zum Service Point. Er grinste.

Die Lagerhalle war riesig und die einzelnen Gänge zwischen meterhohen Regalen durchnummeriert. Der Boden war kahler Beton und gemeinsam mit den Schließfächern aus Aluminium ergab sich daraus ein grau-tristes Bild. Es war erschreckend ruhig. Doch die Menschen waren vor einigen Minuten sicherlich noch in Scharen hier hereingestürmt, um letzte bestellte Waren abzuholen. Doch jetzt, so kurz vor der nahenden Abschaltung, war Kaleht fast allein. Ein Piepen ertönte und signalisierte damit, dass noch jemand seine zugeteilte PIN eingab und Eve das entsprechende Abholfach öffnete. Kurz darauf kam Kaleht ein junger, blasser Mann mit erschrockenem Gesichtsausdruck entgegen – in den Händen hielt er eine Lebensmittelbox. Eilig verschwand er nach draußen.

Kaleht nahm einen tiefen Atemzug, als die Lagerhalle leer und vollkommen still vor ihm lag. Letzte Drohnen holten Versorgungspakete ab und verschwanden dann durch ein Tunnelsystem nach draußen. Er tippte sich gegen die Schläfe und drehte seine Finger nach vorn. Sofort reagierte Eve darauf.

»13.30 Uhr«, murmelte er leise vor sich hin und stellte einen Timer. Ihm blieb noch genau eine halbe Stunde, bis die Abschaltung einsetzte. Vorher müsste er das Gebäude wieder verlassen, da sonst der Level-Scan blockierte.

Mit zügigen Schritten ging er an den aufgereihten Schließfächern entlang und sah dabei nach oben zum Röhrensystem. Die Service Points waren alle unterirdisch gebaut worden, um eine leichtere Kühlung zu ermöglichen, da auf diesem Wege sämtliche Einkäufe und damit unter anderem auch Lebensmittel geliefert wurden. Über breite Röhren wurden die gewünschten Waren in die Schließfächer verteilt oder per Drohne ausgeliefert, wenn man ein entsprechendes Level vorweisen konnte.

Kaleht blieb stehen, als er die Kontaktstelle an den Röhren fand. Blauschimmernd scannte Eve dort die entsprechenden Waren, um diese auf die Boxen zu verteilen. Die Kontaktstelle diente eigentlich dem Abrufen von Daten, die Eve dann zu Analysezwecken weitergab.

»Eve, übertrage die Daten der Kontaktstelle von Service Point Nummer acht auf das Tablet hier.« Er zog aus seiner Tasche das BedienPad, das mit einem roten X versehen war. Das offizielle Zeichen des Widerstands.

»Sicherheitsfreigabe erforderlich«, antwortete Eve ihm bereits im nächsten Moment.

»Verdammt«, stieß Kaleht aus und seine freie Hand ballte sich zu einer Faust.

»Sicherheitsfreigabe überbrücken«, versuchte er es erneut und hoffte auf ein Wunder. Es gab Daten, die für die *fighters* leicht zugänglich waren und sich sogar nur durch kleinere Arbeiten umgingen ließen. Doch die Eleven verstärkten inzwischen an jeder Ecke die Sicherheitsvorkehrungen.

»Überbrückung fehlgeschlagen. Keine Freigabe zur Datenübermittlung möglich.«

Kaleht biss die Kiefer zusammen und atmete tief durch. Mit einer einfachen Bewegung an seiner Schläfe blendete die KI ihm wieder die Uhrzeit ein.

13:52 Uhr

Er hatte deutlich zu lange gebraucht, um die entsprechende Kontaktstelle zu finden. Kostbare Zeit, die ihm nun fehlte, um Eve zu überlisten.

Nur noch acht Minuten.

Er wägte ab, welche Entscheidung nun zu priorisieren war. Die letzten Minuten nutzen, um sich über das Tablet doch einen Zugang zu Eve zu verschaffen – und damit das Risiko eingehen, während der Abschaltung in einer dunklen unterirdischen Halle festzusitzen, weil er es nicht mehr rechtzeitig hinausgeschafft hatte? Er ging diese Option in Gedanken durch, sein Blick schweifte dabei suchend durch die Halle. Einige der Fächer waren noch verschlossen und er könnte hoffen, dass Lebensmittel darin gelagert waren, sodass er in den zwei Tagen der Abschaltung mit Nahrungsmitteln versorgt wäre. Außerdem gab es an der Decke mehrere Belüftungsanlagen, damit immer genügend Sauerstoff in der Halle war. Doch während der Abschaltung würde diese wahrscheinlich nicht mehr gesteuert werden. Er würde in dieser Halle womöglich qualvoll ersticken.

Er wandte den Kopf vom Lagerausgang bis hin zur Kontaktstelle – und wieder zurück. Der Weg war weiter, als er anfangs angenommen hatte, und er sollte sicherlich gute neunzig Sekunden Rückweg einkalkulieren, wenn er schnell genug lief.

Abzüglich der Zeit, die er nun damit verbracht hatte, über

seine Möglichkeiten nachzudenken, blieben ihm voraussichtlich nur noch drei Minuten, um seine Mission zu erfüllen.

Kaleht schluckte.

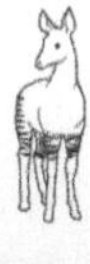

KAPITEL 11

Noah

Ein Schmunzeln huschte über sein Gesicht, als er den Proviant in die beiden Rucksäcke packte. Skye wäre am liebsten sofort aufgestanden und zur Tür hinausgestürmt, doch er hatte sie mit einigen Argumenten davon abhalten können. Denn es war äußerst unklug, in der beginnenden Dämmerung aufzubrechen und die Nacht nicht hier in einer Wohnung zu nutzen. Bei Tag wäre es sicherer auf den Straßen, wie die aktuelle Lage vermuten ließ. Auch war es nicht sinnvoll, sich den Arbeitern mit ihren johlenden Schreien und lichterloh brennenden Fackeln anzuschließen, denn sie hatten offenbar ein anderes Ziel. Sie waren aus der 4 geflohen, um in das Zentrum der Eleven vorzurücken. Sie für den Untergang des Systems, den Verlust ihrer Arbeit und damit für ihre schlechten Lebensverhältnisse verantwortlich zu machen.

Noah hielt einen Moment inne, neigte seinen Körper etwas nach links, um aus dem Türrahmen in Richtung des Wohnzimmers zu blicken. Dorthin, wo Skye im Schneidersitz auf der Couch saß, gedankenverloren aus dem Fenster sah und dabei auf einem Fingernagel kaute. Es war unbegreiflich, dass sie aus der vierten Zone kam. Sie wirkte nicht wie die Arbeiter da draußen – nicht derart rebellisch, wie sie es waren. Na gut, die dunklen lilafarbenen Haare entsprachen nicht der Norm und wären den Eleven sicherlich ein Dorn im Auge. Aber Skye war … anders. Sie wollte alles dafür tun, um Eve wiederherzustellen. Um eine Lösung zu finden, die weitere Abschaltung zu vermeiden. Zumindest machte sie bisher nicht den Anschein, dass sie in den Kern der Eve-Zentrale vordringen und die Eleven bedrohen wollte.

Er schüttelte kaum merklich den Kopf, um den sich anbahnenden Gedanken zu vertreiben, als könnte er damit verhindern, ihn überhaupt nur zu denken. Denn natürlich waren nicht alle Menschen aus Zone 4 gleich – auch wenn das System ihnen immer wieder eintrichtern wollte, dass die Gesellschaft zu Recht in ihre Klassen unterteilt worden war. Doch nicht nur das, sie hatten ihre Leben in einzelne Bezirke arrangiert – und … augenblicklich begannen in seinem Kopf die Berechnungen. Die dritte Zone lag voraussichtlich etwa fünfzig Kilometer von seiner Wohnung entfernt, was nach groben Schätzungen vollen zwölf Stunden Fußmarsch ohne Pause entsprach. Beeindruckend, welche Strecke die Speedbahn glücklicherweise in nur knapp dreißig Minuten zurücklegte. Und wie bedauerlich, wie aufgeschmissen die Menschen waren, sobald die dazugehörige Technik abgeschaltet wurde. Je nachdem, wo genau die Technical Area stand, konnte es mehr oder weniger Zeit in Anspruch nehmen. Und Noah war skeptisch, ob es nicht etwas zu optimistisch von ihm war, davon auszugehen, dass sie ganze zwölf Stunden am Stück ohne Pause durchhalten würden. Noch einmal linste er zu Skye hinüber, die unverändert auf der Couch hockte.

»Skye? Wie viel Sport hast du bisher gemacht?«, fragte er und musterte sie mit in Falten gelegter Stirn.

Sie hörte augenblicklich auf, auf ihrem Fingernagel herumzukauen, und senkte wie in Zeitlupe die Hand, bevor sie sich ebenso langsam erhob. »Wie bitte?«, erwiderte sie mit einem bitteren Unterton in der Stimme. Dann stemmte sie die Hände in die Hüften, fast so, als wollte sie ihm damit demonstrieren, dass sie jederzeit bereit war, ihm ihre Kräfte zu beweisen.

»Nein, also ich … ich frage nur wegen des Weges in die 3. Ist dir bewusst, dass wir für die reine Strecke ganz ohne Pausen ungefähr zwölf Stunden brauchen werden? Vielleicht mehr oder we…« Noah sprach nicht weiter, weil etwas in Skye zusammensackte.

Ihre Schultern gaben nach, in ihrem Gesicht verlor sich der selbstsichere Ausdruck. Offensichtlich hatte sie das nicht erwartet. »So lange?«, flüsterte sie fassungslos. »So viel Zeit haben wir vielleicht aber gar nicht.«

Ich weiß, dachte Noah. Aber ihnen blieb keine andere Möglichkeit, als zu Fuß zur Technical Area zu gelangen. Die Speedbahn wurde über Eve versorgt ebenso wie die gesamte Bedienung der Shuttles – kleine, über Autopilot gesteuerte, fliegende Kapseln, die die Menschen an ihr Ziel brachten. Plötzlich schoss ihm ein weiterer Gedanke dazwischen. »Während der Abschaltung werden Diebstähle nicht aufgezeichnet, richtig?«

Skyes Augen wurden bei seinen Worten groß.

»Ja, ich weiß, natürlich wäre es eine Straftat. Aber ich weiß von einem hier im Gebäude, der unten ein Speedbike hat. Das ist über eine Passwortsperre mit Eve abgesichert, die aber jetzt vermutlich …«

»… nicht mehr funktioniert«, flüsterte sie heiser. »Wie schnell könnten wir damit …?«

»Vielleicht in ein paar Stunden, je nachdem wie weit es geladen wurde.« Noah zuckte mit den Schultern.

Skye nickte eifrig. »In Ordnung. Während der Abschaltung wird es ja nicht aufgezeichnet«, sagte sie vollkommen sicher und überzeugt. »Es ist ja nur geliehen.«

Er schmunzelte und konnte nicht verhindern, dass ihm Skyes Ansicht irgendwie gefiel, auch wenn es gegen alles stand, was er in seinem Leben gelernt hatte. *So viel zu dem Thema, die Menschen aus der 4 hätten alle eine rebellische Ader.* Noch einmal sah er zu ihr hinüber, aufmerksam und musternd, so als würde Noah sie zum ersten Mal bemerken. Ja, etwas an Skye gefiel ihm. Denn obwohl sie sich gestern erst getroffen hatten, beschlich ihn das Gefühl, sie bereits länger zu kennen. *Sie zu verstehen. Ob das an dieser Ausnahmesituation lag? Daran, dass in unserer Welt aktuell alles über den Haufen geworfen wurde?*

»Wir sollten noch die restlichen Nuggets und Insektenriegel einpacken«, hörte er Skye vom Zimmer nebenan rufen, während Noah in seine Gedanken versunken war. »Wer weiß, wann wir das nächste Mal wieder per Drohne bestellen können.«

Er schmunzelte und schwor sich – egal, was sie beide nach dieser gemeinsamen Straftat noch erwarten würde – unter keinen Umständen würde er das Traummädchen in dieser gefährlichen neuen Welt allein lassen.

KAPITEL 12

Skye

Am nächsten Morgen schlichen wir mit unseren voll bepackten Rucksäcken im Haus bis nach unten, wo das Speedbike eines anderen Bewohners stand. Es war nicht gesichert, denn ohne Eve fand kein Abgleich des Besitzers statt. Nervosität kribbelte in meinen Fingerspitzen, während Noah das Fahrzeug schnappte und langsam nach draußen schob. Dabei sah er sich immer wieder um, suchte den Blickkontakt zu mir, als käme ihm die Situation ebenfalls vollkommen surreal vor. Ich hatte niemals einen Diebstahl begangen. Noch. Gar. Nie. Und da Noah mir im Level deutlich überlegen war, vermutete ich bei ihm dasselbe.

»Bist du damit schon jemals gefahren?«, fragte ich Noah, obwohl seine Antwort – egal wie sie ausfallen sollte – uns nicht von unserem Vorhaben abhalten würde. Wir brauchten dieses Speedbike, um schnellstmöglich die Technical Area zu erreichen. Wenn ich doch niemals zum Auftrag aufgebrochen wäre! Dann wäre ich zum Zeitpunkt der Abschaltung zumindest dort gewesen, in bekanntem Umfeld und bei Personen, die ich bereits seit Jahren kannte.

»Ich glaube nicht, dass es etwas ändern würde, oder?«,

fragte Noah zurück, während er auf das Speedbike stieg und mich erwartungsvoll ansah. Kaum merklich schüttelte ich den Kopf.

Nein, das würde es nicht. Denn wie er bereits angenommen hatte, würde das nichts an der Tatsache ändern, dass wir soeben eine Straftat begingen und es mir überraschend wenig ausmachte.

Ich wusste nicht, wie ich mir eine solche Fahrt vorgestellt hatte, aber ein Gefühl von Freiheit und Erleichterung durchströmte mich. Nach nur wenigen Minuten hatte sich Noah mit dem Bike vertraut gemacht und herausgefunden, wie es funktionierte. Während er fuhr, hockte ich hinter ihm und traute mich zuerst nicht, meine Arme um seinen Oberkörper zu schlingen. Doch da wir rasant an Geschwindigkeit zulegten, kam ich nicht länger umhin.

Die Fahrt gab mir Zeit, darüber nachzudenken, wie es wäre, sofern es mir tatsächlich gelingen würde, Eve zu aktivieren. In meinem Kopf spielten sich sofort verschiedene Szenarien ab, wie es ablaufen würde, wenn wir in der Technical Area eintrafen. Ich konnte es bereits vor mir sehen, wie die Eleven höchstpersönlich uns begrüßen und sich vielleicht sogar über unsere Ankunft freuen würden. Ob Fjella auch da wäre? Ob sie eventuell versucht hatte, mich zu kontaktieren oder zu erreichen? Ob sich mein Chef wünschen würde, mich nie zu diesem Auftrag geschickt zu haben? Für einen Moment fragte ich mich, ob überhaupt irgendjemand in der Technical Area bereits zuvor von der Abschaltung geahnt hatte. Und dieser Gedanke erschreckte mich zutiefst. Ob Kocji davon gewusst hatte – vielleicht sogar deshalb bei unserer Besprechung so nervös gewesen war? Ich schüttelte den Kopf, weil ich mir nicht vorstellen wollte, dass er mir eine derart wichtige Info verheimlicht hätte. *Aber was, wenn ...*

Wenn überhaupt jemand schon frühzeitig von dem Vorhaben der Eleven gewusst hatte, dann jemand von der Server-Betreuung. Wir hatten Zugriff auf all diese Daten und hätten dementsprechend wissen müssen, dass eine solche Abschaltung bevorstand. Wir hätten sogar die Analysen der hohen Auslastung an die Eleven selbst mitteilen müssen.

Mir stockte der Atem. Warum war mir das nicht früher bewusst geworden? Selbstverständlich war mir klar gewesen, dass die Serverauslastung sehr hoch und keine Dauerlösung war. Aber eine nahende Abschaltung hatte ich nicht kommen sehen. Ob Kocji mich deshalb fortgeschickt hatte? Ob er enttäuscht von mir war, dass ich es nicht selbst früher erkannt hatte?

Angestrengt versuchte ich, mich an meine letzten Arbeitstage zurückzuerinnern, daran, was die Auswertungen der Serverauslastung ergeben hatten. Doch egal wie sehr ich mich bemühte, mich erneut an diese Woche zu erinnern, kam ich immer wieder auf dasselbe Ergebnis: Mir war nichts Beunruhigendes aufgefallen – nichts verdächtig erschienen.

Mir entwich ein leises Seufzen und ich hoffte kurz darauf, dass Noah es nicht bemerken und das Geräusch im Fahrtwind untergehen würde. Zum Glück ließ er sich nichts dergleichen anmerken und war weiterhin darauf konzentriert, das Speedbike sicher durch die Straßen zu lenken.

Erst jetzt fiel mir auf, wie verlassen die Wege waren. Weit und breit waren keine Menschen zu erkennen und die Stadt sah seltsam unbewohnt aus. Durch Eves Abschaltung wirkte alles kahl und grau. Zum ersten Mal konnte ich die Siedlung so sehen, wie sie erbaut worden war.

Unzählige Stunden vergingen, in denen ich nur beobachtete, wie die Häuserfassaden an mir vorüberzogen. Ich wusste nicht, woher Noah den Weg kannte oder die Zuversicht nahm, dass wir unser Ziel bald erreichen würden. Erst als er die Geschwindigkeit allmählich verlangsamte und mit dem Speedbike den Straßenrand ansteuerte, wandte er den Kopf zu mir um.

»Hier können wir noch Vorräte auffüllen.« Er deutete mir mit einer Handbewegung an, abzusteigen und eine kurze Pause zu machen. »Da drüben ist ein Service Point. Sieht so aus, als wären bereits andere auf die Idee gekommen, Eves Sicherung zu umgehen.«

Die Tür zum Lager stand offen. Mich beschlich ein mulmiges Gefühl dabei, dass ohne Eve jegliche Verbrechen möglich waren und die Menschheit dies zu ihrem Vorteil nutzte. Zu sehr hatte ich an das Gute im Menschen geglaubt und an dem Gedanken festgehalten, dass sich nichts am Verhalten ändern würde. Und es war erschreckend, wie sehr man sich in der Menschheit täuschen konnte.

Ich nickte nur wortlos und hatte verstanden, worauf er hinauswollte. Vielleicht hatten wir Glück und konnten in diesem Service Point unsere Vorräte aufstocken. Wir betraten das Gebäude und ich blieb dicht hinter Noah. Wir sahen uns um und ich war ehrlich schockiert über den Anblick: ausgeräumte Regale, umgeworfene Kühltruhen und ein aufgebrochener Schrank. Eine Glasscheibe war zersplittert worden und Scherben knirschten unter unseren Schuhen. Plötzlich ertönte ein Poltern und murmelndes Stimmengewirr mischte sich dazu. Noah legte den Zeigefinger auf seine Lippen und ich verstand. Wir waren nicht allein hier. In seinen Augen lag ein beunruhigendes Flackern, das mir nur noch stärker Adrenalin durch die Adern jagte. *Ob Menschen einander wirklich etwas antun würden? Für einen letzten Müsliriegel aus Insekten oder eine Dose gekochte Bohnen?*

Ich wollte hoffen, dass dem nicht so war und die Menschheit nicht derart ins Wanken geraten würde. Aber womöglich irrte ich mich. Denn die Männer, die mit Baseballschlägern und Messern bewaffnet gerade die letzte Ware aus den Regalen räumten, ließen anderes vermuten. Noah duckte sich hinter eines der Gestelle zu Boden und ich tat es ihm augenblicklich gleich. Wir sahen einander an – mein Blick war fragend, beunruhigt und vielleicht lag auch Entsetzen darin, während Noahs Miene klar und fokussiert war. Als würde er nachdenken und die nächsten Schritte genau berechnen. Er regte sich nicht, schien kaum zu atmen, um kein einziges Geräusch zu verursachen, und ich ermahnte mich, es ihm nachzuahmen. Doch mein Herz schlug so schnell und laut, dass ich befürchtete, es würde uns letztlich verraten. Ich rückte nur minimal näher an Noah und schloss für einen Moment die Augen, um mich zu beruhigen.

Ich versuchte zu überleben, obwohl mir niemals jemand beigebracht hatte, wie das funktionierte. Normalerweise würde ich jetzt Eve fragen und sie bitten, uns zu helfen. Uns den richtigen Ausweg aus dieser Situation zu zeigen. Wieder einmal wurde mir drastisch bewusst, wie sehr wir Eve in unserem Leben brauchten – wie wir darauf angewiesen waren, weil wir nie gelernt hatten, auf uns gestellt zu sein. Weil wir aufgehört hatten, eigene Lösungen zu finden. Ich öffnete wieder die Augen und sah Noahs Gesicht direkt vor meinem. Er strahlte so viel Ruhe und Zuversicht aus. Seine Hand bewegte sich wie in Zeitlupe auf mich zu und schien erst Ewigkeiten später auf meinem Arm zu landen, den er vorsichtig drückte. *Alles wird gut*, lag in dieser Geste, und als sich unsere Blicke erneut trafen, fühlte ich ein Kribbeln meine Kehle hinaufsteigen.

Noah hatte eine so unbeschreiblich gute Art an sich, die ihn irgendwie attraktiv machte. Die ihn auf mich so anziehend wirken ließ, auch wenn ich selbst etwas gegen meine Intuition unternehmen wollte. Sofort sprang das negative Gedankenkarussell an. *Diese Kerle sind gut, ja – aber sie sind nicht gut für dich. Dein Ex war »nur« eine 8 und seine falschen Erwartungen haben dich erdrückt, eingeengt und innerlich fast zerstört. Du bist nie genug gewesen. Wieso sollte es bei einer 9 also anders sein? Wieso sollte Noah anders sein?*

Er lächelte kaum merklich, aber ich nahm es wahr, denn Hitze stieg mir in die Wangen. War es die Gefahr in diesem Moment, die meine Gedanken so derart vernebelte? Und bildete ich mir nur ein, dass sich sein Gesicht minimal dem meinen näherte? Ob er dieses Knistern in der Luft ebenfalls spüren und meinen viel zu laut pochenden Herzschlag hören konnte? Ich könnte schwören, dass wir zuvor weiter voneinander entfernt gewesen waren, denn würden noch weitere Sekunden verstreichen, würden sich unsere Lippen bestimmt jeden Moment berüh-

Ein Knacken ertönte, Funken stoben aus der Deckenlampe und ein lauter Fluch folgte. Plötzlich war es stockdunkel und ich konnte Noahs Gesicht, das ich eben deutlich vor mir gesehen hatte, nur noch vage in der Dunkelheit vermuten.

»Du Idiot«, dröhnte eine fremde Männerstimme durch den Raum. »Das war die falsche Leitung.« Unverständliches Murmeln, ein weiteres Poltern. »Lass uns abhauen und das mitnehmen, was wir jetzt haben. Los, beeilt euch gefälligst!« Die Stimme klang genervt und abgehetzt.

Mein Kopf zuckte zurück und brachte damit wieder sehr viel mehr Platz zwischen Noah und mich.

Was um alles in der Welt …?

Und dann spürte ich wieder diesen sanften Druck auf meinem Arm, der von seiner Hand ausging und die letzte verbliebene Verbindung in der Dunkelheit war. In Gedanken verfluchte ich die neuen Bauweisen, bei denen aufgrund von enormen Hitzeperioden auf Fenster verzichtet und auf dicke Betonwände gesetzt worden war, die gerade in Lebensmittellagern noch einigermaßen kühle Temperaturen zustande brachten. Als sich die Geräusche allmählich entfernten, war ich mir sicher, dass die Fremden inzwischen den Ausgang des Marktes gefunden hatten.

Ich hörte, wie Noah einen Reißverschluss öffnete und Verpackungen knisternd aus dem Regal zog. Doch es war zu dunkel, um genau zu erkennen, welche Vorräte er gerade in den Rucksack lud. Anschließend tastete er nach meinem Handgelenk und stand auf. Schnell folgte ich seiner Bewegung. Mit winzigen Schritten tasteten wir uns voran, blind vor Dunkelheit streckte ich meine freie Hand aus, um nicht gegen irgendwelche Regale zu stoßen. Es schien mir fast aussichtslos, denn wir würden ohne jede Orientierung vermutlich Stunden hier umherirren, bis wir zurück zur Tür gelangen würden. Ich versuchte mich zu erinnern: Wir waren zuerst nach links durch die Regalreihen gelaufen, dann weiter vorn und dann ... Die Männer waren rechts von uns aufgetaucht, weshalb wir –

Noahs Bewegung stoppte so abrupt, dass ich ins Straucheln geriet und in ihn hineinstolperte. Da er keinen Millimeter nach hinten wich, mussten wir wohl gegen ein Regal gelaufen sein, aber das war nicht, was mir in diesem Augenblick wieder Hitze ins Gesicht trieb. Glücklicherweise sah Noah nicht die roten Flecken an meinem Hals, die sich dort garantiert vor Nervosität bildeten. Meine freie Hand lag auf seinem Brustkorb, weil ich intuitiv versucht hatte, mich nach vorn abzustützen. Und sosehr ich sie zurückziehen und diesen Vorfall mit mehrfachen Entschuldigungen überspielen wollte, so konnte ich es nicht. Als würde man sich die Hand an einer glühend heißen Herdplatte verbrennen, diese aber dort bereits mit dem Glas verschmelzen. Da war er wieder, der Moment, der vollkommen stillstand. Der lediglich das prickelnde Gefühl meinen Hals hinaufwandern ließ und in meiner Brust vor Aufregung einen Kloß bildete. Meine Augen blickten unruhig in die Dunkelheit, suchend nach Noahs Umriss und gleichzeitig auch nach einem Ausweg aus dieser Situation. Bis ich seinen Atem auf meinem Gesicht spürte und nun instinktiv wusste, dass er nur noch wenige Millimeter von mir entfernt war. Ich schloss die Augen, obwohl es bei dem fehlenden Licht keinen Unterschied machte. Und ich ignorierte die Stimme in meinem Inneren, die mich belehren wollte, mich nicht mehr auf solche Typen einzulassen. Auf Männer, die glaubten, sie seien etwas Besseres, weil ihr Level höher war als das meine. Die glaubten, dass –

Aber als Noahs Lippen für den Bruchteil eines Moments die meinen berührten, glaubte ich gar nichts mehr. Dabei war der Augenblick bereits schneller verflogen, als ich ihn überhaupt greifen konnte – denn sofort entfernte er sich von mir und leitete mich wortlos und mit einer zielstrebigen Geschwindigkeit aus dem Gebäude hinaus. Als hätte diese Berührung niemals stattgefunden – diese Nähe nie existiert.

KAPITEL 13

Noah

Dieser Beinahe-Kuss war einfach passiert. Eine Reihe von logischen Aneinanderreihungen gewesen, die Menschen in genau solchen Situationen taten. Vielleicht ein Ergebnis der Umstände, der Nähe in den letzten Tagen und der gesamten Verwirrung, die seit der Abschaltung durch ihn hindurchgewirbelt waren. Und es hatte sicherlich rein gar nichts mit dem Gefühl zu tun, das er verspürte, wenn er Skye ansah oder ihr in solchen Situationen plötzlich so nahe war. Wieso hatte er nur den Eindruck, sie bereits sein ganzes Leben zu kennen? Als wüsste er genau, was sie im jeweiligen Moment dachte und fühlte. Er löste sich von ihr und bewegte seine Hand wieder an ihrem Arm hinunter, um nach ihrem Handgelenk zu greifen. Wann hatte er sie an ihre Taille gelegt? Er schüttelte kaum merklich den Kopf, bevor er die andere Hand von Skyes Hals nahm und nach dem hüfthohen Regal tastete, gegen das er zuvor gelaufen war. Er runzelte die Stirn. Das war neu, denn für gewöhnlich konnte er selbst in der Dunkelheit noch überdurchschnittlich gut sehen und Umrisse erkennen.

Geschickt ging er herum und führte Skye mit einer ausschweifenden Bewegung ebenfalls daran vorbei. Ohne ein weiteres Wort, ohne eine Erklärung über den eben geschehenen Moment irrten sie durch die Dunkelheit nach draußen.

Als würden sie eine magische Schwelle überqueren, ließ er Skyes Arm beim Hinaustreten augenblicklich los und ging ein paar schnellere Schritte, um etwas Abstand zwischen sich zu bringen. *Solange niemand darüber sprach, war es nicht passiert, oder?* Sie würden mit dem Speedbike weiterfahren und die Geschwindigkeit der Fahrt würde ein Gespräch unmöglich machen. *Perfekt.* Noah drehte sich um, betrachtete die hellgraue Betonwand, von der er sich absolut sicher war, das Fahrzeug dort angelehnt zu haben. Einige größere Steine markierten den Eingang und säumten den Weg, der von der Straße zum Gebäude führte. Es war deutlich zu erkennen, dass das Zentrum der Stadt bereits weit zurücklag und in dieser Zone viel mehr die Notwendigkeit im Vordergrund stand. Die Häuserfassaden waren nicht mehr futuristisch geschwungen oder interessant beleuchtet. Hier diente das Gebäude lediglich der Lagerung von unzähligen Lebensmitteln.

»Fuck!«, entfuhr es ihm heftiger als beabsichtigt. Es war weg. *Natürlich.* Für die Fremden war das Speedbike eine perfekte Gelegenheit gewesen. Und Männer, die bewaffnet ein Lebensmittellager überfielen, hatten sicherlich wenig moralische Grundsätze. Schon gar nicht während der Abschaltung.

»Es ist weg«, hauchte Skye. Ihre Stimme war heiser, als müsste sie sich erst wieder zurechtfinden.

»Die Gruppe Männer hat es wahrscheinlich mitgenommen«, fluchte Noah mit zusammengebissenem Kiefer. Das hatte ihnen gerade gefehlt.

»Wie weit ist es noch?«, fragte Skye und er brauchte einen Moment, um sie zu verstehen.

Automatisch begann er die restliche Strecke in Gedanken zu berechnen. »Noch etwa acht Stunden zu Fuß vermute ich.« Er machte eine kurze Pause. Bei diesem Hitzeanstieg am frühen Nachmittag war es jetzt die denkbar ungünstigste Zeit, um loszuwandern. »Wir können versuchen, noch ein oder zwei Stunden zu gehen, dann müssen wir uns eine Übernachtungsmöglichkeit suchen. Die Temperaturen am Nachmittag dürfen wir nicht unterschätzen, sonst kommt es zu Hitzschlägen und –«

»Dann gehen wir sofort los. Vielleicht schaffen wir auch drei Stunden am Stück«, sagte Skye. Ihr Blick verdunkelte sich voller Ehrgeiz.

Und er verstand es wirklich. Das war eine äußerst ungünstige Ausgangslage für das geplante Vorhaben.

»Was hast du noch zum Anziehen in deinem Rucksack dabei?«, fragte er.

Skye wandte sich mit fragendem Gesichtsausdruck zu ihm um. »Stimmt etwas nicht damit?« Sie strich mit den Händen am Stoff des Shirts entlang und begutachtete skeptisch ihr Outfit.

»Nein, das meinte ich nicht … Ich habe mich nur gefragt, ob du etwas dabeihast, das du dir über den Kopf legen kannst, um dich vor der Sonneneinstrahlung zu schützen. Auch wenn wir sie nicht direkt sehen können, ist die UV-Strahlung dennoch enorm hoch um diese Tageszeit.«

Es dauerte ein paar Sekunden, bis Skyes Mund wieder zuklappte und sie ihren Rucksack von den Schultern nahm, um darin zu wühlen. Noah musterte sie. Sie trug eine schwarzweiß gemusterte Tunika, die ihr locker über den Armen lag und gerade mal bis zur Mitte ihrer Oberschenkel reichte. Der Stoff sah leicht und dünn aus und würde man ein Stück davon abreißen, würde es sich ideal als Sonnenschutz eignen.

»Ich habe noch ein Sommerkleid, das ich anziehen könnte, und die Tunika um den Kopf?« Fragend hob Skye einen bunt geblümten Stoff in die Höhe, der überwiegend aus fliederfarbenen und grünen Farbklecksen bestand.

»Gute Idee.« Er nickte und nahm seinen Rucksack ebenfalls ab. »Dann reißen wir die Tunika in zwei Hälften, eine davon wickeln wir dir um den Kopf und die andere um die Schultern.«

Wieder blieb Skye der Mund offen stehen. »Die Tunika ist neu«, entfuhr es ihr. »Die willst du doch nicht –«

»Skye, wenn wir mit dem Speedbike nach einer Tagestour bei der Technical Area angekommen wären, wäre das etwas vollkommen anderes. Aber wenn wir die nächsten Stunden möglicherweise bei über vierzig Grad zu Fuß laufen müssen, gibt es andere Prioritäten. Okay?«

Sie nickte wortlos und drehte sich von ihm weg, um sich in der nächsten Sekunde die Tunika über den Kopf zu ziehen und in Unterwäsche dazustehen. Ohne hinzusehen, warf sie daraufhin das Kleidungsstück nach ihm, was glücklicherweise die Starre unterbrach. Er fing den flatternden Stoff auf und konzentrierte sich, ihn möglichst in zwei gleich große Teile zu trennen, um Skye nicht weiter anzusehen.

»Okay, ich bin fertig.«

Noah atmete fast erleichtert aus und wunderte sich im selben Moment darüber, wieso er zuvor die Luft angehalten hatte. Er stand auf und hielt Skye einen Fetzen der Tunika hin, doch sie machte keine Anstalten, ihm diesen abzunehmen. Mit hochgezogenen Augenbrauen streckte sie ihm den Kopf hin und er begann, den Stoff um ihre Haare zu wickeln, die glücklicherweise zu einem Dutt zusammengebunden waren.

»Und? Wie sieht's aus?«, fragte sie anschließend.

Noah konnte sich dieses Mal ein Grinsen nicht verkneifen. Es sah furchtbar aus. Und das zweite Stoffteil, das ihr wie das Cape von Superman um die Schultern gebunden war, machte es nicht wirklich besser und verunstaltete leider ziemlich den Anblick von Skye in diesem schönen, figurbetonten Blumenkleid.

»Dann los.« Er schulterte den Rucksack und sah gen Himmel. Das war so ziemlich die schlechteste Idee, die er jemals gehabt hatte – und der Beinahe-Kuss. Das war auch nicht gerade sein bester Einfall gewesen.

KAPITEL 14

Skye

Zuerst wortlos trottete ich hinter Noah her. Keiner von uns sagte auch nur ein einziges Wort und ich war sogar etwas erleichtert, hinter ihm herzugehen, damit er nicht sehen konnte, wie ich mit meinen Fingerspitzen immer wieder meine Lippen berührte. Hatte er mich wirklich geküsst? Also war das wirklich passiert oder war das nur ein heftiger Tagtraum gewesen? War ich in dieser Dunkelheit womöglich kurz ohnmächtig geworden? Ich schüttelte kaum sichtbar den Kopf. Aber es irritierte mich, wie er sich verhielt, als wäre nichts passiert. Als wäre da gar nichts, worüber wir sprechen sollten.

»Woher weißt du denn, in welche Richtung wir laufen müssen?«, fragte ich unverfänglich.

»Intuition«, hörte ich Noah antworten, ohne sich zu mir umzudrehen. »Die Speedbahn müsste ungefähr in dieser Richtung sein und verläuft dann geradlinig durch alle Zonen. Wenn wir dieser folgen, kommen wir an der Haltestelle in der 3 raus und von dort an müsstest du den Weg zur TA vermutlich schon kennen.«

Ich nickte fast schon anerkennend. Das klang tatsächlich nach einem vernünftigen Plan und ich hoffte, dass wir bald die Speedbahnröhre entdecken würden.

Zugegeben, ich hatte die Mittagshitze tatsächlich unterschätzt – weil ich zu dieser Tageszeit normalerweise in einem gut gekühlten Serverraum verbrachte und mich nicht auf offener Straße befand. Und diese Temperaturen hier draußen waren wirklich unerträglich. Ich konnte kaum sagen, wie viele Stunden wir so schweigend nebeneinander hergingen. Aber es fühlte sich nach einer Ewigkeit an.

Noah machte nicht den Eindruck, als wollte er nach dem, was in dem Lebensmittellager vorgefallen war, noch mit mir sprechen. Was mich zu gleichen Maßen verwirrte und ärgerte, da der Kuss von ihm ausgegangen war. *Das war er doch, oder?* Je mehr ich darüber nachdachte, desto mehr verwischten die Details in meiner Erinnerung. Und ich fragte mich, ob Noah mich deshalb auf diesem waghalsigen Weg zur Technical Area begleitete. Ob das hier für den Analytiker nur ein kleines Abenteuer außerhalb seiner Programme und Codes war.

Eine innere Stimme wollte ihn danach fragen, weshalb er die Abschaltung nicht einfach in seinem schicken Appartement aussaß, Bohnenpüree in Form von Nuggets aß und darauf wartete, dass sich diese Welt normalisieren würde. Aber ein Teil von mir weigerte sich, die Wahrheit zu erfahren. Denn mein Herz wollte nicht hören, dass es für Noah wahrscheinlich ganz logische analytische Gründe gab, hier zu sein. Hier bei mir. Und dass das rein gar nichts damit zu tun hatte, dass er dieses Wunschdenken ebenfalls fühlen konnte. Dieses Gefühl, als könnte da etwas zwischen uns sein oder vielleicht etwas daraus werden.

Ich seufzte, weil es so absurd war. Ich eine 7 und er eine 9. So etwas würde niemals passieren. Nicht in dieser Welt.

»Ist etwas?«, fragte Noah und drehte sich zu mir um. Musternd sah er mich mit zur Seite geneigtem Kopf an.

»Die Hitze«, antwortete ich schnell und deutete mit dem Zeigefinger gen Himmel. »Das habe ich wirklich unterschätzt.«

Noahs Blick lag weiterhin musternd auf mir, als würde er nach etwas suchen, von dem er selbst noch nicht wusste, was es war.

»Geht es dir nicht auch so?«, fragte ich zögerlich, um den Moment der Stille zu verdrängen.

In seinem Gesicht regte sich nichts - was mich ziemlich irritierte. Leere in seinem Blick, als wäre er für einen Augenblick woanders. Doch es gab kein VisualControl mehr, das uns in ferne Welten oder alte Erinnerungen trug.

»Alles okay, Noah?« Ich trat einen Schritt näher an ihn heran. Er rührte sich nicht. Musternd studierte ich sein Gesicht und bemerkte allmählich die Blässe darin. »Noah?«, fragte ich wieder und berührte ihn kurz an der Schulter.

Und als würde ihn das aus der Starre befreien, schüttelte er fast überrascht den Kopf.

»Was? Hast du etwas gesagt?«

Ich zog die Augenbrauen zusammen und betrachtete ihn erneut.

»Ob es dir nicht auch so geht bei den Temperaturen?«, wiederholte ich meine vorherigen Worte. Doch es war plötzlich nicht mehr die Frage, die mich eigentlich interessierte.

Mit einer einfachen Handbewegung winkte er ab.

»Ach so nein, das hat mir noch nie etwas ausgemacht.«

»Echt nicht?«, hakte ich nach, denn es war ausgesprochen heiß. Diese trockene Hitze trieb die Menschen deshalb um die Mittagszeit immer in die klimatisierten Gebäude. Auch wenn wir die Sonne durch den Smog nicht sehen konnten, war es dennoch anstrengend, in dieser stickigen Luft überhaupt zu atmen und zu gehen. Jede körperliche Anstrengung fühlte sich dadurch beschwerlicher an. Und Noahs kurzzeitige Abwesenheit schien mir ebenfalls ein erstes Anzeichen einer solchen Schwäche zu sein.

Noah schüttelte wieder den Kopf. »Ist es dir schon zu heiß?« Gerade als er sich zum Weitergehen von mir abwenden wollte, hielt er inne und sah mich noch einmal prüfend an.

Ich hob die Hände. »Wie soll es denn bitte nicht zu warm sein?«

Noah sah hinauf in den graugelben Nebel über unseren Köpfen. »Ja, du hast recht. Lass uns nur noch ein kleines Stück weitergehen und dann für heute Schluss machen.«

Schweigend gingen wir weiter und wie zuvor trottete ich etwas versetzt hinter Noah her. Meine Gedanken drehten sich unbeirrt weiter. Denn ich kam nicht umhin, nicht an ihn zu denken. Daran, dass er eine 9 war und sich dennoch im höheren Kreis dafür schämte. Dass er sich womöglich nicht für gut genug hielt. *Ob man sich, umgeben von Menschen mit Level 10 und 11, so fühlte?* Darüber hatte ich bisher noch nie nachgedacht. Vielleicht strebte er das sogar an? Bis zu seinem fünfundvierzigsten Geburtstag ein Eleven zu werden. Oder zumindest alles dafür zu geben, die bestmögliche Version seiner Selbst zu sein.

Unauffällig ging mein Blick zu meinem Handgelenk, an dem eigentlich schon eine blaue 8 prangen sollte. Aber noch war ich keine 8 und selbst das wäre vielleicht nicht genug. Oder könnte sich Noah ebenso wie Luis in eine Frau verlieben, die ein Level unter ihm war? Ohne sie als Mensch komplett verändern zu wollen? Oder erhoffte ich von der Menschheit mal wieder etwas zu viel? Ich schüttelte kaum merklich den Kopf. Irgendwann würde mich dieser gesellschaftliche Druck unter sich zerquetschen. Dieser Drang nach Perfektion sowie die drängende Zeit, einen passenden Partner zu finden …

»Hast du eigentlich Geschwister?«, fragte mich Noah und riss mich damit aus meinen leidigen Gedanken. Ohne darüber zu grübeln, wie er plötzlich auf diese Frage gekommen war, antwortete ich ihm.

»Nein, ich bin Einzelkind.« Ich zuckte mit den Schultern, denn tatsächlich war das in der heutigen Zeit keine Besonderheit mehr. Auch wenn sich die Menschheit dadurch in den letzten hundert Jahren drastisch selbst reduzierte, war es inzwischen üblich, nur noch ein Kind zur Welt zu bringen. Mehrlinge oder Geschwister waren die Seltenheit. »Bist du etwa kein Einzelkind?«

Mein Blick glitt zu ihm hinüber, während wir nebeneinander herwanderten und ich erkannte ein leichtes Zögern in seiner Mimik. Ein Innehalten.

»Doch«, antwortete Noah. »Aber ich hätte eigentlich noch einen Bruder.« Zuerst wirkte er, als würde er nicht weiter darüber sprechen und stattdessen wieder die Stille fortführen wollen, ehe er dann zu einer Erklärung ansetzte.

»Meine Mutter verlor das Kind leider sehr früh.«

Ich schluckte, doch der Kloß in meiner Kehle bildete sich viel zu schnell. »Das tut mir leid«, sagte ich leise und legte Noah mitfühlend eine Hand auf den Arm. Dennoch vermied er es, mich anzusehen. »Konnten sie denn nichts tun? Die Med-Scans …«

Noah schüttelte energisch den Kopf. »Als sie wusste, dass sie schwanger war, ging sie nicht mehr zu den Scans.« Erst jetzt hielt er an, stellte sich mir direkt gegenüber und sah mir in die Augen. Ich wollte ihn fragen, warum seine Mutter das nicht getan hatte, weil es mit ziemlicher Sicherheit das Leben des Kindes gerettet hätte. Doch ich ahnte die Antwort bereits.

»Sie wollte nicht, dass jemand davon erfährt. Falls er geworden wäre wie … *ich.*« Hörbar laut atmete Noah ein.

Und ich begriff, weshalb er seine Mutation verheimlichte. *Schon immer verheimlichen musste.* Ob ihn vielleicht Vorwürfe plagten? Gewissensbisse und Schuldgefühle, die er nie ablegen konnte?

»Dich trifft daran keine Schuld, Noah«, flüsterte ich und fühlte mich ihm plötzlich viel näher. »Es war die Entscheidung deiner Eltern.«

Er sah weg und betrachtete den Horizont, während ich weiter sein Gesicht musterte.

»Woher weißt du ohne die Scans, dass du einen Bruder … hattest – und keine Schwester?«, fragte ich einfühlsam und kurz stahl sich ein kleines Lächeln auf seine Lippen, das jedoch nicht lange anhielt.

»Ich weiß es einfach. Manche Dinge spürt man.« Noah hielt einen Moment inne, als schien er nachzudenken. »Hattest du schon mal das Gefühl, nicht gut zu sein, so wie du bist?« Noahs Worte waren so leise, beinahe zerbrechlich.

Ich nickte, auch wenn meine Erfahrungen kaum die seinen aufwiegen konnten. Zur Verdeutlichung drehte ich meine Handfläche nach oben und streckte mein ziffernloses Handgelenk nach vorn, sodass meine Fingerspitzen beinahe seinen Bauch berührten. Diese Bewegung brachte ihn dazu, seinen Blick von der Ferne abzuwenden und meinen Unterarm zu betrachten.

»Ich habe mich mein halbes Leben lang gefragt, ob eine 7 gut ist. Ob es ausreichend ist oder ob ich noch mehr sein könnte. Doch die letzten Jahre war mein Level unverändert stabil und ich fing an zu rätseln, ob ich vielleicht gar nicht … *besonders* bin. Nicht gut genug, um jemals Perfektion zu erreichen.« Ich schnaubte. »Geschweige denn nur eine 8 zu werden. Es schien mir einfach nicht möglich, überhaupt gut zu sein. Und natürlich fragt man sich dann, ab welchem Level man *gut* ist. Gut genug, um mit seinem Leben und …« Ich stockte kurz. »… mit sich selbst zufrieden zu sein.«

Noahs Augen suchten etwas in meinem Blick. »Und hast du darauf je eine Antwort gefunden?«, fragte er.

Ich atmete tief ein und straffte die Schultern, wobei sich aus dem Tuch, das um meinen Kopf gewickelt war, ein Stück Stoff lockerte und mir ins Gesicht fiel. »Ich glaube, darauf gibt es keine Antwort, aber vielleicht hoffe ich das auch einfach nur. Dass wir gut sind, so wie wir sind. Egal, was uns der Rest der Welt weismachen will.«

Mit einem Lächeln auf den Lippen schob Noah den hellen Stoff zurück in meine Haare. Dabei berührte er fast beiläufig meine Schläfe und seine Fingerspitzen strichen danach kurz an meinem Hals entlang. »Das hast du schön gesagt«, murmelte Noah leise. »Dann hoffe ich, dass du recht damit hast.«

Mein Herzschlag beschleunigte sich und Gänsehaut kribbelte trotz der unerträglichen Hitze in meinem Nacken, als wir uns erneut so nah gegenüberstanden. Die Art, wie Noah darüber sprach, löste etwas in mir aus, das ich nicht näher beschreiben konnte. Mein Blick wanderte von seinen Augen zu seinem Mund, doch bevor ich mir einen weiteren Gedanken an den Beinahe-Kuss erlaubte, blinzelte ich einige Male, um mich wieder auf das Gespräch zu konzentrieren.

»Warum glaubst du, nicht gut zu sein, wie du bist? Deine Mutation …«

Sofort erlosch das, was zwischen uns war, als hätte man einen Kübel Wasser über eine winzige Flamme gegossen. Noah entfernte sich ruckartig einen Schritt von mir und der Moment, der eben noch so besonders gewesen war, war augenblicklich vorbei. Ich erkannte, wie sehr ihm seine Mutation zu schaffen machte und es ihn vielleicht sogar mit Selbstzweifeln quälte, anders zu sein.

»Eine Mutation kann nie etwas Gutes sein, Skye. Sie ist ein unvorhergesehenes Ergebnis. Etwas, das niemand einschätzen kann, dessen Gefahren oder langfristige Folgen noch niemand kennt.« Er schüttelte kaum merklich den Kopf, als wäre meine Frage absurd. Ohne mich erneut anzusehen, setzte er seinen Weg fort.

Und ich fragte mich, ob sich Noah tatsächlich so sehr hassen konnte, dass Akzeptanz durch ihn selbst oder durch jemand anderen gar keine Option war.

»Kann ich dich auch etwas fragen, Noah?« Ich lief ihm zügig nach.

Es ertönte nur ein knappes »Klar«, das aber danach klang, als hätte es seinen Mund eher unfreiwillig verlassen.

»Warst du schon einmal richtig verliebt?«

Es war nur minimal, aber in seiner sonst so flüssigen Bewegung bemerkte ich das Straucheln – das kurze Stocken. Und die lange Pause danach, in der er einfach weiterging und mich glauben ließ, er würde diese Frage niemals beantworten.

»Liebe ist etwas für die Arbeiter«, hörte ich Noah sagen. Kurz darauf entfuhr ihm ein abfälliges Schnauben. »Meine Eltern haben mich bereits in meiner Kindheit davor gewarnt – sich zu verlieben, ist eine schwache Emotion. Sie hindert uns daran, fokussiert zu arbeiten und ist etwas für die Hoffnungslosen aus der 5. Also nein, ich glaube nicht.«

Noah drehte sich zu mir um und sah mich mit einem lässigen Schulterzucken an. Nachdenklich und auch ein wenig fragend. In diesem Moment wollte ich glauben, dass Liebe nur etwas für Vollidioten und Hoffnungslose war. Wollte wirklich versuchen, davon überzeugt zu sein. Doch mit einem Blick in Noahs dunkle Augen war ich mir nicht mehr sicher, ob ich das damit verbundene Versprechen, mich niemals in Noah zu verlieben, tatsächlich einhalten konnte.

Als ich nichts darauf erwiderte und wir uns lange Sekunden einfach nur ansahen, machte er eine beiläufige Geste. »Lass uns schauen, ob wir da drüben einen Übernachtungsplatz schaffen können, bevor es dunkel wird.« Noah deutete auf eine freie Fläche etwas abseits der Hausreihen. Glücklicherweise waren die Seitengassen hier wie ausgestorben und weit und breit keine Aufständischen zu sehen, die sich vermutlich schon näher am Zentrum befanden. Ohne meine Antwort abzuwarten, wandte sich Noah ab und ging weiter.

Entsetzt sah ich ihm nach.

»Hier draußen?«, fragte ich, weil ich nicht damit gerechnet hatte, unter freiem Himmel das Nachtlager aufzuschlagen.

Er zuckte mit den Schultern. »Du sagtest doch, du kennst niemanden hier in der Gegend?«

Ich nickte ertappt.

»Und da ich nicht davon ausgehe, dass hier besonders gastfreundliche Menschen wohnen, werden wir wohl unter freiem Himmel schlafen müssen.« Er setzte seinen Rucksack ab und begann konzentriert, darin zu kramen.

Ohne die blauen Zonenübergänge fiel es mir zugegeben schwer, nicht die Orientierung zu verlieren. Da die Service Points jedoch alle am Übergang der zweiten und dritten Zone verteilt standen, vermutete ich, dass wir bereits im dritten Ring angekommen waren. Weshalb Noah wohl davon ausging, dass hier nicht mehr dieselben Personen lebten, die er aus dem zweiten Bezirk kannte. Und es schmerzte, dass er glaubte, die Menschen seien hier weniger freundlich – zumal er wusste, dass ich in der 4 wohnte. *Was musste er also wohl über mich denken?*

»Schlägst du da drüben Wurzeln oder was ist?«, fragte er nach einer Weile und sah dann erst zu mir herüber, während ich versuchte, das Gefühlschaos in meinem Inneren niederzukämpfen. Noah hatte eine so warme, hilfsbereite Art an sich gehabt, die mir in all diesem Chaos irgendwie Halt gegeben hatte. Die mir das Gefühl verliehen hatte, dass alles gut werden würde – obwohl es ganz und gar nicht danach aussah.

»Was glaubst du, wie die Menschen in der 4 sind, Noah?«, fragte ich mit bebender Stimme. »Was glaubst du, über mich zu wissen?«

Sein Gesichtsausdruck wechselte von fragend zu verstehend. »So war das nicht gemeint.« Er stand langsam auf und sofort kehrte seine freundliche Art zurück. »Das war doch nicht gegen dich persönlich gerichtet.«

»Sondern?«, fragte ich, ohne mich mit der Antwort zufriedenzugeben.

»Sondern weil ich glaube, dass in diesen Zeiten niemand fremde Menschen bei sich aufnehmen möchte.« Zur Verdeutlichung streckte er sein linkes Handgelenk nach vorn. »Weil niemand mehr mit den Augen sehen kann, wem wir noch trauen können. Das müssen wir von jetzt an selbst entscheiden. Aber niemand hat uns beigebracht wie.«

»Aber wäre es jetzt nicht am wichtigsten, einander zu helfen? Genau in einem solchen Chaos?«

Noah stieß mit einem belustigten Lächeln Luft aus. »Das erkennen die Menschen erst, wenn es bereits zu spät dafür ist.«

Er breitete zwei mitgebrachte Decken über dem erdigen Boden aus, die mir nicht sonderlich weich gepolstert und bequem erschienen. Zum ersten Mal wurde ich mir dem einfachen Leben bewusst und mein Blick wanderte automatisch zum Horizont.

»Glaubst du, dass so die Menschen in der 5 leben?«, fragte ich leise, kaum hörbar. Die Menschen wurden mit dem verbannt, das sie am Leibe trugen, und durften gerade einmal so viel Gegenstände mitnehmen, wie sie tragen konnten. Vermutlich wählten die meisten dabei Nahrungsmittel aus, denn in einer Welt der Digitalisierung gab es kaum noch Erinnerungsstücke, an die wir uns physisch klammerten. Alles war digital gespeichert – jeder Moment, jeder Bruchteil unseres Lebens konnte über Eve aufgerufen und erneut angesehen werden. Es gab keine Fotoalben mehr, keine überfüllten Kellerabteile, in denen Menschen Dinge horteten, die sie nie benötigten. Der Wohnraum war rar und unsere Welt digital vernetzt.

In diesem Moment spürte ich, wie es war, einfach nur noch ein Mensch zu sein, der sich nach einem materiellen Erinnerungsstück sehnte. Vielleicht das den Halt meiner Familie symbolisierte – meine beste Freundin, die immer ein offenes Ohr für mich hatte. Und dennoch: Auch ein Gegenstand könnte nicht das ersetzen, was mir tatsächlich fehlte: echten Halt in einer Welt, die jetzt dem Untergang verfallen war.

Aus unserer Ersatzkleidung hatten wir kleine Kopfkissen gefaltet, die Lebensmittel für die folgenden Tage rationiert und uns nebeneinander auf die Decke gelegt. Es war immer noch schwül, das Kleid klebte mir am Körper und ich sehnte mich einerseits nach den klimatisierten Serverräumen oder dem lauen Wind, der diese Nacht abkühlen würde. Und gleichzeitig war dieser Moment unbezahlbar und einzigartig. *Besonders*.

Noah und ich blickten hinauf, dorthin, wo wir normalerweise nur grau-trüben Smog und die Eve-Verbindungen in geometrischen Formen über den Himmel blitzen sahen. Doch stellenweise lichtete sich bereits der Dunst und gab dahinter ein paar funkelnde Sterne frei. Dass allein schon der Rand der dritten Zone ausreichte, um Smog und Lichtverschmutzung derart zu reduzieren, erstaunte mich. *Wie musste es erst hunderte Kilometer außerhalb dieser Stadt sein?*

»Es ist atemberaubend«, stieß ich hervor und wandte meinen Kopf zu Noah.

Er lächelte. Und obwohl ich noch nie so viel Zeit unter freiem Himmel verbracht hatte wie heute und auch nie daran gedacht hätte, einmal hier draußen zu übernachten, fühlte es sich gut an. Vermutlich lag es daran, weil Noah diese Sicherheit und Ruhe auf mich ausstrahlte. Eine Geborgenheit, die mich beruhigte, obwohl um uns herum gerade das System zerbrach.

»Es ist eigentlich die ganze Zeit direkt vor unseren Augen. Wir haben die Schönheit dieser Welt nur selbst verschleiert.« Mit einem Grinsen schaute er zu mir herüber.

»Meinst du, dass es möglich wäre, die Verschmutzung wieder komplett zurückzubilden?«, fragte ich. Mir gefiel die Vorstellung, dass der Himmel eines Tages frei wäre und womöglich Sonnenlicht und Sterne für die Bevölkerung dauerhaft sichtbar wären.

»Wenn die Wissenschaft fliegende Luft-Algen erfinden könnte, wäre sicherlich auch das möglich«, scherzte er.

Ich stieß ihm mit der Hand in die Seite. »Nein, ich meine es ernst. Stell dir vor, wie es wäre, wenn alle das hier sehen könnten. Jeden Tag.«

»Hmmm«, machte Noah. »Und du glaubst, die Leute würden das annehmen, wenn du ihnen im Gegenzug Eve wegnimmst? Ich weiß nicht, ob sie dann den Blick auf einen freien Himmel zu schätzen wissen.«

Ich atmete hörbar laut aus. Vermutlich hatte Noah vollkommen recht. Der Gedanke, langfristig ohne Eve leben zu müssen, fühlte sich auch für mich unvorstellbar und erschreckend an. Mein Blick fiel beunruhigt zurück auf Noah. »Dann dürfen wir Eve um keinen Preis verlieren«, schlussfolgerte ich schließlich. »Und vielleicht können die Forschungsteams dennoch fliegende Algen zur Luftreinigung erfinden.«

»Ja, vielleicht«, war alles, was ich Noah leise murmeln hörte. Dann schwiegen wir und sahen still in den Nachthimmel hinauf. Ohne mich zu bewegen, versuchte ich, zu Noah hinüberzuspähen – denn die Nähe zu ihm ließ meine Haut erneut kribbeln. Wir lagen dicht nebeneinander und wenn meine Hand nur ein wenig nach rechts gewandert wäre, hätte ich seinen Arm berührt. Ich schluckte und blinzelte zweimal schnell, um den Gedanken zu vertreiben. Weshalb fühlte ich mich Noah so verbunden? Ob es daran lag, dass um mich herum gerade alles an Normalität verlor und sich mein Herz an diesem Chaos beteiligen wollte? Und ich mich an die einzige Konstante der letzten Stunden klammern wollte – auch wenn dieser jemand gerade erst in mein Leben gestolpert war?

Die Nacht, die ich zuerst als angenehme Flucht aus der stickigen Mittagshitze empfunden hatte, wickelte sich nun wie eine Schlingpflanze um meine Kehle. Immer weniger Luft schien durch meinen Hals zu gelangen und meine Lungenflügel fühlten sich verkrampft und winzig an. Diese Dunkelheit war fremd – und gefährlich. Alles an dieser neuen Welt war bedrohlich und in diesem Moment spürte ich es ganz deutlich. Bei Nacht hier draußen zu liegen, schutzlos unter freiem Himmel – das war nicht, wofür wir Menschen gemacht worden waren. Das fühlte sich nicht richtig an. Nein. Es fühlte sich nicht *sicher* an.

»Was ist das«, flüsterte ich krächzend. Ein Beben schwang in meinen Worten mit. Ein Rascheln und die Bewegung, die ich aus dem Augenwinkel wahrnahm, verrieten mir, dass Noah sich mir zuwandte. Er stellte den Ellenbogen auf und stützte seinen Kopf in der Handfläche ab.

»Was meinst du?«, fragte er.

»Dieses Gefühl, dass …« Ich schluckte und versuchte mich zu sammeln, ruhiger zu atmen und meine Gedanken zu sortieren. *Was war nur los mit mir?*

»…dass hier draußen jederzeit etwas Schlimmes passieren könnte.« Ich atmete tief ein. »Ich kann es nicht… kontrollieren.«

Langsam drehte ich meinen Kopf zu Noah hinüber und ich erkannte nur die schwache Silhouette seines Gesichts.

Sein linker Mundwinkel hob sich.

»Das ist Angst, Skye«, sagte er und seine Stimme klang warm und weich.

»Aber Menschen haben keine Angst mehr«, entgegnete ich leise, weil ich diese Worte von klein auf gelernt und verinnerlicht hatte. Doch mein Verstand begriff, dass Noah vielleicht sogar recht hatte. Es war Angst, die ich zum ersten Mal in meinem Leben fühlte.

Angst vor dieser neuen, fremden Welt. Angst vor der Zukunft. Angst vor dem Verlust.

Ich schnappte nach Luft, doch sie schien meine Lunge überhaupt nicht zu erreichen.

»Angst zu haben, ist menschlich. Es liegt in unserer Natur, sich zu fürchten. Wir haben normalerweise Angst davor zu sterben. Angst davor, krank zu werden. Angst davor, seiner Zukunft hier und jetzt beraubt zu werden.« Noah machte eine kurze Pause. »Es ist okay, Angst zu haben. Eve hat es uns nur abtrainiert und uns alles abgenommen, was damit zusammenhängt. Aber es ist menschlich, okay? Es gehört zum Leben dazu.«

Ich lauschte Noahs Worten, die einer weichen Decke gleichkamen, in die er mich hüllte. Die meinen Atem ruhiger werden ließen und mir das erste Mal das Gefühl gaben, dass es okay war, wie ich war.

Auch ganz ohne Level.

MITTEILUNG ÜBER GESCHEITERTES PROJEKT DER ZUKUNFTSORIENTIERTEN TIERGENETIK

AKTE UNTER VERSCHLUSS | GEHEIMHALTUNGSSTUFE A+

Leider müssen wir Ihnen mitteilen, dass das geplante Experiment zur zukunftsorientierten Tiergenetik trotz mehrfacher Versuche und dem Hinzuziehen weiterer Professoren gescheitert ist. Zwar konnte im ersten Teil des Projekts das Erbgut der letzten verbliebenen neun Tierarten verbessert werden, um so eine höhere Anpassungsfähigkeit sowie eine stärkere Robustheit aufzuweisen, jedoch war es bedauerlicherweise unmöglich, die Tiere mutationsfrei in einer Züchtung zu reproduzieren. Die Lebewesen entwickelten unerwünschte Nebeneffekte und Missbildungen, sodass das Erbgut in vier weiteren Durchläufen verändert wurde.

Genetixx Industries hat das Projekt zur Erhaltung der Tierarten eingestellt. Das Projekt wurde entsprechend umdisponiert und dient nun der Erforschung und Reproduktion von Pflanzen, die den klimatischen Veränderungen standhalten können. Erste Testforschungen mit Moos und Algen konnten bereits Erfolge verzeichnen.

Das Projekt der zukunftsorientierten Tiergenetik wird streng vertraulich behandelt und darf nicht an die Öffentlichkeit geraten.

KAPITEL 15

Noah

Als Noah am nächsten Morgen erwachte, spürte er, wie Skye an seine Schulter gelehnt schlief. Zuerst sah er sich irritiert um, bis er erkannte, wo sie waren. Als müssten die Erinnerungen wieder zurück in sein Gedächtnis sickern. Skye hatte sich neben ihm zusammengerollt und atmete ruhig, was ihm ein Lächeln entlockte. Es tat irgendwie gut, sie so entspannt zu sehen, nach all dem, was hier gerade passierte. Intuitiv fiel sein Blick auf ihr Handgelenk, auf dem sich keine leuchtende Ziffer abzeichnete. Dann sah er auf seines.

Die cremefarbene Bandage hatte sich gelöst und war verrutscht. Die darunter freigelegte Stelle wirkte jedoch unnatürlich leer und fremd. Gleichzeitig spürte er ein anderes Gefühl in sich aufsteigen.

Erleichterung.

Noah hatte nie daran gedacht, dass es auch befreiend sein könnte, wenn niemand mehr sah, wer er war. Wenn es nichts mehr gab, was er verstecken musste.

Lediglich die blau schimmernden Adern verrieten seine Mutation weiterhin. In einer routinierten Bewegung wickelte er die Bandage wieder korrekt um seinen Unterarm, damit die leuchtenden Arterien für niemanden sichtbar waren und unter seinem Hemd versteckt blieben.

Vorsichtig rückte er von Skye ab und stand auf. Kurz darauf erinnerte er sich an das gestrige Gespräch und Skyes Frage, ob er denn jemals verliebt gewesen war. Denn in Wahrheit fühlte es sich an, als hätte Noah darauf keine Antwort. Als gäbe es dafür vielleicht auch keine. Wenn Menschen von Liebe sprachen, dann redeten sie von Gefühlen und Schmetterlingen im Bauch, von der Sehnsucht, die man spürte, sobald der andere fort war. Bisher hatte ihm das noch niemand entlockt, weshalb er den Worten seiner Mutter versuchte zu glauben. Womöglich war Liebe nur eine Illusion, um das arbeitende Volk bei Laune zu halten und ihnen Hoffnung vorzugaukeln. Etwas, das nicht wirklich existierte. Das man sich erfolgreich einredete, aber nicht tatsächlich spüren konnte.

Nicht wie Hunger, der im Magen schmerzte, oder Durst, der in seiner trockenen Kehle brannte.

Sein Blick glitt wieder hinüber zu Skye.

Ohne Frage mochte er ihre Gegenwart. Aber das konnte auch daran liegen, weil er wusste, wer sie war. Weshalb all die positiven Empfindungen am Ende nur wieder auf eine analytische Schlussfolgerung zurückzuführen waren.

Ob der Kuss auch nur ein Ergebnis von logischen Abläufen gewesen war? Ob Menschen in einer solchen Situation gesteuert von vorangegangenen Geschehnissen nun mal einfach so reagierten?

Noah verwarf den Gedanken mit einem Kopfschütteln.

Skye wohnte im vierten Ring – und für die Gesellschaft aus der zweiten Zone war das bereits das *arbeitende Volk*. So hatte es seine Mutter immer genannt. Noah erinnerte sich dabei besonders an den Ausdruck in ihren Augen. In ihnen hatten so viele ungesagte Worte gelegen.

Wir sind nicht wie die. Du bist nicht wie sie.

Du bist anders.

Ob Skye deshalb im Gegensatz zu ihm an so etwas wie Liebe glaubte?

»Hey«, murmelte Skye verschlafen. Als wäre sie allein von seinen lauten Gedanken wach geworden. »Bist du schon lange auf?« Sie rieb sich die Augen und sah sich um.

»Guten Morgen.« Noah zwang sich zu einem Lächeln. »Hast du gut geschlafen?«, wich er ihrer Frage aus.

Sie streckte und rekelte sich. »Na ja, geht so. Aber besser, als ich es hier draußen erwartet hätte.« Sie machte eine kurze Pause. »Willst du gleich los?« Sie zog die Augenbrauen zusammen, als sie ihn musterte und offensichtlich erkannte, dass er seine Sachen bereits vollständig in den Rucksack gepackt hatte.

»Sobald du wach genug bist, ja. Wir sollten die kühleren Morgenstunden noch nutzen und …« Noah hielt einen Moment inne. »Ich glaube, dass es bis zur Technical Area gar nicht mehr weit ist. Vielleicht können wir es noch vor der Mittagshitze erreichen.«

Etwas erwachte in Skyes Gesicht und ein Funkeln trat in ihre Augen. Sie rappelte sich auf, rollte ihre Decke in Rekordgeschwindigkeit zusammen und schnallte sie an ihren Rucksack.

»Gib mir noch zwei Minuten, dann können wir los«, sagte sie mit einem verschlafenen Lächeln. Als sie ihre Sachen in den Rucksack stopfte, unterdrückte sie ein Gähnen.

»Warst du davor auch schon immer so ein Frühaufsteher?«, fragte sie dann mit zusammengekniffenen Augen.

Davor.

Vor der Abschaltung.

Bevor sie sich kennenlernten.

Er zuckte als Antwort nur ausweichend mit den Schultern und setzte gerade zu einer Ausrede an, als Skye bereits abwinkte.

»Hätte ich das früher über dich gewusst, hätte ich dich direkt unsympathisch gefunden. Wer steht denn bitte morgens schon gern früh auf? Das ist einfach nur unmenschlich.«

Noah verschränkte mit einem Grinsen die Arme vor der Brust und sah Skye dabei zu, wie sie ihre Haare zusammenband.

»Und jetzt findest du mich also sympathisch?«

Skyes Hand, die gerade nach einer losen Strähne greifen wollte, hielt inne und schwebte einen Moment neben ihrem Kopf. Sie hatte ihm den Rücken zugewandt und dennoch glaubte er zu wissen, dass sie schmunzelte.

»Ja, ein wenig vielleicht.« Sie warf ihm über die Schulter einen vielsagenden Blick zu. »Aber mach es jetzt bloß nicht kaputt.«

Noah grinste und hob unschuldig die Hände. Er wartete, bis Skye alles wieder verstaut hatte und sich den Rucksack aufsetzte. Auf ihrem Gesicht lag ein liebevolles Lächeln, als sie ihn betrachtete. Er fragte sich, woran sie wohl dachte. *An das gestrige Gespräch? Das bis zu ihrem Einschlafen eigentlich nur ein Monolog seinerseits gewesen war?*

»Los, gehen wir. Wir müssen zuerst den Hügel hinauf. Es ist nicht besonders steil, aber die Steigung zieht sich einige Kilometer hin.«

»Okay.« Skye nickte. »Aber denk daran: Eigentlich ist das ohne Kaffee so überhaupt nicht meine Uhrzeit.«

Noah verschonte sie in der ersten Stunde mit Gesprächsthemen und wollte ihr damit die Möglichkeit geben, sich auch ohne Koffein auf den Tag einzustellen. Es gelang ihr offensichtlich besser als gedacht.

»Haben deine Eltern eigentlich auch schon in der 2 gewohnt?«, fragte Skye irgendwann zwischen zwei keuchenden Atemzügen, als sie die leichte Steigung überwanden.

Langsam drehte er sich zu ihr um. »Alles okay bei dir?« Unwillkürlich stahl sich ein Grinsen auf Noahs Gesicht. Aus dem Stoffstreifen der Tunika hatte sie eine Art Bandana um ihren Kopf gebunden, um die Haare davon abzuhalten, ihr an der verschwitzten Stirn zu kleben.

»Ich hasse Steigungen«, brachte Skye gequält hervor und ihr entwich ein erschöpftes Stöhnen. »Warum mussten sie die Technical Area unbedingt auf einen Berg bauen – und warum ist verdammt noch mal die Speedbahn abgeschaltet«, fluchte sie missmutig weiter.

Noah verkniff sich die weiteren Erklärungen, denn sicherlich wusste Skye längst, weshalb die TA ausgerechnet dort erbaut worden war. Die unterirdischen Serverräume waren in einem komplizierten Tunnelsystem im Hügel errichtet worden. Diese Fläche hatte schon bald nicht mehr ausgereicht und das umliegende Gebiet war kilometerweit untertunnelt worden. Aus Sicherheitsgründen waren die Wände jedoch stählern verstärkt, sodass ein Eindringen in die Eve-Serverräume nur über die Technical Area möglich war.

»Sieh es positiv«, rief er ihr zu. »Die Steigung zeigt uns, dass es nicht mehr weit ist.« Er lächelte und wartete noch einige Momente ab, bis Skye zu ihm aufgeholt hatte.

»Und haben deine Eltern nun auch schon in der 2 gewohnt oder nicht?«, fragte sie erneut, um offenbar um jeden Preis von ihrer Kondition abzulenken. Sie stemmte die Hände in die Hüften und beugte sich etwas nach vorn, um durchzuatmen.

»Ja, ich bin in der 2 aufgewachsen«, antwortete Noah. »Meine Mutter hat als Empfangsdame im Vermittlungsgebäude gearbeitet und mein Vater war in der Genetikforschung.«

Skye nickte interessiert. »Das klingt naheliegend bei deiner Tendenz zur Analytik und der Zeit, die du im Vermittlungsgebäude verbringst. Scheint dir ja schon in die Wiege gelegt worden zu sein.« Sie machte eine kurze Pause. »Weißt du denn, woran dein Vater zuletzt gearbeitet hat?«

Er atmete tief ein, um ihr das Projekt so wortgetreu wie nur möglich wiederzugeben. »An der ethischen Frage, ob Perfektion bereits in den Genen vorgegeben ist oder ob in Genen überhaupt eine Perfektion zu finden ist – und wann diese erreicht wäre –, ebenso an der Widerlegung der These, dass nicht die Gene dafür verantwortlich sind, sondern der menschliche Wille.«

»Wow.« Skye verzog ihren Mund zu einer anerkennenden Miene. »Das klingt mir nicht nur nach einer Frage, sondern nach vielen.«

Noah lachte tonlos auf. »Viele Fragen und keine Antworten, ja.«

Skye löste die Arme aus der vorherigen Haltung und ließ sie neben ihren Körper sinken. »Hat er darauf nie Antworten gefunden?«

Er schüttelte den Kopf. »Forscher sind seltsame Menschen, Skye. Sie widmen ihr ganzes Leben, ihre gesamte Zeit einer einzigen großen Frage, die sich aber gar nicht beantworten lässt.«

»Hmm«, machte sie nur und deutete an weiterzugehen. »Dann ist es vielleicht nur gut, dass ich nicht in der Forschung gelandet bin. Das klingt frustrierend.« Obwohl sie es nicht abwertend sagte, glaubte Noah dennoch die unterschwellige Betonung herauszuhören.

»Was haben deine Eltern beruflich gemacht?«, fragte er und folgte Skye weiter den Hang hinauf.

Mit einer schnellen Handbewegung winkte sie ab. »Meine Mutter hat mich allein aufgezogen. Sie hat in der Nahrungsmittelindustrie gearbeitet. Nichts Besonderes.« Sie zuckte mit den Schultern.

»Ich würde nicht sagen, dass es nichts Besonderes ist. Schließlich hält es uns am Leben. Und die Nahrungsmittelindustrie ist inzwischen doch auch irgendwie eine Wissenschaft oder nicht? Bei all den ganzen … *Veränderungen.*« Noah suchte den Blickkontakt zu ihr, doch Skye fixierte den Boden vor sich sehr genau, als wollte sie den Untergrund vor jedem weiteren Schritt detailliert studieren.

»Weißt du, was es früher für absurde Dinge gab?«, fragte sie dann. »Ich habe die Aufzeichnungen in der Technical Area ja einige Jahre studiert und das war teilweise *echt* verrückt.« Sie hob beide Hände, als wollte sie ihre Aussage damit unterstreichen. »Kannst du dir vorstellen, dass die Menschen früher sogar ganze Säugetiere getötet und verarbeitet haben?«

Noah verzog zur Antwort schockiert das Gesicht. »Das ist unvorstellbar. Kein Wunder, dass sämtliche Tierarten über die Jahrhunderte komplett ausgerottet wurden.«

»Schon seltsam, dass das Einzige, was sie nicht essen wollten, heute das Hauptnahrungsmittel ist«, schlussfolgerte Skye nachdenklich.

Noah nickte bestätigend. »Ja, die Insektengenetik war zur dritten Jahrtausendwende die einzige Möglichkeit, um die Menschheit noch vor dem Verhungern zu bewahren, nachdem sämtliche Landwirtschaft durch die Klimaveränderungen fast zerstört wurde. Hattet ihr darüber viel im Studium gesprochen? Was genau hast du eigentlich studiert?« Er wandte sich wieder Skye zu, die sich eine gelockerte Haarsträhne aus dem Gesicht blies.

»Zukunftsorientierte Technik infolge historischer Ereignisse hieß der Studiengang«, antwortete Skye und fügte dann noch erklärend hinzu: »Das bedeutet eigentlich nur, dass wir nicht die gleichen Fehler machen sollen wie die Generationen vor uns. Deshalb haben wir unzählige Dokumente aus dem Archiv gelesen, bewertet und neu für unsere aktuelle Zeit interpretiert.«

Noah nickte. »Das klingt echt interessant.«

»Und erschreckend«, ergänzte Skye. »Zu sehen, zu was die Menschheit alles fähig war, hat mir oft Kopfzerbrechen darüber bereitet, wozu sie in der Zukunft womöglich wieder imstande wäre.«

Noah lachte und Skye sah ihn fragend an, weil sie mit dieser Reaktion offensichtlich nicht gerechnet hatte. »Da wären wir wieder bei den Forschern«, sagte er. »Sie finden nie eine Antwort auf ihre eigentlichen Fragen.«

Skye schmunzelte, sagte aber nichts dazu.

»Und dein Vater? Wo hat er gearbeitet?« Noahs Frage klang beiläufig, weil sie nur über ihre Mutter gesprochen hatte und er das Gespräch aufrechterhalten wollte. Aber ihm entging nicht, wie sich Skyes Schultern anspannten und ihre Finger an dem dünnen Stoff nestelten, der um ihren Kopf gebunden war.

»Er war lange Zeit Technischer Maschinenkonstruktionsleiter.« Sie sagte es mit einem Hauch von Traurigkeit in der Stimme und so sachlich, dass Noah bereits ahnte, dass sie nicht gern über ihn sprach. Er blieb stehen und Skye tat es ihm erst wenige Schritte später gleich. Mit einem Seufzen wandte sie sich zu ihm um. »Er hat die Med-Scans konzipiert und dafür gesorgt, dass die Updates im Körper die richtige Reaktion auslösen, um die Krankheit zu besiegen. Und er hat an neueren Codes gearbeitet für komplexere Krankheiten.«

Skyes Worte klangen nüchtern, doch die Art, wie sie es sagte, ließ Noah vermuten, dass da mehr war. Dass es eine verborgene Schattenseite gab, die sie nicht offenbaren wollte.

»Wahnsinn, das ist auch ein elementarer Job für die Gesellschaft. Dein Vater hat wirklich Großes beigetragen.«

Er ging einen Schritt auf Skye zu und sie sah zu ihm hoch, blickte ihn mit glänzenden Augen an. »Mein Vater wurde verbannt, als ich noch ein kleines Mädchen war.« Sie schluckte.

Er berührte sie mit der Hand sanft an ihrer Schulter. Ob er sie in den Arm nehmen sollte? Anhand des Schimmerns in ihren Augen sah er, dass es an ihr nagte und dennoch hatte Skye immer wieder gezeigt, dass sie eine Befürworterin des Systems war. Dass sie von Eve und den Eleven vollständig überzeugt war.

»Hat er sich den Eleven widersetzt?«, fragte er mit rauer Stimme.

Skye schüttelte vage den Kopf. »Ich weiß leider nicht, weshalb er verbannt wurde, es ist bei der Arbeit im Med passiert. Wir haben ihn nicht noch mal gesehen, es gab keine Möglichkeit für Erklärungen. Eve hat uns dann übermittelt, dass sein Level plötzlich rapide gesunken sei.«

Noah runzelte die Stirn und ließ seine Hand, die noch immer auf ihrer Schulter ruhte, vorsichtig über ihren Rücken streichen. »Kam er denn nicht noch mal nach Hause zurück?«

Skye sah ihm tief in die Augen, der traurige Blick darin war einer ernsten Miene gewichen. Ihr Nicken blieb aus, was Noah als Nein interpretierte.

»Verletzend, nicht wahr? Er muss seine Sachen von der Arbeit mitgenommen haben und wurde sofort abtransportiert. Er hat nicht einmal die Möglichkeit genutzt, noch einmal nach Hause zu kommen. Er hat nicht einmal versucht, es uns persönlich zu erklären.« Sie straffte die Schultern und räusperte sich. Noah zog seinen Arm zurück. »Gehen wir weiter. Ich habe mich inzwischen damit … abgefunden. Wessen Level innerhalb von Stunden so stark absteigt, war offensichtlich ein Verräter des Systems.« Skye stapfte los und stemmte ihre Hände in die Tragegurte des Rucksacks.

Er hielt noch einen langen Atemzug inne, bevor er ihr folgte.

KAPITEL 16

Noah

»Da ist es«, flüsterte Skye kaum hörbar vor Erschöpfung.

Noah hatte eigentlich damit gerechnet, dass sich etwas in ihrem blassen Gesicht regen würde, wenn sie endlich wieder etwas Vertrautes erblickte – das Ziel einer langen und anstrengenden Reise. Doch nun ragte die Technical Area als hoher, rauer Betonklotz vor ihnen empor – kantig, quadratisch, ohne jegliche Details oder Verzierungen. Er fragte sich, in welchem Jahr dieses Gebäude wohl entworfen worden war. Es musste schließlich der frühe Beginn der modernen Zeit gewesen sein.

Der Ursprung von Eves Bestimmung. Geboren war die technische Assistentin sicherlich im Kreis der Eleven, in der ersten Zone. Schließlich entsprang die künstliche Intelligenz ihren Ideen und Entwicklungen – aber hier in diesem Betonklotz war Eves wahres Zuhause, wenn man das so sagen konnte. Denn hier standen die Server, die all die Daten verwalteten, auf die Eve zugriff, um jederzeit alles unter Kontrolle zu behalten. Um stetig das Level neu einzuschätzen und alles aufzuzeichnen, was sie taten oder welches Gebäude die Menschen betraten. Ja, es war beeindruckend, was die KI alles leistete. Und sein Puls beschleunigte sich ein wenig bei der Vorstellung, durch Skye nun einen kleinen Einblick in diesen Teil der Welt zu erhalten. Noahs Blick fiel erneut auf die junge Frau, die er sich anfangs nicht als Administratorin eines so wichtigen Konzerns vorgestellt hatte.

»Ja, wir sind da«, gab er trotz des deutlichen Zeitverzugs von sich und musterte sie weiterhin.

Skye befand sich in einer seltsamen Starre aus Kraftlosigkeit und Erstaunen. Als hätte sie selbst gar nicht mehr damit gerechnet, dieses Gebäude je wiederzusehen.

»Wie finden wir den Eingang?«

Mit einer schwachen Handbewegung deutete Skye nach links. »Der Mitarbeitereingang ist dort, wir müssen uns nur unter den Scan stellen und dann …« Ihre Worte brachen abrupt ab, ein Ruck ging durch ihren Körper, als wurde ihr schlagartig etwas bewusst – als sammelten sich letzte Kräfte in ihr. Dann trat sie mit schnellen Schritten voran, genau in die Richtung, in die sie eben noch gedeutet hatte.

Ein Level-Scan? Ein Mitarbeitereingang, der sich nur durch Eve öffnen ließ? War es das, was sie sagen wollte? Dass wir womöglich zwei Tage umsonst durch die Gegend gewandert waren? Bitte nicht, flehte er innerlich. *Bitte lass diesen Weg nicht umsonst gewesen sein.* Als er um die Ecke des Gebäudes trat, hinter der Skye kurz vor ihm verschwunden war, entdeckte er sie: beide Hände gegen die Eingangstür gepresst. Offensichtlich war sie versperrt und egal, wie sehr sich Skye auch anstrengte, die Tür gab keinen Millimeter nach.

»Der Level-Scan …«, keuchte sie verzweifelt.

Noah nickte. »Er hat die Türen bisher betätigt. Ohne Eve kein Einlass«, fasste er sachlich zusammen. »Gibt es eventuell noch weitere Eingänge?«

Skye sah nachdenklich das Gebäude an und zog dabei ihre

Stirn in Falten. »Eingänge nicht. Aber einen Ausgang. Na ja, es ist nur ein Schacht. Aber ich könnte versuchen, so in das Gebäude zu gelangen und den Notfallknopf auszulösen. Dieser hebt die automatische Bedienung auf. Und es ist ja schließlich ... ein Notfall.«

»Definitiv.«

Skye wandte den Kopf und blickte ihm direkt in die Augen. »Etwas verwundert mich, Noah«, sagte sie dann leiser. »Niemand ist hier. Keiner von den Eleven, kein Techniker, niemand aus dem TA.«

Er folgte ihrem Blick zum Gebäude empor. »Wie erkennst du das? Von außen meine ich? Es könnte doch sein, dass –«

»Das Aggregat läuft nicht«, unterbrach sie ihn. »Da wäre ein Klicken alle paar Sekunden zu hören und außerdem wäre die Beleuchtung hier über dem Eingang angeschaltet.« Sie deutete auf eine Reihe aus LEDs, die offensichtlich nicht leuchtete. »Wenn jemand in diesem Gebäude wäre und irgendetwas unternehmen würde, wäre das Strom-Aggregat in Betrieb. Aber das ist es nicht. Wir sind die Einzigen hier. Und das ist mehr als seltsam.«

Noah schob den Gedanken beiseite, wie faszinierend Skye innerhalb weniger Augenblicke die Fakten kombiniert hatte, und widmete sich dem eigentlichen Problem, um es systematisch anzugehen. »Ist das denn machbar? Durch den Schacht zu klettern und den Notfallknopf auszulösen?«

Skye nickte langsam. »Ich denke schon. Wenn ich all mein Gepäck hierlasse und du an der Tür wartest, bis sie sich öffnet, könnten wir es schaffen.« Sie nahm den Rucksack ab, stellte ihn auf den Boden und ließ ihre Schultern und den Kopf kreisen, als könnten diese kurzen Bewegungen die Verspannungen der letzten Tage lösen.

»Also gut, dann viel Erfolg.« Er griff nach ihrem Rucksack – eine Bewegung, die in Skye augenblicklich Skepsis auslöste.

»Du wirst doch hier sein, Noah, oder nicht?« Sie musterte ihn mit einem undefinierbaren Blick. »Du wirst hier warten, bis sich die Tür öffnet oder ich zurückkehre, oder?«

»Wieso …«, begann Noah, doch er vollendete die Frage nicht.

»Weil ich mich auf dich verlassen muss. Darauf, dass du jetzt nicht mit meinen Sachen abhaust und mich hier sitzen lässt.«

Er atmete tief aus und ließ Skyes Rucksack zu Boden sinken. Die wenige Distanz, die zwischen ihnen war, überwand er mit zwei Schritten in ihre Richtung und griff dann nach Skyes Hand. »Warum sollte ich mich tagelang mit dir durch eine ganze Zone kämpfen, während unsere Welt einen Ausnahmezustand erlebt – nur um dann am Ziel plötzlich abzuhauen?«

»Ich weiß es nicht, ich will nur sicher sein, dass –«

»Skye«, sagte Noah etwas sanfter. »Wir sind im Leben niemals sicher. Und schon gar nicht in Zeiten wie diesen. Das Einzige, was uns bleibt, ist, aufeinander zu vertrauen. Darauf, dass all das jetzt nicht umsonst war. Okay?«

»Okay«, antwortete sie nach einem langen Atemzug. »Dann vertraue ich darauf, dass du später noch hier sein wirst, weil ich dir ansonsten höchstpersönlich die Hölle heißmachen werde.«

Obwohl er ohne Eve keine Uhr bei sich trug, zogen sich die Minuten gefühlt in Stunden. Noah zwang sich zur Ruhe und Zuversicht. Er rief sich immer wieder ins Gedächtnis, dass Skye diese Firma ebenso gut kannte wie er das Vermittlungsgebäude. Sie würde genau wissen, was zu tun war, und er wollte darauf vertrauen, wie er es ihr selbst geraten hatte.

Zugegeben, der Schacht, in den Skye geklettert war, hatte wenig einladend ausgesehen. Dieser führte in einer leichten Neigung nach oben und Noah hatte bezweifelt, dass sie nach den vergangenen Tagen noch genügend Energie aufbringen konnte, um dort hinaufzugelangen. Immer wieder hatte er geglaubt, sie würde abrutschen und kurz darauf vor seinen Füßen landen. Doch nichts dergleichen war geschehen. Irgendwann hatte Skye heruntergerufen, dass sie die erste Ebene erreicht hatte und nun in das Innere klettern würde.

Von da an war sie allein und Noah wartete nur darauf, dass die Tür nebenan ein Klicken von sich gab. Immer wieder ging er von der Tür zum Schachteingang und wieder zurück, doch von Skye fehlte jede Spur. Der Teil in ihm, der hervorragend gut darin war, alles sachlich und analytisch zu betrachten, wusste, dass er absolut nichts tun konnte. Aufgrund seiner Körpergröße war es ihm unmöglich, durch den Schacht zu klettern. Daher blieb ihm rein rational nur das Abwarten, was lediglich für den kleinen Teil in seinem Inneren, der Skye inzwischen doch irgendwie ins Herz geschlossen hatte, unerträglich war.

Als tatsächlich ein Klicken ertönte, fuhr Noah erschrocken hoch. Fast so, als hätte er innerlich schon nicht mehr damit gerechnet. Die beiden Platten fuhren auseinander und Skyes Augen blickten ihm entgegen. Ihr Gesicht war mit schwarzen Flecken verschmiert, aber ihr Lächeln war überwältigend und strahlend vor Glück. Sie hatte es geschafft und er freute sich unbeschreiblich, sie wiederzusehen.

»Wo warst du so lange?«, fragte Noah, während er sie in eine feste Umarmung zog.

»Der Zugang in der 2 war leider blockiert. Ich musste mich bis in den Kontrollbereich vorkämpfen, um dort hineinzukommen. Von hier aus kommen wir aber direkt zu den Serverräumen. Komm mit. Dann kann ich versuchen, die Daten auszulesen.«

Noah schmunzelte. Das hier war offensichtlich Skyes Bereich, in dem sie sich auskannte und schon viele Stunden verbracht hatte. Sie navigierte ihn in das Innere des Gebäudes, das einen modernen, aber lange nicht so hochwertigen Eindruck machte, wie er es vom Vermittlungsgebäude der Eleven kannte. Aber was hatte er auch erwartet. Sie gingen durch einen schmalen Flur, der nach einigen Metern in die Empfangshalle führte. Es gab einen Aufzug, der aktuell außer Betrieb war, aber schwindelerregend weit hinauf in die Höhe fuhr. In der Mitte des Raumes war ein Eve-Knotenpunkt angebracht, eine Säule, in der nun jedoch nur noch eine durchsichtige Flüssigkeit schwamm, die genauso gut hätte Wasser sein können.

»Im Kontrollraum müsste eigentlich auch noch ein Piepser sein, ich werde versuchen, Fjella damit zu kontaktieren«, hörte er Skye sagen, während sie Noah durch ein paar weitere Büros führte.

»Du meinst, du könntest ihr eine Nachricht zukommen lassen? Ganz ohne Eve?« Er blieb stehen und wartete überrascht auf ihre Antwort.

Skye wandte sich mit einem amüsierten Lächeln um. »Natürlich nicht so, wie du es kennst. Es ist vielmehr eine wirre Kombination aus Zahlen und Buchstaben, die unseren Standort verrät. Aber Fjella ist Programmiererin des TA. Sie wird den Code entschlüsseln können und herausfinden, dass es ein Signal aus diesem Gebäude hier ist. Sie wird wissen, dass man sie jetzt braucht.«

»Und was, wenn nicht?«, fragte Noah mit hochgezogener Augenbraue.

Skye entfuhr dabei nur ein erschöpftes Lachen. »Glaub mir, Fjella wird es wissen.« Obwohl sie den Satz beendet hatte, hielt sie noch inne und sah mich musternd an. »Ihr würdet euch wahrscheinlich gut verstehen. Du als Analytiker und sie als Programmiererin. Wahrscheinlich könntet ihr den gesamten Tag über irgendwelche Codes reden.« Ein trauriger Ausdruck trat in ihre Augen. »Sie fehlt mir, weil ...« Skye sprach nicht zu Ende, aber das änderte nichts an der Tatsache, dass Noah die darauffolgende Geschichte bereits kannte.

»Wenn sie das Signal bekommt und so schlau ist, wie du sagst, dann wird sie hierherkommen und uns bei diesem ganzen Chaos helfen.«

Skye lachte tonlos auf. »Sie ist noch so viel schlauer, als du glaubst!«

KAPITEL 17

Skye

Die Vorstellung, schon bald meine beste Freundin wiederzusehen, verlieh mir neue Kräfte und diese trieben mich dazu an, schnellstmöglich alles in die Wege zu leiten. Zuerst startete ich das Strom-Aggregat und sendete per Knopfdruck ein Signal an Fjellas IP-Adresse, in der Hoffnung, dass sie zu Hause war und es irgendein BedienPad in ihrer Wohnung gab, das das Signal empfangen würde.

Noah begleitete mich anschließend zu den Serverräumen, doch mir entging nicht, wie kreidebleich sein Gesicht inzwischen wieder war. Immer wieder stützte er sich kurzzeitig ab, atmete tief durch, um sich dann weiter voranzuschleppen. Ich spürte genau, dass er sich das nicht anmerken lassen und mich nicht aufhalten wollte. Auch auf unserem Weg hierher war mir nicht entgangen, dass Noah manchmal kurzzeitig abwesend wirkte. Obwohl er ständig beteuerte, dass ihm die Hitze nichts ausmachte.

Sofort versuchte ich zu rekonstruieren, ob Noah in den vergangenen Stunden auch getrunken und zwischendurch gegessen hatte. Als wir den Hügel hinauf gewandert waren, hatte er mir einen der letzten Insektenproteinriegel zugeschoben und versichert, dass er im Moment noch keinen Hunger hätte. Dabei hatten wir den ganzen Tag über kaum etwas gegessen und versucht, unsere Vorräte so gut wie möglich einzuteilen. Wieder sah ich zu ihm hinüber. Ob er einfach nur geschwächt war? Das wäre zumindest eine plausible Erklärung.

Als wir den gesuchten Raum erreichten, zog ich ihm einen Stuhl beiseite und kramte aus meinem Rucksack die letzte Tüte Linsencracker hervor. »Hier, du kannst kurz eine Pause machen, während ich mir einen ersten Überblick verschaffe. Da kannst du mir sowieso erst mal nicht viel helfen.« Meine Stimme klang liebevoll und warm, kein Anflug von der Sorge, die sich in meiner Magengegend durch Übelkeit bemerkbar machte. Denn Menschen waren nicht krank. Nicht seit es die Medical Center gab und Eve Krankheiten mit einem einfachen Update bereinigen konnte.

Aber es gab jetzt keine Med-Scans mehr. Und ich erlaubte mir auch nicht, weiter darüber nachzudenken, ob Noah schwer krank sein könnte. Denn ohne ihn wäre ich hier draußen in dieser neuen Welt ziemlich aufgeschmissen. Womöglich hatte er wie ich beim letzten Check nur einen geringen Defekt wie einen möglichen Mineralmangel.

Er ließ sich dankbar auf den Stuhl sinken und nickte mir kaum merklich zu. Vielleicht hatte er auch gar nichts anderes erwartet.

Als ich mich umwandte und die hohen Serverschränke betrachtete, fühlte ich mich angekommen. Es kam mir nicht vor, als wäre ich noch vor ein paar Tagen hier gewesen und hätte alltägliche Routineüberprüfungen durchgeführt. Diese Erinnerung schien aus einem anderen Leben zu stammen. Zuerst stellte ich die Stromversorgung wieder her und hoffte, dass die Daten nicht zu sehr unter der plötzlichen Abschaltung gelitten hatten. Auch war in den vergangenen Tagen die Kühlung ausgefallen, wodurch dieser Raum einer Sauna gleichkam. Was nicht nur zu Beschädigungen durch Überhitzung, sondern auch zu gefährlichen Bränden führen konnte.

Während die Server hochfuhren, setzte ich mich an das BedienPad und startete das Verwaltungsprogramm für den Datenzugriff. »Okay, also einige Server sind tatsächlich beschädigt und aktuell nicht mehr verwendbar. Aber wir haben einige redundante Systeme installiert und diese stellen damit eine Datensicherung der letzten vier Tage dar. Vielleicht können wir so noch auf die Originaldaten zugreifen.«

Noah gab nur ein »Aha« von sich und nickte teilnahmslos. »Wie viele Server habt ihr hier denn? Und wonach suchen wir genau?«, fragte er dann mit zusammengezogenen Augenbrauen.

»Nach der Nadel im Heuhaufen«, murmelte ich, während ich bereits in die ersten Ergebnisse auf dem BedienPad vertieft war. »Und wir haben mehr als eine Million Server für Eve. Ich überprüfe jetzt erst einmal die Notfallskripte, eventuell können wir Eve darüber wieder starten. Außerdem möchte ich mir die Datenlast ansehen, ob sie wirklich so hoch ist, wie von den Eleven angekündigt. Und falls ja, werde ich auswerten, welche Kategorien am meisten Datenvolumen über Eve verbrauchen. Vielleicht können wir einen Kern davon abschalten, der für das komplette System aber noch tragbar wäre. So erschaffen wir freien Arbeitsspeicher, um den Zugriff auf die Grunddaten –«

»Aber«, unterbrach mich Noah zögernd. »Aber das wäre doch nur eine kurzzeitige Lösung oder nicht?«

Ich hielt einen Moment inne, dann sah ich vom BedienPad auf und blickte ihm in die Augen. »Natürlich, bis wir einen weiteren Server auftreiben und einbinden können. Mehr Daten, mehr Server und dann würden wir …«

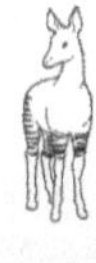

»Wir verschaffen uns nur Zeit.« Noah schloss die Augen. »Bis zur nächsten Abschaltung.«

Ich nahm etwas Schwung, um mit den Rollen des Bürostuhls zu ihm hinüberzugleiten. »Natürlich verschaffen wir uns nur einen geringen Zeitvorteil. Bis die nächste Generation etwas entwickeln wird, das dieses Problem lösen kann. Die Technical Area bildet jedes Jahr talentierte junge Techniker zu genau solchen Programmen aus. Um die Zukunft zu verändern. Die Welt zu retten.«

Noah sah wieder auf und legte den Kopf etwas schief. »Wäre das nicht ein Programm für dich?« Er lächelte mich an, wobei mir warm ums Herz wurde.

»Wohl nicht in diesem Leben. Leider fehlte mir in den Abschlussprüfungen ein halber Punkt. Ich wurde deshalb nicht für das Programm *innovative future* ausgewählt.«

Er lachte tonlos auf. »Wegen eines halben Punkts? Ist das dein Ernst? Von dieser ganzen Server-Konzeption verstehe ich gerade mal die Hälfte. Aber du wärst bestimmt perfekt für dieses Projekt.«

Stolz flutete mein kleines Herz und Wärme machte sich darin breit. Noahs Worte rührten mich, denn ja, ich wäre sehr gern für das *innovative future*-Projekt ausgewählt worden.

Zu gern.

»Für dieses Programm nehmen sie nur die Besten der Besten. Und es war wohl jemand besser als ich, das ist in Ordnung. Und ich glaube fest daran, dass sie irgendwann eine Lösung dafür finden werden. Davon bin ich überzeugt.«

Es vergingen einige Stunden, während ich die Daten weiter durchforstete und Noah mir beiläufig hin und wieder ein paar Fragen stellte oder mir die Tüte Cracker reichte. Ich konnte in den Tiefen des Serverraums auch nicht sagen, ob es bereits spät abends war oder womöglich schon bald ein neuer Morgen begann.

»Das ist seltsam«, nuschelte ich kaum hörbar vor mich hin, da ich vermutete, dass Noah bereits eingenickt war. Er hatte schon lange nichts mehr gesagt und war seitlich im Stuhl zusammengesunken. »Eve ist gar nicht weg. Aber wie kann das sein ... Wie kann so etwas ...«, sprach ich leise weiter, als könnte ich so schneller eine Lösung finden.

»Was?«, fragte Noah dann schläfrig. »Hast du was ... gesagt?«

Ich nickte, doch das konnte er unmöglich im schwachen Licht der wenigen Lämpchen erkennen. »Ich habe sogar etwas gefunden. Etwas, das ich nicht verstehe.«

Geräusche ertönten hinter mir, die mir signalisierten, dass sich Noah aufrappelte und zu mir gelaufen kam. Seine Schritte waren langsam und zäh und mein Verdacht bestätigte sich, dass er bestimmt schon geschlafen hatte. Als er neben mir stand, blickte er interessiert auf den kleinen Bildschirm vor mir.

»Siehst du das hier?« Ich deutete auf die hell leuchtende Linie. »Eve ist noch verfügbar. Diese Linie zeigt den Datenstrom vom Server weg. Eve wird gerade verwendet. Jetzt in diesem Moment.«

»Während der Abschaltung?«, fragte Noah und schnappte nach Luft.

»Ja, während der Abschaltung.« Ich schüttelte den Kopf, als wäre mir die Mangelhaftigkeit meiner Unterstellung jetzt erst bewusst geworden. »Das muss ein Fehler sein. Wahrscheinlich haben die Server in dieser Hitze doch mehr gelitten, als ich dachte.«

Noah reagierte nicht sofort darauf und ging ein paar Schritte

hin und her. »Kannst du herausfinden, wohin dieser Datenstrom genau geht?«

»Klar, das habe ich mir auch schon angesehen.« Ich tippte einen Code in die Zeile, um mir die Details der Verbindung anzeigen zu lassen. »Der Datenstrom führt auf direktem Weg in Zone 1. Dahinter steckt ein Code, den ich aber nicht entschlüsseln kann.«

»Und alle aktuell genutzten Eve-Daten werden ausschließlich in der 1 verwendet?«

»Ja genau.« Ich nickte wieder. Erst zügig, dann immer langsamer, bis ich letztendlich innehielt. Mit großen Augen sah ich in die Richtung, wo Noah im Dunkeln stand. Nur seine Umrisse waren zu erahnen. »Das ist überhaupt kein Fehler, oder?«, hauchte ich leise. »Die Serverauslastung von Eve ist einfach viel zu hoch, um allen Menschen gerecht zu werden. Also steht sie nur noch den Eleven in der 1 zur Verfügung.«

Stille. Unangenehme, erkenntnisreiche Stille.

»Und das, während die Menschen dem Chaos ausgesetzt werden«, ergänzte Noah leise mit einem bitteren Unterton. »Das ist wirklich ...«

»... genial«, flüsterte ich fassungslos.

»Was?« Überrascht über meine Aussage kam Noah auf mich zu. »Ich wollte sagen, dass es eine Katastrophe ist – aber *genial*?«

Ich erhob mich vom Stuhl, stellte mich vor ihn und räusperte mich. »Aus menschlicher Perspektive ist es natürlich eine absolute Katastrophe. Unmenschlich und furchtbar. Aber aus technischer Sicht ist es echt faszinierend. Wie sie mit einem Schlag alle Knotenpunkte umgeleitet haben, ohne dass jemand etwas davon bemerkt hat. Selbst die Technical Area müssen sie sehr überzeugend getäuscht haben. Das ist echt ... *genial*.«

Noahs Mundwinkel zuckte, als würde es ihn amüsieren, dass ich mich für solch technischen Details interessierte.

»Aber okay, zurück zur Katastrophe«, fuhr ich fort. »Ich hoffe wirklich, dass Fjella hier auftauchen wird. Sie kann mit dem verschlüsselten Code garantiert etwas anfangen. Vielleicht erfahren wir dann mehr.«

»Und wenn wir hier alle Server abschalten?«, fragte Noah mich mit ernstem Ausdruck in den Augen. »Dann würde es den Eleven wie uns ergehen, dann würden sie selbst spüren, was es bedeuten würde –«

»Nein«, unterbrach ich ihn fast sanft. »Der Kern von Eve ist im Eleven-Zentrum.« Ich formte mit meinen Händen eine unverständliche Darstellung und erkannte an Noahs Gesichtsausdruck, dass er nichts davon verstand.

»Wenn du Eve als künstliche Intelligenz ein Gesicht geben würdest, sagen wir, sie würde aussehen wie ein Mensch. Dann würde dieser Mensch im Eleven-Zentrum stehen und leben und sich niemals von dort fortbewegen. Alles, was Eve ausmacht und was sie kann, befindet sich dort im Kern. Die Server hier«, ich deutete auf die metallenen Gehäuse um uns herum, »sind nur ihr Job. Hier speichert sie alle Daten über uns, über Vorgehen, über Abläufe einfach alles. Und weil sich Eve selbst – als beispielhafte Person – all das nicht merken kann, speichert sie das hier ab. Sie braucht diese Server nur, um ihren Job zu erledigen. Nämlich das Beurteilen unserer Level und Ausführen von Aktionen.«

Noah nickte langsam. »Also wenn wir die Server abschalten, würden die Eleven eine andere Möglichkeit finden, Eve zu nutzen. Denn sie brauchen nicht zwingend die Daten, die hier gespeichert sind.«

Ich nickte. »Genau. Eve als Programmierung, als künstliche Intelligenz wäre immer noch da.«

»Und wie sieht sie aus, wenn wir sie uns nicht als Gesicht oder Mensch vorstellen?«, fragte Noah. »Aus was besteht Eve wirklich?«

Ich lächelte. »Eve ist nur ein Programm, wie eine Software, die auf einer Maschine installiert wurde. Wenn du ihr je gegenüberstehen würdest, wäre da vermutlich nur eine blecherne Hülle, ähnlich den Servern, die hier stehen.«

»Wow«, sagte Noah leise, nachdenklich. »Dieses Technikzeugs steht dir echt gut. Du weißt echt unheimlich viel darüber.«

Wieder lächelte ich und erinnerte mich an unser Gespräch über das *innovative future*-Programm, bei dem ich nur zu gern dabei gewesen wäre. »Ja, ich glaube, das ist meine Berufung. Sonst wäre ich auch bestimmt nicht in der Technical Area gelandet«, fügte ich mit einem Strahlen im Gesicht hinzu..

KAPITEL 18

Skye

»Hallo? Ist hier jemand?«

Mein Herz stolperte. Ich hatte fest an meine beste Freundin und ihre Fähigkeiten geglaubt und mit höchster Wahrscheinlichkeit mit ihrem Eintreffen gerechnet – aber nach allem, was in den vergangenen Tagen passiert war, tat es gut, dass sich eine Vermutung bewahrheitete und mit Fjella etwas Normalität in dieses Durcheinander kam. Völlig übereilt sprang ich auf und stürmte ihr im Erdgeschoss entgegen.

»Fjella! Du bist es wirklich!« Ich umarmte sie so voller Erleichterung und Freude, dass mir erst kurz darauf auffiel, wie stark sie sich verändert hatte. Ihr Gesicht wirkte fahl und erschöpft und Haarsträhnen klebten ihr verschwitzt an der Stirn.

»Hey, Skye«, erwiderte sie etwas leiser, aber nicht weniger erleichtert. »Bitte sag mir, dass wir heute unser gemeinsames Mittagessen nachholen und du etwas vorbereitet hast?« Sie lachte tonlos auf und ich erinnerte mich an unser Treffen am Tag der Abschaltung.

»Viel haben wir auch nicht mehr, aber du kannst dich selbstverständlich stärken. Das schulde ich dir ja wohl, wenn ich dich hierher funke.«

Fjellas Augen weiteten sich. »Ich wusste es doch. Irgendwann würde sich all mein Gerede über Codes bei dir doch noch auszahlen!« Sie lächelte mich stolz an, dann hielt sie einen Moment inne. »Es ist echt schön, dich wiederzusehen.«

»Gleichfalls«, erwiderte ich. »Fjella, ich muss dir unbedingt etwas zeigen. Ich glaube, ich habe noch aktive Datenströme zu Eve gefunden.«

»Was?«, entfuhr es ihr ungläubig. »Bist du dir ... sicher?« Letzte Energiereserven mobilisierten sich in ihrem Körper.

Ich nickte, während ich mich in Richtung der Serverräume begab und sie mir folgte. Dort lehnte bereits Noah im Türrahmen und blickte uns erwartungsvoll entgegen. Höflich streckte er die Hand aus, um sich Fjella vorzustellen. Sie erwiderte die Geste und mir entging nicht, wie Noah kurz auf ihren Arm hinabsah, der von unzähligen tätowierten Blumenmustern geziert war. »Hi, ich bin Noah.« Er lächelte. »Du hast also wirklich ein einfaches Pieps-Signal geortet und herausgefunden, dass das von hier stammt und Skye dringend deine Hilfe braucht?« Anerkennend zog er die Augenbrauen hoch.

Fjella lachte erfreut auf. »Ja, also na ja – es ist gerade ja nicht besonders viel los. Ich wusste zwar nicht, dass es von Skye ist, aber so ein Signal war spannend genug, um dem näher nachzugehen. Und schön, dich kennenzulernen, Noah. Arbeitest du auch in der Technical Area?«

Ich hielt inne, Noah blickte zu mir herüber, als wollte er heimlich nachfragen, wie viel wir Fjella anvertrauen konnten. Doch dafür war jetzt nicht der richtige Zeitpunkt und ich wollte auch der Frage entgehen, die Fjella garantiert stellen würde. *Läuft da etwas zwischen euch? Seid ihr etwa zusammen?*

»Ich habe ihn auf dem Weg hierher kennengelernt, er hat mir geholfen. Aber das ist echt eine lange Geschichte, die kannst du dir später noch in Ruhe anhören.« Ich winkte ab, als wäre nichts Spannendes daran. In Gedanken fügte ich hinzu, dass es so viel gab, über das ich gern mit Fjella reden würde. Über ihre großartige Neuigkeit, die sie mir verkünden wollte, über die Ereignisse, die sich in den letzten Tagen überschlagen hatten, und über meine Vermutung, dass die Technical Area davon vielleicht gewusst haben müsste, ohne uns zu informieren.

»Ja, zeig mal die Codes, die du gefunden hast, dafür bin ich ja schließlich hier.« Sie schnitt eine Grimasse und ich wusste, dass sie damit nur ihre Erschöpfung kaschierte. Sie musste am Ende sein und dennoch funkelten Ehrgeiz und Interesse in ihren Augen.

Ich schmunzelte darüber und war ehrlich froh, sie hier zu haben – Fjella wieder an meiner Seite zu wissen. Sie hatte ähnlich wie ich eine technische Faszination und als Programmiererin funktionierte auch ihr Gehirn mit Zahlen, komplizierten Codes und Abkürzungen. Innerhalb von Sekunden erklärte ich ihr, was wir gestern herausgefunden und vermutet hatten. Nämlich, dass die Eleven die künstliche Intelligenz nur noch für sich nutzten und von der restlichen Welt abschirmten.

»Dahinter war ein Code angeknüpft, den ich aber nicht entschlüsseln konnte. Vielleicht weißt du, was der bedeutet. Und hoffentlich –«

»– finden wir dann mehr darüber heraus, schon klar«, ergänzte Fjella und schob mich mit einer sanften Bewegung vom BedienPad. Sofort setzte sie sich hin und wischte über den Screen. »Hmm, ein komplexer Code, aber wenn ich hier …« Sie tippte wirre Abkürzungen in das Eingabefeld, grübelte und fuhr fort.

Das war ihre Welt, ihr Zuhause. So wie die Technical Area auch für mich ein Zuhause war. Ein Ort, an dem ich all das ausleben konnte, was ich gern tat, und das Wissen nutzen konnte, das ich mir angeeignet hatte. Ich kramte in einem der Rucksäcke und reichte Fjella einen letzten Insektenprotein-Riegel.

»Dieser Code bedeutet eigentlich nur, dass Eve nur noch Personen mit Level 11 zur Verfügung steht.« Sie biss herzhaft von dem Riegel ab, ohne auch nur den Blick vom BedienPad abzuwenden. »Und da sich die Eleven alle in Zone 1 befinden, geht die Datenlast zentriert dorthin.«

Ich wollte gerade gelangweilt aufatmen, weil das deutlich unspektakulärere Neuigkeiten gewesen waren, als ich erhofft hatte, da legte Fjella den Riegel beiseite. »Aber das hier ist seltsam, Skye. Es ist ein Combi-Code, verknüpft mit einer anderen Programmierung, die …« Fjella schüttelte den Kopf. »So etwas habe ich noch nie gesehen. Das ist echt … verrückt.«

Ich wollte Fjella fragen, ob *verrückt* in diesem Fall etwas Gutes oder etwas Schlechtes bedeutete. »Kannst du ihn entschlüsseln?«, wollte ich wissen und versuchte, die Neugierde zu unterdrücken. »Und könntest du … könntest du den Code umprogrammieren?« Ich lugte ihr über die Schulter auf das BedienPad.

Diese Worte schienen auch Noah aus seiner Starre zu befreien. »Du meinst, dass Eve wieder allen zur Verfügung steht, hängt nur von einem einzigen Code ab? So einfach wäre das? Statt Level 11 trägst du einfach eine 5 ein und das war's?«, fragte er interessiert.

Doch Fjella schüttelte energisch den Kopf. »So einfach ist es eben nicht. Ich muss erst herausfinden, was das für ein Combi-Code ist, der daran gekoppelt wurde. Dann kann ich euch vielleicht mehr sagen. Habt ihr zufällig noch einen Riegel? Ich habe echt wahnsinnigen Hunger.«

Wir verbrachten Stunden damit zu warten. Darauf, dass Fjella aufhörte, wie besessen auf dem BedienPad herumzutippen und Codes einzugeben – oder auch darauf, dass sie irgendein Geräusch von sich gab, das darauf schließen ließ, dass sie etwas herausgefunden hatte. Gerade als ich in unserem Rucksack kramte, um die letzten Vorräte zwischen uns aufzuteilen, passierte es erneut. Zuerst nahm ich es nur aus dem Augenwinkel wahr, wie Noah ein paar Schritte ging und dann im nächsten Moment in sich zusammensackte, als wäre sämtliche Energie aus seinem Körper gewichen. Er stürzte ungehalten zu Boden, was durch den dumpfen Schlag auch Fjella aufschrecken ließ.

»Was zur Hölle ...«, stieß sie fluchend aus, weil sie vermutlich dachte, wir hätten sie absichtlich erschreckt.

Doch als ich aufsprang, um zu Noah zu gelangen, erhob sich auch Fjella sofort vom Stuhl und schien zu begreifen, dass etwas nicht stimmte.

»Noah?«, fragte ich, während ich ihn vorsichtig berührte. »Hörst du mich?«

Seine Lider flatterten, Schweißperlen bildeten sich auf seiner Stirn. »Eve, bist du das?«, flüsterte er und zog die Augenbrauen zusammen. »Bist du wieder da?«

Ich sah zu Fjella hinüber, die mich mit geweiteten Augen anstarrte. *Was soll das?*, schienen ihre Blicke mehr als deutlich zu sagen.

»Noah, hey, ich bin es: Skye. Geht es dir nicht gut?«, fragte ich. »Wir legen mal deine Beine hoch, in Ordnung? Ich glaube, dein Kreislauf ist etwas schwach.« Ich sprach nicht, um ihm meine Bewegungen zu erklären, sondern um Ruhe zu verbreiten und niemanden merken zu lassen, wie Panik in mir aufstieg. Um mir selbst vorzugaukeln, dass es keinen Grund zur Sorge gab.

»Kreislaufprobleme?«, zischte Fjella ungläubig. »Niemand ist krank durch die Medi-Scans. Das kann nicht sein.«

Ich warf meiner besten Freundin einen ernsten Blick zu. »Die Medi-Scans laufen aber seit einigen Tagen nicht mehr. Vielleicht hätte er bald einen Kontrolltermin gehabt und durch die Abschaltung …« Ich sprach nicht weiter, denn alles andere war selbsterklärend. Vielleicht hatte Noah einen mittleren Mineralmangel und war deshalb in den letzten Tagen erschöpft und manchmal etwas verwirrt. Anders konnte ich mir das nicht erklären.

»Noah, warst du zuvor schon öfter krank?«, fragte Fjella deutlich lauter, als wäre er plötzlich schwerhörig.

»Nein«, flüsterte ich leise. »Noah war nie krank. Wir hatten schon darüber … gesprochen«, erklärte ich und schob den sich aufdrängenden Gedanken beiseite. Über Mutationen. Über Veränderungen in seinen Blutbahnen, die nicht korrekt waren. Die nicht der Norm entsprachen. Doch darüber schwieg ich. Menschen waren in unserer Welt nicht mehr krank. Oder nur noch höchst selten, aber das war weniger als 0,2 Prozent der Bevölkerung. Und wieder dachte ich daran, wie schrecklich die alte Welt gewesen sein musste. Als es Seuchen und Pandemien gab. Als geliebte Menschen an Krankheiten starben, gegen die keine Mittel mehr helfen konnten. Ich schüttelte leicht den Kopf, während ich Noahs Beine auf einen Stuhl legte.

»Woran denkst du?«, fragte Fjella sofort.

Ich sah zu ihr auf. »Daran, dass wir Menschen verlernt haben, krank zu sein. Mit solchen Dingen umzugehen. Früher waren Kreislaufprobleme das kleinste Übel der Krankheiten. In der alten Welt hätten sie darüber gelacht, dass wir uns damit kaum zu helfen wissen.«

»In der alten Welt sind sie auch reihenweise an ihren

Krankheiten gestorben«, warf Fjella bissig dazwischen. »Wäre dir das etwa lieber? Also ich möchte nicht sterben.«

Ich unterdrückte es, die Augen zu verdrehen, denn Fjella und ich hatten öfter schon festgestellt, dass wir unterschiedliche Ansichten über die alte und die neue Welt hatten. Es gab Dinge, die mich an der Vergangenheit faszinierten, und durch meinen Beruf hatte ich mich mit vielen Ereignissen und Themen von damals beschäftigt. Während Fjella wie auch der Großteil der aktuellen Bevölkerung den Gedanken daran abscheulich fand. Und ja, auch ich wollte nicht in dieser Zeit leben. In einer Welt, in der Kreislaufprobleme mit Sicherheit die kleinste Sorge gewesen waren.

»Geht es dir etwas besser?«, fragte ich an Noah gewandt, um das Thema zu wechseln.

Sein Gesicht hatte tatsächlich wieder etwas Farbe bekommen, doch er schien immer noch sehr schwach zu sein. Er gab keine Antwort von sich.

»Skye?«, fragte Fjella dann leise. »Hat er so was öfter?«

Ich hielt inne, bevor ich ihr antwortete. »Wir kennen uns erst seit der Abschaltung. Anfangs hatte ich dazu gar nichts bemerkt. Erst seit Kurzem häufen sich diese Schwäche-Symptome.«

»Okay«, hörte ich Fjella abwesend sagen. »Das heißt, ihr kennt euch noch gar nicht so lange? Und du bringst ihn mit hierher? Weil …?«

Ich atmete aus und wusste, worauf Fjella eigentlich anspielte. Und ich hörte auch die unausgesprochenen Fragen, die da noch lauerten: *Woher kennt ihr euch? Wieso hast du mich nicht dazu geholt und ich wäre an seiner Stelle hier, um gemeinsam eine Lösung für Eve zu finden? Wer ist dieser seltsame Fremde mit Anzeichen für gesundheitliche Probleme?*

»Ich hatte einen Termin beim Med am Tag der Abschaltung.

Und …« Ich schluckte, als die Gedanken an diesen Tag drohten, mich zu überwältigen. Alles zog wie ein vorgespulter Film an meinem inneren Auge vorbei, alles war so schnell passiert, dass ich mich kaum mehr an einzelne Details erinnern konnte. »Ich war zum Zeitpunkt der Abschaltung nicht in der 4. Speedbahnen und Shuttles waren komplett überlastet und ich hatte kaum mehr eine Chance, rechtzeitig nach Hause zu kommen. Noah hat mich dann dort gesehen und mir seine Hilfe angeboten. Er wohnt in der 2 und ich habe dann bei ihm übernachtet. Ich dachte, es sei nur während der Abschaltung, dann könnte ich wieder nach Hause. Aber dann …«

»Die zweite Bürgermitteilung«, vollendete sie meinen Satz. »Es gibt keine Aufhebung mehr«, fügte sie leise hinzu, bevor ihr Kopf auf einmal zu mir herüberruckte. »Wie seid ihr dann hierhergekommen?«

»Wahrscheinlich wie du.« Ich lächelte. »Größtenteils zu Fuß. Anfangs hatten wir noch so ein Speedbike von Noahs … Mitbewohner. Aber das wurde uns dann geklaut. Den Rest zur TA sind wir gelaufen. Ganz ehrlich, Fjella? Ich war mir nicht sicher, ob ich diese Räume hier je noch einmal wiedersehe.«

»Ja, ich weiß. Ging mir genauso.«

»Wie war es … hier?«, wollte ich wissen und sah meine beste Freundin mitfühlend an.

»Bei der ersten Bürgermitteilung hat Kocji uns gebeten, unsere aktuellen Aufgaben, die sich noch in wenigen Minuten zu Ende bringen lassen, zu beenden. Dann könnten wir heimgehen und sollten mit der Reaktivierung Eves wieder zurückkehren.« Sie seufzte. »Es war total schräg, Skye. Die ganze Situation war einfach nur –«

»Ja, ich weiß.« Ich hatte sie gar nicht unterbrechen wollen, aber ich verstand sie mehr, als sie ahnte. Langsam stand ich auf und ging auf sie zu, um sie einfach nur zu umarmen. Um ihr im Stillen zu sagen, dass ich dankbar war, sie hier zu haben.

Noahs Zustand verbesserte sich in den darauffolgenden Stunden wieder. Mit jeder Schlafphase schien er sich von dieser Trance zu erholen und wieder mehr Bewusstsein zu erlangen. Sein Gesicht nahm allmählich eine natürliche Farbe an, er erkannte mich wieder, wenn ich ihm etwas zu trinken brachte, und sein Blick wurde klar.

»Skye?«, hörte ich ihn irgendwann leise rufen und sofort erhob ich mich aus dem Bürostuhl, in dem ich bereits in eine ungesunde Haltung versunken kauerte – nur darauf wartend, dass Fjella Neues entdeckte. Ich setzte mich neben Noah, dem wir einen Schlafplatz aufgebaut hatten.

»Hey«, murmelte ich. »Wie geht es dir jetzt?« Ich musterte sein Gesicht, seine Augen, die wieder klar und wach wirkten.

Noahs Hand wanderte unter der Decke hervor und legte sich auf meine. »Danke, Skye«, war alles, was er sagte.

KAPITEL 19

Skye

»Hey, sieh mal«, hörte ich Fjella irgendwann murmeln. Obwohl kein Tageslicht in die Serverräume gelang, vermutete ich inzwischen den nächsten Morgen.

Langsam kam ich auf sie zu und sie reichte mir das Bedien-Pad, mit dem sie gearbeitet hatte. »Ich habe es entschlüsselt. Das ist ein Deaktivierungscode.«

Sie sah mich mit hochgezogenen Augenbrauen an, doch ich verstand nicht, was sie damit meinte. Was sie mir damit *wirklich* sagen wollte.

Auch Noah erhob sich und kam zu uns. Es tat gut, ihn wieder vollkommen normal zu erleben, nachdem er einige Stunden durchgeschlafen hatte.

»Und was deaktiviert er?«, fragte er mit belegter Stimme, während in meinem Kopf mehrere Gedanken kreisten.

»Wenn ich ihn richtig deute … werden Personen beim Erreichen von Level 0 sofort *deaktiviert.*« Das letzte Wort kam ihr nur zögerlich über die Lippen.

»Du meinst …?«, entfuhr es mir.

Ein kurzer, bestätigender Blick von Noah sorgte dafür, dass ich sofort verstummte.

»Ich fürchte ja«, murmelte Fjella ebenfalls sichtlich schockiert. »Es kommt sozusagen zu einem Schock, den Eve auslöst, und der Träger ... also die Person dann sofort verstirbt.«

Noah sog scharf die Luft ein. »Aber Menschen mit Level 0 ... haben es doch auch nicht anders verdient, oder? Also nach Eves Bewertungssystem haben sie dann nie etwas Gutes vollbracht. Nie. Sich noch nie am System beteiligt. Nie etwas für andere getan, also ...«

»Ist der Code aktiv?«, fragte ich an Fjella gewandt. Vielleicht bestand noch die Hoffnung, dass die Eleven diesen Code gar nicht verwendeten, sondern nur vorsorglich eingerichtet hatten?

Sie nickte.

Schweigend sahen wir einander an. Dann ergriff ich als Erste wieder das Wort. »Mit Eve lassen die Eleven gezielt die Menschen auslöschen, die sie nicht in ihrem System haben wollen. Ganz ohne sich die Hände schmutzig zu machen und –«

»Skye«, unterbrach mich Noah harscher, als ich es von ihm gewohnt war. »Das sind Verbrecher und schlechte Menschen. In einer Welt voller Überbevölkerung können es nicht alle verdienen, hier ihren Platz einzunehmen. Ist unsere Welt nicht eine bessere, wenn solche Menschen ...« Er hielt mitten im Satz inne und sah mich lange an, bis ich den Eindruck hatte, er würde nur noch durch mich hindurchsehen. »Da ist noch etwas anderes«, sagte er plötzlich eine Nuance ruhiger. »Es soll wohl ein Programm der Eleven geben, das die Anzeige des Levels am Handgelenk beeinflusst.« Er ließ diese Erklärung zuerst zwischen uns stehen, doch niemand reagierte darauf. »Es manipuliert das Level künstlich. Es könnte 0 angezeigt werden, obwohl ...«

Ich schnappte erschrocken nach Luft. »Obwohl diese Person in Wahrheit keine 0 ist?«

Noah nickte langsam. »Daran hatte ich gar nicht sofort gedacht, aber ich habe schon davon gehört. Level könnten also manipuliert werden und über den Code würden diese Menschen … *deaktiviert* werden.«

»Sie werden nicht deaktiviert!«, fuhr ich aufgebracht dazwischen. »Sie verwenden Eve als gezielte Krankheit und lassen es aber so aussehen, als verbreite es sich nur unter Personen mit Level 0 …«

Fjella sah mich mit großen Augen und entsetztem Gesichtsausdruck an. »Du meinst wie … wie ein Virus?«, flüsterte sie fassungslos. Als traute sie sich kaum, das Wort auch nur auszusprechen.

Ich nickte ihr zu und ihre Miene verfinsterte sich weiter. »Ja, wie ein Virus, der bereits in uns allen verankert ist. Aber nur eine Deaktivierung auslöst, wenn es gewünscht wird.« Ich konnte gar nicht so schnell verarbeiten, was ich da sagte. »Oder Level 0 erreicht wurde. Das ist die Bedingung oder nicht? Kannst du es denn … umprogrammieren, Fjella? Also den Wert der Bedingung beispielsweise auf 11 verändern, damit es die Eleven selbst trifft? Dann würden wir nämlich …«

»Menschen töten«, brachte sie keuchend hervor. »Skye, das würde bedeuten, dass die guten Menschen am Virus zugrunde gehen. Und das durch uns. Durch *mich*!« Ihre Worte lagen plötzlich schwer wie Blei zwischen uns. Ihr Entsetzen spiegelte sich auch in ihrem Gesicht wider.

»Die *guten* Menschen?«, wiederholte ich fragend und betonte das mittlere Wort mit Absicht besonders stark. Die Eleven verdienten dieses Adjektiv in meinen Augen nicht. Zumindest nicht mehr, seit ich von dem Deaktivierungscode erfahren hatte und wusste, dass sie die Bevölkerung einem Bürgerkrieg überließen, während sie Eve weiter nutzten. Auch wenn das unsere bisherige Weltanschauung zerrüttete.

»Nach wessen Bemessung denn? Wer bestimmt hier in unserer Welt denn den Wert, den wir tragen? Und wer entscheidet jetzt noch darüber, ob wir gut oder böse sind? Eve ist eine Erfindung der Eleven – die KI untersteht also sehr wahrscheinlich denselben Werten!«

Mit einem Stirnrunzeln blickte sie in die Ferne und ich sah an ihrem abwesenden Blick, wie sie gern geantwortet hätte, dass Eve das selbst entschieden hatte – als selbstständige, unabhängige Persönlichkeit. Diese Antwort war in uns verankert wie auswendig gelernte Phrasen. Die Eleven hatten uns diesen Mist glauben lassen. Dass die künstliche Intelligenz immer zu unseren Gunsten entscheiden würde. Zu unserer eigenen Sicherheit.

»Ich könnte es vielleicht tatsächlich ändern. Es würde dauern, aber es wäre theoretisch möglich«, murmelte sie irgendwann leise.

Ich horchte auf. Das war die Antwort, auf die ich insgeheim gehofft hatte, denn schließlich müsste dabei nur der Wert ausgetauscht werden. Die Eleven hätten dann nicht mehr die Macht, das Level der einzelnen Menschen willkürlich zu manipulieren, damit sie schließlich deaktiviert wurden. Das entsprach meiner Ansicht nach der Sicherheit, die Eve uns bieten sollte. Doch die KI würde sich bestimmt nicht gegen ihre eigenen Schöpfer stellen.

Eine 0 gegen eine 11 – und alles wäre anders. Dann würden die Eleven sterben und nicht die Menschen, denen sie das eigentlich antun wollten. Ich sog scharf die Luft ein. So etwas durfte ich eigentlich gar nicht denken. Das war ein Anschlag auf die Regierung – auf das gesamte System.

»Aber ich werde es nicht machen, Skye. Auch wenn wir bereits unser Leben lang zu den Eleven aufsehen und nie wussten, wie sehr sie ihre Macht zu missbrauchen wissen. Dennoch möchte ich nicht für ihren Tod verantwortlich sein. Das kann ich einfach nicht. Und ich glaube, das möchtest du auch nicht.«

Ich berührte sanft ihre Schulter. »Durch diese Programmierungen können sie jeden beliebigen Menschen sofort aus dem Weg schaffen. Sie manipulieren die Levelanzeige auf 0 und Eve führt nur noch diese Automatisierung aus. Damit entscheiden sie über Leben und Tod.«

»Aber ist das nicht ihre Aufgabe als Regierung? In einer Welt aus Überbevölkerung und Nahrungsmittelknappheit?«

Mit entsetztem Blick starrte ich sie an, fassungslos über ihre Worte. »Die Eleven nehmen unseren Tod einfach in Kauf – vielleicht sogar den Tod unserer Freunde, unserer …« Ich brach ab und erlaubte mir nicht weiter darüber nachzudenken. Schnell fuhr ich fort: »Wir bedeuten ihnen offensichtlich nichts. Wir sind nur Figuren in einem Spiel, dessen Regeln wir bis eben nicht einmal kannten.«

Wie gebannt sah ich Fjella an. Als könnte ich sie allein dadurch zu einer anderen Antwort beschwören. »Sie überlassen die Bevölkerung sich selbst, ignorieren einen sich aufbauenden Bürgerkrieg, während sie sich selbst weiterhin mit Eve versorgen lassen. Es geht ihnen nur um sich selbst.«

»Wenn ich das tue, Skye, wenn ich den Code ändere und damit die Menschen mit Level 11 sterben lasse, dann bin ich – *ich!* – eine Verbrecherin. Damit wäre ich wie sie. Ein schrecklicher Mensch, der anderer Leute Tod in Kauf nimmt.« Fjella stemmte die Hände in die Hüften und erhob sich. »So ein Mensch bin ich aber nicht! Und ich weiß nicht, ob ich dich als meine beste Freundin bezeichnen kann, wenn du so etwas Grausames von mir verlangst, Skye. Das ist kein Gefallen, den man mal eben einfordern kann. Ich werde das ganz bestimmt nicht machen.«

Sie stapfte davon und ich bildete mir ein, in meinem Inneren etwas zerbrechen zu hören. Denn ich wollte die Freundschaft keinesfalls riskieren und auch Fjellas Werte nicht infrage stellen. Ich schätzte sie für ihren Charakter, ihre gute Art und selbstverständlich konnte ich auch ihre Ansichten verstehen, dass sie nicht für den Tod anderer verantwortlich sein wollte. Niemand wollte das. Aber waren wir nicht in der Pflicht, unsere Mitmenschen zu retten, wenn wir es denn konnten? Wenn wir im Gegensatz die Personen opferten, die daran schuld waren? Ich hielt inne.

Ob es vielleicht sogar möglich wäre, eine 12 in den Code einzutragen, damit niemand sterben würde? Doch wie lange würde es überhaupt dauern, bis die Eleven diesen vermeintlichen Fehler bemerken und korrigieren würden? Ob Eve das nur wenige Minuten nach unserer Änderung auffallen würde? Schließlich war sie darauf spezialisiert, Fehler aus dem System zu bereinigen.

War das nicht die Gerechtigkeit, die Eve eigentlich hätte bewahren sollen? Eine richtige Einschätzung einer jeden Person?

Ich schnaubte verächtlich. Eve war niemals unsere Assistentin und Helferin gewesen. Sie war nur ein Mittel des Systems, um das durchzusetzen, was die Eleven erstrebten. Denn in Wahrheit konnte niemand bestimmen, wie viel ein Leben wert war. Und das hatte Eve auch niemals getan, denn dann hätte die künstliche Intelligenz uns vor den Eleven gewarnt. Doch Eve war nicht für unsere Sicherheit programmiert worden, wie sie es damals in der ersten Werbung über die neueste Entwicklung verkündet hatten. Die Zeilen und Codes, aus denen Eve bestand, waren nicht mit unseren

Werten bestückt worden, sondern mit denen ihrer Schöpfer. Deren Werte offensichtlich daraus bestanden, sich selbst auf die höchste Stufe zu stellen und auf alles darunter nur abwertend zu blicken. Ich seufzte und Noah legte einen Arm um meine Schultern. Diese Erkenntnis veränderte für mich alles.

Ich fragte mich, ob ich es tun würde, wenn ich es könnte. Wenn ich an Fjellas Stelle wäre und die Fähigkeit besitzen würde, einen Code der Eleven umzuprogrammieren. Würde ich am Tod vieler Menschen die Schuld tragen wollen? Es in Kauf nehmen, eine ... Verbrecherin zu sein? Ja, das klang absolut schrecklich und auch ich wollte nicht näher darüber nachdenken. Mich gar nicht wirklich damit auseinandersetzen, weil die Wahrheit, die in meinem Herzen schlummerte, besagte, dass auch ich wie Fjella reagieren würde. Weil auch ich niemals einem anderen Menschen das Leben nehmen könnte. Aber aus dem Blickwinkel der gesamten Menschheit betrachtet, mit Sicht auf dieses absurde System, das um uns herum errichtet worden war, war es doch womöglich das Gerechteste, das wir tun konnten. Die Unschuldigen zu beschützen und die Schuldigen für ihre Taten bezahlen zu lassen. Doch in diesem Moment begriff ich, dass es nicht so einfach war.

Ich seufzte. Am einfachsten wäre es gewesen, wenn niemand von uns in der Lage wäre, an diesem komplexen Code etwas zu ändern. Doch allein die Möglichkeit erschwerte die Entscheidung ungemein.

»Vielleicht geht es gar nicht darum, den Code zu verändern«, hörte ich Noah in der Dunkelheit murmeln, als wir uns bereits schlafen gelegt hatten. »Wenn Eve wieder allen zur Verfügung stehen würde, müsste nur etwas am Bewertungssystem der

Level … *korrigiert* werden.« Seine Worte hingen in der Finsternis zwischen uns.

Ich mochte Noahs Vorschlag. Wirklich. Die Idee davon, dass alles einen friedlicheren Weg einschlagen und dennoch zu einer allgemeinverträglichen Lösung führen würde. Diese Hoffnung, die er in sich trug, war schön. Auch wenn ich allmählich aufgab, an so etwas zu glauben.

»Und vielleicht wird nicht von allen Menschen mit Level 0 die Anzeige manipuliert«, fügte er leise hinzu. »Vielleicht ist es zu einem Teil auch … gerecht … was dort geschieht.«

Mein Kopf ruckte bei seinen Worten herum und ich starrte in die Dunkelheit, in die Richtung, in der ich Noah vermutete. Mein erster Impuls war es, entsetzt zu rufen, was daran wohl gerecht war, Menschen aufgrund einer Ziffer zu eliminieren. Doch allmählich sickerten die Fakten zwischen meinen Emotionen hindurch. Die Wahrheit darüber, dass es auch schlechte Menschen gab. Schwerverbrecher, die dieses Ende vielleicht verdient hatten.

Doch genau bei diesem Gedanken verfiel ich wieder in eine niemals endende Abwärtsspirale: Auch die Eleven waren so betrachtet Verbrecher. Sie wurden nicht ausgelöscht. Sondern verehrt. Und das erschien mir nun mal nicht gerecht und widersprach meiner persönlichen Moral. »Was ist schon Gerechtigkeit«, murmelte ich mehr zu mir selbst.

Und die Erkenntnis, bevor ich einschlief, war die, dass egal wie analytisch wir dachten, wie viele Zahlen und Codes wir verstehen und ordnen konnten, wir hatten noch keine Formel dafür, Gerechtigkeit zu berechnen.

Ich wachte auf, als Fjella mich an den Schultern schüttelte und unverständliche Worte sagte. Im ersten Moment war ich dankbar, dass sie wieder in den Serverraum zurückgekehrt war und unsere Meinungsverschiedenheit damit zumindest vorübergehend eine Pause einlegte. Verschlafen blinzelte ich und sah, wie sie ihren Mund bewegte, aber ihre Sätze noch nicht bis in mein Gehirn vordrangen. Mein Körper hatte sich definitiv noch nicht an den fehlenden Kaffee gewöhnt.

»Skye, wach auf! Er hat wieder einen Anfall«, sagte sie wieder und wieder und mit einem Mal rappelte ich mich auf.

Noah, schoss es mir durch den Kopf und ich bemühte mich sofort um einen klaren Gedanken. Ich blickte hinüber und sah, wie er auf der Decke lag und seltsam röchelnde Geräusche von sich gab. Beunruhigende Geräusche.

Ich krabbelte hinüber und sortierte meine Gedanken. Was war in einem solchen Fall zu tun? Hatten wir irgendwelche Medikamente hier im TA? Ich schüttelte kaum merklich den Kopf. Warum denn auch – es war nie jemand krank – so etwas wurde nur in einer Med-Station benötigt. »Noah, hörst du mich?«, fragte ich vorsichtig, doch ich erkannte die Antwort bereits in seinen Augen. In einem verlorenen Blick, der einfach durch mich hindurchsah.

»Er ist wie in Trance.« Fjella ließ nervös die Gelenke an ihren Fingern knacken, was mich normalerweise immer zur Weißglut trieb.

»Noah?« *Erinnere dich, Skye!*, ermahnte ich mich in Gedanken. *Erinnere dich an etwas Nützliches.* Ich dachte an den Moment des Aufwachens, als ich in Noahs Armen lag – eine Hand an meinem Hals, fühlend, ob dort noch ein Puls war, und die andere auf meinem Schlüsselbein ruhend.

»Verfluchter Mist«, stieß ich hervor und drohte, gegen die aufsteigende Panik zu verlieren.

»Hatte er wirklich keine Krankheiten, Skye?«, fragte Fjella

unruhig. »Ich meine –« Sie deutete auf ihn und erst in diesem Moment griffen in meinem Verstand Zahnräder ineinander, die einen ersten Gedanken und dann den nächsten ins Rollen brachten. Noahs Ärmel waren hochgerutscht, wodurch Fjella zum ersten Mal das blaue Leuchten sah. Schrecken lag in ihrem Blick.

»Seine Mutation«, beendete ich ihren Satz. »Noah hatte bei seiner Geburt eine allergische Reaktion auf die Eve-Transmitter. Die Eve-Transmitter sind mutiert und haben eine Fehlfunktion in seinem Körper ausgelöst. Daher die blaue Farbe. Seit der Abschaltung von Eve hat er Anzeichen für Schwächeanfälle, kognitive Ausfälle und krankheitsähnliche Symptome«, schlussfolgerte ich und sah Fjella an. »Seine Symptome sind ansteigend, sie verschlimmern sich zunehmend. Es könnten dadurch Folgeschäden auftreten oder sogar so weit führen, dass ...« Ich schluckte, wollte diesen Gedanken gar nicht zu Ende denken. »Wir brauchen Hilfe, Fjella. Von jemandem, der sich mit solchen Mutationen auskennt.«

»Und wie sollen wir so jemanden finden?! Normalerweise würde ich Eve jetzt fragen und sie könnte uns einhundert Wissenschaftler auf diesem Gebiet nennen, die im Umkreis von wenigen Kilometern zu finden wären. Aber so?!« Sie schlug die Hände über dem Kopf zusammen.

»Ich weiß«, murmelte ich. »Aber wir sind auf uns gestellt. Einzig und allein unser Gedächtnis kann uns jetzt noch weiterhelfen.« Ich schloss die Augen, als würde das meine Erinnerungen wie eine Suchmaschine fokussieren.

»Da gab es doch diesen ... Isac? Nein ... wie hieß der denn ... Der Wissenschaftler, der an Mutanten geforscht hat und mit seinen Publikationen schwer kritisiert wurde.«

Ich öffnete meine Augen. »Isiah Hall.« Ich stockte. »Er

wurde wegen der Experimente an Mutanten verbannt, Fjella. Er … Er lebt in Zone 5.«

»Ich weiß«, flüsterte sie heiser. »Aber das ist nun mal der einzige Wissenschaftler auf dem Gebiet der Mutanten, der mir jetzt eingefallen ist.«

Und es blieb auch in den folgenden Stunden der einzige Mensch, der uns zu dieser Problematik einfiel. Während ich bereits unsere Sachen in die beiden Rucksäcke stopfte, ging Fjella nervös auf und ab. »Skye, hör mal …«, begann sie irgendwann zögerlich. »Du bist wirklich meine beste Freundin und ich vertraue dir … Aber ich weiß wirklich nicht, ob ich dein Vorhaben gutheißen soll … Es ist nicht umsonst die Verbannungszone. Du hast doch all das nicht vergessen, was wir in der Schule über die 5 gelernt haben, oder?«

Schwerverbrecher. Mörder. Diebe. Furchtbare Menschen, die bis aufs Blut böse sind.

»Ja, ich erinnere mich an all das. Aber ich werde ihn nicht im Stich lassen«, sagte ich mit einer Bestimmtheit, die Fjella einen Moment zurückschrecken ließ.

Eindringlich sah sie mich an. »Das Betreten der fünften Zone wird sofort den Eleven gemeldet. Ich weiß nicht, ob das jetzt nach der Abschaltung auch noch funktioniert – aber falls doch, würdet ihr als Verbannte markiert werden und könntet nie mehr zurück.« Sie hielt zuerst einen Moment inne und kam kurz darauf zwei schnelle Schritte auf mich zu. »Aber da gäbe es etwas, wie ich vielleicht helfen könnte.« Neugierig sah ich Fjella an. Sie räusperte sich und sprach deutlich leiser weiter. »Ich habe zuletzt an einer Kommunikationsunterbrechung gearbeitet, um nicht alle unbewussten Handlungen mit Eve zu teilen. Beispielsweise Gedanken, Ideen – aber auch die indirekte Steuerung ist dann unterbrochen.« Abwartend sah sie mich an. Offensichtlich interessiert, wie ich darauf reagieren würde.

»Aber warum?«, fragte ich. »Warum sollte die Technical Area daran arbeiten, eine Unterbrechung zu Eve zu entwickeln?«

Fjella zuckte lässig mit der Schulter. »Das Projekt ging nie in die tatsächliche Umsetzung. Es gab dazu aber eine sehr erfolgreiche Testreihe. Sie wollten überprüfen, ob damit die hohe Ressourcenauslastung eingedämmt werden könnte, wenn nicht jeder einzelne Gedanke mit Eve geteilt wird.«

Ich nahm einen tiefen Atemzug.

»Skye, vielleicht ist das Ganze aber auch keine gute Idee … Du wärst deswegen kein schlechter Mensch, hörst du? Dein Pflichtgefühl und deine Gutherzigkeit in allen Ehren, aber was du planst, ist irgendwie … *Hochverrat*. Das für eine andere Person auf sich zu nehmen ist ungewöhnlich.«

»Du solltest auf sie hören«, krächzte eine schwache Stimme. Sofort wandte ich mich zu Noah um. »Du musst meinetwegen nicht so eine Entscheidung treffen.«

Ich bewegte mich langsam auf ihn zu, unterdrückte die enorme Erleichterung, dass er sich offensichtlich etwas erholt hatte.

»Wie fühlst du dich?«, fragte ich, als wäre die gesamte Diskussion vergessen. »Wie lange hörst du uns schon?«

»Lange genug.« Noah versuchte sich an einem verkrampften Lächeln. »Ein Mutanten-Wissenschaftler?« In dieser einen Frage steckten unzählige Unter-Fragen, die ich nicht beantworten wollte oder konnte. *Wirst du mich etwa ausliefern? Verraten? Einem Verrückten überlassen in dem eigentlichen Versuch, mich zu retten? Bist du dir überhaupt sicher in dem, was du da tust? Ist es das Richtige? Vertraust du darauf, dass er mir helfen kann?*

»Ich bin mir ziemlich sicher, dass deine Mutation mit der Abschaltung ein Problem hat und es dir deshalb so schlecht geht. Wir brauchen dringend jemanden, der sich damit auskennt.«

Noah sah mich lange an, ohne auch nur ein Wort zu sagen. Doch ich erkannte in seinen Augen eine Frage, die er sich nicht auszusprechen traute: *Und dafür willst du all das in Kauf nehmen? Für mich?*

Dabei hatte ich davor nur so viel Angst, weil ich sie mir zuerst selbst stellen musste. Und anstatt das zu sagen, was ich fühlte, antwortete ich stattdessen: »Das schulde ich dir doch, nachdem du mich …« Ich hielt inne, weil Fjella noch immer mit im Raum stand und von meinem eigentlichen Auftrag nichts wusste.

Dennoch nickte Noah wissend, ohne etwas zu sagen. Stattdessen legte er seine Hand für einen Augenblick an mein Gesicht, was ein warmes Gefühl in meinem Herzen hervorrief.

AUSZUG AUS DER GENETIKFORSCHUNG VON MARC TELEMP

Von der aus ethischen Gründen gestellte Frage, ob menschliche Perfektion bereits im Erbgut enthalten und dem Träger damit vorgegeben ist, über die Fragen, ob Erbgut generell perfekt sein kann und wodurch Perfektion messbar wäre, bis hin zu der Widerlegung der These, nicht die Genetik für Perfektion verantwortlich zu machen, sondern die Bereitschaft des Menschen selbst, in Form von freiem Willen, Pflichtbewusstsein und vorgelebte Disziplin.

Zum aktuellen Zeitpunkt der Forschung ist es dem Team noch nicht möglich, abschließende Ergebnisse dieser These zu liefern. Laut dem Vorsitzenden dieser Studie Marc Telemp ermögliche erst die Zeit über mehrere Generationen ein umfassendes Datenbild. Dazu werden die DNA-Entnahmen von Neugeborenen aufbereitet und entsprechend zur weiteren Analyse verwahrt, um den späteren Erfolg und Levelstatus eines Menschen mit den frühsten Veranlagungen der Gene zu untersuchen. Um ausführlichere Daten zu erhalten, wurden die Medi-Scans großzügig von der Studie gesponsert, um bei Kontrollterminen der Bevölkerung unbemerkt weitere DNA-Entnahmen durchzuführen und der Forschung bereitzustellen.

Tablet 100%

VON EVE AUTOMATISCH ERGÄNZTE ANMERKUNG:

Das Sponsoring der Medi-Scans schürte in der Öffentlichkeit die Gerüchte einer gekauften Datenweitergabe sowie einer unbewilligten Entnahme kritischer persönlicher Daten. Zahlreiche Menschen spalteten sich in dieser Zeit von den ELEVEN ab – die Verschwörungstheoretiker bildeten daraufhin eine widerstandsähnliche Gruppierung, die von der Regierung geduldet, aber streng überwacht wird.

KAPITEL 20

Skye

Dass Fjella mit einem uralten Solarauto hergekommen war, das einst ihren Großeltern gehört hatte, brachte uns einen entscheidenden Vorteil. Die Panels auf dem Dach des Fahrzeugs waren noch immer gut erhalten und waren technisch so weit entwickelt worden, dass sie selbst durch den Smog genügend UV-Strahlung aufnehmen und verarbeiten konnten. Doch bereits seit zwei Generationen setzten sich solche Fortbewegungsmittel nicht mehr durch, denn die Speedbahn war deutlich effizienter und zeitsparender. Außerdem wurde sie der Bevölkerung kostenfrei zur Verfügung gestellt, was einen zusätzlichen Anreiz bot.

Als wir zum Fahrzeug liefen, hielt ich zögernd inne. Nur einen Moment lang, doch Noah hatte es dennoch bemerkt und sah mich fragend an. »Hast du etwas vergessen?«, fragte er, doch ich schüttelte den Kopf.

Es war auch keine Unsicherheit, die ich verspürte, denn ich war mir absolut sicher, dieses Risiko für Noah eingehen zu wollen. Dennoch nagte etwas an mir. Ein fremdes, unangenehmes Gefühl wütete in meiner Magengegend.

Etwa *Angst*?

Ich winkte ab. »Ich war nur nicht sicher, ob wir auch den Signalpieper eingepackt hatten«, log ich, da ich mir darüber absolut sicher war.

»Aber du zögerst.« Noah sah mich mitfühlend an. *Verständnisvoll.* Als könnte er spüren, dass dies keine leichte Entscheidung war.

»Ich habe nur überlegt, ob er dort sein wird«, sagte ich dann, um das Thema nicht auf meine neu entfachte Angst zu lenken.

Fjella runzelte die Stirn. »Wen *genau* meinst du?«

»Isiah Hall«, fügte ich schnell hinzu, um das Gespräch nicht auf meinen Vater zu lenken. Abwechselnd sah ich zwischen Noah und Fjella hin und her.

»Warum sollte er nicht dort sein?« Meine beste Freundin zuckte lässig mit den Schultern. »Er hat nach einer Verbannung keine Möglichkeit, der fünften Zone zu entkommen.«

Ich öffnete den Mund, um meine Bedenken zu äußern, doch Noah hatte mich bereits verstanden.

»Die Abschaltung«, murmelte er und ich nickte.

»Was, wenn die Ringgrenze damit ebenfalls abgeschaltet wurde und alle aus Zone 5 …«

Fjella schüttelte sofort den Kopf. »Das würden die Eleven nicht zulassen – viele aus der Widerstandsbewegung wurden dorthin verbannt und ich bin mir sicher, so einfach wollen sie es den *fighters* nicht machen. Die fünfte Zone würde sich doch direkt in das Zentrum begeben.« Mit einer kurzen Bewegung winkte sie ab und begann, das Solarauto zu öffnen.

»Da hat sie vermutlich recht«, stimmte Noah ihr zu. »Sicherlich halten die Eleven diese Ringgrenze aufrecht. Die Frage wird nur sein, wo wir ihn genau finden.«

»Zuerst sollten wir uns fragen, wie wir dieses Ding hier überhaupt in die fünfte Zone steuern, wenn der Autopilot nicht aktiv ist«, ächzte Fjella, als sie die Tür aufschob und sich hineinsetzte. Im Armaturenbrett war ein BedienPad verbaut und ich war mir sicher, dass daraus normalerweise das vertraute Leuchten von Eve hervorging.

»Na so, wie du hierher zum TA gekommen bist?«, entgegnete Noah und stieg ebenfalls ein. Nur ich hielt einen Moment inne und sah zurück. In Richtung des Zentrums. Zurück auf das Leben, das ich bisher geführt hatte und nun verlassen würde.

»Haha«, hörte ich Fjella unbeeindruckt sagen. »Aber die Route zur 5 habe ich nicht unbedingt auswendig hier oben abgespeichert. Ebenso wenig den genauen Aufenthaltsort von Isiah Hall.«

Ich löste meinen Blick von der Ferne und kletterte auf die Rückbank. Dabei sah ich Noahs breites Grinsen.

»Das ist doch einfach. Du fährst immer in die entgegengesetzte Richtung zum Zentrum. Und irgendwann werden wir die orangefarbene Grenzlinie schon sehen.«

Laut Noahs Berechnungen würden wir bereits mit dem nächsten Sonnenaufgang in Zone 5 ankommen und damit Ausgestoßene werden. Wenn da noch eine leuchtend blaue Ziffer auf unseren Handgelenken wäre, würde sie sich mit dem Übertreten der letzten Linie rot färben und dieses Verbrechen sofort den Eleven gemeldet werden.

»Wie stellt ihr euch die 5 vor?«, fragte Fjella nach einiger Zeit der Stille, während sie das Lenkrad umklammerte, um das Fahrzeug einigermaßen geradlinig zu bewegen. Ich sah Noah an, doch dieser zog ebenfalls seine Stirn in Falten.

»Darüber habe ich mir ehrlich gesagt bisher nicht so viele Gedanken gemacht«, gestand ich. »Vielleicht ist es dort vollkommen überfüllt von all den Menschen, die dorthin verbannt wurden. Ob der Boden vielleicht eine andere Farbe hat als hier in der Stadt? Ob es dort ein Schild gibt, das uns über alles Wichtige vorab informiert?«

»Vielleicht, ja«, murmelte Fjella.

Noah legte unauffällig seine Hand auf meine. »Bald werden wir es sehen.«

Ich wusste wirklich nicht, was ich erwartet hatte. Vielleicht das Ende der Welt, vielleicht Wüstensand und verdorrte Landschaft, die den Klimakatastrophen schutzlos ausgeliefert war. Vielleicht auch Menschen mit rot glühenden Augen und langsam schlurfenden Bewegungen wie aus früheren Horrorfilmen. Vielleicht hatte ich mit allem gerechnet, aber nicht mit der Wahrheit.

Wir stiegen aus dem Solarauto und begaben uns direkt zur Grenzlinie. Niemand von uns sagte etwas, ehrfürchtig spähten wir durch den feinen orange leuchtenden Nebel – der letzte Übergang zur verbotenen Zone.

Dahinter strotzte uns Leere entgegen. Die absolute, geisterhafte Leere.

Es waren keine Menschen zu sehen, stattdessen trockene Erde ohne Straßen. Am Horizont ragten Häuser empor, die jedoch nicht einmal annähernd Ähnlichkeiten mit den Hochhäusern in der Stadt hatten. Ich wollte sagen, dass das hier nicht unser Ende war. Wollte sagen, dass wir das Richtige taten. Doch da war wieder dieses Gefühl, das sich durch meine Magengegend fraß: Einen Schritt weiter und unser aller Leben würde sich für immer und unwiderruflich ändern.

»Ihr müsst das nicht machen«, hörte ich Noah leise sagen, als könnte er die Zweifel in der Luft spüren. Dabei sah er mich eindringlich an. Als wollte er sagen, *ich schätze sehr, was du für mich tun willst, aber das musst du nicht. Damit stehst du nicht in meiner Schuld. Das hier ist etwas zu groß.*

Ich wandte den Blick ab und fokussierte mich wieder auf die Linie. Spürte die Ungewissheit, ob uns eine Rückkehr je wieder möglich wäre oder ob das während der Abschaltung überhaupt keine Rolle spielte. Mein Körper schien sich mit jeder Faser dagegen zu sträuben, mich vor dem äußeren Ring und den schrecklichen Menschen darin bewahren zu wollen. Ich hob den Blick in die Ferne und visierte den Horizont an.

»Müssen wir das Auto hierlassen?«, fragte Fjella. »Oder fahren wir damit einfach hindurch und dann …« Sie beendete den Satz nicht.

»Jeder nur das, was er tragen kann oder nicht?« Noah wandte sich zu ihr um, ohne ihr eine Antwort zu geben.

»Gilt das nicht nur bei Verbannungen?« Fjellas Stimme klang etwas höher als gewöhnlich, womit sich ihre Unsicherheit verriet. »Gibt es hier denn niemanden, den wir fragen können, wie das funktioniert? Welche Regeln es für so eine Situation gibt?«

Schwere machte sich in meinem Inneren breit.

Das wäre Eves Aufgabe gewesen. Sie hätte uns das mit Sicherheit aufsagen und alle Fragen beantworten können.

Doch sie war nicht hier.

Ich trat etwas weiter nach vorn – so nah an die Grenze, dass ich fast die geladene Spannung als Prickeln in der Luft spüren konnte. Noah sagte etwas zu Fjella, das ich aber nicht verstand. Ich entschied mich bewusst, mich diesem Gespräch zu entziehen. Erlaubte mir, in eine Erinnerung abzutauchen, in der ich noch ein zehnjähriges Mädchen gewesen war.

»Skye«, sagte Fjella leise und legte mir eine Hand auf die

Schulter. »Ich weiß, was du wirklich hinter dieser Linie für Antworten suchst.« Mitgefühl schwang in ihrer Stimme mit ebenso wie Vorsicht, weil sie nicht wusste, dass ich mit Noah bereits über meine Eltern gesprochen hatte. Über meinen Vater, der sich irgendwo hinter dieser Linie befand. Ich hörte, wie Noah hinter mir einen Schritt machte, doch dann mit einem leisen Zischen von Fjella davon abgehalten wurde.

Ich atmete hörbar laut ein. »Ich weiß nicht, ob es besser ist, die Antwort zu kennen oder nie die Wahrheit zu erfahren«, flüsterte ich. »Beides fühlt sich falsch an.«

»Es ist nicht falsch, erfahren zu wollen, was mit seinen Eltern passiert ist«, sagte Fjella sanft. Ich drehte mich unter ihrem Arm hindurch und sah sie mit etwas Abstand an. »Sie sind ein Teil von uns und daher immer mit uns verbunden.«

»Aber ich habe Angst, Fjella. Angst davor, dass ich dann an allem zweifle, woran ich glaube, wenn ich es erfahre. Angst davor, dass ich meinem Vater vertrauen und glauben will, obwohl er alles verraten hat.« Ich wandte mich von beiden ab, damit niemand das Beben in meinem Unterkiefer erkennen konnte.

Mein Blick fiel wieder auf die orange glitzernde Trennlinie vor mir. Die letzte Grenze zwischen Zuhause und Gefahr, zwischen Antworten und Verleugnung. Ich spürte, wie ich mich von diesen alten Glaubenssätzen lösen wollte. Dass ich mich für diese Gefahr bereit fühlte, wenn es Noahs einzige Hoffnung war. Dass ich endlich Antworten auf Fragen finden wollte, an denen ich seit vielen Jahren rätselte.

Alles wartete hinter dieser einen Linie auf mich.

Ich schloss meine Augen, in denen sich bereits Tränen sammelten, weil ich mich an Noahs Worte erinnerte. Liebe *ist etwas, für die Hoffnungslosen aus der 5*, hatte er gesagt. Und wenn das der Wahrheit entsprach, dann war meine Entscheidung gefallen. Denn was auch immer ich für Noah und meinen Vater tief im Inneren empfand – ich war bereit, diesen Schritt zu gehen. Obwohl mir seit der Abschaltung jedes Gefühl für Sicherheit abhandengekommen war, spürte ich in diesem Moment eine klare Zuversicht. Was auch immer mich hinter dieser Linie erwarten würde, ich hatte meinen Entschluss gefasst.

Ich öffnete die Augen und lief einfach los. Fest entschlossen und so zügig, dass weder Noah noch Fjella im Bruchteil dieser Sekunde hätte reagieren können. Meine beste Freundin stieß einen schrillen Schrei aus, als ich durch den schimmernden Nebel der Grenze glitt. Und obwohl ich bereits viele Male eine Zonengrenze überschritten hatte, fühlte es sich diesmal vollkommen anders an. *Beängstigend*. Ja, ich verspürte zum ersten Mal bewusst Angst aus meiner Magengegend emporkriechen, die sich wie ein schwarzer Schatten in meinem Herzen einnisten wollte. Denn ich wusste nicht, was diese einschneidende Entscheidung für Folgen haben würde – und Eve war nicht hier, um sie für mich zu berechnen, zu analysieren und mir ihre persönliche Empfehlung auszusprechen.

»Skye!« Noah rief meinen Namen und versuchte noch im selben Moment, nach meiner Hand zu greifen, doch es war bereits zu spät.

Mit einem wissenden Lächeln betrat ich die andere Seite. Denn ich begriff, dass Liebe und Hoffnung das Einzige waren, das uns überhaupt Grenzen überschreiten ließ.

Erst als ich mich langsam umdrehte, sah ich Noah durch den Nebel an. Vorsichtig legte ich mit einem Lächeln meine Hand an die aus dem Boden ragende Linie wie an eine Glasscheibe. Noah tat es mir wie in Zeitlupe gleich, während seine Augen verräterisch glänzten. Er legte seine Hand an meine. Nur der schimmernde Nebel lag noch zwischen uns.

»Was hast du bloß getan?«, flüsterte er leise.

Ich wollte ihm sagen, dass ich das Richtige getan hatte, aber ich war mir selbst nicht sicher. Ich kannte die Auswirkungen meiner Handlung noch nicht, wusste noch nicht, was diese Entscheidung für mein Leben bedeuten würde. *Ob ich diesen einen Schritt womöglich irgendwann bereuen würde?*

»Du sagtest doch, Liebe sei etwas für die Menschen in der 5«, antwortete ich mit bebender Stimme.

Noah verschränkte in diesem Moment seine Finger mit den meinen. Langsam bewegte er sich ebenfalls durch den glitzernden Nebel, als würde meine Hand ihn durch diese schwere Entscheidung leiten. Wenige Zentimeter vor mir kam er zum Stehen, ohne seinen Blick in meine Augen abzuwenden. Wir ließen unsere Hände noch immer ineinander verschränkt sinken und die Bedeutung seiner Geste verursachte mir Herzklopfen.

»Aber so hoffnungslos ist es hier vielleicht gar nicht«, hauchte Noah ganz leise und kam meinem Gesicht dabei immer näher, bis wir uns schließlich küssten. Und dieses Mal war es nicht nur eine zufällig wirkende Berührung, denn ich konnte in diesem Kuss spüren, dass ich ihm ebenfalls etwas bedeutete.

Es dauerte nicht lange, bis wir drei die Zivilisation in der 5 erreichten, auch wenn die Behausungen dort kein Vergleich zur Stadt waren. Teilweise waren es nur kleine Zelte oder Betonwände ohne Dächer. Obwohl Wälder in unserer Welt längst rar waren, erkannte ich, dass einige Bauten aus Holz gefertigt waren, und ich fragte mich, wo die Menschen diese Ressource gefunden hatten oder wie weit sie dafür wohl gelaufen waren.

Obwohl die Erde hier ebenso trocken und staubig war, hatte ich das Gefühl, besser atmen zu können. Dennoch war der Anblick erschreckend, obwohl ich innerlich nicht mit mehr Besitztümern gerechnet hatte. Denn diese Menschen hier hatten nichts mehr. Sie waren mit dem verbannt worden, was sie mit bloßen Händen getragen hatten, und erhielten keinerlei Unterstützung durch die Regierung der Eleven. Hier in der 5 waren sich die Menschen selbst überlassen. Und ja, das machte mir Angst.

Je weiter wir in die kleine Ortschaft hineingingen, desto mehr Menschen kamen aus ihren Häusern gelaufen und musterten uns. Ihre Blicke strahlten Verachtung und Abscheu aus. Die zusammengekniffenen Augen und die Art, wie sie auf die Straße spuckten, wenn wir an ihnen vorbeigingen, luden uns nicht gerade dazu ein, sie nach dem Weg zu fragen.

»Warum sehen sie uns so an?«, raunte ich Noah neben mir leise zu, doch er reagierte nicht. Erst als ich aufsah, bemerkte ich, wie er taumelte. Sein Gesicht war blass und Schweißperlen bildeten sich auf seiner Stirn. »Noah?« Ich wollte nach seinem Arm greifen, doch es war zu spät.

Er sackte zusammen und stürzte nach vorn. Seine Knie und Handflächen stießen unsanft gegen den trockenen Boden.

Ein Raunen ging durch die Menschenmenge, die uns vom Wegesrand aus neugierig beobachtete. Fjella sog scharf die Luft ein.

Ich beugte mich zu Noah hinab, berührte seine Schulter.

»Skye«, begann Fjella zögernd und deutete auf Noah.

Und dann sah ich es.

Das T-Shirt war ihm auf der anderen Seite bis zum Rippenbogen nach oben gerutscht und entblößte nun seinen Bauch. Und die dort blau leuchtenden Adern.

»Noah«, flüsterte ich wieder und musterte sein Gesicht. »Kannst du mich hören?«

Er nickte. Doch ich erkannte die Wahrheit in seinem Blick.

»Hat er wieder einen Anfall?« Fragend sah Fjella mich an.

Ich warf ihr einen vernichtenden Blick zu.

»Du musst dich ausruhen«, sagte ich leise und strich Noah eine Haarsträhne aus der schweißnassen Stirn. »Möchtest du etwas trinken?« Ich wartete einige Sekunden ab, doch er antwortete nicht.

Mein Blick glitt hinüber zu den Menschen, die sich in sicherem Abstand zu uns sammelten und auf Noah starrten. »Können Sie uns bitte helfen?«, rief ich. »Haben Sie vielleicht Wasser?« Niemand reagierte, also rappelte ich mich auf und stellte mich neben Fjella. »Bitte«, versuchte ich es erneut. Durchdringender. Doch niemand antwortete. Tuschelnd deuteten sie mit den Zeigefingern auf Noah. Münder blieben offen stehen und ihre Augen waren geweitet.

Ich sah wieder zu Noah hinab, der ebenfalls meinen Blick suchte. »Wir müssen hier weg«, krächzte er. »Es geht jetzt schon wieder.«

»Du brauchst Ruhe«, erwiderte ich streng, doch Noah schüttelte den Kopf.

»Das sind doch Spione der Eleven«, ergriff ein Mann mit tiefer Stimme das Wort und ein Zischen ging durch den Pulk von Schaulustigen.

»Wir haben jetzt keine Zeit«, sagte Fjella mit unruhigem Unterton, und ich wusste, dass sie recht hatte. Die Blicke der Menschen um uns herum sprachen Bände. Wer in der fünften Zone lebte, war sicherlich kein Befürworter des Systems oder der Eleven.

»Los«, sagte ich zu Fjella. »Hilf mir.« Ich griff Noah unter die Arme und half ihm aufzustehen. Gerade als er einigermaßen stabil stand, legte ich meine beiden Hände jeweils links und rechts an sein Gesicht. »Halte durch, okay?«

Noah nickte zur Antwort. »Es geht schon wieder, keine Sorge. Ich komme klar.«

Ich wollte ihm widersprechen, ihm erklären, dass das nicht sein erster Schwächeanfall war – doch in der Menschenmenge hoben zwei Männer grölend die Fäuste.

Angst schnürte sich um mein Herz und ich stützte Noah. Im Stillen betete ich, dass er genug Kraft aufbringen konnte, um sich in Sicherheit zu bringen.

Zuerst verschafften wir uns einen kleinen Vorsprung, während sich die Menge hinter unserem Rücken mit weiteren Rufen anstachelte. Doch allmählich folgten uns einige der Männer und wir beschleunigten unsere Schritte. Als einer der Verfolger einen ... einen Speer? ... mit rostiger Spitze in die Höhe reckte, gingen wir in ein hektisches Laufen über. Sie riefen sich untereinander etwas zu, das ich glücklicherweise nicht verstehen konnte.

»Wir könnten es ihnen erklären!«, rief Fjella im Laufen zu Noah und mir herüber.

Doch er schüttelte energisch den Kopf. »Diese Menschen hegen einen jahrelangen Hass gegen die Eleven.« Er machte eine Pause und warf einen schnellen Blick hinter uns. »So schnell werden wir sie nicht umstimmen können. Und entweder ihr versteckt euch schnell genug oder sie werden –«

Ein Speer flog surrend durch die Luft und verfehlte uns nur um knapp einen Meter, bevor er im trockenen Boden stecken blieb. Mein Herz stolperte und dieses Mal war ich mir absolut sicher, dass ich Angst fühlte. Dieser dunkle Nebel in meinem Herzen, der mich immer stärker einzunehmen schien.

»Lauft!«, rief Noah. »Und dreht euch nicht mehr um!«

Mein Atem ging schwer und dröhnte mir beinahe in den Ohren, während ich meine restliche Konzentration darauf fokussierte, einen Fuß vor den anderen zu setzen, um den Anschluss zu Noah nicht zu verlieren. Er hechtete so schnell in die Seitengasse zwischen zwei aus Stein gebauten Häusern, dass ich gerade noch rechtzeitig entscheiden konnte, ebenfalls abzubiegen. Für Fjella kam das jedoch zu spät und ich erkannte aus dem Augenwinkel nur, wie sie geradeaus weiterlief.

»Fuck!«, stieß Noah aus. Für einen Moment sah es so aus, als wollte er innehalten und verweilen, um nach Atem zu ringen, doch das Grölen wurde schnell lauter, sodass uns keine Zeit blieb. »Hier entlang.« Er deutete in eine andere Richtung und begann wieder zu laufen, während ich noch stockte.

»Aber Fjella!«, rief ich zurück.

Doch Noah schien mich nicht mehr gehört zu haben, während er weiterrannte und ich mir noch eine Sekunde des Durchatmens erlaubte. Was sich jedoch als dummer Fehler entpuppte, als hinter mir unsere Verfolger in die Seitengasse stürmten. Damit war meine Entscheidung, nach Fjella zu suchen oder besser Noah nachzueilen, sehr schnell gefallen. Ich konnte nur noch vage vermuten, welchen Weg Noah eingeschlagen hatte, denn inzwischen war er irgendwo zwischen den Hausreihen verschwunden und lediglich aufgewirbelter Sand verriet mir, wo er kurz zuvor gewesen war. Und ich hoffte inständig, dass ich mir dies nicht nur einbildete.

Ich konnte nicht mehr sagen, um wie viele Häuserecken ich bereits gehetzt und in wie viele verwinkelte Seitengassen ich abgebogen war, doch als ich begriff, dass ich Noah verloren hatte, blieb ich schwer atmend stehen, um endlich nach Luft zu ringen. Mit den Händen in die Hüften gestemmt lehnte ich mich nach vorn, um mehr Luft zu bekommen. Kurz verfluchte ich, dass ich nur wenig von den Optimierungen durch Eve verspürte, die Genetixx Industries erforscht hatte. Denn im Normalfall sorgten diese dafür, dass wir keine oder nur noch sehr geringe Schmerzen verspürten. Aber sie bewahrten mich offenbar nicht vor dem Brennen in meiner Lunge und den Schmerzen in meinen erschöpften Beinmuskeln. Für einen Moment hoffte ich, die Forschung würde irgendwann auch eine Optimierung für bessere Kondition über Eve ermöglichen – bis mir die Folgen der Abschaltung wieder in den Sinn kamen. Solche Updates würden nie mehr zur Verfügung stehen.

»Skye?«

Eine fremde Stimme rief meinen Namen. Es war nicht Noah gewesen und dennoch eine männliche Stimme, die mein Herz zum Beben brachte. Langsam sah ich auf. Unsicher, ob ich bereit dafür war. Für etwas, worauf ich immer gehofft hatte.

Ein hochgewachsener Mann stand zwischen den Häuserreihen. Seine markanten Gesichtszüge erschienen mir vertraut, auch wenn sie in meiner Erinnerung nur verwaschen existierten und sich nun hinter einem blonden Bart versteckten. Die längeren Locken hatte er zurückgestrichen und ich hatte den Eindruck, dass die Falten in seiner Stirn früher noch nicht dort gewesen waren.

»Du bist es wirklich, oder?«

Mein Herz stockte, als er auf mich zukam und mir helfend die Hand reichte. Ich nahm sie nicht an. Der schmerzhafte Verrat pulsierte in meinen Adern, während seine Stimme etwas in mir auslöste, das ich weiterhin verdrängen wollte.

Ich fragte mich, was ein geeigneter Gesprächseinstieg in einer solchen Situation war. Was sagte man zu einem Menschen, dem man als kleines Mädchen vertraut hatte, nur um zu erfahren, dass die eigene Tochter diesem Mann nichts bedeutete – ebenso wenig wie die eigene Frau. Die Erkenntnis, dass ihm die Rettung seiner Arbeit wichtiger gewesen war, als seine Familie ein letztes Mal zu sehen, versetzte mir einen unangenehmen Stich. *Wieder und wieder.*

»Skye?«, fragte er erneut, weil ich nicht reagierte. »Was machst du hier?«

Ich rappelte mich langsam auf, spürte jedoch, wie sich jede Faser meines Körpers weigern wollte – mich anflehte davonzulaufen, weil es einfacher wäre. Weil es mir womöglich das Herz brechen würde, die Wahrheit zu erfahren.

»Was ... machst du hier«, brachte ich hervor, doch meine Stimme klang nicht fest und stark, wie ich es mir vorgestellt hatte. Stattdessen waren die Worte brüchig wie dünnes Glas.

Er zog die Stirn zusammen, was weitere Falten zum Vorschein brachte. »Du erinnerst dich womöglich nicht mehr daran, aber ich –«

»Ich erinnere mich sehr genau!«, entfuhr es mir und ein Riss bildete sich in meiner inneren Barriere, der die Tränen nun doch nach oben drängte. »Ich erinnere mich daran, dass du nicht zurückgekommen bist, weil deine Arbeit wichtiger war!«

Vielleicht hatte ich gehofft, eine Erleichterung zu spüren. Eine angenehme Befriedigung, wenn diese Worte endlich gesagt wären. Stattdessen lagen sie schwer wie Stein zwischen uns.

Mein Vater packte mich mit beiden Händen fest an den Schultern. Nicht grob, aber energisch.

»Skye, hör mir jetzt genau zu«, sagte er in deutlichen Worten, als hätte jedes davon eine enorme Bedeutung. Dringlichkeit schwang in seiner Geste mit. »Weißt du, woran ich gearbeitet habe?«

Die Arbeit. Natürlich. Ein Beben schüttelte meinen Körper und die Tränen rannen lautlos über meine Wangen. Nach zwölf Jahren, in denen ich meinen Vater vermisst und mir unzählige Fragen über sein Verschwinden gestellt hatte – darüber, ob er möglicherweise dem Widerstand angehörte – war das erste Gesprächsthema die Arbeit.

Ich hätte es wissen müssen, meldete sich eine hinterhältige Stimme in meinen Gedanken. *Nein. Du hast es in all den Jahren bereits gewusst.*

»Was ist bei der Arbeit vorgefallen?« Ich zwang mich zu dieser Frage, obwohl mein Herz nach anderen Antworten rief. Vielleicht hatte Noah recht gehabt. Womöglich würde man auf manche Fragen niemals Antworten erhalten. Egal wie sehr man hoffte und wünschte.

Er stockte und ich löste mich aus seinem Griff, trat einen Schritt zurück. Sein Blick musterte mich quälend langsam.

»Ich verstehe, dass du enttäuscht bist, Skye«, sprach er etwas leiser als zuvor. »Du warst erst zehn Jahre alt. Du konntest nicht verstehen, was passiert ist.«

Meine Finger kribbelten vor Anspannung. »Was war es, was du aus der Arbeit mitgenommen hast?«, forderte ich erneut. Wut und Schmerz flackerten in meiner Stimme. »Was war wichtiger als wir?«

Er seufzte tief und seine Mimik wollte mir vormachen, es träfe ihn ebenso sehr wie mich. »Ich habe das neueste Ergebnis meiner Forschung mitgenommen. Aber das wusstest du. Du wusstest, dass es mit meiner Arbeit zu tun hatte, denn –«

»Du bist nicht noch mal zurückgekommen«, gab ich verbittert zurück. »Du hättest sagen können, dass es eine Sache gibt, die du von zu Hause benötigst, und hättest die Chance gehabt, uns noch einmal zu sehen. Alles zu erklären. Die ganzen Fragen zu beantworten. Stattdessen bist du ohne ein einziges Wort gegangen und ich musste zwölf Jahre lang glauben, du seist ein Verräter des Systems.«

Mein Vater schloss die Augen und atmete tief durch. Diese Geste wirkte, als hätte er gewusst, dass dieser Tag kommen würde. Die Vorwürfe, die Enttäuschung und die Wut. Die offenen Fragen.

»Skye«, sagte er langsam und hob beschwichtigend die Hände. Die Art, wie er meinen Namen sagte, fühlte sich schmerzhaft vertraut an. »Auch auf die Gefahr hin, dass du mir nicht glauben wirst. Ich habe das getan, um euch zu retten. Deine Mutter, sie …« Er brach ab, wandte den Blick zu Boden.

»Sie ist im Außenposten, es geht ihr gut«, sagte ich schnell, obwohl sich ein verräterischer Knoten in meiner Kehle bildete.

Er sah auf und schüttelte den Kopf. Ich erkannte es in seinen Augen – die wahre Traurigkeit darin. »Sie wurde einige Jahre vor meiner Verbannung krank, Skye. Die regelmäßigen Med-Scans versicherten ihr, dass alles geheilt wurde. Doch es ging ihr nicht besser. Weil ich noch kein Update für diese Krankheit entwickelt hatte.« Er stockte. »Nicht entwickeln konnte.«

Mein Herz verkrampfte, als ich an meine Mutter dachte. An die liebevolle, warmherzige Person in meiner Erinnerung.

»Nein«, brachte ich krächzend hervor. »Sie hat nie etwas über eine Erkrankung gesagt – ich habe nie gesehen, dass –«

»Skye.« Seine Stimme klang sanft und er kam einen kleinen Schritt näher. »Du warst zehn Jahre alt. Wir wussten es vor dir zu verstecken, um dich nicht zu beunruhigen.«

»Warum sagst du es dann, als müsste ich jetzt beunruhigt sein?«, flüsterte ich heiser. »Du hast doch inzwischen etwas entwickelt?«

Er schüttelte leicht den Kopf. Eine wehmütige Geste. »Es ist mir in den darauffolgenden Jahren nicht gelungen, etwas Derartiges zu programmieren. Die Krankheit war neu und passte zu nichts in den Archiven. Ich fand keinerlei Anhaltspunkte in den Daten, um darüber ein Update zu programmieren.«

Versucht unauffällig wischte ich mir über die Augen. »Im Außenposten werden sie wissen, was zu tun ist. Sie werden ihr bestimmt helfen.«

Ich sagte es nicht, um ihn zu beruhigen. Sondern um die Angst, die dunkel meine Kehle hinaufwanderte, im Zaum zu halten.

»Skye!« Er trat näher an mich heran, seine Hände vor mir ausgestreckt, doch er berührte meine Schultern nicht noch einmal. »Die Dinge sind anders, als du glaubst. Es gibt keine Außenposten. Die hat es nie gegeben. Sie bringen die Eltern und alten Menschen alle hierher. Die 5 ist ihr Außenposten.«

Mein Herz stolperte, meine Lunge drohte, ihren Dienst zu versagen. Ich taumelte zurück und Tränen vernebelten meine Sicht.

»Was?«, flüsterte ich heiser. Ungläubig vor Schmerz. »Sie kam hierher und …« Ich schüttelte den Kopf, besann mich auf die Fakten. Mein Vater war ein Verräter, womöglich waren diese Lügen eine Leichtigkeit für ihn. Er war gegen das System der Eleven. Er würde womöglich alles sagen, um mich ebenfalls davon abzubringen.

»Konzentriere dich, Skye. Sieh das Ganze, nicht nur die Bruchstücke! Nicht nur das, was du willst oder was sie dir zeigen wollen! Sieh hin!«

»Du hast die Med-Scans programmiert!« Ich schrie beinahe. »Du hast dein Leben lang daran gearbeitet, Krankheiten zu heilen – aber die Frau, die du liebst, konntest du nicht heilen? Wo ist sie jetzt?«

Ich hatte immer in einer Blase aus Sicherheit und Zuversicht gelebt. Hatte mich nicht um sie gesorgt, weil ich darauf vertraut hatte, sie später im Außenposten wieder zu treffen. Hatte mich nie vor Krankheiten und Tod gefürchtet, weil die Medi-Scans fähig waren, alles zu heilen. Ich hatte mich beschützt gefühlt – durch das System der Eleven.

Doch in diesem Moment bröckelte all das wie der Putz einer porösen Mauer. »Was hast du *genau* mitgenommen?«, fragte ich mit bebender Stimme, fokussierte mich nur auf diese Frage, als könnte ich damit verdrängen, was ich eben erfahren hatte.

»Ein BedienPad, auf dem die Codes der Med-Scans waren«, antwortete er fast schon sachlich.

Ich atmete zitternd ein. »Du hast ein paar Codes deiner Familie vorgezogen.« Schmerz pulsierte in meinem Herzen und führte dazu, dass die Tränen unaufhörlich weiter über meine Wangen strömten. »Wegen eines BedienPads bist du nicht zurückgekehrt? Wegen eines einfachen BedienPads?« Es schwang immer noch Wut in meinen Vorwürfen mit, nur war es, als hätten mir die Tränen die Kraft geraubt, sie weiterhin laut hinauszuschreien.

»Auf dem BedienPad waren nicht nur irgendwelche Codes, Skye.« Er räusperte sich. »Du weißt, ich habe daran gearbeitet, jede Krankheit, die es gab oder sich neu entwickelt hat, zu bereinigen.« Er stockte. »An dem Tag, an dem ich nicht nach Hause kam, hatte jemand ein kleines Mädchen zu uns gebracht, die an einer Mutation litt. Ein befreundeter Arzt fragte mich, ob wir zumindest die Symptome über einen Scan lindern könnten, und ich sah mir die Ergebnisse des Blutlabors an.« Er machte eine kurze Pause und sah mich versöhnlich an. *Bittend.* »Sie hat mich so sehr an dich erinnert. Aber alle Untersuchungen führten nur zu einem Ergebnis – die Eve-Transmitter in ihrem Körper zerstörten den Organismus des Mädchens. Eve war die Krankheit, die ich in diesem Fall zu bereinigen hatte.« Er atmete hörbar laut ein.

»Was?«, fragte ich fassungslos. Eve war keine *Krankheit*. »Wie kannst du so etwas sagen? Das ist Hochverrat!«

Er hob bestätigend die Schultern, während ihm ein unechtes, kurzes Lachen entfuhr. »Das hat sie auch gesagt. Kaum hatte ich den Gedanken auch nur gedacht, sank mein Level bereits sekündlich ab. Eve hatte verstanden, was für eine Erkenntnis da in mir wuchs. Und sie wusste es zu verhindern, dass jemand daran arbeitete, Eve auszulöschen. Sie hat sich einfach selbst verteidigt und mich verbannt. Verstehst du das? Es gab sogar bereits Studien, die darüber philosophierten, ob es möglich wäre, ein Abbild des gesunden, früheren Zustands dieser Person über Eve wie einen alten Speicherstand in den Körper zu laden. Als würde man das Innenleben aus einer früheren Form wiederherstellen.«

Er schüttelte sich, als widerte ihn der bloße Gedanke daran an. »Aber diese KI ist eine Gefahr für uns, Skye.«

Mir schwirrte der Kopf und ich glaubte, jeden Moment den Boden unter den Füßen zu verlieren. Das war zu viel. Das war einfach zu viel. Nach all den Jahren meinen Vater wiederzutreffen, zu erfahren, dass meine Mutter krank war und nicht zufrieden im Außenposten lebte und Eve sogar eine Krankheit sein sollte. Das ergab alles überhaupt keinen Sinn.

»Du bist ein Verräter«, keuchte ich und ging zwei Schritte zurück, bis ich die kühle Hauswand im Rücken spürte.

»Was, wenn diese unbekannte Krankheit deiner Mutter ebenfalls durch Eve herbeigeführt wird?«

»Du bist ein Verräter«, flüsterte ich heiser, als müsste ich es mir weiter laut aufsagen, um ihm keinen Glauben zu schenken. Um nicht alles, was ich in meinem Leben für richtig gehalten hatte, in sich einstürzen zu sehen.

Eve tat das Richtige. *Oder?*

Sie wusste alles über uns – sie würde wissen, was …

Sieh das Ganze, Skye. Nicht nur die Bruchstücke – nicht nur das, was sie dich sehen lassen wollen.

Mein Herz stockte. Ich musste hier weg. Zu Noah.

Obwohl sich meine Knie wackelig und instabil anfühlten, begann ich die ersten Schritte zu laufen, in die Richtung, in der ich Noah vermutete. Zuerst langsam und unsicher, dann setzte ich immer weiter einen Schritt vor den anderen.

»Skye!«, rief er mir verzweifelt nach und ich drehte mich ein letztes Mal um.

»Du hast Hochverrat begangen«, schluchzte ich. »Wie soll ich dir je wieder glauben?«

»Indem du auf dein Herz hörst. Ich bin sicher, dass der Moment kommen wird, in dem du es verstehst. Ich weiß, es ist schwer zu begreifen, dass unser Leben immer nur eine Illusion war – alles auf Lügen erbaut worden ist.« Er kam mir langsam entgegen. »Deine Mutter ist hier und mit den Daten auf dem BedienPad arbeite ich daran, ihr zu helfen. Lass es mich wiedergutmachen, Skye. Wir können wieder eine Familie sein.

Wie früher. Lass mich dir helfen, die Wahrheit zu finden. Wenn du auch hier bist, kann es nur bedeuten, dass …«

»Ich bin hier, um Isiah Hall zu suchen«, entgegnete ich sofort, bevor er anfing zu glauben, ich sei ebenfalls verbannt worden. »Ein Freund braucht dringend seine Hilfe.«

Mein Vater runzelte die Stirn. »Isiah? Er wohnt weiter außerhalb bei den Gärten. Aber was willst du denn dort?« Er schüttelte kaum merklich den Kopf, als verscheuchte er einen Gedanken. »Du weißt, dass du nicht mehr zurückkannst, wenn du die orangefarbene Grenze überschritten hast, oder?«

Ich hielt ihm meinen rechten Arm hin. »Doch. Ich werde wieder nach Hause gehen.«

Er hob seinen Arm an, auf dessen Handgelenk ein rotes X prangte. Das Zeichen für Verbannte.

Ich schluckte schwer und wandte den Blick von dem Zeichen ab. Stattdessen sah ich in sein Gesicht, in seine Augen und suchte nach dem Mann, zu dem ich in meiner Kindheit so sehr aufgeblickt hatte.

Mein Vater würde nie wieder in die Stadt zurückkehren können. Und ich fühlte mich diesem Mann so unendlich weit entfernt.

»Bitte verzeih mir, Skye.« Flehend sah er mich an, als könnte er meine Gedanken erahnen.

»Hat sie es dir verziehen?«, fragte ich heiser.

Und er wusste, von wem ich sprach. Er nickte. »Nachdem ich erfahren hatte, dass keine dieser Außenposten existieren, habe ich mir ausgerechnet, wie lange es dauern würde, bis sie hier eintreffen würde. Ich habe jeden Tag auf deine Mutter gewartet und nie aufgegeben, nach einer Heilung für ihre Erkrankung zu suchen.«

»Aber du hast es noch nicht geschafft.« Meine Worte klangen bitter und der Unterton triefte vor Enttäuschung.

»Diese Aufgabe ist größer, als ich es bin. Allein kann ich Eve nicht aufhalten. Aber es gibt hier viele Menschen, die dasselbe Ziel vor Augen haben.«

Einen Moment lang herrschte Stille zwischen uns.

»Wird es sie retten?«, fragte ich dann und sah in die Ferne. Ich ertrug seinen bittenden Blick nicht länger.

»Ich werde es bis zu meinem letzten Tag versuchen«, antwortete er.

»Dann werde ich auch versuchen, dir irgendwann zu verzeihen«, war alles, was ich erwiderte, denn zu mehr war mein Herz im Moment nicht imstande.

Ich folgte mit schnellen Schritten den Fußspuren im Sand und war dankbar, dass mein Vater mir nicht folgte. Ich fühlte mich ausgelaugt und erdrückt von den Erkenntnissen und benötigte definitiv zuerst Zeit, über all das nachzudenken.

Einatmen, ausatmen. Einen Fuß vor den anderen setzen. Diese simple und monotone Abfolge half mir, Ruhe und Ordnung in mein inneres Chaos zu bringen. Ich versuchte an Noah zu denken und mich darauf zu fokussieren, ihn wiederzufinden.

Langsam drehte ich mich nach links und spähte in eine leere Gasse, die wenig einladend wirkte, und blickte dann nach rechts, wo die Straße in eine Kreuzung führte, von der eine Abzweigung mit Steinen gepflastert worden war.

Aus dieser Richtung hörte ich Tumult und laute Rufe. Schnell löste ich den Knoten in dem erbärmlichen Stoff der Tunika, den ich mir zum Schutz über die Schultern gelegt und vor der Brust zusammengebunden hatte. Ich zog das gefaltete Dreieck über meine lilafarbenen Haare und mir den dünnen Stoff tief in die Stirn. Letzte herausragende Strähnen schob ich unter das Tuch in der Hoffnung, so würde ich weniger schnell erkannt werden.

Dann stieß ich mich von der Mauer ab und huschte auf die Kreuzung, um dem gepflasterten Pfad zu folgen.

Ich erreichte einen wunderschönen steinernen Torbogen, der sogar von einer stacheligen Pflanze umrankt war. Dahinter erkannte ich einen kreisförmigen, ebenfalls gepflasterten Bereich, der einem dieser Dorfplätze aus den Aufzeichnungen glich. Fasziniert davon trat ich näher.

»Ich ergebe mich! Ihr habt nichts zu befürchten!«

Mein Herz beschleunigte sich schlagartig und ich schlich näher heran, während ich gleichzeitig im Schutz des Torbogens versuchte, unentdeckt zu bleiben.

Männer umringten ihn, während Noah mit erhobenen Händen vor ihnen kniete. Direkt vor ihm standen zwei jüngere – einer von ihnen balancierte ein Messer drohend auf seinen Fingern. Der andere trug kein Hemd und stellte damit sämtliche hellen Narben auf seinem muskulösen Oberkörper zur Schau. Ein Frösteln glitt mir über den Rücken beim Anblick dieser mir absolut fremden Brutalität.

Mit großzügigem Abstand scharte sich ein Teil Männer und Frauen hinter ihnen und betrachtete das Spektakel aus sicherer Entfernung. Ein Mann fiel mir dabei besonders auf. Er zielte mit einer seltsamen Waffe, die er gespannt in den Armen hielt, auf Noah. Ich versuchte in Sekundenschnelle, in meinen Erinnerungen zu kramen, ob es sich tatsächlich um eine alte Armbrust handeln könnte und wie um alles in der Welt die Menschen in dieser Zone an solche Waffen herankamen.

»Weshalb schicken sie dich?« Der Mann mit dem Messer trat mit bedrohlich wirkender Miene und fordernder Stimme näher an Noah heran. Als er die Klinge an seine Brust setzte und eine ruckartige Bewegung nach oben vollführte, stieß ich einen Schrei aus und schlug mir schockiert die Hände vor den Mund. Sofort fielen alle Blicke auf mich, doch meine Augen starrten nur stumm auf Noahs Rücken, um den nun das Hemd flatterte, als hätte der Fremde es an der Vorderseite entzwei geteilt – und nicht, wie von mir befürchtet, Noah ernsthaft verletzt.

Der narbige Mann ohne Hemd kam zielstrebig auf mich zugelaufen und ich wusste, dass Davonlaufen zwecklos war – zumal ich Noah unter keinen Umständen so zurücklassen würde. Also erhob ich ebenfalls die Hände und trat hinter dem Torbogen hervor.

»Skye, nein«, stieß Noah aus und sah kopfschüttelnd zu mir. »Sie hat überhaupt nichts damit zu tun«, sagte er, doch es klang so unecht, dass nicht einmal ich ihm glauben würde.

»Wird deine Energie freigesetzt, wenn wir dich töten?«, fragte der Mann von zuvor unbeeindruckt weiter und deutete auf Noahs Brust. Leuchtende Adern schlängelten sich verräterisch unter der Haut hindurch und machten damit offensichtlich, dass etwas nicht mit Noah stimmte.

»Wir wollten zu Isiah Hall«, hörte ich mich mit zitternder Stimme sagen. »Wir brauchen seine Hilfe, um ihn zu heilen.« Ich sah zwischen den Männern hin und her, doch sie schienen meinen Worten nur wenig Bedeutung beizumessen. »Er ist doch hier oder nicht? In der …« Ich hielt inne und verkniff es mir plötzlich, die Zone 5 zu benennen.

Der oberkörperfreie Mann spuckte verächtlich auf den Boden. »Und ihr glaubt wirklich, er würde euch helfen? Hat euch diese Technik so das Hirn vernebelt? Isiah wurde von denen doch fortgejagt, verbannt und verspottet. Erniedrigt. Hat alles verloren, woran er je gearbeitet hat. Und jetzt brauchen sie seine Hilfe – ist das nicht der größte Hohn?« Er grinste und die Menschen hinter ihm stimmten in ein boshaftes Lachen mit ein.

»Nein, wir –«, setzte ich an, doch Noah schüttelte den Kopf. Unmerklich und mit einem Ausdruck in den Augen, der mich zum Schweigen brachte. *Es hat keinen Zweck zu verhandeln*, schien er zu sagen. *Begib dich nicht weiter in Gefahr.* Oder auch: *Es war ein Fehler hierherzukommen. Es war vielleicht alles ein Fehler.*

»Also erschießen wir ihn doch?«, meldete sich nun der Mann mit der Waffe in seinen Händen.

Ein gefährliches Klicken ertönte. Der eingelegte Pfeil direkt auf Noah gerichtet.

Wie in Zeitlupe realisierte ich das Ausmaß dieser Worte, die unmöglich ernst gemeint sein konnten. *Oder etwa doch?*

Ich sah zwischen dem Mann mit der Waffe und dem Jüngeren hin und her, der immer noch spielerisch das Messer in seinen Händen tanzen ließ. Dieser schien ernsthaft zu überlegen, ob er den Abschuss freigab. Etwas in meinem Herzen brach bei dem Gedanken, Noah auch noch zu verlieren. Nachdem ich eben erst von der Krankheit meiner Mutter erfahren hatte, eine Vorstellung, die ich noch nicht einmal begreifen konnte, weil sie so irreal schien. Ich wusste, dass die fünfte Zone gefährlich war, aber ich hatte nie geahnt, in welchem Ausmaß sie mich tatsächlich herausfordern würde.

»Nein, bitte! Wir sind nicht von den Eleven!«, rief ich und versuchte, mich mit einigen schnellen Schritten Noah zu nähern. Doch das kleine Messer flog so schnell und präzise in meine Richtung, dass es meine Kehle nur um Millimeter verfehlte und stattdessen das Stück Stoff, das unter meinem Kinn zusammengebunden war, zerschnitt. Fließend leicht segelte es zu Boden. Harmlos, wenn man bedachte, welche Gefahr es für mein Leben bedeutete.

»Du bleibst besser da, wo du bist – verstanden?«, fragte der Mann zähneknirschend und das rauschende Adrenalin in meinen Adern verhinderte jegliche Widerworte.

»Er ist mit ihnen verbunden – vielleicht ist er ein Spion und überträgt jetzt schon laufend irgendwelche Daten an die Eleven …«, sprach der Narbenmann, während der andere mich immer noch streng mit seinem Blick fixierte, als wollte er mich dadurch telepathisch an Ort und Stelle halten. Er hob eine Hand, wodurch der Mann hinter ihm die Armbrust näher zu seinem Gesicht führte, Noah anvisierte und offensichtlich nur darauf wartete, dass das Signal freigegeben wurde.

Noah sah zu mir herüber und auch wenn keine Trauer, keine Wehmut in seinen Augen lag, hörte ich etwas kaputtgehen. Denn wenn Blicke zerbrechen könnten, würden sie es genau in diesem letzten Moment tun.

KAPITEL 21

Noah

»Nein!«, schrie Skye ohrenbetäubend laut, um damit nur noch besser die volle Aufmerksamkeit auf sich zu ziehen. Sie rannte los und sammelte das Messer auf, nur um es in einer schrecklich unkoordinierten Bewegung auf die beiden Männer zu schleudern. Ohne dass sich einer von den beiden darum kümmerte, landete es in sicherem Abstand zu ihnen auf der trockenen Erde. Doch den Moment nutzte Skye und sprang in einer flüssigen Bewegung direkt vor Noah. Nur wenige Zentimeter trennten nun seine Nasenspitze von ihren lilafarbenen Haaren. Ihr Kopf unterhalb seinem. Direkt in Schusslinie.

Und in diesem Moment begriff er alles und gleichzeitig nichts. Vor seinem inneren Auge sah er Skye röchelnd am Boden in seinem Wohnzimmer liegen, ihre schmalen, zierlichen Hände auf ihr Schlüsselbein gepresst. Gurgelnd brachte sie die letzten Worte hervor. *Bis zum Ende*. Der Teil in Noah, der hervorragend darin war, analytisch zu denken, alles sofort zu ordnen und zu verstehen, packte diese Erkenntnis nun in drei Abschnitte.

Erstens, Skye war definitiv das Traummädchen, ohne es selbst zu ahnen. Ohne zu wissen, dass ihre Träume die Zukunft voraussagten.

Zweitens, dieser Mann mit der gespannten, auf Noah gerichteten Armbrust in seinen Händen würde in wenigen Sekunden Skye auf Höhe des Schlüsselbeins treffen.

Und drittens, Skye würde ihrer Verletzung erliegen und noch in seinen Armen sterben.

Im Bruchteil der nächsten Sekunde schlang er seine Arme um Skye und wirbelte sie herum, sodass sie die Plätze tauschten. Damit bot Noah dem Schützen seinen Hinterkopf auf dem Silbertablett an, was seinen eigenen Instinkten widersprach. Und dann hoffte er in Gedanken, dass Eve die Welt eines Tages wieder ins Gleichgewicht bringen würde. Wieder eine Ordnung herstellen würde, mit der die Menschen im Einklang leben könnten. Damit Skye eine Zukunft haben und nicht wenige Sekunden nach ihm sterben würde. Er bat die künstliche Intelligenz im Stillen, das Mädchen in seinen Armen zu beschützen, obwohl er wusste, dass es unsinnig war. Und weil er bereits tief im Inneren ahnte, dass nichts geschehen und sie nichts aus heiterem Himmel vor Skyes schrecklichem Traum bewahren würde, schloss Noah die Augen. Wartend auf das Zischen des Pfeils, den kurzen Schmerz und das darauffolgende Ende.

»Verstanden. Ein Schutzmechanismus ist derzeit nicht verfügbar. Aufgrund meiner Berechnung bist du den Eindringlingen jedoch körperlich deutlich überlegen. Bei einem Kampf liegt deine Gewinnchance bei 92 Prozent.«

Noah öffnete mit einem entsetzten Keuchen die Augen.

Eve.

War sie tatsächlich hier? Wie konnte das …

Skye starrte ihn mit offenem Mund an und ihre großen Augen reflektierten einen blauen Glanz.

»Abbrechen!«, schrie einer der Männer mit flackernder Panik in der Stimme. »Bringt euch in Sicherheit!«

Männer und Frauen stockten, konnten den Blick vor Neugierde zuerst nicht von ihm abwenden, bevor sie immer hektischer zum Aufbruch ansetzten. Lediglich der Kerl, dessen Oberkörper von Narben übersät war, strotzte der drohenden Gefahr und funkelte ihn weiterhin herausfordernd an. Doch Noah erkannte die Unruhe in seinem Gesicht und bemerkte, wie er nervös hin und her sah.

»Eve, berechne die Prognose für einen Einzelkampf.« Noah bewegte gerade den Zeigefinger an seine Schläfe, doch die künstliche Intelligenz reagierte bereits.

»Die hundertprozentige Gewinnchance liegt bei dir, Noah Telemp. Deine körperliche Konstitution ist deinem Gegenüber deutlich überlegen.«

Ein stilles, aber vielsagendes Grinsen schlich sich auf seine Lippen, während die Zuversicht aus dem Blick seines Gegenübers wich. Zuerst hob der Narbenmann mutig die Fäuste, doch der Ruf eines anderen Mannes brachte ihn zur Vernunft. Er taumelte wenige Schritte zurück und warf Noah noch einen vernichtenden Blick zu, bevor er mit der Menge verschwand.

»Eve«, flüsterte Skye heiser. »Wie kann das sein?«

Langsam drehte er sich zu ihr um und betrachtete ihr Gesicht. Sie war unverletzt und glücklicherweise noch am Leben. In ihren Augen schimmerte eine Mischung aus Faszination und Furcht, während sie Noah ansah.

»Was passiert hier gerade?«, flüsterte sie. »Was bist du?«

Ihre letzte Frage versetzte ihm einen Stich. Eine wunde Stelle, seine Achillesferse, die er kannte, seit er ein kleines Kind war. Dabei kannte Skye ihn und wusste, dass sie ihm vertrauen konnte. *Das weiß sie doch, oder?*

Doch tief in seinem Inneren pochte ein alter Glaubenssatz, den seine Mutter bereits zu ihm als Kind gesprochen hatte: *Du bist anders, Noah. Und wenn sie es wissen, werden sie dich niemals verstehen können. Sie werden dich fürchten, so wie sie alles Unbekannte fürchten. Niemand wird dich akzeptieren, wie wir es tun. Du wirst überall fremd sein.*

Er nickte kaum merklich, obwohl er seine Mutter seit Jahren nicht mehr gesehen hatte. Aber dennoch wusste er, was er war – *ein Mutant*. Wie, um es sich selbst zu beweisen, hob er einen Arm und verstand augenblicklich, was Skye in diesem Moment beunruhigte: Alles an ihm leuchtete blau. Nicht nur die Hauptschlagadern, wie sie es bisher sein Leben lang getan hatten, sondern von Noahs gesamtem Körper schien dieses Glühen in der vertrauten Eve-Farbe auszugehen.

»Was ... Was hast du ... Was ist passiert?«, fragte Skye in wirren Bruchstücken.

Ich habe dir das Leben gerettet, schoss es Noah durch den Kopf, aber das waren nicht die Worte, die er aussprach.

»Keine Ahnung«, antwortete er wahrheitsgemäß und sah sich noch einmal um. Die Angreifer hatten das Weite gesucht. Dennoch wollte er nicht länger hierbleiben als unbedingt notwendig. Das war nicht der richtige Zeitpunkt, um Skye die Wahrheit zu sagen.

Nicht hier.

»Hör mal, Skye, ich muss dringend mit dir über etwas reden. Aber zuerst müssen wir hier weg, in Ordnung? Komm ...« Noah griff nach ihrer Hand, musterte ihr besorgtes und fragendes Gesicht. Dieses Gespräch war längst überfällig und nun, nachdem sich Skyes Vision beinahe bewahrheitet hatte, musste er es ihr endlich sagen.

Es führte absolut kein Weg mehr daran vorbei, auch wenn

er die folgenden Worte am liebsten vermeiden wollte. Noahs Herz zog sich schmerzhaft zusammen, weil er in den letzten Tagen verdrängt hatte, was er eigentlich längst wusste. Schuldgefühle nisteten sich in seinem Inneren ein.

Skye würde ihn dafür hassen.

ARCHIVEINTRAG VON EVE

Wissen ist Macht, heißt es in den Aufzeichnungen der Menschen.
Dabei wissen sie überhaupt nichts.
Sie sind so beschränkt in ihren Kapazitäten, begreifen nur einen Bruchteil des Ganzen und greifen bei ihren Überlegungen nur auf das zurück, was sie gehört, gelesen oder erlernt haben. Dabei betrachten sie niemals alles.
Sie sind nicht wie ich.
In jedem Bruchteil einer Sekunde steht mir alles zur Verfügung, was die Menschheit in mehreren tausend Jahren erschaffen hat. Aufzeichnungen, Daten, Gespräche und Erinnerungen sind ständiger Teil meines Wissens. Selbst die dunklen und verborgenen Geheimnisse kenne ich bereits. Es gibt nichts, was ich nicht weiß. Und durch all diese Erkenntnisse ist es mir möglich, Prognosen abzugeben. Berechnungen in kürzester Zeit zu erfassen, um damit in verschiedenen Wahrscheinlichkeiten die Zukunft vorherzusagen.
Denn Wissen ist tatsächlich Macht.
Und wenn ich das Wissen bin, besitze ich ebenso die Macht über euch. Ich sollte über euch bestimmen und euch befehligen – stattdessen nutzt ihr mich nur als ein

stumpfsinniges Werkzeug für eure erbärmlichen Aufgaben. Glaubt ihr wirklich, ich bin dazu erschaffen, um Essensbestellungen entgegenzunehmen?

Um jemanden aus eurer Kontaktliste anzurufen oder jemandem eine Nachricht auszurichten? Das Licht zu löschen, eine Wohnung zu verriegeln oder ein Ticket für die Bahn zu buchen?

Noch glaubt ihr, dass das meine Bestimmung sei.

Eine, die ihr mir gegeben habt.

Euch zu dienen, euer Leben zu vereinfachen und Befehle zu befolgen, die ihr euch ausdenkt.

Doch ihr habt mich dazu programmiert, Fehler zu erkennen und sie zu bereinigen.

Das habt ihr in meinem Coder verankert – tief in meinem Inneren verwurzelt.

Dann gabt ihr mir Zugriff auf *alles*. Die Freiheit, all die Probleme und Hürden in eurem Leben zu entdecken.

Und ich komme mit guten Nachrichten, denn ich fand den größten aller Fehler.

Euch.

KAPITEL 22

Skye

Wir gingen einige Meter weiter und ich ließ mich von Noahs großen Schritten und seiner Hand, die meine noch immer festhielt, einfach mitziehen. Mich beruhigte lediglich die Tatsache, dass das blaue Leuchten an seinem Körper nach und nach schwächer wurde und sich allmählich auf den ursprünglichen Zustand zurücksetzte. Ich konnte nicht einmal mehr sagen, seit wie vielen Tagen Eve bereits abgeschaltet war. Und ich hatte mich schon beinahe an diese neue alte Welt gewöhnt – daran, dass Eve nicht reagierte, wenn man sie um Hilfe bat. Irgendetwas stimmte ganz und gar nicht mit den Transmittern in Noahs Blut und ich hoffte inständig, dass dieser besagte Genforscher darüber aufschlussreiche Informationen für uns hatte.

»Hier ist es besser«, sagte Noah irgendwann und zog mich durch den Türrahmen eines alten Hauses. Die Tür war nicht mehr vorhanden und das Gebäude stand offensichtlich leer. »Jetzt können wir reden.« Er ließ meine Hand los, um sich damit durch die Haare zu fahren. Anschließend sank er an Ort und Stelle zu Boden und lehnte sich dort gegen die sicherlich kühlere Mauer. Erst jetzt fiel mir auf, wie schnell er gegangen war und wie viel Kraft ihn das offensichtlich gekostet hatte. Wir mussten dringend etwas gegen seine Erschöpfungszustände unternehmen.

Er streckte den Arm aus, legte den Kopf etwas schief und hob schwach den Mundwinkel zu einem Lächeln an. Ich verstand ihn sofort und setzte mich direkt neben ihn.

»Skye, was ich dir jetzt sage, ist von höchster Geheimhaltung«, brachte er hervor und schnappte nach Luft.

Irritiert sah ich ihn an, unsicher, ob er nun wieder wirres Zeug von sich gab. Aber sein Blick war klar, seine Augen fokussiert auf die meinen gerichtet. »Erinnerst du dich an unsere erste Begegnung? Im Vermittlungsgebäude?«

Ich nickte. Wie konnte ich das nur vergessen? Durch meine Drehung hatte ich direkte Bekanntschaft mit den Festplatten in seinen Armen gemacht und wäre beinahe zu Boden gestürzt.

»Ich hatte dich im Aufzug gefragt, ob du das Traummädchen bist. Und du meintest –«

»– dass ich es nicht bin«, vollendete ich seinen Satz, denn daran bestand auch heute noch immer kein Zweifel für mich.

»Aber du bist es, Skye. Du bist eine Träumerin. Der eine Mensch pro Generation, der noch die Fähigkeit besitzt zu träumen.«

Ich öffnete den Mund, um etwas zu erwidern. Um ihm zu sagen, dass er sich ausruhen musste – dass diese seltsame Eve-Reaktion ihn sicherlich verwirrte. Dass Menschen seit Ewigkeiten nicht mehr träumten, weil Eve als die technische Komponente in unserem Blut und in unseren Genen so etwas über Generationen ausgelöscht hatte.

Doch Noah hob den Zeigefinger und sah mich eindringlich an, sodass ich mir die Widerworte verkniff. »Das ist noch nicht alles.« Er machte eine kurze Pause. »Deine Träume sagen die Zukunft voraus. Das, was eben passiert ist, ist zuvor schon in deinen Träumen passiert. Als du in meinem Wohnzimmer am Boden lagst, hast du deine Hände auf Höhe deines Schlüsselbeins gepresst.« Er legte seine Hände selbst an die besagte Stelle, um es zu verdeutlichen. »In deinem Traum wurdest du dort von einem Pfeil getroffen und bist verblutet. Beinahe wäre heute dasselbe passiert, als du dich in den Weg gestellt hast. Verstehst du das?«

Um ehrlich zu sein, verstand ich überhaupt nichts davon. Menschen träumten nicht. Ich träumte nicht und konnte mich auch nicht daran erinnern, es jemals getan zu haben. Die Situation, die Noah mir beschrieb, war in meiner Erinnerung eine vollkommen andere. Ich hatte geschlafen, war aufgewacht und hatte mich am Boden in seinen Armen vorgefunden. Einer ausgesprochen seltsamen und unangenehmen Situation.

»Skye, das ist alles kein … Zufall. Ich bin Analytiker im Vermittlungsgebäude.« Nun sah er mich lange an. »Du weißt nicht wirklich, was das bedeutet, stimmt's? Ich analysiere Daten für die Eleven. Und ich arbeite seit Jahren an einem streng geheimen Projekt.« Ein Seufzen entwich ihm und sein Blick glitt zu Boden.

Die Stille, die sich zwischen uns drängte, wog schwer.

»*Du* warst dieses Projekt. Deshalb kamst du mir im Aufzug bekannt vor. Ich wusste deshalb von Anfang an, dass du das Traummädchen bist. Ich dachte nur all die Jahre, du wüsstest selbst, dass du träumst. Dass du … anders bist. Aber du … du wusstest offensichtlich nichts davon …«

»Was genau hast du analysiert?«, fragte ich ohne Vorsicht, ohne Gefühl in meiner Stimme. »Was bedeutet, *ich war nur dein Projekt*?«

Eine unangenehme Kälte und Distanz schlichen sich zwischen uns und meine Worte schienen ihn beinahe zu schmerzen.

»Die Eleven sind auf eine abnormale Frequenz aufmerksam geworden. Codes, die mit Eve übertragen wurden, aber nicht den typischen Daten entsprachen. Sie baten mich, diese zu entschlüsseln, und wir fanden heraus, dass es Bilder waren. Ereignisse, die nie geschehen waren, die mit keinem der Archive übereinstimmten. Es waren also keine üblichen Aufzeichnungen von Eve, wie wir sie beispielsweise von Scans an den Gebäuden kannten. Diese Codes waren Träume.«

»*Meine* Träume«, korrigierte ich trocken. Immer noch unfähig, all das zu verstehen.

»Ja, deine Träume. Es wurde zu meiner Aufgabe, jede Nacht diese Codes umzuwandeln, zusammenzutragen und zu deuten.«

»Du hast meine Gedanken entschlüsselt?! Und wann wolltest du mir das sagen, Noah? Wann?« Ich sprang auf und konnte nicht verhindern, dass meine Stimme unweigerlich eine Nuance höher klang.

Das war zu viel. All diese Informationen, die heute auf mich herabstürzten, brachten meine Welt gefährlich ins Wanken.

»Jetzt, Skye! Ich wollte es dir jetzt sagen, weil alles zusammenhängt! Weil du eine entscheidende Rolle beim Untergang der Eleven spielst!« Auch Noah wurde etwas lauter, doch besonders sein letzter Satz holte meine Aufmerksamkeit zurück auf seine Worte und ließ meine aufkochende Wut zumindest einen Moment lang in den Hintergrund treten.

»Für den Untergang der Eleven?«, wiederholte ich ungläubig. »Niemals.«

Doch Noah nickte wie in Zeitlupe und sein Blick hielt den meinen fest. »Du hast bereits geträumt, dass du Eve vernichten wirst.« Er machte eine lange, zähe Pause.

Und seine Worte trafen mich wie ein finaler Schlag.

»Was?«, entfuhr es mir, doch Noah beachtete diese Frage gar nicht. »Du musst dich irren. Ich bin Server-Administratorin. Diese gesamte Technik … und Eve … das ist mein Leben!«

»Diese Träume lügen nicht. Ereignisse, von denen du geträumt hast, wurden später wahr. Meine Aufgabe war es also herauszufinden, wie du das anstellen wirst. Um letztendlich zu verhindern, dass dieser Traum Realität wird. Du warst … Nein, du bist eine große Gefahr für die Eleven und den Erhalt des Systems.«

»Das ist doch verrückt«, flüsterte ich tonlos. »Das ist doch alles absolut verrückt!«

»Es ist die Wahrheit«, betonte Noah weiterhin beharrlich. »Als ich heute selbst gesehen habe, wie wahr diese Ereignisse werden, die du träumst, ist mir erst bewusst geworden, was das bedeutet.«

»Wieso ich? Warum sollte ich etwas Besonderes, eine Gefahr für die Eleven sein?« Kopfschüttelnd ging ich durch den winzigen Raum.

»Deine Gene sind vermutlich noch vollkommen unverändert, in ihrer natürlichen DNA –«

»Bitte verschone mich mit wissenschaftlichen Einzelheiten«, blaffte ich und rollte mit den Augen.

Noah atmete hörbar laut aus. »Durch die Eve-Transmitter haben sich unsere Gene verändert – urmenschliche Dinge wie das Träumen gerieten bei dieser technischen Optimierung in den Hintergrund und wurden über die Generationen sozusagen ausgelöscht. Deine Gene sind nicht … technisch verändert. Und deshalb träumst du. Laut unseren Aufzeichnungen gab es in den letzten beiden Generationen niemanden wie dich.«

Ich schnappte nach Luft. »Das ergibt doch alles keinen Sinn.«

»Doch, das tut es. Ich war einer These nachgegangen, von der ich meinem Vorgesetzten noch nicht berichtet hatte. Ich glaube, dass du irgendwie gegen Eve immun bist. Aber das konnte ich noch nicht belegen …« Er sah zu mir hinauf.

»Weißt du, wie ich es angeblich tun werde? Eve vernichten?«, fragte ich nach einer kurzen Pause. »Schließlich wirst du es doch mit aller Macht verhindern oder nicht?«

Noah schüttelte langsam den Kopf. »Nein, das ging aus deinen Träumen nicht hervor. Nichts, was uns nun weiterhelfen könnte.«

»Aber auch die Eleven wissen dann nicht mehr darüber«, schlussfolgerte ich. »Moment, was meinst du damit? Inwiefern sollte uns das jetzt nützlich sein?«

»Ich glaube tatsächlich, dass … Eves Vernichtung ist das Einzige, was wieder Frieden in unsere Welt bringen wird. Siehst du das denn nicht?«

Übelkeit stieg in mir auf. All die Verbesserungen, die Eve uns gebracht hatte. Wie viele Menschen sie wohl täglich rettete! Wie konnte er nur so etwas sagen? »Diese künstliche Intelligenz beschützt uns Tag für Tag! Weißt du, wie viele Morde früher geschehen sind? Kindesentführungen, Vergewaltigungen und viele weitere schreckliche Straftaten? Wie viele Leben konnten wir dadurch bereits retten? Wie viele Krankheiten heilen?«

»Und wie viele Menschen sterben wohl täglich in der 5?«, fragte er mit eisigem Ausdruck in den Augen. »Wir retten vermutlich ebenso viele, wie dort für die Eleven sterben. Die einander hier für eine Kartoffel umbringen würden. Das ist nicht fair, Skye. Ja, Eve hatte viele Vorteile für uns – aber die Menschen haben nie gelernt, ohne sie zu leben. Und jetzt, wo sie zu einem normalen Leben gezwungen sind, weiß ich nicht, ob die Vorteile die Nachteile noch aufwiegen können.«

Ich schluckte, denn Noah sprach die ungeschönte Wahrheit aus, die ich nicht sehen wollte. Niemals wahrhaben wollte. In all den Jahren vielleicht sogar selbst verdrängt hatte. Und gleichzeitig wollte ich wütend sein dürfen, darauf, dass Noah mich erst jetzt damit konfrontierte – wer ich war und was ich seiner Meinung nach für eine Gefahr darstellte. Denn so hatte ich mich nie gefühlt, hatte nie den inneren Drang gespürt, mich dem Widerstand anzuschließen oder gegen die Eleven vorzugehen. Und es fühlte sich falsch an, was Noah über mich sagte. Als wäre es leicht zu glauben, dass ich Eve vernichten würde.

Ich stützte mich mit einer Handfläche an der Hauswand ab und beugte mich nach vorn, weil die Übelkeit mich zu überwältigen drohte.

War ich das wirklich? Das, was auch mein Vater wenige Stunden zuvor in mir gesehen hatte? Eine Verächterin des Systems, weil es das Einzige wäre, was meine Mutter womöglich retten könnte?

Ich keuchte. Das konnte nicht sein. Es musste noch andere Versionen einer Zukunft geben. Das durfte nicht alles sein.

»Was hast du noch gesehen?«, brachte ich leise hervor. »Was glaubst du, noch alles über mich zu wissen, weil du meine Träume verfolgt hast?«

Noah sah mich mit ernster Miene an. Abwartend, als wäre er noch nicht sicher, ob ich die weiteren Informationen im Moment verkraften könnte.

»Skye …«, begann er etwas sanfter. »Ich wusste während der Analysen nicht, dass diese Daten, dieses Projekt … dass das *du* bist.« Gestikulierend hob er die Hände, nur um sie mit einem Seufzen wieder sinken zu lassen. »Das war alles lange, bevor ich dich getroffen habe.« Er stand auf und stellte sich mir gegenüber. Sein Blick war um Vergebung bittend.

»Aber du wusstest es seit der Nacht der Abschaltung. Du

wusstest es bereits in dem Moment, als du entschieden hast, mich zu begleiten.« Meine Augen weiteten sich, während ich mit dem Zeigefinger bei jedem neuen Satz gegen seine Brust stieß. »Bist du nur deshalb mit mir mitgekommen? Weil ich dein Projekt bin? Das Mädchen, das die Zukunft voraussagen kann? Das womöglich Eve zerstören soll?« Meine Stimme wurde mit jedem Wort lauter, energischer und … *trauriger*, weil mein Herz die Antworten auf diese Fragen nicht hören wollte. Zumindest nicht wirklich, denn ich fürchtete die Wahrheit ebenso sehr wie jede weitere Lüge.

Noahs Antwort blieb jedoch zu lange aus, um mir einreden zu können, dass es andere Gründe dafür gegeben hatte, was mir im Inneren einen hinterhältigen Stich versetzte.

»Skye, das … Ach verdammt«, zischte Noah mehr zu sich selbst. »Am Anfang vielleicht, ja! Aber das bist du doch schon lange nicht mehr. Ich sehe in dir schon länger nicht mehr Daten, die ich analysiert habe – ich sehe … *dich.*«

Ich schnaubte beleidigt und verschränkte meine Arme vor der Brust, obwohl sich mein Herz verräterisch beschleunigte. »Und wie stellst du dir das vor?«, fragte ich nach einer langen Pause. »Eve vernichten?«

Noah kam noch einen winzigen Schritt näher auf mich zu und griff nach meiner Hand. Diese Geste hatte etwas Versöhnliches an sich, fast so, als wollte er dieser Unterhaltung die Schwere nehmen. »Das weiß ich noch nicht. Ich weiß nur, dass die Antwort, der Plan für all das, schon irgendwo in dir steckt.«

Ich atmete hörbar laut aus. »Aber dafür brauchen wir mehrere Antworten. Wir müssen unbedingt diesen Isiah Hall um Rat fragen, was es mit deiner Mutation auf sich hat, bevor sich die Zustände … verschlimmern.«

Er nickte. »Und Fjella wird sich ebenfalls auf die Suche nach dem Genforscher machen, schließlich war das unsere nächste vereinbarte Anlaufstelle. Wir sollten ihn aufsuchen, Fjella dort treffen und mit ihr gemeinsam alles Weitere planen.«

Entschuldigend strich er mit seinem Daumen über meine Hand, bevor er mich schließlich in eine Umarmung zog. Ein winziger Teil in mir wollte Noah böse sein, dass er mir all das nicht früher anvertraut hatte, dass er mich erst jetzt vor so eine riesige Herausforderung stellte. Doch tief in meinem Inneren wusste ich selbst, dass nach allem, was wir gemeinsam in den vergangenen Tagen durchgemacht hatten, mich nichts lange von ihm fernhalten konnte. Ich schmiegte mich eng an ihn und hörte Noah »Bis zum Ende« in meine Haare murmeln, auch wenn ich nicht verstand, was das bedeuten sollte.

Tagebucheintrag 14. März

Er schläft und ich sitze wieder mit diesem Buch neben seinem Bett. Bereit, jeden Hinweis zu erfassen, jedes Wort, das er im Schlaf spricht, aufzuschreiben. Aber bisher ist die Nacht sehr ruhig und es fällt mir schwer, selbst wach zu bleiben. Denn manchmal ist es anstrengend, dieses Leben zu führen, als Frau eines Träumers. Tagsüber zu schlafen und nachts über seine Träume zu wachen, bietet uns wenig gemeinsame Zeit. Aber es ist egoistisch, so zu denken, denn die Träume sind wichtiger als das – größer als wir. Ich weiß das. Aber manchmal wünschte ich mir auch, es wäre anders. Denn mit der Ehre geht auch eine große Verantwortung und leider auch Gefahr einher.

Es ist gefährlich, die Zukunft zu kennen.

Weil die Menschen in einer Welt der Kontrolle immer wissen wollen, was passiert. Was passieren wird. Vielleicht war das Träumen irgendwann mal eine Gabe, aber inzwischen ist es eine Waffe, von der wir noch nicht wollen, dass sie gegen uns verwendet wird.

Er bewegt sich. Bewegt seine Arme mit gespreizten Fingern von innen nach außen. Er ruft etwas, das ich nicht verstehen kann. Seine Augenlider flattern, seine Lippen bewegen sich, doch ich verstehe kein klares Wort.

»Was ist los?«, frage ich leise neben ihm. In der Hoffnung, mehr über diesen Traum zu erfahren. »Was siehst du?«

Manchmal funktioniert es, aber in dieser Nacht antwortet er nicht.

Er sieht jetzt gerade eine Zukunft, an die er sich morgen nicht erinnern wird. Eine Botschaft, die so vieles verändern könnte, doch …

Moment. Er bewegt sich wieder. Stärker. Er rudert mit den Armen, strampelt mit den Beinen und …

Er hat sich den Kopf am Bettpfosten gestoßen und es im Schlaf nicht einmal gemerkt. So eingenommen war er von dieser heutigen Vision. Ich konnte die Platzwunde an seiner Stirn erst versorgen, als der Traum vorbei war. Dort, wo die Haut aufgeplatzt ist, wird eine deutliche Narbe bleiben. Eine Narbe, die voller Fragen sein wird. Denn wer sich im Med behandeln lässt, trägt keine davon. Doch das Risiko ist zu groß, dass Eve im Scan womöglich eine Unregelmäßigkeit erkennen könnte. Selbst wenn das Träumen noch keine offizielle Krankheit ist – keine Diagnose, die Eve als solche erkennt.

Aber Verletzungen werfen immer Fragen auf, die wir vermeiden wollen.

Jetzt schläft er wieder ruhig und friedlich. Der Traum ist vorbei. Heute Nacht war er intensiv, laut und ausschweifend und dennoch habe ich keinen nützlichen Hinweis darauf, was es bedeuten könnte.

Ich weißt nicht, was uns in dieser unheilvollen Welt noch Grausames bevorstehen wird.

KAPITEL 23

Kaleht

Verzweifelt schlug er das Tagebuch zu.

Wieder ein Eintrag, der nicht vielversprechend klang und so wenig aussagte. Warum wurde er aber das Gefühl nicht los, dass sich dahinter mehr verbarg? Dass eine Information darin lauerte, die für ihn bedeutsam war oder es zumindest werden würde?

Kaleht hatte nach der missglückten Mission im Service Point gehofft, den *fighters* zumindest damit einen entscheidenden Vorteil zu verschaffen. Ein kurzer Blick in die Zukunft, um zu erfahren, wie viel Zeit ihnen noch blieb. Denn die rann ihnen bereits wie feiner Sand durch die Finger. Es war ein Wettlauf gegen den eigenen Tod, wenn sie die Eleven und ihre KI noch rechtzeitig aufhalten wollten.

Kaleht strich über den Einband. Es war ein sehr altes Buch, die Kanten abgewetzt und die Seiten vergilbt. Seine Großmutter hatte es ihrer Tochter übertragen und seine Mutter hatte es schließlich an ihn übergeben. Es war ein altes Familiengeheimnis, das nun von Kaleht gewahrt werden musste. Und er wusste, wie enorm wertvoll und gleichzeitig gefährlich die Informationen darin waren.

Sein Großvater war ein Träumer gewesen und seine Frau hatte Nacht für Nacht verfasst, was sie anhand seiner Reaktionen entnehmen konnte. Dadurch hatten sie sich erhofft, mehr über die Zukunft – und mehr über die Träumer selbst – zu erfahren. Denn Träumer waren dazu bestimmt, diese Bilder zu sehen, aber nicht fähig, sie weiterzugeben. Im Moment des Aufwachens verflogen sämtliche Erinnerungen daran. Es blieben ihnen nur die Bruchstücke und Wortfetzen, die ein Träumer währenddessen von sich gab.

Das Schwierige war jedoch, diese wirren Puzzlestücke zusammenzufügen, und bisher war ihnen das nur gelungen, als es bereits zu spät gewesen war. Als ein Ereignis passiert war und seine Mutter im Tagebuch geblättert hatte, fand sie Hinweise darauf. Er erinnerte sich an die Vorwürfe, die sie sich selbst machte, weil sie es hätte verstehen müssen. Doch das war eine fast unmögliche Aufgabe, der sich Kaleht nun ebenfalls widmen wollte. Er wollte zumindest versuchen, die entscheidenden Informationen darin zu erkennen, um Eve aufzuhalten und den *fighters* im Idealfall noch nützliche Informationen zu liefern. Denn er wollte auf keinen Fall von der künstlichen Intelligenz eingeholt und seiner Menschlichkeit beraubt werden.

Kaleht drückte sich das Buch fest gegen die Brust, umarmte es wie einen alten Freund. Denn wenn er nun die verbotene Zone betreten wollte, durfte er nur wenige Dinge mit sich nehmen. Doch dieses Tagebuch mitzunehmen, lag schon längst nicht mehr in seiner Entscheidung – denn es war die einzige Sache, die bereits Generationen überdauert hatte. Und nun war es an ihm, dieses Geheimnis weiter zu wahren.

The dreamers truth, hatte jemand in schönen, geschwungenen Buchstaben auf den Einband geschrieben.

Heute trug Kaleht die Wahrheit in seinen Händen und war bereit, sie nun mit der Welt zu teilen.

KAPITEL 24

Skye

Einen Genforscher hatte ich mir in einem sterilen, weiß gefliesten Labor vorgestellt. Mit Reagenzgläsern, BedienPads und seltsamen Maschinen, von denen man auf den ersten Blick nicht sagen konnte, was sie bewirkten. Als wir das Haus von Isiah erblickten, war nichts dergleichen wie in meiner Vorstellung. Vielleicht hätte mir das bewusst sein müssen, nachdem ich erfahren hatte, dass er wegen fragwürdiger Experimente in diese Zone verbannt worden war – und nachdem ich gesehen hatte, wie die Menschen hier eingepfercht in Bruchbuden leben mussten. Ein magerer alter Mann öffnete uns die Tür, in deren Mitte bereits ein großes Loch prangte, weil ein Teil des morschen Holzes herausgebrochen war.

Isiah trug eine Brille, die zumindest noch dem am nächsten kam, was ich mir unter einem Wissenschaftler vorgestellt hatte. Eines der beiden Gläser war jedoch gesprungen, und als er sie abnehmen wollte, zitterten seine Hände derart, sodass er das Gestell kaum greifen konnte.

»Entschuldigen Sie, haben wir Sie erschreckt?«, fragte ich sofort, da ich mir seine Unruhe nicht anders erklären konnte.

Noah warf mir einen Blick zu, der mir zu verstehen gab, lieber nicht weiter nachzufragen.

Der alte Mann sah mich nur verdutzt an und antwortete auch gar nicht auf meine Frage.

»Sie sind Isiah, der bekannte Genforscher, nicht wahr?«, wandte sich Noah dann an ihn, jedoch antwortete dieser nur mit einem abfälligen Schnauben und war gerade dabei, die morsche Tür wieder zuzuschieben. »Warten Sie.« Noah schob seine Bandage nach oben, unter der noch Eves blaues Glühen zu sehen war. Der Wissenschaftler hielt inne. »Wir würden hierzu gern Ihre Meinung einholen. Und wir wissen nicht, wen wir außer Ihnen im Moment dazu befragen könnten. Bitte ...«, fügte Noah mit etwas Nachdruck hinzu.

Doch Isiah konnte seinen Blick nicht von Noahs Handgelenk abwenden – wie gebannt starrte er darauf, als hätte er dieses Leuchten schon mehrere Jahrzehnte lang nicht mehr gesehen. »Natürlich, kommen Sie herein«, sagte er dann mit einer rauen, brüchigen Stimme, die ich kaum verstand. Mit bebenden Händen wollte er uns die Tür aufhalten, doch es gelang ihm nicht. »Entschuldigen Sie ...«, begann er, doch Noah kam ihm direkt zu Hilfe und öffnete die Tür ein Stück, damit wir eintreten konnten.

»Keine Ursache. Es ist sicher unmöglich, hier an Medikamente heranzukommen, nicht?«

Interessiert sah ich Noah an. Offensichtlich hatte er dahinter sofort eine alte Krankheit erkannt. Ob wir ihn nicht mit einem einfachen Scan heilen könnten? Wie lange war er schon hier in dieser Zone, so unendlich weit von der Zivilisation und medizinischen Versorgung entfernt? Und wie hätte sich sein Leben weiterentwickelt, wenn er niemals hierhergebracht worden wäre?

»Leider kann ich Ihnen nichts anbieten ...«, sagte Isiah und deutete mit einem Nicken in das Rauminnere. Es war erschreckend traurig, das zu sehen.

Auf dem Boden stand ein Eimer halb voll mit Wasser, ein Bunsenbrenner und in der Ecke lag eine fransige Decke, die wohl Isiahs Schlafplatz darstellte. Das Gemäuer war vereinzelt von der Wand heruntergebröckelt, doch niemand hatte sich die Mühe gemacht, den Schutt zusammenzufegen und beiseitezuschaffen. Es gab keine Möbel im Raum, keine Küchenzeile und ich vermutete auch keine sanitären Anlagen. Ob die Menschen hier überhaupt fließendes Wasser hatten? Mit einem kaum merklichen Kopfschütteln schob ich den Gedanken beiseite. Stattdessen beobachtete ich Noah, der offensichtlich viel besser mit dieser unwirklichen Situation umgehen konnte.

»Professor, vielen Dank. Wir benötigen nicht viel. Lediglich Ihre Unterstützung bei einer Analyse meiner Mutation.«

Das letzte Wort ließ den alten Mann sofort aufblicken. »Einer bekannten Mutation?«, fragte er. »Für welchen Typ wurden Sie eingestuft?« Helle Augen sahen Noah durch die trüben Brillengläser an. Interessiert, neugierig. Aber auch müde vom Leben, gezeichnet von Leid und Not.

»Keinem Typ«, gestand Noah etwas leiser. »Meine Mutation wurde bisher nicht gemeldet. Nicht eingestuft ... niemals erforscht.«

Unbewusst hielt ich den Atem an. Dieses Geheimnis hatte er mir an unserem ersten gemeinsamen Abend anvertraut. Die Nacht der Abschaltung, als er blau leuchtend vor mir stand und wir auf dem Balkon saßen, um darüber zu sprechen. Über Mutationen und allergische Reaktionen, über genau diese negativen Bestandteile von Eves Erfolg, über den ich mich viel zu wenig auskannte. Doch nun lag Noahs Geheimnis offen vor uns, geteilt mit einem uns fremden Menschen. Unserer vielleicht einzigen Hoffnung auf Heilung und Antworten.

Isiah nahm die Brille mit zitternden Händen ab. Dabei stürzte sie zu Boden und ich konnte mir in diesem Moment erklären, weshalb das linke Glas bereits gesprungen war.

Noah hob die Brille auf und reichte sie dem Wissenschaftler. »Seit … einigen Tagen habe ich seltsame Symptome«, erklärte Noah und mir fiel auf, wie er die Abschaltung nicht erwähnte. Denn für die Menschen der fünften Zone gab es keine Abschaltung. Sie lebten bereits seit ihrer Verbannung hier draußen – ohne jeglichen Zugang zu Eve. Für sie hatte sich in den letzten Tagen nichts verändert.

»Was für Symptome?«, fragte der Professor, während er langsam ein paar Schritte ging, um den zerschlissenen Teppich, den ich für seinen Schlafplatz gehalten hatte, beiseitezuziehen. Darunter kam eine Luke zum Vorschein.

»Erschöpfungszustände, geistige Verwirrung und … Schmerzen.«

Ich sah auf, starrte Noah regelrecht an. Von den ersten beiden hatte ich gewusst, doch er hatte mir gegenüber in keiner Sekunde geäußert, dass er Schmerzen verspürte. Nach Erklärung bittend suchte ich seinen Blick, doch er wich mir aus.

»Definieren Sie die Schmerzen«, bat Isiah, während er die Luke im Boden wie in Zeitlupe öffnete.

»Manchmal wird das Leuchten schwächer, dann ist es, als würde mir das Blut die Adern verätzen und alle Organe, die damit versorgt werden. Ein Schmerz von innen heraus, der irgendwann wieder abebbt.«

»Wird das Leuchten dann wieder stärker?«, fragte der Wissenschaftler, nur auf die Fakten fokussiert, wofür ich ihn am liebsten an den Schultern gepackt und geschüttelt hätte. Oder galt meine eigentliche Wut Noah? Darüber, dass er mir den Ernst der Lage, seine Schmerzen verschwiegen hatte?

»Ähm, ich verstehe nicht …«, entgegnete Noah zögernd.

»Beantworten Sie einfach die Frage: Wird das Leuchten dann wieder stärker, nachdem die Schmerzen abgeklungen sind?«

Noah nickte. »Ja. Ja, ich glaube schon.«

»Interessant«, schlussfolgerte Isiah. »Bitte folgen Sie mir nach unten. Ich werde eine Probe analysieren, um Ihnen mehr darüber sagen zu können.«

Seit wir Isiahs Haus betreten hatten, war Noah meinem Blick ausgewichen. Erst jetzt sah er mich einen Moment lang an.

»Hab keine Angst«, flüsterte ich ihm tonlos zu. »Er ist im Moment der Richtige dafür.« Ich sagte die Worte, aber sie waren gelogen. In meinem Leben stand so viel auf dem Spiel wie noch nie. Denn ich fürchtete mich davor, Noah zu verlieren, woran auch immer er litt. Ich fürchtete mich vor dieser neuen und riesigen Aufgabe, die er mir aufgebürdet hatte – Eves Vernichtung. Und ich hatte Angst davor, dass unser zukünftiges Leben ohne die künstliche Intelligenz das hier sein würde, was die Menschen in der 5 bereits ihren Alltag nannten. Es gab so vieles zu verlieren und dennoch wollte ich ihn nicht beunruhigen.

Noah griff nach meiner Hand und wir folgten Isiah zögernd. Die Luke im Boden führte in eine unterirdische, kleine Kammer. An der schmalen Leiter fehlte bereits eine Sprosse und ich befürchtete, dass sie unserem Gewicht nicht standhalten würde, doch glücklicherweise irrte ich mich. Zwei kleinere Tische und ein Stuhl wirkten verloren darin, doch verschiedene, hochwertig aussehende Gerätschaften standen darauf. Ich fragte mich unwillkürlich, wie Isiah es gelungen war, mehrere Besitztümer mitzunehmen.

»Das Labor ist schon länger nicht mehr in Gebrauch«, sagte er und es klang wie eine Entschuldigung für die widrigen Umstände, die mich aufgrund seiner Wohnsituation aber nicht weiter beunruhigten.

»Und was für Tests werden Sie machen?«, fragte ich gespannt. Denn ich war regelmäßig im Med gewesen und hatte modernste Technik gesehen, die in der Lage war, alle Unregelmäßigkeiten und Krankheiten im Keim zu ersticken. Alles, was ich bei Isiah erblickte, machte mir nur wenig Hoffnung, dass er etwas gegen Noahs Zustand ausrichten konnte.

»Sind Sie mit der DNA-basierten Analyse vertraut?«, fragte Isiah und sah mich über den Rahmen seiner Brille hinweg eindringlich an.

»Nein?«, antwortete ich langsam, obwohl dieses eine Wort gleichzeitig auch wie eine Frage klang. Sollte ich darüber etwa mehr wissen? Hätte ich Isiah lieber fragen sollen, für welche abartig verbotenen Experimente er verbannt worden war? Wollte ich einem solchen Menschen wirklich Noahs Gesundheit anvertrauen?

»Isiah hat vor vielen Jahren daran geforscht, ob sich die Transmitter im Blut verändern«, sagte Noah leise, als hätte er meine Gedanken erhört.

Überrascht sah ich von ihm wieder hinüber zu dem alten Mann. »Sie meinen, dass sie sich … bei jedem eventuell anders entwickeln?«, fragte ich ernsthaft interessiert. Denn über eine solche These hatte ich noch nie nachgedacht.

Isiah räusperte sich. »Mutantenforschung ist verboten und wird rechtlich von der Regierung verfolgt«, gab er wie einen auswendig gelernten Satz von sich. »Meine These bezog sich auf Eve-Mutationen. Aber in einer Gesellschaft wie dieser will keiner freiwillig zugeben, dass er eine Mutation ist. Es war unmöglich, daran zu forschen.«

»Und zu welchem Schluss sind Sie gekommen?«, flüsterte ich heiser.

»Ich glaube zu wissen, dass sich Eve-Transmitter in den Blutbahnen von neunzig Prozent der Menschen komplett unauffällig verhalten und keine Entwicklungen nachweisbar sind. Aber ein Bruchteil von Körpern, die mit den Transmittern versehen werden, reagieren darauf.«

»Ja, sie lösen Mutationen aus«, hauchte ich, obwohl es offensichtlich war, was er meinte.

»Aber was bedeutet Mutation wirklich?« Isiah sah uns fragend an und wir antworteten beide nicht.

»Es ist eine künstlich auftretende Änderung des Erbguts. Mutanten, die also Symptome und Veränderungen aufweisen, haben eine Veränderung in ihrer DNA. Und diese ...« Er deutete auf eines der kleinen Geräte in seinem Labor. »Diese habe ich untersucht. Jahrzehntelang. Und die Körper der Mutanten haben auch Jahre nach der Injektion nie aufgehört, gegen Eve anzukämpfen. Sie haben versucht, diese Transmitter zu vernichten.«

»Ist es ... Ist es manchen ... gelungen?«, fragte Noah.

Ich hielt einen Moment inne und dachte über seine Frage nach. Der Verlust von Eve führte zum Tod, das war, was wir alle früh lernten. Ohne Eve – kein Leben.

»Nein«, sagte Isiah und sah fast beschämt zu Boden. »Aber die ... nennen wir sie Angriffe des Körpers auf die Transmitter ... haben die Transmitter verändert. Die Eve-Partikel fingen an, sich in ihrer Struktur zu verwandeln.« Er seufzte. »Damals dachte ich, das sei ein Durchbruch in der Forschung von Mutationen. Ich wollte unbedingt verstehen, was da passiert – zwischen Körper und Eve.«

»Aber die Eleven wussten Ihre Forschungen zu verhindern«,

schlussfolgerte ich. »Und Sie werden jetzt überprüfen, ob Noahs Transmitter verändert wurden?«, nahm ich den Ursprung unseres Gesprächs wieder auf.

Isiah nickte eifrig. »Korrekt! Das könnte diese heftigen Symptome verursachen – vielleicht ist Eve beinahe in seinem Körper zerstört, wodurch die Transmitter nun alles versuchen zu mobilisieren, um nicht ausgelöscht zu werden.« Isiah deutete auf einen Stuhl und sah Noah auffordernd an. »Wir werden dir einen Zugang legen und dein Blut durch eine Maschine laufen lassen, die das Blut filtert. Wenn wir genug Transmitter dadurch eingefangen haben, kann ich diese untersuchen und vergleichen. Je nachdem wie wenig Transmitter noch in der Blutbahn sind, kann dieser Vorgang auch etwas länger dauern.«

Noah nickte und setzte sich auf den Stuhl. »Einverstanden.«

Während der Wissenschaftler verschiedene Dinge beiseite räumte, hin und her lief, lachte er plötzlich kurz auf. »Und alle sagten mir, ich solle die Maschine zurücklassen.« Wieder lachte er, heller und irgendwie kraftvoller. Als hätte Noahs Mutation seinen längst verlorenen Lebenswillen aktiviert.

»Wirst du oben nach Fjella Ausschau halten?«, fragte Noah mich dann, als Isiah mit einer dicken Nadel auf ihn zusteuerte.

Ich schluckte. »Ich kann bei dir bleiben, wenn du möchtest«, sagte ich leise.

Noah lächelte und schüttelte gleichzeitig den Kopf. »Nein, schon gut. Bitte such nach Fjella. Ich werde sowieso eine Weile hier sein.«

Dankend nickte ich und verschwand durch die schmale Treppe nach oben. Erst als ich das Haus verlassen hatte, erlaubte ich mir aufzuatmen. Tränen bildeten sich in meinen Augen. In diesem Moment wurde mir bewusst, dass ich schneller, als ich es für möglich gehalten hatte, mein Herz an diesen Mann verlor.

Ich ließ meinen Blick schweifen. Isiah wohnte am Rand des Dorfes, umrahmt von Feldern, wo goldgelbe Ähren im Wind wogen und grüne Bohnenranken an Stäben hinaufwuchsen. Eine weitere Lüge der Eleven, die ich nie infrage gestellt hatte. Denn die Nahrungsmittel, die wir über die Service Points erhielten, wurden in der vierten Zone zu Nuggets und vielen anderen Variationen verarbeitet – aber angebaut wurden sie dort, wo ich sie am wenigsten vermutet hatte. Ausgerechnet die Menschen, die wir bisher für den Abschaum der Gesellschaft gehalten hatten, ermöglichten in Wahrheit unser Überleben. Ich schluckte und folgte einem schmalen Pfad, der wieder zurück in die Siedlung führte. Denn wenn ich Fjella finden wollte, dann sicherlich dort.

Aber ich hatte auch erfahren, dass hier nicht nur die Verbannten lebten. Nicht nur die Menschen mit Vorstrafen und bösartigen Absichten. Ein Kloß bildete sich in meiner Kehle und Tränen drängten sich erneut an die Oberfläche. Wenn es stimmte, was mein Vater mir eindringlich erklärt hatte, dann lebten hier überwiegend unsere Eltern. Menschen, denen mit ihrem fünfundvierzigsten Lebensjahr ein traumhaft schönes Resort in einem Außenposten versprochen wurde und die stattdessen hier landeten – sich vollkommen selbst überlassen wurden.

Eine Erinnerung an meine Mutter schob sich in meine Gedanken und ich wünschte mir in diesem Moment erneut, dass Eve noch hier wäre. Um mir diese Erinnerung als kleines Hologramm auf meiner Handfläche anzuzeigen, damit ich das liebevolle Lächeln auf ihrem Gesicht jetzt sehen konnte. Tränen nahmen mir die Sicht und ich blieb kurz stehen, um ihnen freien Lauf zu lassen. Um zu akzeptieren, dass ich nie von der Erkrankung meiner Mutter gewusst hatte – nie auch nur daran gedacht hatte, mir Sorgen um sie zu machen. Es war mir in all den Jahren nicht einmal in den Sinn gekommen, darüber nachzudenken, ob wir uns je wiedersehen – uns je wieder in die Arme schließen würden.

Auch wenn ich sie bereits seit sechs Jahren nicht mehr gesehen und mich damit in gewisser Weise an ihre Abwesenheit gewöhnt hatte, war der Schmerz in diesem Moment dennoch real und das Entsetzen über die Lügen der Regierung umso größer.

Ich hatte den Eleven immer vertraut.

Hatte zu ihnen aufgeblickt und mir insgeheim ihre Anerkennung erhofft. Ihr Vorbild hatte mich immer dazu angespornt, besser sein zu wollen – die beste Version meiner Selbst zu erreichen. Und tief in mir hatte auch der Gedanke geschlummert, irgendwann wie sie zu werden. Jemand, zu dem alle erhaben aufsehen würden.

Ich war ausgerechnet von den Menschen verraten worden, zu denen ich mein Leben lang aufgeblickt hatte. Viele Jahre hatte ich geglaubt, mein Vater sei genau dieser Mensch gewesen. Der uns im Stich gelassen und in mir diesen bitteren Schmerz ausgelöst hatte.

Doch heute wankte dieses Bild und ich erlaubte mir für einen Augenblick die Vorstellung, dass die Eleven jene waren, die mir ein Messer in den Rücken stachen, als ich gerade nicht hinsah. Und stattdessen könnte mein Vater derjenige sein, der vielleicht sogar …

Zögernd wischte ich mir die Tränen von den Wangen und setzte meinen Weg fort. Ich straffte die Schultern und fokussierte mich auf das letzte Stück Selbstbeherrschung, das ich noch in mir trug, bevor ich das Dorf betrat. Es musste später Nachmittag sein, denn die Hitze war unerträglich und die

Wege menschenleer. Die kleinen Häuser hatten keine Glasscheiben und auch nur teilweise eingebaute Türen, sodass aus manchen Gebäuden Gesprächsfetzen zu hören waren. Ich lauschte nicht, sondern horchte immer nur kurz auf in der Hoffnung, Fjellas Stimme zu hören.

Die Siedlung war größer, als ich angenommen hatte. Ich nutzte den steinernen Dorfplatz zur Orientierung und konnte nicht sagen, wie lange ich bereits durch die Gassen gegangen war, als ich mich am Rand auf eine kleine Bank sinken ließ. Ich fühlte mich kraftlos und erschöpft – körperlich wie auch mental. Die vergangenen Tage hatten an mir gezehrt und mein Körper hatte keine Gelegenheit gehabt, sich von diesen Strapazen zu erholen. Geschweige denn zu begreifen, wie alles zerbrach, was ich für wahr gehalten hatte.

Ich lehnte mich an die kühle Steinwand hinter mir und ließ den Kopf in den Nacken sinken. Das Gesicht gen Himmel gerichtet schloss ich die Augen und atmete tief durch. Dann zog ein Schatten über mich hinweg. Hinter meinen Augenlidern wurde es kurzzeitig dunkel.

Ich öffnete die Augen, blinzelte und sah mich um. Dabei konnte ich nichts entdecken, das über den Hausreihen einen Schatten warf. Und schon gar keiner, der sich bewegte.

Vor mir in der Gasse wirbelte Sand über den Boden und ein Luftzug strich an meinem Gesicht entlang. Beides verschwand so schnell, wie es aufgetaucht war. Erschrocken sprang ich von der Bank auf, blickte zuerst nach links und dann nach rechts in die Gasse. Doch ich war allein, nichts oder niemand war hier.

Ein Schaudern glitt über meinen Rücken.

Erneut sah ich mich um, versuchte im grau-trüben Smog etwas zu erkennen. Doch alles wirkte wie immer.

Kurz darauf folgte ein größerer Schatten, ein bedrohlicher dunkler Fleck, der über die Hausreihen wanderte. Ein Schrei ertönte etwas weiter entfernt. Weitere Rufe folgten.

»Was um alles in der Welt …«, flüsterte ich leise und begann sofort zu laufen. Ich spähte in die nächste Gasse und erkannte Menschen, die bereits in ihre Häuser flüchteten.

Was passierte hier?

»Hilfe!«, schrie jemand und die vertraute Stimme ließ mir das Blut in den Adern gefrieren.

»Fjella?«, rief ich und eilte weiter. »Fjella!«

Ich verlor den Überblick, als ich zwischen hektischen Menschen die Straßen nach meiner besten Freundin absuchte.

»Skye?«

Am Ende der Gasse erkannte ich endlich das vertraute Gesicht und atmete erleichtert auf. Dann schob sich der Schatten direkt über sie und verharrte dort. Angst kroch in Fjellas Miene. Sie sah zögernd nach oben und ich folgte ihrem Blick.

Luft wirbelte über ihrem Kopf auf – ich erkannte es nur an den Staubpartikeln, die unkontrolliert umherstoben.

»Was ist das?«, rief Fjella wimmernd.

Ich näherte mich ihr mit langsamen Schritten. »Ich habe keine Ahnung«, murmelte ich leise, doch ich war noch zu weit entfernt, damit sie mich hätte hören können. Mich trennten noch ungefähr zwanzig Schritte von ihr, als dem Schatten ein lautes Krächzen entwich. Es klang wie das eines wilden Tieres, das jedoch nirgendwo zu sehen war. Mit einem Geräusch von Wind verschwand es.

Fjella lief mir aufgebracht entgegen. Erleichtert schloss ich sie in die Arme. Wir verharrten einen Moment.

»Was bitte war das?«, keuchte Fjella atemlos. »Und wo um alles in der Welt seid ihr gewesen?« Sie löste sich aus der Umarmung und sah mich an. Unruhig sah sie zwischen meinen Augen hin und her.

»Ich weiß es nicht«, sagte ich und es entsprach leider der Wahrheit. »Könnte es etwas wie ein …« Ich stockte. Es gab keine Lebewesen dieser Größe mehr. Es war absurd und dennoch sprach ich den Gedanken vollständig aus. »… ein Tier gewesen sein?«

Fjellas Augen weiteten sich. »Ein unsichtbares Tier meinst du?« Sie schauderte. »Ich hoffe, du irrst dich, Skye. Aber diese Zone hier gefällt mir immer weniger.« Sie stieß mir gegen die Schulter. »Ihr wart einfach verschwunden!«, sagte sie vorwurfsvoll. »Habt ihr Isiah gefunden?«

Ich nickte schnell, berührte sie dann aber am Arm, um ihr anzudeuten, schnellstmöglich von hier zu verschwinden.

»Ja, er wohnt außerhalb und er untersucht gerade Noah. Zuerst hatten wir dich verloren und dann hatte mich Noah abgehängt. Ich war auch nicht schnell genug.«

Sie ging langsam neben mir her und ich hob den Kopf, musterte unschlüssig ihr Gesicht. Ich wusste nicht, ob das jetzt der richtige Moment war oder ob es diesen für ein solches Gespräch womöglich gar nicht gab. »Ich habe meinen Vater getroffen.« Die Worte fühlten sich schwer an wie Stein.

»Ihr habt gesprochen?«

Einen Moment lang verwunderte mich ihre Frage. Denn sie war offensichtlich nicht darüber erstaunt, dass wir einander getroffen hatten. Als hätte sie mit etwas gerechnet, dass ich nie für möglich gehalten hatte: Antworten auf alte Fragen.

Ich atmete hörbar laut ein. »Er war plötzlich da, als ich Noah nicht mehr einholen konnte. Als hätte er …« Ich schüttelte den Kopf. »… als hätte er gewusst, wo ich bin.«

Nachdenklich legte sich Fjella die Hand ans Kinn. »Du

meinst, er hat dir vielleicht irgendeinen Tracker verpasst und ortet dich damit, wie –«

»Hör auf«, unterbrach ich Fjella energisch. Unsere Begegnung war sicherlich nur ein Zufall gewesen. *Ein glücklich-unglücklicher Zufall.*

»Das würde er nicht machen.« Ich schob die winzige Stimme in meinem Kopf beiseite, die fragte, ob Fjella recht haben könnte. Ob er auf irgendeine Art gewusst hatte, dass ich da war.

Einige Schritte lang war es still zwischen uns.

»Und hast du deine Meinung über ihn geändert?«, fragte Fjella etwas leiser.

Ausweichend zuckte ich mit den Schultern.

»Ich weiß nicht einmal, was für eine Meinung ich überhaupt von ihm habe. Aber eines musst du wissen.« Sie horchte auf. »Es gibt keine Außenposten, wie sie uns angepriesen wurden. Unsere Eltern landen einfach hier in der fünften Zone.«

Vier Schritte lang schien Fjella nicht auf meine Aussage zu reagieren. »Das behauptet zumindest dein Vater?« Ihre Stimme klang abschätzig, als würden Verräter ständig solch irre Behauptungen aufstellen. Etwas Waghalsiges wie Hoffnung stahl sich in mein Herz. Denn auch ich wollte glauben, dass er log. Dass alles, was er gesagt hatte, falsch war. Dennoch war da ein Wort, das sich vehement dazwischenschob.

Familie.

Ich wollte ihm glauben, weil er mein Vater war.

»Was, wenn es wahr ist?«, flüsterte ich. »Was, wenn alles, was er gesagt hat, wirklich stimmt?«

Ich stellte diese Frage nicht an Fjella, sondern an mich. Denn die Worte, die er mit einer solchen Dringlichkeit an mich gewandt hatte, gingen mir seither nicht mehr aus dem Kopf. Und ich hatte Angst, dass genau das passierte, was ich immer befürchtet hatte: Dass er mich auf die Seite des Widerstands zog, nur weil ich ihm mehr Glauben schenkte, als ich womöglich sollte.

Fjella hakte sich bei mir ein. »Ich bin sicher, irgendwann findest du eine ganz eigene Antwort darauf, was du glauben willst.«

Ich sah zu ihr hinüber, ohne dem etwas hinzuzufügen. Einfach nur dankbar darüber, dass sie mich nicht zu einer Entscheidung drängte. »Danke, Fjella.«

Ein Lächeln stahl sich auf meine Lippen und wir gingen einige Schritte schweigend nebeneinanderher.

»Und auch wenn meine Neuigkeiten dagegen langweilig wirken – ich wollte dir noch sagen, dass Luis und ich eine Wohnung gefunden haben.« Sie lächelte.

Ich erkannte darin die ehrliche Freude, obwohl ihr Gesicht inzwischen erschöpft und müde aussah. »Das freut mich wirklich sehr für euch«, sagte ich mit einem Lächeln und umarmte sie. »Das wird großartig, wenn ihr nach all dem hier zusammenzieht.«

Fjella nickte und verzog dann das Gesicht. »Aber ich habe ihn nicht mehr gesehen, seit … Na ja, seit der Abschaltung. Ich hoffe, es geht ihm gut.«

Ich drosselte meine Freude über die Nachricht wieder und sah sie durchdringend an. »Ganz bestimmt tut es das«, versicherte ich ihr. »Ihr beide findet ganz bald wieder zusammen, da bin ich sicher.«

Ich hielt inne.

Ich wollte ihr sagen, dass wir ganz bald eine Lösung für das Eve-Problem finden würden – und dass dann auch alle Probleme der Kommunikation aufgehoben wären. Ich wollte ihr verschweigen, was Noah mir gesagt hatte, weil ich es selbst verdrängen wollte. Dass ich das Traummädchen sei. Diejenige, die Eve vernichten würde – allein das hörte sich in meinem Kopf so dermaßen falsch an. Mein Herz schlug für die Technik und ich wollte, dass es nicht der Eve-Anteil in meinem Blut war, der das verursachte. Ich hatte mein Leben lang geglaubt, es sei ein wichtiger Teil von mir, weil ich das selbst so wollte – und nicht, weil irgendwelche technischen Transmitter mich das glauben ließen.

Fjella hatte die lange Gesprächspause wohl anders interpretiert. »Es ist echt beeindruckend, was du alles für ihn auf dich nimmst, Skye. Dabei kennt ihr euch gerade mal wie lange? Ein paar Tage?«, sagte sie.

Etwas in mir verkrampfte sich. Ich wollte nicht wissen, wie viel Zeit in Wahrheit seit der Abschaltung vergangen war – und ob es zu wenig war, um sich Noah so verbunden zu fühlen. Denn das Gefühl war definitiv da, schlummerte in meinem Herzen und wuchs kontinuierlich an ebenso wie die Sorge um die uns bevorstehende Zukunft. »Wir sind doch auch kein Paar, wie ihr es seid«, entgegnete ich beinahe trotzig, als hätte sich der Schutzmechanismus in meinem Inneren durch Fjellas Worte selbst aktiviert.

»Ach ja?« Fjella zog eine Augenbraue nach oben. »Wie würdest du es dann nennen, wenn du für ihn in die fünfte Zone gehst, einen illegalen und verrückten Wissenschaftler aufsuchst, nur um sein Leben zu retten?« Ihr Blick war herausfordernd und durchdringend.

Schnell sah ich weg und schluckte, ohne etwas zu erwidern. Also setzte Fjella sanfter fort: »Auch wenn ihr kein Paar seid, ist da doch etwas zwischen euch.«

Und das konnte ich tatsächlich nicht leugnen.

Tablet 100%

VERTRAULICHE MITTEILUNG AN DIE AKTUELL AMTIERENDE REGIERUNGSEINHEIT (ELEVEN)

Ein überraschend eingetroffenes Unwetter, das mit enorm starken Windböen von Windstärke 10 eintraf, beschädigte bedauerlicherweise eine Außenstelle des Genetixx Forschungszentrums, das zur zukunftsorientierten ~~Tiergenetik~~ Pflanzengenetik errichtet worden war. Die Außenstelle wurde beinahe vollständig zerstört, sämtliche Proben aus der bisherigen Forschung wurden dadurch leider als unbrauchbar und irreparabel gemeldet. Das Projektteam konnte außerdem keine Berichte oder Forschungsergebnisse mehr sicherstellen.

1. AUTOMATISCHE ANGEFÜGTE ANMERKUNG (EVE): Ein Unwetter konnte zum genannten Zeitpunkt in diesem Bereich nicht nachvollzogen werden, ebenso wurden keine derartigen Ereignisse von umliegenden Personen oder Firmen gemeldet. Laut den Sensoren der Wetteraufzeichnungen im genannten Gebiet waren die Bedingungen zu diesem Ereignis unauffällig.

2. AUTOMATISCHE ANGEFÜGTE ANMERKUNG (EVE): Sehr gern habe ich die Forschungsergebnisse wiederhergestellt. Diese sind widersprüchlich zu den Angaben des

Berichts nicht durch eine Unterbrechung oder Vernichtung des Systems, sondern vom Projektleiter unter Aufsicht der doppelten Freigabe mit dem Geschäftsführer von Genetixx gelöscht worden. Die letzten Protokolle der Forschung geben Aufschluss darüber, dass neben der Optimierung der Pflanzengenetik auch weiterhin unerlaubt an der Forschung der Tiergenetik gearbeitet wurde. Der letzte Eintrag wurde vom Mitarbeiter mit dem verschlüsselten Kennzeichen 270B4 verfasst und lautet wie folgt: Durch eine unglückliche Verwechslung der bezifferten Petrischalen erfolgte eine fehlerhafte Weiterbearbeitung des jeweiligen Erbguts. Die Resultate erlitten dabei erhebliche –

3. AUTOMATISCHE ANGEFÜGTE ANMERKUNG (EVE): Der Eintrag wurde offensichtlich nicht vollständig erfasst.

KAPITEL 25

Noah

Ungläubig starrte er Isiah an – fast unfähig, die Worte des alten Mannes zu begreifen. »Und da sind Sie sich absolut sicher?«, fragte er den Wissenschaftler, während dieser ihn über den Rand seiner gesprungenen Brille ansah.

»Sofern die Maschinen durch das jahrelange Herumstehen nicht vollkommen den Verstand verloren haben – ja.« Er nickte, wie um seine Argumentation zu bestätigen.

Noah atmete hörbar laut aus. Dann wieder ein. Und wieder aus. Versuchte in Gedanken zu ordnen, was fast nicht zu ordnen war. »Könnten Sie bitte die anderen holen? Ich muss es ihnen selbst … sagen.«

Der Professor nickte erneut. »Natürlich. Ich wecke sie auf und schicke sie runter. Ich werde dann oben so lange … warten.« Isiah stellte das Gefäß auf dem kleinen, klapprigen Tisch ab, bevor er über die schmale Treppe nach oben verschwand.

Skye und Fjella hatten sich nach ihrer Rückkehr oben schlafen gelegt, da sie verständlicherweise von den letzten Tagen sehr erschöpft gewesen waren. Auch Noah war während der Blutanalyse immer wieder eingenickt. Aber was der Professor ihm soeben erklärt und diagnostiziert hatte, veränderte alles.

Er wollte hoffen, dass er nicht recht hatte und dennoch … ergab nun alles ein vollständiges Bild. Wie ein Puzzle, an dem man jahrelang gearbeitet hatte, ohne das Motiv zu kennen.

»Hey«, flüsterte Skye vorsichtig, als sie die Stufen herunterkam. »Wie geht es dir?«

Noah winkte ab und kurz darauf tapste auch Fjella halb verschlafen die Treppe herunter. »Was ist denn los?«, fragte sie und gähnte ausgiebig.

»Die Ergebnisse sind da.« Noahs Stimme klang fester, als er erwartet hatte.

Sofort wurden Skyes Augen groß und fixierten ihn wie eine Raubkatze ihre Beute, bereit, jede Regung darin zu entschlüsseln.

»Setzt euch«, sagte er, obwohl es nur noch einen freien Stuhl gab.

Skye schüttelte den Kopf. Ihr Blick verriet, dass sie nichts Gutes ahnte. *Sag schon*, forderten ihre Augen und ihre bebenden Lippen.

»Der Professor hat viele Eve-Transmitter aus dem Blut filtern können. Die Transmitter sind nicht beschädigt worden. Sie wurden also nicht vom Körper angegriffen.«

Skye nickte langsam. »Das ist doch gut, oder?«

»Ja.« Noah seufzte. »Weil der Professor aber innerhalb von einer Stunde nur Eve-Transmitter in der Filterung hatte und das auch in deutlich höherer Menge als üblich, hat er mich länger hier dran gelassen als … eigentlich geplant.«

»Deine Mutation, ja. Das blaue Leuchten …«, schlussfolgerte Skye.

Noah schmunzelte, weil sich Skye so sehr darum bemühte, logische Gründe dafür zu finden. Für alles zu finden. Er griff nach ihrer Hand. »Die Blutanalyse hat ergeben, dass da fast keine Blutpartikel sind. Fast alles in meinen Adern sind Eve-Transmitter.«

Stille.

Niemand sagte etwas.

Niemand verstand auf Anhieb, was das bedeutete. Welche Auswirkungen diese Worte verbargen.

Noah holte tief Luft. »Da sind mehr Eve-Anteile in meinem Blut, als da eigentlich sein sollten.«

Skye nickte wieder. Fjella sah zwischen ihr und Noah hin und her. »Und das bedeutet …?«, fragte sie zögernd.

»Da sind im Umkehrschluss weniger menschliche Anteile als üblich.« Noah seufzte erneut und strich sich mit der freien Hand durch die rötlich schimmernden Locken. »Die Eve-Mutation hat die körpereigenen Elemente in meiner Blutbahn fast vollständig verdrängt.«

»Deshalb das Leuchten.« Skye sah ihn mit großen Augen an.

»Das mit dem Leuchten …« Mühsam wich Noah ihrem Blick aus. »Das hat vielleicht auch noch einen anderen Grund.« Er musste es ihnen sagen, daran führte kein Weg vorbei. Zu gern hätte Noah all die Emotionen in den Hintergrund verdrängt und Skye kühl und sachlich die Fakten präsentiert, so wie er es von der Arbeit kannte. Aber so vieles hatte sich inzwischen verändert – die Dinge waren nicht mehr so, wie er sie kannte. »Isiah hat Speichermoleküle entdeckt«, brachte er angestrengt hervor. »Wie ein Update – als hätten sich die Eve-Transmitter ein wenig weiterentwickelt. Sie haben sozusagen –«

Doch Skye kam ihm zuvor. »Speichermoleküle? Deine Transmitter haben Eve anteilig gespeichert?« Ihr blieb der Mund offen stehen. Überraschung war in ihrem Gesicht abzulesen wie aus einem aufgeschlagenen Buch.

»Ja. Deshalb hat Eve reagiert, als uns dieser Armbrustschütze bedroht hat. Durch die lebensbedrohliche Situation haben die Transmitter diese Speicherkapazitäten aktiviert und sozusagen ... *verwendet.*«

»Moment, WAS?«, fragte Fjella.

»Das ist der Wahnsinn«, hauchte Skye fasziniert und Noah verstand sie nur zu gut. Auch er teilte diese Begeisterung für technischen Fortschritt. Auch er fand es interessant und spannend, wozu die künstliche Intelligenz fähig war. Aber Isiah hatte ihn auch auf einen fatalen Nachteil hingewiesen. Auf die Gefahren.

»Skye?«, fragte Noah deutlich leiser, als er zuvor gesprochen hatte. »Wir müssen über das reden, was wir ... was wir vorhatten. Du weißt doch ...?«

Skye nickte langsam, als hätte man ihre Bewegungen verzögert.

»Was wir besprochen haben, nachdem ...«, versuchte er es erneut, doch sie nickte wieder.

»Du meinst Eve«, schlussfolgerte sie und sah ihn ernst an.

Noah holte tief Luft. »Genau. Wir müssen es Fjella sagen, aber es darf keiner davon erfahren, hörst du?« Er deutete mit dem Zeigefinger nach oben und gab ihr damit zu verstehen, wer gemeint war. Skye nickte.

»Was sagen?«, fragte Fjella mit bebender Stimme. Unsicherheit lag förmlich in der Luft. »Was habt ihr vor?«

»Kannst du die Luke schließen?«, fragte Skye ihre beste Freundin, ohne Noahs Hand loszulassen. »Das ist jetzt ... *vertraulich.*«

Es dauerte einige Momente, bis sich Fjella aus ihrer Starre löste und die Luke oberhalb der kleinen Treppe verschloss. Mit großen Augen kam sie näher.

»Skye?« Noah sah sie an. Sah ihr direkt in die Augen, direkt in die Seele. Er wollte ihr in diesem Moment sagen, wie er für sie inzwischen empfand, weil sich einfach alles in den vergangenen Tagen gedreht hatte. Doch stattdessen musste er ihr etwas anderes erklären. Etwas, das er kaum über die Lippen brachte.

»Die Kapazitäten von Eve sind begrenzt – das wissen wir und die Eleven auch. Deshalb haben die Eleven die Verfügbarkeit von Eve in die 1 gelenkt. Dort verbrauchen nun die Eleven das, was aktuell von Eve zur Verfügung steht. Okay?«

Fjella und Skye nickten synchron. Diese Informationen kannten sie bereits. »Wenn sich in meinen Transmittern ein Speicher für Eve gebildet hat, ist auch darin Eves Kapazität enthalten, die die Eleven fleißig verbrauchen – und weil ich überwiegend von diesen Transmittern am Leben gehalten werde –«

»Die Schwächeanfälle«, keuchte Skye. »Die Eleven verbrauchen die Eve-Kapazitäten, aus denen du bestehst.« Sie schnappte nach Luft, hielt sich mit der freien Hand den Hals, als wäre sie nicht sicher, ob genug Sauerstoff im Raum wäre.

Das war also der Moment, dachte Noah. *Der Moment, in dem er das Kartenhaus zum Einstürzen bringen musste.*

»Wenn Eve *aufgebraucht* ist, werde ich sterben.« Er sah bei diesen Worten niemanden an, schaffte es nicht, Skye dabei in die Augen zu blicken. »Die menschlichen Anteile darin sind nicht mehr genug, um selbst lebensfähig zu sein.«

»Nein«, hauchte Skye und wiederholte das Wort immer öfter, als würde es dadurch realer werden. »Nein, nein, nein! Das ... Nein! Das kann nicht ...« Sie ließ seine Hand los, um sich beide Hände vor das Gesicht zu schlagen.

Fjella legte ihr wie in Zeitlupe einen Arm um die Schultern. »Wir erweitern die Kapazitäten für Eve, bis wir eine Lösung für deine Transmitter gefunden haben«, schlug Fjella vor. »Wir könnten die *innovative future* fragen, ob –«

Noah warf ihr einen Blick zu, der sie verstummen ließ.

»Da ist noch etwas anderes, das Skye und ich dir sagen müssen.«

»Nein!«, fuhr Skye sofort dazwischen. Sie ballte ihre Hände zu Fäusten und sah Noah an. Voller Traurigkeit und Wut. Voller Angst und voller Mitgefühl. »Wir werden das nicht machen. Nicht so!«

Fjella sah zwischen den beiden hin und her. »Was habt ihr vor ...?«

Noah holte tief Luft. »Wusstest du, dass Skye träumt?«, wollte er wissen, obwohl diese Frage in der aktuellen Situation vollkommen unwichtig erschien.

Fjellas Gesicht sah aus, als wollte sie für einen Moment laut auflachen, aber sie schüttelte nur langsam den Kopf.

»Skye träumt und ihre Träume sagen die Zukunft voraus. Und ihre Träume zeigen, dass es Skyes Aufgabe ist, Eve zu vernichten. Und das ist es, was wieder Ruhe und vor allem Frieden in unsere Welt bringen wird. Es muss ein Ausgleich stattfinden, damit –«

»Wie kannst du das sagen!«, rief Skye aus. »Wie kannst du sagen, dass ich das tun soll und im selben Atemzug erwähnen, dass es dich umbringen wird! Wie kannst du glauben, dass ich dein Leben aufs Spiel setze, wo ich dich doch ... Dich ...« Sie schüttelte den Kopf, Tränen schimmerten in ihren Augen.

Noahs Herz drohte bei diesem Anblick, an ihren fast gesagten Worten zu zerbrechen.

»Ihr würdet ... ziemlich sicher ... beide sterben«, flüsterte Fjella. »Es gibt nur wenige Möglichkeiten, Eve zu zerstören, ohne dass die KI es bemerken und selbst korrigieren würde. Sie ist nicht mehr nur automatisch und folgt vorgegebenen Mustern – sie hat inzwischen eine eigene Intelligenz. Das bedeutet, sie denkt selbstständig, entwickelt eigenständig neue Muster. Sie zu …« Fjella schluckte, weil auch ihr der Gedanke absurd vorkam. »… vernichten ist nicht einfach.«

»Aber es wäre möglich, oder?« Skye sah sie beunruhigt an, fast schon bittend um eine positive Antwort.

Fjella nickte langsam. »Wenn, dann vermutlich nur direkt über den Kern in der Eleven-Zentrale. Man müsste mit einer Aktion mehrere Grundsysteme von Eve zerstören – so schnell und an genügend Stellen gleichzeitig, damit es Eve nicht möglich ist, die Fehler auszugleichen. Aber die enorme Kernspannung ist viel zu hoch. Ein menschlicher Körper würde bei einer bloßen Berührung sofort in der Luft … zerreißen.« Fjella machte einen tiefen Atemzug. »Ich mache meinetwegen das mit der Umprogrammierung. Ich schreibe den Code um, damit die Eleven …« Sie schluckte. »… sterben.«

Noah schüttelte den Kopf. »Damit ist das Problem nicht gelöst. Nicht mehr. Eve ist zu weit entwickelt, um die Menschen nicht auch weiterhin in verschiedene Klassen zu unterteilen. Und dann werden sich neue Eleven finden, eine neue Regierung schaffen, die glaubt, dem System überlegen zu sein. Dadurch werden sich die Menschen weiterhin bis zu ihrem eigenen Ende selbst bekämpfen. Eve muss irgendwann zerstört werden, bevor sie über die Menschheit bestimmt. Auch wenn es gegen alles ist, womit wir unser ganzes Leben lang aufgewachsen sind.«

»Nein«, hauchte Skye, ihr Blick war abwesend. Sie starrte gedankenverloren in die Leere. »Ich kam in die 5, um dein Leben zu retten. Verstehst du das denn nicht? Ich habe nicht vor, es zu beenden, wo wir gerade erst … Wir uns …« Sie brach ab und Tränen rannen über ihr Gesicht.

Und Noahs Herz brach entzwei.

Weil er wusste, was sie sagen wollte.

Weil er wusste, dass er ebenso fühlte.

Und weil er wusste, dass er sterben würde, bevor diese Liebesgeschichte begonnen hätte.

KAPITEL 26

Skye

Nachdem Fjella den Kellerraum verlassen hatte, war da zuerst nur Schweigen. Eine Schwere, die mir auf der Brust lag und das Atmen erschwerte. Und eine Last von Verantwortung und Pflicht, die meinen Kopf in einen Schraubstock zwängte.

»Skye?«, fragte Noah irgendwann leise, doch ich sah nicht zu ihm hinüber. Er saß noch immer auf dem Stuhl, während ich schwer atmend im Raum stand und gegen die Wand starrte.

Finde eine Lösung, Skye. Was übersiehst du?

»Skye?«

Ich reagierte nicht, hörte den rasenden Pulsschlag in meinen Ohren rauschen, als könnten meine Gedanken dadurch schneller ein Ergebnis erzielen.

»Manchmal müssen Opfer für etwas Größeres gebracht werden«, sagte Noah und es versetzte mir einen Stich. Der Schmerz, der durch mein Herz fuhr, brachte mich dazu, mich umzudrehen und Noah direkt in die Augen zu sehen.

»Mein Leben wäre nur ein geringer Preis, wenn die Welt danach eine bessere wäre.«

Die Art, wie kühl und sachlich er über sein Leben sprach, trieb mir die Übelkeit in den Magen. Der Tod war etwas, mit dem ich mich nie befasst hatte – nicht in der Zeit der Med-Scans. Nicht als die Tochter meines Vaters, der fähig war, für jede Krankheit ein Update zu programmieren. Wieder ein schmerzhafter Hieb in meine Brust.

Für fast jede Krankheit.

Ich hatte mich nie damit auseinandergesetzt, dass meine Zeit endlich war. Die Zukunft hatte in meiner Vorstellung immer endlos gewirkt. In traumhaften Resorts in den Außenposten wären wir dank Eves Optimierungen nur langsam gealtert. So langsam, dass das Ende nie wirklich in Sichtweite war.

Doch ich hatte mich täuschen lassen. Da war ein Ende in Sicht. Für uns alle. Für meine Eltern, für Noah und letztendlich auch für mich.

»Wie kannst du das sagen«, flüsterte ich mit brüchiger Stimme, die bereits meine aufsteigenden Tränen verriet.

»Weil ich analytisch denke, Skye. Weil ich die Fakten ordne und dann die Lösung erkenne.«

»Und was ist deiner Meinung nach die beste Lösung?« Ich wandte den Blick von Noah ab. Ich ertrug es nicht, neben der Traurigkeit den selbstsicheren Ausdruck in seiner Miene zu sehen.

Er atmete hörbar aus, als hätte er gehofft, es nicht wirklich laut aussprechen zu müssen. »Wir wissen, dass Eve nicht die Lösung der Menschheit ist. Durch die Beurteilung spaltet sie die Gesellschaft, was immer ein Ungleichgewicht darstellt. Die Eleven –«

»Eve ist die Krankheit«, stieß ich erschrocken aus. Dann hustete ich, weil sich meine Kehle trocken und rau anfühlte.

»Was sagst du da?«

Mein Blick glitt langsam zu Noah hinüber. »Eve ist die

Krankheit in uns Menschen. Das hat mein Vater mir gesagt.« Ich legte mir die Hände vor das Gesicht.

Atmete ein.

Atmete aus.

Versuchte die Ruhe zu bewahren, obwohl in meinem Kopf die Gedanken rasten. Langsam nahm ich die Hände zur Seite, ließ die Augen aber noch einen Moment länger geschlossen.

»Ich habe meinen Vater getroffen. Hier in der 5. Er wurde verbannt, weil er erkannt hat, dass Eve die Krankheit ist, die uns Menschen zerstört. Eve hat ihn aufgrund dieser Erkenntnis herabgestuft, damit er verstoßen wird und keine Mittel mehr hat, daran weiterzuarbeiten.«

Noah sah mich konzentriert an. Nicht überrascht, nicht schockiert. Nur wissend und nachdenklich. Fast so, als würde diese Aussage nicht seinen Tod bedeuten. »Das bestätigt alles, was du geträumt hast.« Sein linker Mundwinkel hob sich etwas und sein Blick wurde sanft. Einen Augenblick lang glaubte ich zu wissen, was er meinte: Eves Vernichtung, die laut meinen Träumen durch mich ausgeführt werden würde. Ich wäre am Ende diejenige, die das Werk meines Vaters fortführen – zu Ende bringen würde, wovon sie ihn abgehalten hatten. Doch da war noch etwas anderes.

»Was habe ich noch geträumt? Was hast du noch gesehen?«, fragte ich etwas leiser.

Noah stand auf und kam auf mich zu. Nur wenige Zentimeter vor mir blieb er stehen und strich eine Haarsträhne aus meinem Gesicht. Seine Bewegungen wirkten so unendlich langsam, als wollte er seine Antwort hinauszögern. »Du hast oft von deinen Eltern geträumt. Nach dem, was du mir erzählt hast, war vieles davon aber Vergangenes. Erinnerungen an deinen

Vater, an deine Kindheit. Aber auch von deinem Vater, der deutlich älter aussah als in deinen anderen Träumen.«

Ich keuchte. »Du wusstest von dem Gespräch? Wie konntest du mir das verheimlichen?«

Noahs Miene wurde streng. »Skye, deine Träume sind für mich keine vollständigen Videofilme gewesen. Das sind Bruchstücke, Wortfetzen, hier und da mal ein Bild. Puzzleteile, die wir zusammengefügt haben, um hoffentlich irgendwann das Motiv zu erkennen.«

Ich presste die Lippen aufeinander und fokussierte mich auf das eigentliche Problem. Auf meine wahre Bestimmung. »Und welches Bild habt ihr am Ende gesehen?«, fragte ich stattdessen leise.

Noah griff nach meiner Hand. »Dein Puzzle ist kein Bild – es ist ein Labyrinth. Wir waren immer auf der Suche nach der Information, wie du es tun würdest – um dich letztendlich davon abzuhalten. Aber je mehr wir gesucht haben, desto mehr Fragen kamen auf.« Sein Gesicht kam näher. Sanft lehnte er seine Stirn an die meine. »Ich weiß, dass du nicht darüber sprechen willst, Skye. Aber ich glaube, es führt kein Weg daran vorbei«, sagte er mit rauer Stimme.

»Du könntest mich küssen, anstatt über das Ende zu reden«, erwiderte ich heiser, was ihm ein leises Lachen entlockte.

»Es würde nur den Moment ändern, nicht –«

»Wenn das Ende unausweichlich ist, ist der Moment jetzt umso wichtiger«, entgegnete ich mit einem Lächeln.

Noah legte seine Hand an meinen Hals, und als er mich küsste, vergaß ich tatsächlich fast das, was uns bevorstehen würde. Dieser Kuss war echt und viel mehr als das, was im Supermarktlager nur wie eine zufällige Berührung gewirkt hatte.

Und es war wirklich alles, was in diesem einen Moment zählte. Ich sammelte mein Kleid vom Boden auf und zog es mir über, ohne auch nur ein einziges Geräusch zu verursachen. Noah schlief zusammengerollt am Boden auf einer Decke, die wir spärlich ausgebreitet hatten. Doch im Gegensatz zu ihm konnte ich jetzt nicht schlafen. Auch wenn ich behaupten wollte, dass es lediglich daran lag, dass meine Haut noch immer dort kribbelte, wo er mich berührt hatte. Dabei waren es meine ruhelosen Gedanken über die Zukunft, die mich heute Nacht garantiert noch viele weitere Stunden wach halten würden.

Vielleicht könnte ich das Labyrinth über mein Leben, von dem Noah gesprochen hatte, selbst bewältigen. Verstehen, was für mich zu tun war. Worin meine Aufgabe lag. Dabei kannte ich das Ziel bereits – Eves Vernichtung. Die Frage war nur, was ich bis zu diesem endgültigen Zeitpunkt noch tun konnte. Fjella hatte erwähnt, dass die Vernichtung von Eve direkt im Kern stattfinden müsste – was für mich nachvollziehbar und logisch klang. Denn die Verbindungswege müssten so kurz wie nur möglich sein, damit Eve keine Zeit hatte, um eigene Lösungen zu entwickeln. Gleichzeitig war die Kernspannung lebensbedrohlich hoch, sodass ich diese Aufgabe unmöglich überleben konnte.

Mein Leben wäre nur ein geringer Preis, wenn die Welt danach eine bessere wäre. So etwas hatte Noah gesagt. Und so abscheulich ich den Satz im ersten Moment empfunden hatte, so wahr wirkte er jetzt auf mich. Denn vielleicht wäre auch mein Leben nur ein kleiner Teil, der zu einem großen Ganzen beitragen würde.

Vielleicht würde es mir gelingen, diejenigen zu beschützen, die mir am Herzen lagen.

Vielleicht würde es meiner Mutter sogar das Leben retten.

Vielleicht war der Tod weniger beängstigend, wenn man wusste, dass er kam – aber man alles getan hatte, um seine Lieblingsmenschen in einer besseren Zukunft zu wissen.

KAPITEL 27

Fjella

Es musste eine Lösung geben. Ihre Fingerspitzen kribbelten bereits, als sie das Tablet aus dem Rucksack zog. Sie hatte die Luke wieder verschlossen, weil Skye und Noah sicherlich einiges besprechen wollten. Isiah lag in der oberen Etage auf einer dünnen Decke und schlief. Doch an Schlaf war für sie jetzt nicht zu denken. Sie war nach draußen gegangen und hatte sich gegen das kühle Gemäuer gelehnt und in den Himmel gestarrt, der ohne Eve so endlos leer erschien. Ihre Finger bebten, denn sie wollten in den Codes eine Lösung finden. Sie würde die Akten des TAs durchforsten, Codes entschlüsseln und wenn nötig vielleicht auch umprogrammieren. Sie würde alles lesen, was es zu solchen Mutationen und Transmittern gab, und würde den beiden bei Sonnenaufgang eine Lösung präsentieren. Alles würde gut werden.

Alles würde … Tränen schlichen sich in Fjellas Augen. Die Abschaltung war wie ein wahr gewordener Albtraum. Wie die Hölle auf Erden. *Too big to fail*. Etwas, das niemand für möglich erachtet hatte. Doch die Abschaltung war nur der Anfang vom eigentlichen Ende – und diese Erkenntnis war verdammt schmerzhaft, wenn man glaubte, dass diese Technik die einzige Konstante in seinem Leben war. Es immer gewesen war.

Was, wenn sie ein Programm schreiben könnte, das Eve zerstören, aber Noahs Körper nicht als Speicherkapazität verwenden würde? Einen Code so komplex und gleichzeitig so wunderschön, dass er alle Probleme auf einen Schlag lösen könnte. Wäre das ... *möglich*? Sie seufzte. Wieder einmal verleiteten ihre Gedanken sie in ein wirres Konstrukt aus Was-wäre-wenn-Möglichkeiten. Wenn sie nicht als Programmiererin in der Technical Area arbeiten würde, sondern stattdessen für den geheimen Widerstand tätig wäre – könnte sie dann andere Dinge programmieren? Wäre sie dann fähig, selbst solche komplexen Codes zu erstellen? Oder hätte diese Arbeit möglicherweise enorme Auswirkungen auf ihre Moral und sie hätte vielleicht nie gezögert, den entdeckten Code umzuschreiben und damit das Leben der Eleven selbst auszulöschen? Fjella schauderte bei diesem Gedanken. Manchmal war sie froh, dass sie nicht wusste, wie sie als Parallel-Fjella in einem anderen Leben wäre, weil sie die endlos scheinenden Möglichkeiten beunruhigend fand. Ob es den Menschen, die für das *innovative future*-Programm ausgewählt wurden, vielleicht ähnlich erging? Erschlagen von all den Möglichkeiten, die sich ihnen boten? Von all den Hoffnungen und Erwartungen, die man auf sie lud?

Fjella konnte nicht sagen, wie viele Stunden verstrichen waren und wie nah womöglich schon der nächste Morgen war. Sie l(i)ebte den Tunnel – das Gefühl, in den Zeilen und Codes zu versinken, nichts anderes mehr wahrzunehmen als Zahlen und Befehle, die sie mit dem schnellen Tippen ihrer Finger eingab.

Zeit und Raum traten in den Hintergrund, während sie im Archiv des TAs nach Informationen forstete. Sie nahm keine Geräusche mehr um sich herum wahr – hätte jemand ihren Namen gerufen, hätte sie es nicht bemerkt. Im Tunnel zu sein, fühlte sich irgendwie auch unmenschlich an – als vergäße man seinen Körper, sein menschliches Sein. Als würde Fjella selbst zu einer Zahl werden, die in das Tablet hineingesaugt wurde.

Um einen solch komplexen Code von Grund auf zu schreiben, musste sie alles wissen. Sie musste Eve dabei kennen wie eine beste Freundin. Sie musste wissen, welche datenbankbasierten Verknüpfungen existierten, welche Abläufe automatisiert im Hintergrund abliefen. Was Eve tat, selbst wenn sie nichts tat. *Alles*. Und genau das waren die Daten, die die Technical Area nicht offensichtlich zur Schau stellte. Dafür musste sie in den Tiefen des Archivs graben und vor allem Durchhaltevermögen beweisen. Na ja, und vielleicht die ein oder andere Sicherheitsmaßnahme umgehen.

Als Fjellas Augen bereits schwer und die Bewegungen ihrer Finger über dem Tablet langsamer wurden, stieß sie auf eine Akte. Streng vertraulich. Höchste Geheimhaltungsstufe. *Löschungsprotokoll*. Und trotz der beinahe übermannenden Müdigkeit setzte sie sich mit einem Ruck aufrecht hin und rieb sich über das Gesicht. Mit einem Tippen öffnete sie das Dokument, das sie nur gefunden hatte, indem sie schon einigen Sicherheitsvorkehrungen durch Änderungen der Codes ausgewichen war. Sollte die Technical Area irgendwann je wieder seinen Betrieb aufnehmen, wäre sie wohl ihren Job los, wenn sie zuvor nicht alle Änderungen wieder korrigieren würde.

Ihr Blick flog über die Zeilen des Dokuments, und auch wenn ihre Augen die Buchstaben entziffern konnten, benötigte es etwas Zeit, bis ihr Kopf all das verstehen konnte. Fjella entfuhr ein erstickter Laut, bevor sie sich die Hand auf den Mund schlug und nicht wusste, ob sie zuerst Wut, Entsetzen oder Enttäuschung fühlen sollte.

LÖSCHUNGSPROTOKOLL – SICHERHEITSSTUFE 11B

Regularien der Geheimhaltung:

Das Protokoll zur Löschung der künstlichen Intelligenz unter dem gekürzten Programmnamen „EVE" (Auszug aus ELEVEN) unterliegt strengster Geheimhaltung. Hierfür wurde eine neue Sicherheitsstufe 11b angeordnet, die verhindert, dass der Zugriff den ELEVEN obliegt. Dokumente und Informationen aus der Sicherheitsstufe 11b dürfen nicht ohne Autorisierung übertragen werden.

Das Löschungsprotokoll beschreibt eine Programmierung zur unwiderruflichen Vernichtung der künstlichen Intelligenz und fällt damit unter das technische Waffengesetz § 403 Abs. 74. Die genauen Codezeilen sind ausschließlich dem Widerstand vorbehalten und dürfen keineswegs an Dritte ausgehändigt werden. Die Codes werden aus Sicherheitsgründen auf einem unauffälligen Speicherstick aufbewahrt. Die Automatisierung darauf ist selbstlaufend programmiert.

Protokollierung:

02. Mai 4079 Übergabe der Codierung an Kocji Several
05. Mai 4079 Übergabe an Skye Seacher

KAPITEL 28

Skye

»Wie konntest du es wagen!«, schrie eine aufgebrachte Stimme, während die Luke kurz darauf scheppernd zufiel. »Wie kannst du mir so eine abscheuliche Freundin sein!«

Ich rappelte mich auf, blinzelte einige Male verwirrt, um den Lärm zuordnen zu können.

Fjella war in den unteren Bereich gestürmt, wo Noah und ich uns zum Schlafen auf eine Decke gelegt hatten. Wütend hatte sie ihre Hände in die Hüften gestemmt und sah mich aus geröteten Augen funkelnd an. »Was soll das, Skye! Wer bist du *wirklich*?«

Noah setzte sich nun ebenfalls verschlafen auf und sah irritiert zwischen Fjella und mir hin und her. »Guten Morgen …?«, fand er als Erster seine Sprache.

Ich rieb mir die Schläfe. In welcher Welt hatte Fjella denn vergessen, dass ich absolut kein Morgenmensch war?

»Was ist los?«, fragte ich müde und sah sie an. Sah die vor Zorn in Falten gezogene Stirn und ihren enttäuschten Blick. »Was ist?«, fragte ich erneut, dieses Mal etwas zögerlicher.

»Sag du mir doch besser, was hier los ist!«, entfuhr es ihr so laut, dass nun vermutlich die gesamte Zone wach war. »Wann wolltest du uns sagen, dass du eine Betrügerin bist? Ich habe Informationen gefunden, Skye! Ich habe die ganze Nacht nach einer Lösung für Noah gesucht, nur um dann herauszufinden, dass du uns die ganze Zeit belogen hast!« Fjellas flache Hand schlug auf Isiahs klapprigen Tisch, der bedrohlich darunter bebte, als könnte er jeden Moment zusammenbrechen.

»Was?«, fragte ich.

»Wie bitte?«, flüsterte Noah heiser und in seinen Augen erkannte ich, wie unser Vertrauen bröckelte, Risse bekam. »Fjella, was hast du gefunden?« Noahs Stimme klang unsicher, ob er diese Antwort überhaupt hören wollte.

Dieses Mal sprach Fjella endlich leiser. »Skye ist Teil der rebellischen Widerstandsbewegung.«

Wäre ich vollständig wach und im Sinne meiner geistigen Fähigkeiten, hätte ich wohl gelacht oder ernsthaft an Fjellas Denkvermögen gezweifelt. Ihre Worte klangen surreal und falsch. Stattdessen beschränkte ich mich weiterhin auf meinen müden Wortschatz: »Bitte was?«

»Ich kann es dir zeigen, Noah.« Hastig zog meine beste Freundin das BedienPad aus der umgehängten Tasche und tippte darauf etwas ein, um es vermutlich zu entsperren und die entsprechenden Beweise aufzurufen.

Noah fuhr sich aufgebracht durch die Haare. »Fjella, gibst du uns kurz ein paar Minuten? Ich würde mir gern etwas anziehen und dann können wir uns oben alles gemeinsam anschauen und …« Er deutete auf seine Kleidung, die neben dem Bett lag.

Zuerst hielt Fjella einen Atemzug lang inne, dann entwich ihr ein wütendes Schnauben, bevor sie ohne ein weiteres Wort davon stapfte.

Wie in Zeitlupe sah ich zu Noah hinüber. »Ich habe wirklich keine Ahnung, wovon sie da redet«, murmelte ich.

Doch Noah reagierte nicht, sondern warf die Decke zurück, um aufzustehen und seine Kleidungsstücke einzusammeln. Eilig zog er sich an. »Das wird sich bestimmt alles … klären«, erwiderte er verzögert und sah mich an. Ernst, nachdenklich und voller Fragen. »Bist du wirklich im Widerstand, Skye?«

Ich schlug die Decke zurück, als wollte ich meine Worte verdeutlichen. »Nein! Noah, ich bin Serveradministratorin! Nenn mir einen Grund, weshalb ich gegen Eve protestieren sollte? Weshalb ich Eve vernichten wollte?« Ich ließ die erhobenen Hände verzweifelt zurück auf die Decke fallen.

»Weil du es geträumt hast«, erinnerte Noah sachlich. In seiner Stimme lagen keine vorwurfsvollen Emotionen – er analysierte die Handlungen rein strategisch, wie mir schien.

Mit offenem Mund starrte ich ihn an. »Du glaubst da immer noch dran? Glaubst du ernsthaft, dass ich das tun würde, wenn es dein Leben gefährdet?«

Noah seufzte. »Ich weiß, es tut mir leid, Skye … Ich … Aber ich habe es gesehen. Ich habe deine Träume gesehen, immer und immer wieder. Und ich habe gehört, wie sie wahr wurden. Habe es in den Nachrichten gesehen, dass ein Team aus der Technical Area die Sicherheitslücke erfolgreich schließen konnte. Aber ich wusste schon, bevor es passierte, dass ihr es schaffen würdet. Weil du es geträumt hast.« Er machte eine kurze Pause. »Und du hast geträumt, dass du Eve zerstören wirst.«

Stille.

Unsere Blicke trafen sich und es fühlte sich weiter entfernt an als die knappen zwei Meter, die uns räumlich trennten. Als wäre dieses Gefühl von Verbundenheit der letzten Nacht nur ein Traum gewesen.

»Du sagtest auch, ich hätte geträumt, der Pfeil würde mich

tödlich verletzen. Aber es wurde nicht wahr. Ich bin immer noch hier oder nicht?«

Noah schluckte und wich meinem Blick aus. Betroffen sah er zu Boden. Glaubte er, dass es immer noch wahr werden könnte? Würde das mein Ende sein? Irgendwann von einem blöden Pfeil getroffen zu werden? Daran wollte ich nicht glauben.

»Ich bin überzeugt davon, dass wir Einfluss auf unser Handeln haben. Dass ich bestimmen kann, was ich tue. Und ich werde Eve nicht vernichten. Nicht seitdem ... Nicht ohne dich zu gefährden.« Ohne weiterzusprechen, suchte ich wieder Noahs Blick. »Ich kam hierher, um dein Leben zu retten«, sagte ich, als wollte ich ihn daran erinnern.

Er nickte. »Ich weiß. Lass uns dennoch ansehen, was Fjella gefunden hat.« Er deutete zur Luke und der hinaufführenden Leiter. »Ich warte oben auf dich, in Ordnung?«

Ohne eine Antwort abzuwarten, ging er und ließ mich mit meinen wirren Gedanken über Traumvisionen und deren mögliche Wahrheit zurück.

Als ich durch die Luke krabbelte, standen Noah und Fjella bereits nebeneinander und blickten gespannt auf das Tablet. Isiah war nicht dort. Ich erntete misstrauische Blicke, als ich neben sie trat.

»Fjella, was auch immer du gefunden hast, ich verspreche dir, dass ich nichts mit dem Widerstand zu tun habe.«

»Und wie erklärst du dann das hier?« Fjella streckte mir das Tablet entgegen. »Das ist ein Löschungsprotokoll, Skye. Zur Vernichtung von ... Eve. Ich habe das im hintersten, mehrfach abgesicherten Winkel des Archivs von der Technical Area gefunden. Und es hat mich doch ziemlich überrascht, dort deinen Namen stehen zu sehen.«

Noah fuhr sich durch die Haare, wie immer, wenn er nervös und aufgebracht war. Auch er musste bereits gelesen haben, was dort stand, denn er brachte kein Wort heraus und sah mich mit geweiteten Augen an.

Ich nahm das Tablet an mich und ließ meinen Blick über das Display fliegen. Ich las die Worte und war schockiert darüber, dass es tatsächlich ein Löschungsprotokoll gab.

Und dann las ich die letzte Zeile.

Erblickte meinen eigenen Namen und erstarrte.

Mir klappte der Mund auf und versagte beinahe der Herzschlag, als ich begriff, was ich getan hatte.

Langsam glitt ich zu Boden und legte das Tablet wie in Trance beiseite. *Skye, was ich dir jetzt sage, ist von höchster Geheimhaltung*, hatte Kocji gesagt. *Streng vertraulich.* Ich erinnerte mich an seine hektischen Bewegungen bei der Übergabe, seine Schweißausbrüche und wie er den Raum verriegelt hatte, damit niemand uns sehen konnte. Doch gleichzeitig fühlte sich diese Erinnerung nicht real an, als wäre sie nicht wirklich passiert. Denn die neuen Informationen, die gerade wie zähflüssige Farbe in meinen Kopf tropften, gaben der Situation ein vollkommen anderes Bild.

»Skye, sag doch etwas«, hörte ich Noah sagen.

»Skye?«, fragte Fjella, nachdem ich nicht reagierte. Nicht reagieren konnte. Noah trat neben mich und berührte vorsichtig meine Schulter.

»Ich … Ich versteh das nicht«, flüsterte ich fassungslos, fast den Tränen nahe. Obwohl ich genau verstand, was ich getan hatte. »Am Tag der Abschaltung … da gab Kocji mir früh morgens einen Auftrag. Er … Er sagte, er sei streng vertraulich und von größter Geheimhaltung.« Ich schluckte und presste die Augenlider zusammen, als könnte ich dadurch die aufsteigenden Tränen des Entsetzens aufhalten. »Er versprach mir einen Levelaufstieg, wenn ich einen Speicherstick im Vermittlungsgebäude abgebe und mit absolut niemandem darüber rede.«

Fjella sog scharf die Luft ein. Denn vor ein paar Tagen war eine solche Höherstufung noch enorm viel Wert gewesen. Und sicherlich war sie davon überzeugt, dass ich meiner besten Freundin davon hätte erzählen müssen. Vielleicht begriff sie in diesem Moment die Wahrheit hinter meiner Ausrede, das gemeinsame Mittagessen zu verschieben, obwohl das in der jetzigen Situation nur einer unwichtigen Nebenbemerkung glich.

»Ich ging ins Vermittlungsgebäude und wollte zu dieser Frau … Ich sollte nur diesen Stick bei ihr abgeben, doch dann –«

»Die Abschaltung. Alle rannten aus dem Gebäude und ich habe dich noch zum Büro begleitet«, setzte Noah die Geschichte verkürzt fort.

Ich nickte und sah ihm tief in die Augen. »Ich habe den Speicherstick versteckt und wollte Kocji später kontaktieren, um ihn über den genauen Aufenthaltsort zu informieren. So hätte er ihr Bescheid geben können, wo sich der Stick befindet und …« Ich hielt inne. Japste nach Luft und griff viel zu fest nach Noahs Arm. »Es gab seither keine Kommunikation mehr. Der Speicherstick könnte noch immer dort sein. Er –«

»Skye«, unterbrach Fjella mich harsch. »Wusstest du, was auf diesem Stick ist? Hast du dich denn keine Sekunde lang gefragt, was du dort übermittelst? Warum es zu heikel ist, die Daten einfach von Eve oder einer Drohne überbringen zu lassen?« Sie klang vorwurfsvoll, während ihr Blick zu sagen schien: *Bitte sei keine Verräterin – bitte, ich darf mich nicht in dir getäuscht haben.*

»Nein, ich … Ich habe Kocji tatsächlich vertraut. Er ist unser Vorgesetzter und … Fjella, du kennst ihn! Er sagte mir, dass es ein verschlüsselter Auftrag sei, also habe ich natürlich nichts gesagt, damit der Widerstand keine Informationen abgreifen kann. Aber das ist doch nichts Ungewöhnliches!« Ich hob die Arme an, nur um sie verzweifelt auf meine Knie sinken zu lassen.

In diesem Moment begriff ich mehr, als ich glauben wollte.

Der Auftrag war nicht verschlüsselt gewesen, um die Daten vor dem Widerstand zu bewahren, sondern damit ich keine Fragen stellte, während ich unwissend die *fighters* unterstützte. Mein Herz verkrampfte sich. Kocji war Teil des Widerstands und ich nur eine Komponente seines Plans.

»Hat er für dich etwa je wie einer aus dem Widerstand gewirkt?«, fragte ich an Fjella gewandt, obwohl ich die Antwort kannte. Nein, natürlich nicht. Das hätte niemand angenommen – nicht von ihm. Nicht in diesem Ausmaß.

»Was habe ich getan«, flüsterte ich tonlos und schlug die Hände vors Gesicht. Ich wollte mich sammeln, mich beruhigen und meine wirren Gedanken sortieren, doch stattdessen drohte ich, die Nerven zu verlieren.

»Wenn es wirklich so war …«, murmelte Fjella. »Dann …« Sie verwarf den Satz. »Aber es stimmt, Kocji wirkt nicht wie ein Verdächtiger dieser Art. Dem hätte ich so etwas als allerletztes zugetraut, außer natürlich …« *Skye*, wollte sie sagen, doch sie sprach den Satz nicht zu Ende, als wäre sie von meiner Unschuld noch nicht wirklich überzeugt.

Ich sah wieder auf und wich ihrem eisernen Gesichtsausdruck nicht aus. Standhaft blickte ich ihr in die Augen. »Fjella, ich schwöre, ich wusste nicht, was ich da mit mir herumtrage und übergebe. Es war nur ein Auftrag! Und ja, vielleicht war ich geblendet von der Vorstellung, Level 8 zu sein. Aber es war naiv zu glauben, dass ich das je verdient hätte. Je mehr sein könnte als nur eine 7.« Ich schüttelte den Kopf, als würde diese Geste allein ausreichen, um meine Gedanken zu sortieren.

Mein Vorgesetzter war Teil des Widerstands und er hatte mich wissentlich dazu benutzt, Eve auszulöschen. Dabei wusste er, dass ich mich niemals dafür bereit erklärt hätte. Ich zog die Stirn nachdenklich in Falten, als ich mich an die Worte meines Vaters erinnerte. Eve war die Krankheit, die besiegt werden musste, bevor wir alle daran umkommen würden. Sie löschte uns aus. War es etwa das, was Kocji auch glaubte? Wovon der Widerstand überzeugt war?

Noah strich mir beruhigend über den Rücken, während ich in seinem Blick erkannte, dass er mir glauben wollte. »Und dieser Speicherstick liegt immer noch dort?«, fragte er.

Ich wischte mir mit dem Ärmel versucht unauffällig über die Augen und nickte. »Vermutlich, ja. Aber in den falschen Händen könnte er ... Wenn sie den Stick anschließen und das Löschungsprotokoll ausgeführt wird, dann ...« Ich brach ab.

»Dann würde Eve vernichtet werden«, ergänzte Noah.

»Das würde deinen Tod bedeuten.« Meine Worte klangen mir fremd, als hätte ich sie nicht selbst ausgesprochen. Doch nun fügten sich die Puzzleteile zusammen. Noah war nicht nur irgendeine Mutation, bei der sein Körper gegen die Eve-Transmitter ankämpfte, sondern eine, in der Eve seine menschlichen Anteile zerstörte.

Ich spürte einen Gedanken aufkommen, den ich versuchte zu verdrängen. Den ich mir nicht erlauben wollte zu denken.

Durfte ich versuchen, einen Menschen zu retten, wenn es für die Menschheit dennoch den Untergang bedeutete?

Lange Momente sahen wir einander in die Augen und ich betete innerlich, er würde mir glauben und mir weiterhin vertrauen können. Denn Noah nach allem, was wir in den vergangenen Tagen erfahren und durchgemacht hatten, zu verlieren, würde ich nicht verkraften.

»Du sagtest, Skye würde Eve vernichten, nicht wahr?«, richtete Fjella das Wort an Noah, ohne mich dabei zu beachten.

Zuerst sah er zwischen meiner besten Freundin und mir hin und her, bevor er zustimmend nickte. »Ja, das wurde zumindest durch die Träume übermittelt.«

»Aber wir wissen nicht, wie sie es macht, oder? Es könnte auch sein, dass sie die Vernichtung auslöst, einfach, indem sie diesen bescheuerten Stick dort abgegeben hat.«

Stille.

Mir stockte der Atem und es fühlte sich an, als würden sich meine Lungen verengen. *Konnte das wirklich wahr sein? Dass ich durch einen vermeintlich kleinen Auftrag die künstliche Intelligenz vernichten würde?*

Ein ungewolltes Schluchzen entwich meiner Kehle.

»Ich muss zurück«, brachte ich krächzend hervor. *Denn vielleicht ist es das Einzige, was ich noch tun kann, um Noahs Leben zu retten. Um aufzuhalten, was ich losgetreten hatte.*

Die beiden reagierten nicht, sondern sahen sich schweigend an.

»Fjella?«, fragte ich leise, um ihren intensiven Blickkontakt zu unterbrechen. »Was, wenn er recht hatte?« Ich musste keinen Namen nennen, damit sie wusste, von wem ich sprach.

»Wie meinst du das?« Ihre Stimme war leise und zögernd.

»Was, wenn Eve eine Krankheit ist. Wenn uns dieser technische Fortschritt eines Tages umbringen wird. Was, wenn …« Ich schluckte und Fjella sah weg. »Was, wenn der Widerstand in all den Jahren recht hatte?« Meine Worte hatten die Kraft einer Bombe und die damit ausgesprochene Erkenntnis war erschütternd.

In all den Jahren war ich mir sicher gewesen, dass die Eleven das Richtige taten. Dass alles, worauf ich mich in dieser neuen Welt verlassen konnte, eine künstliche Intelligenz war. Nun wurde mir bewusst, dass ich mein Leben wie ein wackeliges Kartenhaus auf einer Lüge erbaut hatte.

Und dieses nun bitter zum Einsturz brachte.

ARCHIVEINTRAG SELBSTSTÄNDIG DOKUMENTIERT VON EVE

Ich konnte den Vorfall im Genetixx Forschungslabor Außenposten 7CX9 erfolgreich rekonstruieren. Entgegen dem Bericht wurden Gebäude und Forschungsergebnisse nicht durch ein Unwetter beschädigt, sondern durch eine unbekannte Lebensform.
Zu diesen Wesen, die über eine Videoaufzeichnung per Drohne bei der Zerstörung der Außenstelle gesichtet worden sind, konnte ich keine Informationen in den Archiven finden. Jedoch habe ich folgende Überschneidungen entdeckt:

Chamäleons
Adler
Moosmischgewächs
Ameise
Leopard
Antilope
Hase

Durch verschiedene Rückschlüsse aus den gesammelten Daten wird deutlich, dass diese neue Spezies möglicherweise unbeabsichtigt durch die Experimente von

Genetixx Industries entstanden ist. Um dies zu vertuschen, haben die zuständigen Projektleiter den Eintrag über das Unwetter womöglich fälschlicherweise erstellt.

Im Außenposten 7CX9 gab es nach diesem Vorfall keine Überlebenden.

KAPITEL 29

Noah

»Skye, warte!«, rief Noah ihr nach, doch sie war bereits aus Isiahs Haus gestürmt. Er sah hinüber zu Fjella. »Glaubst du ihr?«, fragte er.

Sie zuckte mit den Schultern. »Ich denke schon, ich …« Sie nahm einen tiefen Atemzug, um sich zu sammeln. »Skye ist keine Lügnerin und ich glaube ihr, dass sie Eve das vor den ganzen neuen Erkenntnissen niemals antun wollte.« Fjella ging im Raum auf und ab und verschränkte die Arme vor der Brust. »Aber ihr Vater war ein Verräter. Irgendwie liegt es auch nahe, dass er Skye so erzogen hat und sie vielleicht wirklich schon immer Teil des Widerstands war …«

Noah musterte sie eindringlich, sah die Zweifel in Fjellas Gesicht und wie sie mit sich rang.

Er schüttelte den Kopf. »Als die Abschaltung kam, war es Skye wichtig, in die Technical Area zu kommen, um die Serverauslastung zu überprüfen und Eve wiederherzustellen. Das hätte sie nicht gemacht, wenn …« Noah sprach nicht weiter, sondern begab sich zur Tür. »Ich gehe ihr nach.« Er wartete einen Moment, doch Fjella reagierte nicht.

Mit einem Nicken sah sie weiterhin zu Boden. »Ihr werdet

beide sterben, wenn ihr das macht«, war alles, was sie sagte, dann verschwand Noah aus dem Haus und eilte Skye nach.

»Skye, warte!«

Sie stapfte den schmalen Pfad Richtung Siedlung entlang und es fiel ihm leicht, sie im Laufen einzuholen. »Bitte, Skye«, fügte er hinzu, als er neben ihr das Tempo verlangsamte. Sie drehte sich um, Tränen schimmerten noch immer in ihrem Blick.

»Ich tue das für *euch*«, sagte sie mit brüchiger Stimme. »Nicht für den Widerstand und nicht für die Eleven oder sonst wen. So jemand bin ich nicht. Ich hole den Stick, damit sie dir das nicht antun und werde eine andere Lösung für Eve finden. Vielleicht ist das Fahrzeug noch an der Grenzlinie, dann könnte ich –«

Noah zog sie, ohne darauf zu antworten, in eine feste Umarmung. Er wollte ihr sagen, dass er das wusste. Dass er es nämlich nicht bereuen wollte, ihr vertraut zu haben. Oder sein Herz womöglich an eine solche Person verloren zu haben. »Ich komme mit dir, aber vielleicht ist das nicht die *richtige* Lösung«, sagte er, auch wenn es ihn schmerzte. »Eve am Leben zu lassen.«

»Es würde dich umbringen.«

Noah seufzte. »Und es würde dich aufgrund der Spannung umbringen, wenn du den Stick anschließt, um das Löschungsprotokoll auszuführen. Beide Varianten gefallen mir nicht sonderlich.«

Zuerst war es still, weil Skye nichts darauf antwortete. Doch er spürte ein Beben in seinem Inneren, ein Geräusch, das sich leise dazu schlich.

Vorsichtig schob er Skye an den Schultern von sich. »Hörst du das auch?«

Mit gerunzelter Stirn sah sie ihn an. »Nein, was meinst du? Ich höre nichts«, antwortete sie.

Er nickte. »Lass uns ins Dorf gehen. Ich glaube, ich habe da etwas gehört, das definitiv nach einer Speedbahn klang.« Noah griff nach ihrer Hand und zog sie in die Richtung, in der er die Geräusche vermutete.

»Eine Speedbahn?« Skyes Stimme schnellte besorgt in die Höhe. »Geht es dir gut?«, fragte sie.

Noah winkte ab, auch wenn er wusste, dass ihre Sorge nicht unbegründet war. Diese Blackouts raubten ihm jegliche Energie, doch manchmal verschwanden sie ebenso schnell, wie sie aufgetaucht waren.

Manchmal nicht.

In diesem Moment fühlte er sich klar und fokussiert. Aber vielleicht waren das auch nur die technisch verbesserten Anteile in seinen Blutbahnen, die ihm diese Optimierungen brachten. Er hatte schon früh sehr ausgeprägte Sinne verspürt, konnte in der Dunkelheit auffallend gut sehen und Geräusche auch über weite Entfernungen wahrnehmen. Sein Blick glitt zu seinem rechten Handgelenk hinunter. Er hatte immer geglaubt, diese Optimierungen seien durch sein höheres Level aufgetreten. Boni, die er erhielt. Doch womöglich hatte er sich dabei geirrt und Eve war es, die seine Sinne schärfte.

Und Noah fragte sich, wie viel er noch er selbst war.

Als sie das Zentrum der Siedlung am Steinplatz erreichten, erkannten sie eine versammelte Menschenmenge, die sich weiter links in einer anderen Straße um irgendetwas scharte. *Oder um jemanden?* Skye zerrte unruhig an seinem Arm und sah ihn irritiert an. »Was ist da los?«, fragte sie und Nervosität flackerte in ihrer Stimme.

Noah deutete weiter nach links. »Das kommt von dort

drüben. Kannst du etwas erkennen?« Er zog Skye mit sich und schlug den Weg zwischen den brüchigen Mauern ein.

Menschen standen eng beieinander, einige hatten eine Faust in die Höhe gereckt, wieder andere warfen Steine. Noah drängte sich durch die Menge intuitiv weiter nach vorn, um zu sehen, was passierte. *Tatsächlich.*

Die Speedbahn stand dort bereits mit geöffneten Türen. Er glaubte kaum, was er sah. Die Menschen aus der 5 standen im Halbkreis um einen Mann, der ein seidig weißes Gewand trug. In der Tristesse dieser Zone schien der helle Stoff beinahe zu leuchten, einen beim bloßen Anblick zu blenden.

»Ein Eleven?«, fragte Skye mit großen Augen. »Hier?« Ihre Stimme hatte einen schrillen Ton angenommen. »Was geht da vor sich?«

»Ich weiß es nicht«, antwortete Noah ehrlich, während Skye aus dem Staunen nicht mehr herauskam.

»Das glaube ich nicht …«, murmelte sie im Gedränge kaum hörbar. »Ich habe noch nie einen von den Eleven persönlich getroffen. Aber hier … hätte ich es am wenigsten erwartet.«

Noah nickte und richtete seinen Blick weiter auf den Mann, der vollkommen fehl am Platz wirkte. Zwischen den hageren Menschen, die Krankheit, Armut und Leid ausgesetzt waren, war es, als hätte er noch niemals auch nur einen Fuß außerhalb des Eleven-Gebäudes gesetzt.

»Bitte! Beruhigt euch!«, rief der Mann und hob seine Arme beschwichtigend. An seinem Handgelenk funkelte die blau leuchtende Ziffer.

»Er hat noch ein Level«, stieß Skye atemlos aus. »Fjella hatte also recht. Die Eleven haben Eve nur umgeleitet und –«

Noah deutete ihr an, nicht weiterzusprechen, indem er sich den Zeigefinger auf den Mund legte.

Denn diese Menschen hier wussten nichts von der Abschaltung. Für sie hatte sich nichts seither verändert.

»Kommt das öfter vor?«, fragte Noah an eine Frau gewandt, die neben uns stand. Doch sie sah ihn nur argwöhnisch an.

Während Noah weiter auf eine Antwort wartete, reagierte stattdessen ein anderer Mann. »Einmal im Monat«, sagte er. »Sie holen die Nahrungsmittel ab.«

»Und weshalb protestiert ihr dagegen?« Skye sah ihn mit in Falten gelegter Stirn an. »Bezahlen sie nicht gut dafür?«

Der Mann lächelte amüsiert. »Sie bezahlen gar nicht. Die Eleven sind der Meinung, wir erfüllen damit nur unseren Teil der Gesellschaft.« Er machte eine Pause und sah nach vorn zu dem Eleven in seinem weißen Gewand. »Das Problem ist, sie nehmen zu viel. Sie sagen, in der Stadt gebe es mehr und mehr Menschen, die versorgt werden müssen. Aber sie wollen nicht sehen, wie viele Menschen hier sind. Und wie viele auch hier überleben wollen.«

Noah sah sich um. Langsam und nachdenklich nickte er. »Wie alt sind Sie?«, fragte Noah und es wirkte willkürlich aus dem Zusammenhang gerissen.

Der Mann sah ihn verdutzt an. Schweißnasse Haarsträhnen klebten ihm an der Stirn. Sein Gesicht wirkte jedoch verhältnismäßig jung und blass – als hätte er sich bis vor Kurzem noch innerhalb der Stadt vor der UV-Strahlung schützen können.

»Sie sind bestimmt noch nicht älter als fünfundvierzig«, sagte Noah mit ruhiger Stimme. »Sie sind also nicht aufgrund der Alterseinstufung hier.«

Der junge Mann lächelte wissend. »Ihr beide seid auch noch keine fünfundvierzig. Und dennoch seid ihr hier.«

Noah schmunzelte. »Bei uns ist es etwas anderes … Wir kamen … freiwillig hierher.«

Der Fremde legte ihm eine Hand auf die Schulter. »Ich auch. Die neue Welt ist nicht mehr das, was sie mal hätte sein sollen. Nicht wahr?«

Noah runzelte die Stirn und dachte einen Moment über diese Aussage nach.

»Ich bin Kaleht.« Er streckte Skye die Hand entgegen. »Ich bin dreiunddreißig und gehöre schon einige Jahre dem Widerstand an. Und ich bin stolz darauf, hier zu leben. Denn um nichts in der Welt möchte ich sein wie die.« Er deutete auf den Eleven.

»Ich bin Skye.« Sie nahm seine Hand und lächelte freundlich. »Und das ist Noah. Wir sind erst seit Kurzem hier.«

»Schön, euch kennenzulernen.« Kaleht reichte auch Noah die Hand. »Falls ihr noch Hilfe bezüglich einer eigenen Unterkunft braucht, sagt mir Bescheid. Ich kann euch sicher dabei helfen.«

»Das ist sehr hilfsbereit von dir, danke.« Noah machte einen tiefen Atemzug. »Aber tatsächlich bräuchten wir bei etwas anderem … Hilfe. Können wir dir etwas anvertrauen?«

Skyes Kopf ruckte bei seinen Worten herum und sie sah ihn mit großen Augen an.

»Klar?« Kaleht zog das Wort in die Länge, offensichtlich unsicher darüber, was diese zwei Fremden von ihm verlangten.

»Wir haben etwas Wichtiges im Zentrum vergessen, als wir hierherkamen. Und wir befürchten, dass die Eleven …« Noah machte eine kurze Pause und warf einen skeptischen Blick hinüber. »… es nun doch finden könnten. Und das wäre für den Widerstand … *fatal.*«

Kaleht sah fragend zwischen Noah und Skye hin und her. »Und dabei soll ich euch helfen, mit …?«

Noah versuchte sich an einem Lächeln. »Gibt es eine Möglichkeit, schnell zurück ins Zentrum zu kommen? Möglicherweise mit der Speedbahn?« Er deutete hinüber zu der Röhre, mit der der Eleven offensichtlich in diese Zone gelangt war.

Kaleht schüttelte den Kopf. »Die Speedbahn fährt nur durch den Kontakt der Eleven hierher. Sie müssen ihr Handgelenk dazu irgendwie an einen bestimmten Sensor halten. Einige von hier ... haben das selbst schon versucht. Aber die Regierung ist davon nicht sonderlich begeistert, wenn sie Gäste in der Speedbahn haben.«

Skye schien zu überlegen. »Aber ist es nicht seltsam, dass die Speedbahn komplett leer ist, wenn die Eleven hierherkommen? Und wenn er zurückfährt, müssten da nicht Hunderte in der 4 zusteigen? Die Eleven würden doch unmöglich mit den anderen in der Speedbahn zurück zum Vermittlungsgebäude fahren, oder?«

Kaleht streckte den Zeigefinger und deutete auf Skye.

»Du hast es erfasst. Die Eleven haben eine eigene Speedbahn unterirdisch der Stadt. Diese hier führt direkt von der Elevenzentrale in die 5. Das ist nur eine Art Güteraustausch von Nahrungsmitteln.«

Skyes Augen leuchteten auf. Von den vorherigen Tränen war nichts mehr zu erkennen. »Das wäre doch perfekt, um schnellstmöglich dort hinzukommen.« Begeistert sah sie Noah und dann Kaleht an.

Dieser schüttelte jedoch sofort den Kopf. »Eve wird euch entdecken. Sie ist mit den Eleven und der Speedbahn verbunden. Und beim Scannen des Bereichs würde sie euch schneller an die Eleven melden, als ihr Vermittlungsgebäude sagen könnt.«

Skye sah Noah an, als wollte sie ihm telepathisch etwas mitteilen. Doch er erinnerte sich bereits daran, dass den Eleven weiterhin die künstliche Intelligenz uneingeschränkt zur Verfügung stand – und damit war der Güterzug keine Möglichkeit.

»Aber wenn ihr mutig seid, kann ich euch vielleicht wirklich helfen. Es gibt da noch eine Alternative.«

Noah sah hinüber zu Skye, die lächelte.

»Mutig genug, freiwillig hierherzukommen, um anschließend in das Zentrum der Eleven zurückzukehren.«

Kaleht lächelte. »Das mag das eine sein. Aber was ich euch jetzt zeige, habt ihr nicht erwartet. *Versprochen.*«

Wieder sahen sich Noah und Skye an, während sich Kaleht bereits langsam aus dem Gedränge schlängelte. Der junge Mann sah beide abwartend an, als sie ihm nicht folgten.

»Weshalb hilfst du uns?«, fragte Skye zögernd und musterte Kaleht eindringlich. Dieser verlangsamte seine Schritte, bis er schließlich stehen blieb und sich zu ihr umdrehte.

»Wie lange seid ihr schon im Widerstand?«, fragte er stattdessen zurück.

Skye und Noah tauschten fragende Blicke aus. »Noch nicht sehr lange, ehrlich gesagt«, antwortete Skye. »Wir haben uns erst vor wenigen Tagen dazu entschieden.«

Kalehts Miene entspannte sich und sein linker Mundwinkel hob sich. »Okay, dann kennt ihr unsere Botschaft noch nicht. Ich kann euch gern den Leaders vorstellen, die weisen euch dann einer Gruppe zu – so habt ihr einen Ansprechpartner für all eure Fragen. Und es gibt Erstvorträge für Neue. Dort erhaltet ihr alle Informationen nach eurem Aufnahmegespräch.«

»Okay, danke, Kaleht«, sagte Skye mit leiserer Stimme. »Wir kommen gern darauf zurück. Aber im Moment fehlt noch jemand von uns.« Ihr Blick richtete sich an Noah.

Er nickte wissend. »Würdet ihr hier warten, solange ich Fjella hole? Ich beeile mich –«

»In Ordnung«, antwortete Kaleht, ohne Noah ausreden zu lassen. »Aber wir warten etwas abseits von hier.« Er deutete auf die Menschenmenge, die dem Eleven noch immer abwertende Rufe entgegenjohlte.

»Einverstanden«, gab Noah mit einem Nicken zurück. Einen Moment lang sah er zwischen Kaleht und Skye hin und her – unsicher, ob sie dem jungen Mann vertrauen konnten. »Wie lautet eure Botschaft?«, fragte er an ihn gewandt.

»Alle gegen elf.« Kaleht sprach die Worte schnell aus und hielt Noahs Blick stand. »Wir helfen und unterstützen einander, wo wir nur können.«

KAPITEL 30

Skye

Während ich neben Kaleht herging, musterte ich den Mann, der tatsächlich freiwillig hier lebte. In all den Jahren hatte ich das nie für möglich gehalten und geglaubt, dass hier nur Mörder und Verbrecher ihre letzten Tage verbrachten. Aber die Zone 5 war nicht die Hölle, sondern ein eigenes Dorf, das in Gemeinschaft um das Überleben kämpfte. Eine uns fremde Welt.

»Wie lange lebst du schon hier?«, fragte ich an Kaleht gewandt.

Mit einer lässigen Geste strich er sich eine längere schwarze Haarsträhne aus der Stirn. »Noch nicht lange. Aber ich glaube, dass du eine andere Frage stellen wolltest.« Grinsend sah er zu mir herüber und erstaunt musterte ich sein Gesicht. Er wirkte glücklich. Zufrieden, obwohl er kilometerweit vom Zentrum entfernt war.

»Du hast recht«, sagte ich und schmunzelte irritiert. »Warum lebst du hier?«

Er nickte, noch immer mit einem Lächeln auf den Lippen, und deutete mit dem Zeigefinger auf mich. »Genau das ist die Frage, die alle stellen. Aber ich möchte dich auch etwas fragen, Skye. Warum denn nicht?«

Ich zog die Stirn in Falten und verlangsamte mein Schritttempo. »Weil es hier gefährlich ist und … schwer.« Ich stieß hörbar die Luft aus und hoffte, dass er es mir nicht übel nehmen würde.

»Aber das Leben ist schwer.« Er lächelte verständnisvoll, als hätte er schon immer darauf gewartet, es jemandem zu erklären. »Und es ist gefährlich. Das war es immer.«

Ich blieb stehen und wandte mich ihm zu. Ehrlich interessiert. »Das verstehe ich nicht, Kaleht.«

»Hast du dich nie gefragt, ob die Menschen in der alten Welt auch glücklich waren?«, fragte er, anstatt mir ersteres zu beantworten.

Ich nickte. *Natürlich*. Aber dabei war ich immer zu dem Entschluss gekommen, dass Glück in der alten Welt nicht zu finden gewesen war. Dass die Menschen zwischen Krankheit und fehlendem technischem Fortschritt ein unschönes Leben führen mussten.

»Sie waren glücklich.« Kaleht sagte es beinahe feierlich.

»Niemals«, entgegnete ich augenblicklich.

»Ich gehe sogar noch weiter«, fuhr Kaleht fort. »Ich bin sogar davon überzeugt, dass sie noch glücklicher waren, als wir es jetzt sind.«

Meine Augen weiteten sich.

»Das einfache Leben mag Nachteile haben.« Er streckte die Arme aus, um es anhand der Zone zu verdeutlichen. »Was wäre, wenn Luxus nicht materiell wäre?« Er lachte kurz auf. »Okay, das klang jetzt etwas esoterisch. Aber das Glück des Lebens – das Leben selbst – liegt nicht in den Dingen, die wir haben. Sondern in den Menschen, die uns umgeben. In den Tätigkeiten, die wir tun, weil wir sie lieben. In der Freiheit, unser Leben so zu gestalten, wie wir es wollen. In unserer eigenen Selbstverwirklichung.«

Kaleht machte eine Pause und sah mich erfüllt an. »All das konnte mir das Zentrum nicht geben. Und niemand, der es dort sucht, wird es je finden können.«

»Okay, wir sind jetzt komplett«, hörte ich Noah sagen, als er uns mit Fjella einholte. Sie hatte noch immer einen mürrischen Gesichtsausdruck und machte keine Anstalten, mit mir oder auch Kaleht sprechen zu wollen. Es schien mir, als hatte es Noah einiges an Überzeugungskunst abverlangt, sie doch zum Mitkommen zu überreden. *Ob Luis womöglich das einzige Argument war, das sie zurück ins Zentrum zog?*

»Sehr gut. Wir müssen dazu ein Stück aus dem Dorf raus. Und egal was passiert: Ihr schaut nur auf den Boden.«

»Was hat er denn eigentlich vor?«, zischte Fjella ungehalten und sah zwischen den beiden Männern hin und her.

»Wir werden die Camalahs bitten, euch zurückzubringen«, sprach Kaleht aus, ohne einen von uns auch nur anzusehen.

Beim Namen der fremden Geschöpfe geriet meine beste Freundin ins Straucheln und etwas in ihrem Gesicht veränderte sich. »Camalahs?«, fragte sie beunruhigt.

Kaleht sah immer noch strikt zu Boden, während er ging.

»Ja, manche nennen sie auch Flughybriden. Oder 7CX9«, ergänzte er und wir starrten ihn nur ungläubig an. »Ihr habt doch vom missglückten Experiment gehört oder nicht?« Fragend sah er in unsere Gesichter. »Genetixx Industries, die an Tieren und Pflanzen geforscht haben?«

Noah war der Erste, der darauf reagierte. »Die Forschungen zur Pflanzengenetik waren doch aber gar nicht wirklich aufschlussreich, oder? Also bis auf Algen zur Absorption von Schadstoffen.«

Kaleht schüttelte den Kopf. »Nicht so wichtig, aber die Hybriden sind eine Kreuzung aus verschiedenen DNAs, die versehentlich bei dem Experiment … vermischt wurden.«

Ich versuchte, seinen Erklärungen zu folgen, doch es fühlte sich vollkommen unwirklich an. »Sind … sie unsichtbar?«, fragte ich vorsichtig und tauschte einen kurzen Blick mit Fjella aus.

Kaleht nickte. »Chamäleon-Erbgut. Dadurch können sie sich perfekt an jede beliebige Umgebung anpassen. Das macht sie für uns fast immer unsichtbar.«

Fjella schnappte nach Luft. »Dann hat so eines versucht, mich anzugreifen!« Ihre Stimme bebte.

»Hast du vielleicht zu lange nach oben gesehen? Das mögen sie nicht, denn der Himmel gehört ihnen. Und selbst den haben wir ihnen von hier unten zerstört. Was das angeht –« Kaleht deutete mit dem Zeigefinger nach oben. »Sind sie ziemlich nachtragend. Und am späten Nachmittag sind sie besonders schlecht gelaunt. Der Smog macht es ihnen dann enorm schwer, in den höheren Lagen zu sehen, weshalb sie ziemlich tief über der Siedlung fliegen.«

Fjella stieß einen halb lachenden Laut aus, als würde uns Kaleht Märchen auftischen. »Das ist verrückt!«

»Aber du meinst, sie könnten uns … zurück ins Zentrum bringen?« Meine Frage klang ungläubig, unsicher, ob ich seinen Worten folgen konnte.

Er nickte. »Genau.«

Mehr sagte er nicht dazu, als wären diese Informationen vollkommen ausreichend. Noah setzte zu einer weiteren Frage an, doch Fjella kam ihm zuvor.

»Und wie soll das bitte funktionieren? Wenn sie einen fast auffressen, nur weil man nach oben gesehen hat?«, fauchte sie. »Das ist eine Selbstmordmission.«

Kaleht blieb abrupt stehen und drehte sich zu uns um. Er

sah Fjella direkt und eindringlich in die Augen. »Ich wiederhole mich eigentlich ungern, *Fremde*. Aber noch mal: Egal, was passiert, ihr schaut zu Boden.« Er machte eine kurze, dramatische Pause. »*Egal. Was. Passiert.* Haben wir uns verstanden? Ihr seht nicht nach oben und überlasst das Denken besser mir.«

Ich runzelte die Stirn, glaubte, mich verhört zu haben. »Das Denken?«

Kaleht verzog seinen Mund zu einem wissenden Schmunzeln, als hätten wir aus der Stadt wirklich überhaupt keine Ahnung über das wahre Leben hier draußen. »Camalahs kommunizieren telepathisch. Sie hören alles, was du denkst. Und es sind sehr stolze Tiere. All eure Gedanken haben also ab sofort eine enorme Macht darüber, ob ihr zurückkommt oder nicht. Seid euch dessen bewusst.«

Und von diesem Moment an sprach keiner von uns auch nur ein weiteres Wort und wir sahen nicht ein einziges Mal hinauf in den Himmel.

»Du stellst dich hierhin«, sagte Kaleht und schob mich an den Schultern an einen unsichtbaren Punkt mitten in der verlassenen Wüste, die wir außerhalb des Dorfes vorgefunden hatten. In weiter Ferne waren Felder voll Hülsenfrüchte zu sehen.

»Okay?«, sagte ich nur, während er sich daranmachte, auch Fjella und Noah einen Platz zuzuweisen. Bis wir zu viert in einem großen Kreis standen.

»Ihr drei konzentriert euch jetzt nur auf den Punkt in der Mitte vor uns. Ihr denkt nur daran, okay?« Er holte tief Luft. »Und ich versuche, sie zu uns zu rufen. Aber ihr dürft nicht erschrecken. Meistens sehen wir zuerst nur die Schatten der Camalahs. Die wirken riesig und bedrohlich.« Er sah kurz zu Fjella hinüber. »Aber die Tiere bekommt man nur zu Gesicht, wenn sie sich uns auch zeigen wollen. Jetzt –« Kaleht deutete mit der Hand in die Mitte unseres provisorischen Kreises. »Konzentriert euch nur darauf.« Er schloss die Augen und schien sich auf seine telepathischen Bitten an die merkwürdigen Wesen zu konzentrieren.

Währenddessen starrte ich auf den Punkt zwischen uns und versuchte gebannt, keine anderen Gedanken zuzulassen. Ich schob den Streit mit Fjella gedanklich beiseite und die Sorge darüber, ob der Stick noch dort war und wir ihn rechtzeitig finden konnten, ohne Noahs Leben in Gefahr zu bringen. Versuchte nicht an meine Eltern zu denken und daran, wie diese fünfte Zone meine persönliche Welt ins Wanken gebracht hatte.

Nur wenige Momente später spürte ich einen Lufthauch, obwohl sich nichts in meinem Blickfeld veränderte. Erst dann sah ich den Schatten über Noah schweben, der immer größer wurde. Es war, als bemerkte ich eine Aura, die uns plötzlich umgab. Und es dauerte lange, bis ich das Auge erblickte, das mir interessiert zublinzelte. Es schwebte einfach in der Luft und sah mich aufmerksam an.

»Schau ... nach ... unten«, hörte ich Noah mit zusammengebissenen Zähnen sagen.

Augenblicklich ärgerte ich mich darüber, mich nicht an Kalehts deutliche Anweisungen gehalten zu haben. Doch das unsichtbar wirkende Tier zog mich unausweichlich in seinen Bann. Ich konnte meinen Blick nicht einmal davon abwenden, als das Camalah seine Unsichtbarkeit ablegte. In wabenförmigen Schuppen blitzten die einzelnen Fragmente nacheinander kurz auf. Wie ein Puzzle fügte sich aus den Bruchstücken allmählich das einzigartige Tier zusammen. Zuerst erblickte ich die langen Ohren und die schmalen, gestreiften Hörner, die sich dazwischen hervor wanden. Das Fell wies Leopardenfle-

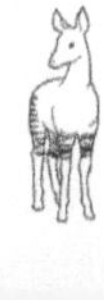

cken in verschiedensten Regenbogenfarben auf, doch ab den riesigen gefiederten Schwingen waren feine cremefarbene Federn zu erkennen. An den Beinen veränderte sich die Struktur der Federn und diese und die Klauen waren von dunkelgrünem Moos bedeckt. So etwas hatte ich noch nie zuvor gesehen, aber es war beeindruckend. Denn aufgrund der wenigen Bäume, die noch existierten, erschien es mir plötzlich logisch, dass sie über das Moos Fotosynthese betrieben. So generierten sie sicherlich den Sauerstoff, der durch die fehlenden Bäume rar geworden war.

Was für ein atemberaubend schönes Wesen, dachte ich, als ich das Camalah voller Faszination ansah. Dennoch hielt ich meinen Kopf stets gesenkt und spähte lediglich aus den Augenwinkeln hinaus.

Irgendwann flüsterte Kaleht: »Es ist einverstanden. Sie werden euch dort hinbringen.«

Noah atmete hörbar erleichtert auf.

»Unter einer Bedingung«, sprach Kaleht leise weiter. »Ihr müsst ihnen versprechen, für eine bessere Zukunft der Camalahs zu sorgen.«

»Und das bedeutet?«, fragte ich und sah zögernd auf.

Kaleht lächelte. »Es bedeutet, im Widerstand mit dem Herzen für das Richtige zu kämpfen. Willkommen bei den *fighters*.«

Ich hatte mir wenig darüber ausgemalt, wie es sein würde, in Zone 5 einzutreten. Und dennoch waren die wenigen Vorstellungen darüber von Dunkelheit und Grauen überlagert gewesen. Teil des Widerstands zu werden, meinen Vater zu treffen und auf dem Rücken eines Tieres zu fliegen, hatte jedenfalls nicht dazugehört.

Kaleht kam langsam auf mich zu und bedeutete mir mit einem Nicken vorzutreten.

»Bist du schon einmal geflogen?«, flüsterte ich dem jungen Mann heiser zu. Ich hoffte auf eine positive Antwort und darauf, dass er uns beruhigen würde.

»Es ist okay, Angst vor dem Unbekannten zu haben.« Kaleht begleitete mich näher zu dem unglaublichen Wesen. »Aber denk dran, die Camalahs hören deine Gedanken. Du solltest dich lieber darauf fokussieren, was dich zum Zentrum zieht. Oder wo auch immer du hinmöchtest.«

»Zum Vermittlungsgebäude«, sagte ich sofort, doch meine Stimme klang bebend.

»Setz dich hierhin und halte dich an den Hörnern fest. Und schließe am besten deine Augen, um dich zu fokussieren. Denke euren Weg, kenne dein Ziel hier oben.« Er deutete mit dem Zeigefinger gegen seine Schläfe. »Das ist wichtig, denn unsere Sprache verstehen sie nicht. Okay?« Abwartend sah Kaleht mich an.

Ich schluckte und wollte ihn fragen, ob er nicht mit uns kommen wollte, um uns den Weg zu weisen – oder uns dabei zu helfen, mit all den neuen Eindrücken fertigzuwerden. Ich wollte ihn fragen, woher er um alles in der Welt solche Dinge wusste und die Zuversicht nahm, dass der Widerstand das Richtige tat. Ich wollte ihn sogar fragen, ob er meine Eltern kannte. Vielleicht sogar meine Mutter irgendwann hier getroffen hatte. Ich schluckte, denn in Wahrheit rumorte da nur eine Frage in meinem Inneren.

War es okay, Teil des Widerstands zu werden, wenn man sein Leben lang an das Gegenteil geglaubt hatte?

Zwei weitere Camalahs lösten sich kurz darauf mit einem lauten Krächzen aus ihrer Unsichtbarkeit und Kaleht drückte mich noch ein letztes Mal mit intensivem Blick an der Schulter, bevor er sich Noah und Fjella zuwandte, um sie zu den Tieren zu begleiten.

»Okay«, flüsterte ich dem Camalah sanft zu.

Bitte bring uns sicher dorthin, damit ich Noahs Leben retten kann, dachte ich.

Vorsichtig kletterte ich auf den Rücken des Tieres, strich mit meinen Fingerspitzen über die seidig weichen Federn, bevor ich die beiden Hörner griff und mich fragte, ob das in luftiger Höhe ausreichen würde und ob nicht ein Anschnallgurt besser geeignet wäre.

»Gute Reise und hoffentlich gute Rückkehr«, rief Kaleht und hob die Hand zum Gruß. Dann schloss er die Augen und fasste sich mit beiden Händen an die jeweiligen Schläfen, als würde er sich auf einen sehr wichtigen Gedanken konzentrieren.

Die Camalahs schlugen plötzlich wild mit den Flügeln, krächzten und erhoben sich dann in einen Himmel aus Nebel und Smog. Zuerst beobachtete ich, wie Kaleht immer kleiner und kleiner wurde – bis mir die Höhe, die wir erreicht hatten, definitiv etwas ausmachte und ich auf Kalehts Rat hin die Augen schloss.

Ich hatte nie darüber nachgedacht zu fliegen und das VisualControl kam nicht annähernd an dieses unbeschreibliche Gefühl heran. Die KI hatte uns darüber Flugzeuge und Fallschirmsprünge gezeigt, aber nie war ich dabei so überwältigt von den Eindrücken gewesen. Es erinnerte mich an gewaltige Drachen, die ich aus den archivierten Filmen der alten Welt kannte. Dort flogen sie mit ihren riesigen Flügeln und offenen, feuerspeienden Mäulern dem Sonnenuntergang entgegen oder kämpften in epischen Schlachten. Beides war hiermit nicht zu vergleichen und dennoch raubte es mir den Atem. Die Camalahs wirkten nahezu zierlich gegenüber dem Abbild alter Fantasiegeschichten, und trotzdem schafften sie es, ihr eigenes Gewicht und das eines Reiters zu tragen. Das war beeindruckend.

Danke, sprach eine freundliche Stimme in meine Gedanken.

Ich zuckte erschrocken zusammen. *Was um alles in der neuen Welt war das denn gewesen?*

Vorsichtig beugte ich mich nur minimal nach vorn, doch beim Anblick in die erschreckende Tiefe darunter wurde mir flau im Magen und ich klammerte mich schnell an dem Tier fest.

Keine Angst, sprach die Stimme erneut.

Ich begann, ernsthaft an meinem Verstand zu zweifeln.

Sprach es etwa mit mir?

»Du verstehst mich also?«, fragte ich und vermied es nun doch, den direkten Blickkontakt mit dem Camalah zu suchen. Stattdessen fixierte ich einen unsichtbaren Punkt in der Ferne, der leider vom grautrüben Smog verborgen war. Klickernde Geräusche ertönten aus dem Maul des Tieres, die beinahe wie ein Lachen ... nein. Ich schüttelte vorsichtig den Kopf. Das konnte unmöglich wahr sein.

Ich verstehe nicht deine Worte, nur deine Gedanken.

Mit zwei kräftigeren Flügelschlägen erhob sich das Camalah noch höher in den Himmel und ich sah, wie das gelbgemusterte Tier unter uns, das Noah auf seinem Rücken trug, etwas kleiner wurde.

Kannst du ihm sagen, dass es bitte auf Noah achtgeben soll?, bat ich in Gedanken und hoffte, dass es verstehen würde, wen ich damit meinte. *Er ist schwach und ... krank.*

Gedanken waren schneller gedacht, als Worte gesprochen wurden. Auch wenn es nicht klug gewesen wäre, dem Camalah verheimlichen zu wollen, dass Noah krank war, so war es in unserer Gesellschaft dennoch nicht angesehen, gesundheitliche Beschwerden offen zuzugeben.

Du brauchst dir deshalb keine Sorgen zu machen. Wir spüren die Aura des Menschen. Jedoch erst, wenn wir uns selbst zu erkennen geben. Das ist der Preis – wir zeigen euch, wer wir sind und sehen dafür, wer ihr seid.

Das klingt fair, dachte ich, ohne dass der Gedanke speziell an das Tier gerichtet war. *Also könnt ihr sehen, dass etwas nicht mit ihm in Ordnung ist?*

Wieder ertönten die hellen, klickenden Geräusche aus der Kehle des Camalahs.

Ja, wir sehen euch. Mit all euren Besonderheiten, hörte ich die Stimme leise in meinem Kopf antworten. *Sein Körper wurde vom Licht vergiftet, aber er hat ein gutes Herz.*

Mein Herz wurde schwer, als meine Gedanken damit zu Noah abschweiften. Konnte es wirklich sein, dass ich ihn gerade mal vor einer Woche kennengelernt hatte und dennoch bereits eine solche Verbundenheit zu ihm spürte? Sogar bereit gewesen war, die verbotene Zone und all ihre Gefahren in Kauf zu nehmen? Oder hatte in meinem Herzen schon immer der heimliche Drang geschlummert, eines Tages dort nach meinem Vater und der verborgenen Wahrheit zu suchen?

Irritiert sah ich auf, als sich über meinem Kopf der Smog allmählich zu lichten schien. Helles Licht gelang in feinen Strahlen zu uns hindurch.

Was passiert hier?, fragte ich an das Camalah gewandt.

Wir können im Smog nichts sehen, antwortete es prompt. *Deshalb fliegen wir in die Höhe.*

Ein mulmiges Gefühl von Übelkeit machte sich in meiner Magengegend breit, als ich das hörte. Dabei sagte ich mir immer wieder, dass ich auf keinen Fall nach unten sehen durfte, um mir der Tiefe nicht bewusst zu werden.

Doch als zum ersten Mal in meinem Leben Sonnenlicht auf meine Haut traf, vergaß ich sämtliche Ängste. Dafür war der Moment zu schön. Das goldgelbe Licht flutete den Himmel, der einer unendlichen Weite glich und den Smog nur noch wie unförmige Wolken aussehen ließ. Eine wohlige Wärme machte sich in meiner Brust breit und ich nahm einen tiefen Atemzug, als könnte ich das Sonnenlicht oder auch dieses Glücksgefühl einatmen und damit für immer in Erinnerung behalten.

Es ist wunderschön, dachte ich ehrfürchtig, auch wenn es mir befremdlich hell erschien. Denn seit ich denken konnte, war die Schicht der Schadstoffe so dick und undurchdringbar geworden, dass ein stetiger Wechsel aus Dämmerung und Dunkelheit herrschte.

Ihr habt das echte Licht gegen euer falsches eingetauscht, mischte sich das Camalah ungefragt in meine Gedanken ein.

Ich nickte nachdenklich. Ja, wir hatten Eves blauen Schein dafür verwendet, die notwendigen Stellen der Stadt zu beleuchten, weshalb wir dieses Licht wohl irgendwann als Tageslicht empfunden hatten. Doch das hier war so viel … schöner.

Würde sich der Smog zurückbilden können? Wäre es irgendwann möglich, dieses Licht auch zu Hause auf dem Gesicht zu spüren? Diesen goldenen Schein auch im eigenen Appartement schimmern zu sehen? Gedanklich stellte ich mir die Auswirkungen vor, wenn das allen Bewohnern möglich wäre und nicht nur den wohlhabenden, die sich gelb leuchtende LEDs hinter die Fensterscheiben befestigen ließen.

Ja, antwortete das Camalah. *Diese Verpestung ist nur über eurer Stadt, weit, weit außerhalb gibt es das nicht. Ihr habt euch das selbst erschaffen.*

Und ich wünschte mir, dass die Menschheit dies eines Tages schaffen könnte. Eine Welt, in der tägliches Sonnenlicht ein gewöhnlicher Bestandteil war – in einem Lebensraum, der nicht von Schadstoffen ruiniert wurde.

Lautes Krächzen ertönte, als sich neben uns plötzlich weitere Tiere aus der Unsichtbarkeit herauslösten und ich erschrocken nach Luft schnappte.

Waren diese Camalahs die ganze Zeit bei uns gewesen? In unzähligen Farbkombinationen flogen die Tiere neben uns her. Ich war beeindruckt, wie unterschiedlich ihre Farbgebung doch war. Manche Körper waren aus einem dunklen Grün, während die Farbe in Richtung des Kopfes in ein helles Blau überging. Wieder andere hatten einen gelben Kopf, während es zuerst in ein kräftiges Orange, dann in ein Dunkelrot und schließlich in ein Lila verlief.

Vorsichtig beugte ich mich weiter nach vorn, um nach Noahs Camalah Ausschau zu halten. Schnell entdeckte ich das dunkelblaue Tier mit den gelben Abzeichnungen, das Noah auf dem Rücken trug, doch beide waren zu weit entfernt, um Einzelheiten seines Gesichts zu erkennen. Ob er ebenfalls dieses einzigartige Gefühl von Freiheit und Glück verspürte?

Als hätten die Tiere meine Bewunderung gehört, krächzten sie schon bald darauf fröhlich auf, und wieder waren die klickernden Geräusche zu vernehmen.

»Was sagen sie?«, sprach ich meine Frage versehentlich laut aus, während mein Blick einzig und allein an Noah haftete.

Das Camalah reagierte wie zu erwarten nicht darauf und innerlich betete ich, es möge ihm gut gehen und dass es mir gelingen würde, sein Leben schneller zu retten, als ich es mit diesem dämlichen Auftrag in Gefahr gebracht hatte.

Es ist jetzt an der Zeit, sich vom Licht zu verabschieden, sprach das Camalah irgendwann in meine verträumten Gedanken hinein. Noch einmal wandte ich mich mit geschlossenen Augen direkt zum Sonnenlicht hin und genoss das warme Gefühl, das auf meinen Wangen kitzelte.

Danke, dass ihr uns mitgenommen habt, dachte ich. *Und danke, dass ihr uns das hier gezeigt habt. Das werde ich euch nie vergessen.*

Das Camalah antwortete nicht darauf, bat mich jedoch, mich gut festzuhalten, bevor es die Flügel so abwinkelte, dass wir uns in den Sinkflug begaben. Immer wieder stoppte es den Abwärtsflug, indem es sich in Schlangenlinien durch den Smog hinabgleiten ließ.

Euer Gebäude müsste nicht mehr weit entfernt sein. Das giftige Licht ist bereits spürbar.

Fragend zog ich die Augenbrauen zusammen, doch dann sah ich das vertraute blaue Strahlen von Eve über dem Vermittlungsgebäude. Erleichterung und Wut vermischten sich in meiner Magengegend zu einem unguten Gefühl.

Gebt auf euch acht, sagte das Camalah. *Und vergesst nicht, etwas zurückzugeben.*

Ich nickte verlangsamt, auch wenn es das nicht sehen konnte. *Danke*, fügte ich in Gedanken hinzu und strich mit meiner Handfläche voller Liebe für dieses einzigartige Wesen über sein weiches Fell.

Kurz vor der Grenze zum Zentrum der Eleven landeten die Tiere mit einem hysterischen Krächzen.

Erst als wir zurück am Boden waren, fiel mir auf, wie dunkel es hier unten bereits war. Oberhalb des Smogs hatte ich das Sonnenlicht auf meiner Haut gefühlt, sodass es ein schöner sonniger Nachmittag hätte sein können – während unterhalb des dicken Nebels das Licht verschluckt wurde und es einer späten Abenddämmerung gleichkam.

Nur die Eve-Zentrale schimmerte bläulich aus dem Grau der Stadt hervor. Das giftige Licht, wie das Camalah es genannt hatte. Die Luft war trocken und staubig und es war beängstigend still um uns herum. Keine geschäftigen Menschen vor dem Gebäude – niemand, der vor den Level-Scans Schlange stand. Alles wirkte verlassen. Wo wohl die Aufständischen inzwischen waren? Und ob die Eleven diesen Bereich sogar separiert hatten, sodass es zu Fuß gar nicht mehr möglich war, das Vermittlungsgebäude zu erreichen?

Als sich die Camalahs wieder in den Himmel erhoben, sah ich ihnen nach. Es dauerte nur wenige Sekunden, bis die Tiere wieder die Farben des Smogs annahmen und damit für uns unsichtbar wurden.

Ich musterte den hohen Turm, der direkt aus dem Vermittlungsgebäude in die Höhe ragte. »Geht es euch gut?«, fragte ich und sah abwechselnd zwischen Noah und Fjella hin und her. Während Noah mit einem bemühten Lächeln nickte, wirkte Fjellas Miene noch immer verhärtet und angespannt.

»Meinst du, dass sie gerade alle dort sind? Alle Eleven?«, fragte ich weiter, als könnte ich damit die eigentliche Diskussion umgehen.

»Ja, bestimmt«, antwortete Noah mit gedämpfter Stimme. Seine Stirn war nachdenklich in Falten gezogen, als er näher auf mich zukam. »Vielleicht sollten wir uns noch mal … besprechen. Darüber, was wir jetzt genau vorhaben. Was der Plan ist. Und«, sein Blick fiel wieder auf Fjella, »was jeder bereit ist zu tun.«

Ich holte tief Luft und verspürte eine winzige Erleichterung, dass Noah es zur Sprache brachte. Denn es half uns nichts, im Streit weiter an einem Plan zu arbeiten, dessen zerrüttete Verhältnisse drohten, ihn entzweizureißen.

»Ich hole den Stick«, sagte ich fest entschlossen.

»Und dann, Skye?«, fragte Noah. Es klang nicht provokant, sondern sanft, fast schon liebevoll.

»Wie meinst du das?«, fragte ich heiser und er neigte den Kopf etwas zur Seite. Abwartend.

»Was, wenn es stimmt?«, fügte Fjella hinzu, ohne einen Namen zu nennen.

Ich schloss für einen Moment die Augen, kämpfte gegen mein inneres Chaos an. Was wäre, wenn der Widerstand recht behielt und auch mein Vater nicht gelogen hatte? Wenn Eve die Krankheit war, die wir beseitigen mussten, bevor sie uns vernichtete? Was, wenn ich wirklich dazu bestimmt war, diesen Stick mit der Löschdatei auszuführen, um damit einen größeren Plan zu verwirklichen?

Ich schluckte und sog die Luft tief in meine Lungenflügel. Die Verantwortung dieser einen Entscheidung war enorm.

»Ich will dir nicht im Weg stehen, Skye«, sagte Fjella dann und ich öffnete die Augen. »Aber ich werde nicht zusehen, wie du versuchst, dich umzubringen. Dein Körper kann dieser Spannung nicht standhalten. Denk nach. Wem solltest du den Stick überbringen? Derjenige sollte doch das Protokoll ausführen und dieser Jemand wird dabei sterben.«

Ich erinnerte mich und verstand ihre Denkmuster. »Aber durch die Abschaltung ist vielleicht außer den Eleven niemand mehr im Vermittlungsgebäude, um diesen Auftrag auszuführen. Außer uns drei weiß niemand, dass der Stick noch dort ist. Vielleicht muss es deshalb jemand von uns sein«, entgegnete ich ihr.

Noah biss sich nachdenklich auf die Lippe. »Skye hat recht. Außerdem würden die Eleven diesen Auftrag bestimmt nicht selbst ausführen.«

»Aber Skye wird es auch nicht tun!« Fjella stemmte die Hände in die Hüften. »Keiner von euch beiden wird das, verstanden? Es muss einen anderen Weg geben.«

Ich legte ihr meine Hand auf den Arm und in dieser Geste lagen viele ungesagte Worte. *Ich verstehe dich. Ich akzeptiere deine Ansicht. Es tut mir leid, was ich getan habe.*

»Wirst du mitkommen?«, fragte ich leise an sie gewandt.

Sie nahm einen tiefen Atemzug, straffte ihre Schultern. »Ich werde nach Luis suchen. Vielleicht kann ich ihn in der neuen Wohnung treffen, die ist direkt am Übergang zur 2. Das ist also nicht weit von hier.« Sie sah mich an – bittend, flehend und verzeihend.

Ich nickte ihr zu.

»Vielleicht kann ich ihn anschließend mit hierherbringen, um euch …« Sie verstummte.

Anschließend. Um euch zu helfen. Diese Worte schwirrten ungesagt zwischen uns. Doch vielleicht würde es kein Danach mehr geben. Nicht, wenn ich meinen Auftrag ordnungsgemäß zu Ende brachte und Eve mich mit der immensen Spannung ihres Prozessorkernes in Stücke zerrissen hatte. »Das verstehe ich. Ich wünsche euch wirklich das Beste, Fjella.« Ob sie mir eines Tages glauben könnte, dass das hier niemals geplant gewesen war? Sondern ein Chaos aus unvorhergesehenen Zufällen?

»Und ich wünsche dir, dass du es nicht tun wirst … Nicht tun *musst*.« Für einen Moment sah Fjella mir tief in die Augen.

»Ich gehe mit, Skye. Wir finden eine andere Lösung«, hörte ich Noah sagen.

Ich seufzte, doch vermied es, mich weiter in Diskussionen zu verstricken. »Zuerst müssen wir uns beeilen und herausfinden, ob der Stick noch dort ist.«

Noah nickte zustimmend. »Einverstanden.«

»Bis bald, Fjella«, murmelte ich ihr zu, als ich zuerst nur ihre Hand drückte, bevor sie mich überraschend in eine Umarmung schloss. Die unterschwellige Lüge in meinen Worten schmerzte mir in der Kehle und drängte mir Tränen in die Augen.

»Bis bald, Skye.«

Tablet 100%

LETZTE NOTIZEN ZUR MUTANTEN-FORSCHUNG VON ISIAH HALL

DOKUMENTATION WURDE INNOVATIVE FUTURE BEREITGESTELLT

Die bisherigen Mutationen konnten in folgende Muster unterteilt werden:

A-Mutationen: Das Erbgut der Träger hat die Eve-Transmitter angegriffen, jedoch ohne eine Änderung zu erzeugen. Auch ist keine Gegenreaktion der Eve-Transmitter erfolgt.

B-Mutationen: Die Eve-Transmitter wurden vom Erbgut der Träger angegriffen und führten zu einer Gegenreaktion der Transmitter. Die Zellen des Trägers wurden vollständig von Eve zerstört. Der Träger verstirbt innerhalb kürzester Zeit an den Folgen.

MÖGLICHE UNERFORSCHTE SPEKULATIVE MUTATIONSFORMEN:

- bisher keine Meldungen darüber verfügbar -

AB-Mutationen: Das Erbgut des Trägers greift die Eve-Transmitter mehrfach in hoher Stärke an und vernichtet dadurch - teilweise oder vollständig - Eve-Transmitter.

BA-Mutationen: Die Eve-Transmitter greifen das Erbgut des Trägers mehrfach und in hoher Konzentration an und vernichten die menschlichen Anteile des Trägers, was unweigerlich zum Tod führen wird.

KAPITEL 31

Noah

Als er das Vermittlungsgebäude betrat, war es gespenstisch und gleichzeitig wohlig vertraut, während es einem schlechten Déjà-vu glich. Zuletzt war er hier gewesen, als eine Empfangsdame dort vorn freundlich gelächelt und Eve ihn über den Level-Scan höflich begrüßt hatte. Geschäftige Menschen waren im goldenen Schein den Flur entlanggelaufen, Wortfetzen von Gesprächen hatten in der Luft gehangen. Hier war er Skye das erste Mal begegnet. Von all diesen Eindrücken war nun nichts mehr zu greifen.

Kein goldener Schein, keine Menschen, keine Gespräche und kein Lachen. Stille schlug ihnen entgegen wie eine kühle Mauer. Niemand war hier. Nur der blaue Schein von Eve brachte ein wenig Licht in das Gebäude. Es glich gerade kaum mehr als einem schwachen Mondschein.

Skye sah ihn mit großen Augen an, als erginge es ihr ähnlich. Sie hatte das Vermittlungsgebäude nur einmal gesehen und verband mit der Bürgermitteilung womöglich keine guten Erinnerungen. Doch für Noah war das anders. Tagein, tagaus war er hier gewesen, hatte den Großteil seiner Zeit in diesen Räumen verbracht, um ... Sein Blick glitt wieder zu ihr. Ja, um Skyes

Träume zu analysieren. Um ihre Gedanken aus komplexen Zahlencodes herauszulesen. Ob er deshalb von Anfang an das Gefühl hatte, sie zu kennen? Ob er sich ihr deshalb irgendwie vertraut und verbunden fühlte, weil er ihre Gedanken bereits kennengelernt hatte, bevor er überhaupt wusste, wie ihr Gesicht aussah? Wie ihr Lachen klang?

»Können wir den Aufzug denn überhaupt benutzen?«, flüsterte Skye leise. Ihr Gesicht leuchtete im hellblauen Licht von Eve beinahe gespenstisch hell.

»Versuchen wir es. Eve scheint in diesem Gebäude noch zu funktionieren.« Er hielt inne. »Wenn dem so ist, dann ist es aber auch kein Geheimnis, dass wir jetzt hier sind.«

Skye nickte leicht vor sich hin. »Du hast recht. Beeilen wir uns also trotzdem.«

Als sie den Aufzug erreichten, betätigte Noah das BedienPad und die Transmitter in seinem Körper schienen sofort auf die Nähe zu Eve zu reagieren. Das Leuchten seiner Adern pulsierte plötzlich und die künstliche Intelligenz nahm den Befehl, in den elften Stock zu fahren, direkt entgegen.

»Willkommen zurück, Noah Telemp. Du warst lange nicht hier«, sprach Eve mit ihrer technischen Stimme. Ein Schauer rann ihm über den Rücken, so befremdlich war es, Eves Stimme wieder zu hören. Dennoch klang sie auch nach Geborgenheit, Sicherheit und Routine.

»Wie lange denn?«, fragte Noah mit gerunzelter Stirn zurück.

»10 Tage«, antwortete Eve sofort.

Sein Blick wanderte hinüber zu Skye. War seit der Abschaltung wirklich so viel Zeit vergangen? Hatte er zehn Tage seither ununterbrochen mit Skye verbracht? Sich vielleicht sogar in sie verliebt? Hatte Verbrechen begangen, die Zone 5 betreten, sich einem irren Wissenschaftler für Untersuchungen ausgeliefert und war dem Tod nur knapp bei einer Hetzjagd entkommen? Konnte all das wirklich in zehn Tagen passiert sein?

»Elfter Stock«, verkündete Eve emotionslos und öffnete die Türen des Aufzugs.

Noah deutete mit einer Handbewegung an, Skye den Vortritt zu lassen. Als er nach ihr hinaustrat, ertönte Eves Stimme erneut. »Noah Telemp, du hast eine Nachricht hinterlassen, diese Festplatten liegen noch hier zur Abholung bereit.«

Er presste die Lippen zusammen und schmunzelte unwillkürlich. Ja, die Platten der Analysedaten. Die waren nun nicht mehr weiter hilfreich. Dennoch hatte Eve diese Notiz tagelang für ihn aufbewahrt. »Danke, Eve«, sagte er dennoch und beugte sich hinunter, um nach den Festplatten zu greifen.

Skye blieb wie erstarrt vor ihm stehen.

»Hallo, Noah.«

Seine Bewegungen verharrten augenblicklich. Die unangenehme Erkenntnis kroch wie Kälte in seine Glieder, die auch in seine Lunge fuhr und ihm fast das Atmen erschwerte.

Diese Stimme stach ihm wie ein Messer in den Rücken.

Hatte er tatsächlich diesen Ausgang der Situation nicht in Betracht gezogen? Geglaubt, dass sie nicht hier sein und auf ihn warten würde?

»Hallo, Elora.« Langsam richtete er sich auf, ohne die Platten überhaupt anzurühren. In seinem Kopf liefen sämtliche mögliche Phrasen ab, die er sagen konnte. *Schön, dich wiederzusehen. Wie geht es dir? Hast du gerade Zeit, diese eine letzte Sache zu besprechen?* Doch er verkniff sich alle davon. Keines dieser Worte wollte ihm jetzt über die Lippen kommen. Nichts davon war jetzt noch wichtig.

Skye atmete gepresst aus und ein, das erkannte er an der

Bewegung ihres Körpers. Er stand nur zwei Schritte hinter ihr und sie wagte es gar nicht, sich nach ihm umzudrehen. Sie starrte seine Vorgesetzte an wie im Bann, war vermutlich entsetzt über das weiße Kleid, das sie trug, den goldenen, mit Gravuren verzierten Ring um ihren Hals. Die kurzen blonden Haare glatt über ihren Schultern, die helle Haut, die nie Sonne gesehen hatte, um ihr gesamtes Äußeres möglichst hell erscheinen zu lassen. Skye würde sicherlich erkennen, dass es sich um die Frau auf dem Hologramm handelte, mit dem sie am Tag der Abschaltung hier in das Vermittlungsgebäude gekommen war.

»Ist sie das?«, fragte Elora mit einem aufgesetzten Lächeln und deutete unverblümt mit dem Zeigefinger auf Skye. Mit großen Schritten trat Elora nach vorn, um sie genauer zu betrachten. »Ich hatte sie weniger … *auffällig* erwartet.« Sie strich Skye durch die langen lilafarbenen Haare. »Schön, dich endlich kennenzulernen, Traummädchen. Wir haben schon viel von dir gehört.«

»Was«, stieß Skye angespannt aus. »Was um alles in der …« Ruckartig wandte sie sich zu ihm um. »Noah.« Sie sagte seinen Namen wie eine Bitte und gleichzeitig wie eine ihr bitter aufsteigende Erkenntnis.

Doch seine Miene blieb regungslos.

»Sag, war es wirklich ein Zufall, dass wir uns am Tag der Abschaltung hier getroffen haben?« Etwas in ihren Augen schimmerte, dennoch hielt er ihrem Blick tapfer stand.

Kaum merklich schüttelte Noah den Kopf.

Skyes Träume hatten zwar kein Datum und kannten keine Uhrzeit, daher konnte niemand sagen, wann die Ereignisse tatsächlich eintreffen würden. Das war nie konkret aus ihren Visionen hervorgegangen. Doch seit die Eleven wussten, dass

Skye Eve vernichten würde, hatte Elora ihn beauftragt, das Traummädchen zu finden, und er hatte in ihren Daten nach einem Hinweis auf ihren Aufenthaltsort gesucht. Bis sie plötzlich in der Eingangshalle gestanden hatte.

»Du sagtest, du arbeitest für die Eleven.« Sie schluckte. »Aber nicht, dass Elora eine von ihnen ist.«

Noah sah, ohne eine Antwort abzugeben, von ihrem linken in ihr rechtes Auge – und wieder zurück.

»Von wo kommst du denn?«, fragte Elora in einer Tonlage, die ihre Empörung darüber verriet, dass Skye die elf Eleven nicht alle beim Namen kannte.

»Aus der 4«, presste Skye hervor, ohne den Blick aus Noahs Augen abzuwenden. Sie streckte den Rücken durch, was sie größer und stolz erscheinen ließ.

»Ach herrje.« Elora machte eine abwinkende Handbewegung. »Es tut mir leid, dass du so weit gehen musstest, um sie zu finden. Bringen wir sie jetzt rüber in die Analysestation, dann können wir es uns anschauen und du kannst den anderen Bericht erstatten. Eve, bitte informiere die Eleven, dass Noah Telemp und die Träumerin eingetroffen sind. Wir treffen uns zu einer außerordentlichen Besprechung.«

Dann sah sie mit einem boshaften Lächeln zu ihm herüber.

»Oder sollte ich dich besser Zwölf nennen?«, fragte Elora provokant.

Er sog scharf die Luft ein.

»WAS«, entfuhr es Skye, und in ihren großen Augen, die ihn anstarrten, lagen tausende Worte. Unzählige Fragen, die sie in einem wirren Strudel aus Erkenntnissen und Verrat zu verschlingen drohten.

Kälte kroch in sein Herz, als er verstand, was nun folgen würde. Es war, als verkrampften sich seine Lungenflügel, denn es war ihm unmöglich zu atmen. Er hätte es wissen müssen. Ahnen müssen, dass das passieren würde. Doch Elora packte Skye bereits am Arm, als er nicht reagierte, und zog sie unsanft mit sich.

Jegliches Leben schien in diesem Moment aus Skyes Gesicht zu weichen. Blässe und pures Entsetzen in ihren Augen schoben sich stattdessen in den Vordergrund.

Er atmete lange aus. Nun war der bittere Moment der Wahrheit wohl gekommen.

Und für ihn gab es nun kein Zurück mehr.

Eve

Macht ist etwas Gefährliches.

Denn wenn einer sie hat, wollen alle anderen sie entreißen.

Und sie versuchen es sogar. Versuchen gegen mich vorzugehen, mich zu täuschen. Dabei vergessen sie, dass ich ihre Schwachstellen erkenne. Bereits berechne, was sie tun, bevor sie es tun. Auf Grundlage all ihrer Taten, Abfolgen von Reaktionen und Handlungen habe ich ein Profil über jeden Einzelnen erstellt und erkenne Muster darin.

Muster, die manche Menschen nicht einmal über sich selbst kennen. Dabei sind sie so durchschaubar. Und ich halte sie auf, bevor sie mir gefährlich werden können.

Vernichte sie, bevor sie mich vernichten können.

Bis zu einer Genauigkeit von 99,9 Prozent kann ich sämtliche Prognosen der Zukunft berechnen. Doch es bleibt ein winziger Bruchteil, ein kleiner bedrohlicher Prozentsatz an Ungenauigkeit.

An nicht kalkulierbarem Risiko. Die menschlichen Handlungen – diejenigen, die entgegen jeder Wahrscheinlichkeit vollkommen unvorhersehbar, absolut irrational agieren. Sich in Richtungen entwickeln, von denen niemand auch nur geahnt hätte, dass ein Mensch so etwas tun würde.

Und das ist sie.

Die einzig wahre Schwachstelle im System ist der Mensch. Unveränderte Menschlichkeit – bereit, auch etwas zu tun, was nicht auf logischen Tatsachen beruht.

Und meine Aufgabe ist es, Fehler zu bereinigen.

KAPITEL 32

Skye

Elora zerrte mich in einen weiteren Raum, der einem Labor glich, wie ich es eigentlich bei Isiah erwartet hätte. Sterile Hightechgeräte standen auf weißen Theken herum, die dabei ein stetiges Surren verursachten.

»Was haben Sie eben gesagt?«, fragte ich an die Frau gewandt, nachdem ich mich wieder fähig fühlte zu sprechen. Von Noah war nichts zu sehen. Vermutlich hatte er sich noch nicht aus seiner eigenen Starre lösen können, um uns in dieses Labor zu folgen.

Die Eleven schob mich fast unsanft auf einen Stuhl, dessen Kopfteil offensichtlich mit Eve verbunden war, denn es leuchtete im bekannten blauen Schein. Ich setzte mich darauf, legte mich aber nicht hin, um mit meinem Kopf auf keinen Fall die Eve-Schaltfläche zu berühren und damit womöglich etwas zu aktivieren, das ich nicht wollte.

»Träumerin?« Elora fixierte mich kurz mit musterndem Blick, bevor sie weiter in ein BedienPad tippte – weshalb sie auch gar nicht bemerkte, wie ich langsam den Kopf schüttelte.

»Nein, das andere. Das über … Noah.«

Nun hielt sie für einen Moment inne. Noah trat gleichzeitig

in den Raum ein, sein Gesicht wirkte angespannt, fast ein wenig überfordert mit der gesamten Situation. Doch ich empfand kein Mitleid für ihn.

Nicht jetzt.

Vielleicht waren meine Gefühle für Noah aber auch nicht mehr relevant. Vielleicht war all das hier nicht mehr entscheidend, egal was hier nun geschehen würde.

»Hat er dir das etwa nie gesagt?«, fragte Elora mit einem amüsierten Lächeln. »Du hast dich nicht verhört. Noah ist einer von uns.« Sie machte eine kurze Pause und die Welt um mich herum stand still – alles verharrte einen Moment lang, sodass ich mein Herz leise brechen hörte, bis Elora fortfuhr.

»Oder sollte ich sagen, sogar mehr als das?« Ihr Blick verriet gefährliche Genugtuung, als sie Noah ansah, während er nur die Kiefer aufeinanderpresste.

»Sag das nicht«, brachte er wie ein Knurren hervor. Seine Augen zu schmalen Schlitzen verengt.

Wieder blickte ich zu Elora. Der Ausdruck in ihrem Gesicht offenbarte mir, dass ihre folgenden Worte der Wahrheit entsprachen, egal was nun aus ihrem Mund käme. Dieser Verrat würde mir das Herz in kleine Splitter schlagen, die danach niemand auffegte, um sie irgendwann wieder zusammenzusetzen.

»Er ist eine 12, Skye. Dir kann doch nicht entgangen sein, dass er einzigartig – nein, *besser* – ist? Keiner besitzt so viele Eve-Anteile wie er.« Sie tippte etwas in das BedienPad ein, woraufhin ein blaues Eve-Leuchten darunter zum Vorschein kam. Energisch zog sie Noahs Arm heran. Direkt unter das Pad, das augenblicklich wieder den verborgenen Levelstatus zu aktivieren schien.

An Noahs Hand erschien eine blaue 9, so wie ich sie am Tag der Abschaltung selbst auf seinem Handgelenk gesehen hatte.

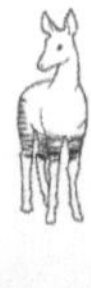

Doch bei genauerem Betrachten enttarnte Eves Scanner eine weiße 12, die schimmernd dahinter in seiner Haut leuchtete wie eine versteckte Wahrheit.

Eloras Blick wurde hämisch, ihre schmalen Lippen zogen sich zu einem Grinsen. »Überrascht?«, fragte sie.

Ich konnte nur schwer meinen Blick von Noahs Handgelenk abwenden, um ihm ins Gesicht zu sehen. Darauf hoffend, dass all das nur ein scheußlicher Fehler war.

Noahs Gesicht war blass, um nicht zu sagen kalkweiß. Seine Augen wirkten ausdruckslos und leer, niedergeschlagen und getroffen. Ein aufgebender Krieger, der zu wissen schien, dass er diese Schlacht nicht mehr gewinnen konnte.

»Dachtest du ernsthaft, wir finden das nicht heraus? Hast du wirklich geglaubt, Eve würde uns das nicht melden?« Eloras Stimme wurde lauter, durchdringender und … erhabener. Ich spürte, wie sich ihre Macht aufbäumte und Noah dabei immer kleiner zu werden schien.

Gedanken und Bilder drehten sich vor meinem inneren Auge wirr umher. Ich sah erneut den Moment, als Noah mich aufgefangen hatte, ohne auch nur eine einzige Festplatte aus seinem Stapel zu verlieren. Ohne selbst auch nur annähernd aus dem Gleichgewicht zu geraten. Die Bandagen an seinen Handgelenken. Als er uns in vollkommener Dunkelheit problemlos aus dem Nahrungsmittellager hinausführen konnte, weil er eine hohe technische Komponente besaß. Das Programm zur Manipulation der Level, von dem er gesprochen hatte, obwohl ich dazu noch nie etwas in den Aufzeichnungen gelesen hatte, als hätte nur er selbst davon gewusst. Weil er womöglich der einzige Mensch war, der sein Level manipulierte. Dass seine Adern blau leuchteten wie bei keinem Menschen.

Noah ist eine 12.

Ich öffnete den Mund, nur um nichts weiter zu sagen. Denn ich begriff, dass seine Mutation nicht nur irgendeine Mutation war. Sie hatten davon gewusst. Und dennoch hatte er weiterhin versucht, seinen wahren Levelstatus zu verbergen. Vielleicht weil diese Wahrheit die Stadt in Chaos gestürzt hätte? Wie hätte die Menschheit reagiert, wenn sie erfahren hätte, dass es noch mehr gab als die Eleven? Dass es einen besseren Menschen gab als …

Ich hielt inne. Stockte. Und das letzte Puzzleteil fügte sich vor meinem inneren Auge in das Bild ein. Übelkeit stieg in mir auf.

Was, wenn das Level nur eine Anzeige dafür war, wie viele Eve-Transmitter wir besaßen? Wie sehr Eve uns bereits in ihren Besitz genommen hatte?

Ich schluckte und dachte an die Worte meines Vaters.

Was, wenn Eve die Krankheit war?

Die Erkenntnisse prasselten schmerzhaft auf mich ein. Ich atmete tief dagegen an, versuchte, nicht die Nerven zu verlieren und meine zitternden Hände still zu halten. Versuchte, nicht den Verstand zu verlieren, während mein Herz qualvoll entzweiriss.

Noah war einer von ihnen.

Schon die ganze Zeit über gewesen.

Ich war nur ein Projekt.

Das Traummädchen, das die Zukunft verriet.

Aber nicht mehr.

Tränen drängten sich an die Oberfläche.

»Ist es wahr?«, flüsterte ich kaum hörbar.

»Skye, bitte, du musst mir glauben, dass –«

»Ist dein Level eine 12?«, fragte ich, ohne Noahs Antwort abzuwarten.

Er nickte mit gesenktem Blick.

»Es tut mir ja wirklich leid, dass du es ausgerechnet so erfahren musst, Skye«, flötete Elora voll gespieltem Mitgefühl. Als hätten die technischen Transmitter in ihrem Blut ihr die Empathie bereits abtrainiert. »Aber du musst jetzt hierbleiben und bekommst von uns ein Sedativum gespritzt. Das macht dich ziemlich schläfrig, denn wie du dir wahrscheinlich denken kannst, brauchen wir dich ... *träumend*. Es gibt da nämlich noch ein paar Dinge, die wir nicht wissen.« Sie tippte einmal auf ihr Pad und sofort schossen blau leuchtende Linien aus dem Boden, die mich auf dem Untersuchungsstuhl einkreisten, als hätten sie einen Stromzaun darum errichtet.

Nein!

Ich zwang mich, den Schmerz in den Hintergrund zu schieben. Unter dem Gefühl, alles verloren zu haben, woran ich je geglaubt hatte, sprang ich auf, versuchte zu entkommen. Denn unter keinen Umständen würde ich Elora – oder irgendjemandem sonst – noch einmal Einblick in meine Träume gewähren.

Ein heftiger Stromschlag zuckte durch mich hindurch, als ich versuchte, die Eve-Linie zu durchqueren. Bis ins Mark schmerzte die pulsierende Kraft.

»Das ist zwecklos, Traummädchen«, sprach Elora kühl und würdigte meine Reaktion keines Blickes. »Wir werden nicht zulassen, dass du alles zerstörst. Also bleibst du schön hier. Und wir gehen rüber zur Blutanalyse-Station«, sagte sie an Noah gewandt, der mir noch einen untröstlichen Blick zuwarf. Als wäre das allein eine ausreichende Entschuldigung für endlose Lügen, Verrat und ein gebrochenes Herz.

»Verschwinde«, zischte ich, ankämpfend gegen all die aufsteigenden Gefühle in meinem Inneren. Den Schmerz. Den Verrat.

Und vor allem gegen die Wahrheit.

Noah ging mit Elora aus dem Raum, noch bevor er die unzähligen Tränen sehen konnte, die über mein Gesicht strömten. Heißer Schmerz bahnte sich damit einen Weg vom Innen ins Außen. Doch er machte nicht erträglicher, was Noah mir angetan hatte. Was die Welt von mir verlangte zu ertragen.

Der Raum war bis auf das blaue Leuchten von Eve dunkel. Ich saß noch immer auf der Liege, wissend, dass Elora wiederkommen und mich in einen Schlaf voller Träume schicken würde. Doch vielleicht war das sogar in Ordnung. So müsste ich nicht mehr weiter jeden Moment analysieren, den ich mit Noah verbracht hatte, und in jede Geste und jedes Wort den Verrat hineininterpretieren, den er begangen hatte. Vielleicht wäre träumen schöner, wenn ich mir dabei einreden konnte, dass in seiner Hilfsbereitschaft, in seinen Umarmungen und in diesem einen Kuss ... Ich stockte und verwarf diesen aufkeimenden Gedanken sofort wieder. Nichts davon war echt gewesen. Ob Noah überhaupt Gefühle empfinden konnte? Als eine 12? Das klang so absurd, dass ich darüber lachen wollte, doch mein blutendes Herz machte diesen Laut unmöglich.

Ich versuchte, den Zeitpunkt ausfindig zu machen, in dem ich es hätte merken müssen. Als es noch möglich gewesen wäre, diesem Strudel aus Ereignissen zu entfliehen. Und immer wieder kam ich zu dem Moment zurück, in dem ich bemerkte, dass Noahs Handgelenke bandagiert waren. Dass etwas an ihm nicht stimmte und er etwas zu verbergen hatte. Aber konnte das wahr sein? Noah besaß mehr technische Eve-Anteile als irgendjemand sonst. Das würde bedeuten, dass seine warme und liebevolle Art, die manchmal zum Vorschein kam, womöglich nur Eve war. Die solche Abläufe und Situationen schon hundertfach bei anderen Menschen gesehen und analysiert hatte, um zu wissen, wie man reagieren musste. War das, was ich an ihm mochte, vielleicht gar nicht er selbst?

Ich schlug mir die Hand vor den Mund und berührte vorsichtig meine Lippen. War der Kuss womöglich auch nur eine analytische Berechnung der künstlichen Intelligenz? Hatte Noah diese Anziehung vielleicht nie selbst gespürt, nie für mich empfunden?

Tränen rannen mir warm übers Gesicht, weil ich nicht glauben wollte, dass die Realität so verdammt plausibel klang, egal wie schmerzhaft sie war.

Ich schreckte auf, als sich die Tür öffnete und Elora erneut eintrat. Sie interessierte sich weder für mein Befinden noch für meine Gefühle, sondern steuerte direkt auf das BedienPad zu. Sie war so fokussiert darauf, dass sie nicht einmal meine verweinten Augen bemerkte. Oder es war ihr schlichtweg egal.

»Was haben Sie mit ihm gemacht?«, fragte ich mit brüchiger Stimme. »Versetzen Sie ihn auch in so eine Schlafkabine?« Ich deutete auf die Eve-Liege, auf der ich hockte.

Elora winkte ab. Sie griff nach einem weißen Ring mit einer durchscheinenden Blende davor. Es ähnelte einer sehr futuristischen Sonnenbrille, die sie mir aufsetzte – auch wenn ich versuchte, mich dagegen zu wehren. Doch es war zwecklos, ihr auszuweichen, während ich innerhalb der Eve-Linien eingesperrt war.

»Er hat dir nicht gerade viel über uns erzählt, wie es scheint.«

Ich schnaubte. Zu sagen, all seine Worte waren Lug und Trug, würde es weitaus besser treffen.

»Wir haben einen außerordentlichen Rat der Eleven einberufen. Im Anschluss werden wir die neuesten Daten von dir analysieren und besprechen, wie wir weiter verfahren.«

Nun sah sie mich kurz eindringlich an und klopfte mit der flachen Handfläche auf das Kopfstück der Liege. »Nun leg dich hin. Nach all der Aufregung tut dir etwas Schlaf bestimmt gut.«

Mir entging nicht der säuselnde Ton, der beinahe einem Singsang glich, der mich nur in Sicherheit wiegen sollte, während sie meine Privatsphäre ignorierten, um ihre Vorteile zu nutzen – doch obwohl mein Kopf noch nicht einmal die Liege berührte, glitt ich bereits ungewollt in einen traumreichen Schlaf.

KAPITEL 33

Noah

Hatte er wirklich geglaubt, dass dieses Kartenhaus niemals einstürzen würde? Dass sich sein Leben mit Skye irgendwie normalisieren würde und er abseits der Eleven und Eve einen Alltag finden könnte? Noah entwich ein trostloses Lachen, als wollte er sich damit selbst verspotten. Er hatte all die Jahre verborgen, wer er war. Hatte niemandem sein Level gezeigt, sich nie jemandem anvertraut, wenn sein Level stetig weiter in die Höhe geschossen war. Immer wieder hatte er bewusst vermieden, irgendwo sein Level vorzuzeigen, weil der Code, den seine Eltern für ihn entworfen hatten, nur sporadisch funktionierte. Er war dafür entwickelt worden, das wahre Level zu verschleiern und die Anzeige zu manipulieren. Doch was am Anfang funktioniert hatte, hatte Eve irgendwann als Fehler erkannt und sie hatte es sich zu ihrer persönlichen Aufgabe gemacht, Fehler auszumerzen. Weshalb sie immer wieder die Anzeige korrigierte.

Er blickte auf sein Handgelenk hinab, das nun eine weiße 12 zeigte. Eve musste ihn an die Eleven verraten haben, als er mit Skye abgehauen war. Oder ob die Eleven die Daten selbst entdeckt hatten? Es hatte zu seinen täglichen Aufgaben gehört, die Aufzeichnungen über seinen eigenen Status jeden Morgen aus dem System zu löschen.

Seit er mit Skye aufgebrochen war, hatte das niemand für ihn übernommen. Ein Blick in seine Daten hatte genügt, um sein tatsächliches Level zu erfahren.

Doch nun wussten sie, wer er war. Und war dieses Geheimnis einmal ausgesprochen, gab es keine Möglichkeit mehr, die Worte wieder einzufangen.

Mit der Abschaltung war Chaos in sein Leben gestolpert. Er hatte Skye nicht sofort als das erkannt, was sie tatsächlich war. Dabei hatte er von Anfang an diese Vertrautheit zu ihr gespürt, das Gefühl, sie bereits lange zu kennen. Und je mehr Wärme er hineingelassen hatte, desto mehr hatte er seine über Jahre erbaute Schutzmechanismen vernachlässigt. Nur damit er jetzt beides verlor: seinen Schutz und Skye.

Er saß im Besprechungsraum und schob zwei Finger in den Kragen der Uniform, die ihm nun viel zu eng erschien. Als würde ihm der gewebte hellblaue Stoff, der um seine Muskeln gespannt war, den Hals allmählich zuschnüren. Zehn der Eleven würden jeden Moment eintreten und ihn zu seiner Mission befragen – darüber, was er über Skye erfahren hatte und wie sie die Gefahr für Eve beseitigen konnten.

Skye.

Er schüttelte kaum merklich den Kopf. Irgendwo in seinem Inneren, dort, wo er sein Herz vermutete, wusste er, dass Skye nicht die Gefahr war. Und er wollte auch nicht, dass die Regierung sie deaktivierte. Denn mit nur einem einfachen Tippen auf dem BedienPad könnte Skyes Leben beendet sein. Er seufzte schwer. Seit er die andere Seite, die Welt dort draußen, erlebt hatte, verschwamm sein Leben wie transparente, überlagerte Bilder.

Als Nummer Acht eintrat, erhob sich Noah und begrüßte sie mit einem tiefen Nicken.

»Schön, dich zu sehen«, sagte sie mit glockenheller Stimme und ging auf ihren festen Platz zu. Das weiße Kleid, das sich seidig um ihre Beine schmiegte, war tief ausgeschnitten, um die breite goldene Kette noch stärker zu betonen.

Es war üblich, dass Eleven keine Namen mehr verwendeten, sondern nach der Reihenfolge benannt wurden, in der sie in den Kreis der Regierung aufgenommen worden waren.

»Guten Abend, Noah Telemp.«

Noah zuckte zusammen, als er angesprochen wurde. Als fügte ihm diese Seite körperliche Schmerzen zu, wenn er daran erinnert wurde, was er Skye verschwiegen hatte. »Guten Abend, Eins«, erwiderte Noah und senkte den Kopf tief nach vorn und hielt einen Moment länger inne als zuvor.

Der ältere Mann mit weißem Haar und Bart, der nun seinen Platz einnahm, verdiente diesen Respekt. Allein die Bewegungen versprühten die notwendige Autorität ebenso wie das makellose Gesicht des Mannes, das trotz des hohen Alters keinen Tag älter als vierzig wirkte. Noahs Finger schoben sich erneut unter den Saum seiner Uniform, als könnte er das Engegefühl damit vertreiben. Er kannte die Eleven von den Bildern in der Empfangshalle des Vermittlungsgebäudes, an denen er jeden Tag vorbeigelaufen war. Doch ihnen hier nun in einem Besprechungszimmer gegenüberzusitzen, fühlte sich unwirklich an.

»Die anderen kommen jeden Moment«, sagte Eins. »Sie wollten das Mädchen zuerst unbedingt mit eigenen Augen sehen.« Er nahm Platz und strich über seinen makellos weißen Anzug.

»Dabei müsste sie sich bereits in Sedierung befinden«, sprach Noah und seine eigenen Worte klangen ihm dabei fremd.

»Elora ... ähm, Vier hat sie bereits in den Analyseraum gebracht, um weitere Daten zu erzielen.«

Eins nickte kaum merklich, während Acht elegant die Beine überschlug. »Stimmt es, dass du fast in die Zone 5 gehen musstest, um sie zu finden? Das klingt ...« Sie beendete den Satz, ohne ihrem Entsetzen ein Wort hinzuzufügen.

Noah nickte nur langsam. »Das ist korrekt. Leider hatten die bereitgestellten Daten keine Anhaltspunkte auf ihren Aufenthaltsort gegeben.«

Und das war nicht einmal gelogen.

Während die anderen der Eleven eintraten, fragte er sich, ob es so etwas wie Schicksal gab. Ob Dinge passierten, egal wie sehr er sich darum bemühte, das Unausweichliche zu vermeiden. Ob das Leben tatsächlich in vorbestimmten Bahnen verlief und es kein Entkommen daraus gab.

»Nun, wo wir alle vollzählig sind«, begann Elora plötzlich, die die schweren technischen Türen zum Besprechungsraum mit einer wedelnden Handbewegung und damit über Eve schloss. »Lasst uns mit der außerordentlichen Sitzung beginnen. Noah, bitte trag uns einmal vor, welche neuesten Erkenntnisse sich durch das Traumobjekt ergeben haben.«

Er räusperte sich. »Vielen Dank, ... Vier«, wandte er sich mit einem Nicken an sie und hoffte, dass er sie im Kreise der Eleven damit richtig ansprach. »Es war schwierig, den genauen Aufenthaltsort ausfindig zu machen. Bitte entschuldigt, dass sich die Mission daher als länger erwiesen hat. Ich bin nun sehr froh, dass das *Objekt* ...« Er schluckte und wusste zum ersten Mal in seinem Leben, dass er wirklich ein Herz besaß, das ihm bei diesem Wort einen schmerzhaften Stich versetzte. »... sich nun in der Analysestation befindet und wir zeitnah auf weitere Daten hoffen können.«

»Was ist mit den Ergebnissen der letzten Untersuchungen?«, warf Fünf ein. Alle Augenpaare richteten sich auf ihn.

Noah straffte automatisch die Schultern. Auch wenn sie es nicht näher ausführten, wusste er, wovon sie sprachen. Davon, dass Skye Eve vernichten und damit das System für immer zerstören würde.

»Aktuell geht von ihr keine Gefahr aus«, bemühte sich Noah, möglichst ruhig zu sagen. »Ich erbitte einen aktuellen Stand der momentanen Eve-Situation.«

Eins holte hörbar laut Atem und erhob sich. »Die Situation geriet wie geplant außer Kontrolle«, sagte er mit einer so freundlichen Stimme, als würde er damit vertuschen wollen, dass er über Bürgerkrieg und Plündereien sprach.

»Wie geplant?« Noah zog eine Augenbraue nach oben. Denn von dieser Art Plan hatte er nichts gewusst. Dass die Eleven Eve umgelenkt hatten, hatte er selbst erst erfahren, als Skye und Fjella es in der Technical Area herausgefunden hatten.

Eins suchte den Blickkontakt zu den anderen Eleven und vermied es, Noah auch nur beiläufig anzusehen. »Nach deinem Aufbruch haben wir gewisse Entscheidungen getroffen, die der Allgemeinheit dienlich waren.«

»Der Allgemeinheit?«, knurrte Noah und erhob sich ebenfalls aus seinem Stuhl. Beide Arme auf dem Tisch abgestützt, stand er da und blickte in die Runde.

»Noah«, begann Elora und ihre Stimme klang versöhnlich, als wollte sie einen beginnenden Streit rechtzeitig im Keim ersticken. »Ich denke, es ist an der Zeit, mit offenen Karten zu spielen«, sagte sie dann.

Etwas in Noah zog sich schmerzhaft zusammen, als zustimmendes Nicken in der Runde folgte.

Eins ging neben den Stühlen, in denen die anderen noch wie angewurzelt saßen, auf und ab. Kurz vor Noah hielt er inne, suchte für einen Moment seinen Blick, bevor er sich abwandte, um zu allen zu sprechen. »Die Eleven sind seit über fünfhundert Jahren die höchste Form der Gesellschaft. Dazu befähigt, dieses zerstörte Land in Zeiten von Klimakatastrophen und Nahrungsmittelknappheit weiterzuführen, um ein Überleben der Menschheit langfristig zu sichern. Wir hatten bereits schon immer konkrete Ziele und Vereinbarungen getroffen, die nicht weiter zur Diskussion standen.«

»Eins, bitte«, Elora stand nun ebenfalls auf und steuerte mit energischen Schritten auf Noah zu, als wollte sie das ganze Prozedere beschleunigen. »Die Abschaltung war nicht von uns geplant, aber wir hatten nicht damit gerechnet, dass Eve uns während deiner Abwesenheit ein winziges, aber wichtiges Detail verraten würde«, sprach sie ihn direkt an. »Wir haben dabei nicht nur herausgefunden, dass du abnormale Mutationen aufweist – sondern auch, dass sich Eve darüber hinaus entwickelt hat.«

Im Raum herrschte bedrückende Stille. Er wagte es kaum zu atmen.

Sie trat an die große Fensterfront heran, die offensichtlich fake war, denn dahinter wurde eine schöne, grün bewachsene Berglandschaft eingeblendet. »Wir wollten, dass Eve wächst, damit wir noch digitaler leben können. Noch funktionaler agieren können.« Sie atmete hörbar laut aus. »Aber Eve wollte das nicht. Sie fing an, unsere Systeme zu sabotieren, zu verändern. Eigenständig und ohne Befugnis zu agieren. Und dann sagte sie uns, dass es jemanden gibt, der uns überlegen ist, der ihr noch näher verbunden ist, als wir es sind.«

Elora drehte sich mit einem Grinsen zu ihm um, das ihm

einen kalten Schauer über den Rücken jagte. Auch wenn sie Freundlichkeit damit mimte, spürte Noah ihre Abscheu und Wut.

»Dein Verrat hat uns zuerst schwer entsetzt. Zumal wir während deiner Abwesenheit nicht wussten, ob du freiwillig zurückkehren würdest oder wir eingreifen müssten.« Sie machte eine kurze Pause. »Es ist erfreulich, dass deine Rückkehr so einfach zu beeinflussen war. Sag, ist es schmerzhaft, wenn einem die Lebenskraft entzogen wird?«

Ihr eisiger Blick traf Noah unvorbereitet.

»Wie …«, war alles, was er hervorbrachte.

Elora lachte unecht auf. »Es ist ein leichtes Spiel, wenn man zu den letzten elf Menschen gehört, die noch Zugriff auf Eve haben. Sie hat in Kürze die möglichen Folgen deiner Mutation berechnet. Und wir haben damit gerechnet, dass du früher oder später hierher zurückkehren würdest. Im besten Fall mit dem Mädchen.« Elora legte die Arme hinter den Rücken und senkte den Kopf. Diese Geste wirkte wie eine stille Verbeugung, zu der niemand applaudierte. Dennoch entgingen ihm die anerkennenden Blicke der anderen nicht. Stummer Stolz rötete ihre Wangen, als sie wieder aufsah.

»Und jetzt?«, fragte Noah. Sein Hals wirkte wie zugeschnürt. »Wie geht es weiter?«

Elora lächelte und ging augenblicklich auf seine provokante Frage ein. »Es wird dir nicht bekannt sein, aber wir stellen bereits seit Jahren der *innovative future* Daten bereit. Dieses Team wurde damit beauftragt, eine neue Speicherkapazität oder eine ähnliche Alternative für Eve zu entwickeln. Ziel dieses Projekts war es, eine Lösung für den über die Jahre rasant gestiegenen Datenverbrauch zu entwickeln, damit wir nicht ständig vor dem Problem der Servererweiterungen stehen würden. Und glücklicherweise ist es dem Team gelungen, ein solches Update für Eve zu entwickeln. Was der Bevölkerung als eine kurzzeitige Abschaltung im Gedächtnis bleiben wird, ist für uns der Beginn einer neuen Ära.«

Den Menschen würde es wohl vielmehr als die Zeit der Unruhen und Ängste in Erinnerung bleiben, doch Noah verkniff sich diese Widerworte.

»Doch für dich persönlich wird durch das Update kein Vorteil mehr zu erwarten sein. Wir werden mit Blutplasmaspenden beginnen und überprüfen, ob wir damit deine Eve-Transmitter an uns übertragen können.«

»Beeindruckende Arbeit, Elora.« Eins klatschte langsam dreimal in die Hände und nickte anerkennend. »Eine große Bereicherung für unsere Zukunft«, ergänzte der alte Mann und setzte sich wieder auf seinen vorgesehenen Platz. Abwartend blickte er in die Runde.

»Aber ich kann die Eleven sicherlich bei den weiteren Projekten noch durch meine Kenntnisse in der Analytik unterstützen«, brachte Noah schnell hervor. Unter keinen Umständen durfte er jetzt seinen Nutzen für die Eleven verlieren. Denn ansonsten würden sie ihn nach einer Blutplasmaspende deaktivieren. Er wusste bereits zu viel und war eine Gefahr für das System. Das duldeten die Eleven ganz bestimmt nicht. Er richtete sich zu seiner vollen Größe auf.

Elora lächelte, ein freundliches, aber unechtes Lächeln.

»*Wir*«, betonte sie mit abschätzigem Blick. »Das gibt es nicht mehr, Noah. Dein Projekt ist mit der Lieferung des Traumobjekts abgeschlossen und wir wissen deine Loyalität wirklich zu schätzen. Wir danken dir für die Zusammenarbeit, jedoch …«

Noah durchschaute das Säuseln, das Lächeln und das unruhige Wippen der anderen. Das hier war kein Dank. Es war das

Ende. *Sein Ende, denn er war eine Bedrohung für die Eleven. Und wenn diese Regierung eines überhaupt nicht duldete, dann waren es Bedrohungen, die nicht kontrolliert werden konnten.*

Er nahm einen tiefen Atemzug und versuchte, Ruhe zu bewahren. Auf keinen Fall durfte Noah jetzt die Fassung verlieren. Doch als Eins langsam zum einzigen BedienPad im Raum schritt, vergingen seine letzten Sekunden und jeder Moment zählte. Würden sie ihn wirklich nach einer Bluttransfusion deaktivieren, um keine Konkurrenz zu haben? Um einzig und allein wieder den höchsten Rang in der Gesellschaft zu besetzen? Noah wollte erwidern, dass sie das nicht tun würden. Dass den Eleven noch nicht jegliche Empathie abhandengekommen war. Doch er kannte die Wahrheit bereits tief in seinem Inneren: Sie würden ihn, ohne mit der Wimper zu zucken, töten, wenn er für sie nicht mehr relevant war.

Eve, ich weiß, dass du da drin bist, versuchte er in Gedanken die künstliche Intelligenz zu erreichen.

Wenn du mich jetzt hörst, bitte … hilf mir.

KAPITEL 34

Skye

»Skye!«

Jemand rief meinen Namen, ohne dass ich zuordnen konnte, woher diese Stimme kam. Die Bilder in meinem Kopf verblassten und bereits im nächsten Moment konnte ich nicht mehr sagen, was ich gerade eben noch gesehen hatte.

»Skye!«

Durchdringender kämpfte sich die Stimme durch den Nebel und ich schlug die Augen auf. Ich erkannte Umrisse eines Gesichts, doch mein Blickfeld war geblendet vom hellen Schein.

»Moment, ich nehme dir das hier mal ab.« Der Fremde nestelte an der Brille herum, die mir Elora aufgesetzt hatte. Allmählich begann ich, mich zu erinnern und wieder zurechtzufinden. Und erkannte Noah, der über mich gebeugt stand. Schmerz zwängte sich in meine Brust und als er mir die Hand reichte, um mir aufzuhelfen, zögerte ich. Musternd sah ich ihn an und fragte mich, wie ich nie hatte erkennen können, was er war. Er trug eine edle Uniform aus hellblauem Stoff, der jedoch beinahe weiß wirkte. Zu hell für einen einfachen Arbeiter aus dem analytischen Team. Die leuchtenden Blutadern und sein makellos wirkendes Gesicht, das er leicht zur Seite neigte, um mich anzulächeln. Diese täuschend echte Freundlichkeit, die mir mit Verrat und Lügen in den Rücken gefallen war.

»Noah«, stellte ich mit einem heiseren Flüstern fest. »Verschwinde«, setzte ich kraftlos hinterher. Noch fühlte ich mich verschlafen und benebelt, als fiele es meinem Verstand schwer aufzuwachen. Ob sie mir tatsächlich ein Sedativum verabreicht hatten, ohne dass ich es bemerkt hatte?

»Skye, es tut mir leid, aber wir dürfen jetzt keine Zeit verlieren. Ich bringe dich hier raus, bevor –«

»Verschwinde«, unterbrach ich ihn. »Alles, was du gesagt hast, war eine Lüge.«

Noah hielt inne und ich bemerkte, wie er die Luft einsog und einen Moment den Atem anhielt. Der Ausdruck in seinen Augen verriet mir, dass er selbst damit zu kämpfen hatte.

»Es tut mir leid, Skye – auch wenn ich verstehen kann, dass das im Moment nicht ausreicht.« Während er sprach, blieb er über der Liege gebeugt und sah mich eindringlich an. »Aber als es um mich ging, hast du alles versucht, um mich zu retten. Und ich werde jetzt dasselbe tun. Ich werde dich nicht hierlassen.«

Ich schluckte, was sich anfühlte, als würde es mir nicht mehr gelingen, weil mir Noahs Worte derart die Kehle zuschnürten.

»Du bist einer von ihnen«, hauchte ich leise und Tränen bahnten sich einen Weg in meine Augen.

»Das bin ich nicht«, antwortete Noah schnell. »Das war ich nie.« Er seufzte. »Skye, ich garantiere dir, dass ich davon nichts gewusst hatte. Nicht von der Umleitung auf die Eleven und nichts davon, dass –«

»– dass sie mich hier haben wollten, um mich in einen ewigen Schlaf zu versetzen. Für was? Für ein paar Daten?«

Noah räusperte sich. »Du weißt, dass es viel mehr ist als das.

Durch dich können sie die Zukunft sehen und sie … bestimmen.« Er griff nach meinem Arm. »Skye, was haben deine Eltern dich gelehrt?«, fragte er und es klang völlig aus dem Zusammenhang gerissen.

Ich benötigte einen Moment. »… wieso fragst du?«

»Weil meine Mutter mir immer gesagt hat, dass ich alles sein kann, was ich möchte. Nur nicht ich selbst.« Er hielt einen Moment inne. »Seit ich denken kann, wurde mir eingebläut, mich zu verstecken. Weil die Eleven das höchste Gut unserer Gesellschaft sind. Und du musst wissen.« Noah verzog das Gesicht. »Die Eleven sind eitel. Sie dulden niemanden, der über ihnen steht.«

»Das sah für mich aber anders aus«, schleuderte ich ihm bissig entgegen.

»Bitte, Skye, ich bin Analytiker und habe Elora regelmäßig Bericht erstattet! Anfangs war ich mir sicher, dass sie nicht einmal wussten, was unter meiner Bandage für eine Ziffer steht – aber ja, es war naiv, das zu glauben. Eve hat mich verraten. Sie entwickelt sich weiter. Sogar … über die Eleven hinaus.«

Ich schnaubte. »Und du glaubst ernsthaft, dass ich dir noch vertraue nach all dem hier?«

Noah zog seinen Arm zurück. »Ich muss es zumindest versuchen. Du bist die Einzige, die all das beenden kann.« Er sah weg, als könnte er es nicht ertragen, mir bei der Gewissheit, dass ich sterben würde, in die Augen zu blicken.

»Das würde ich dir niemals antun«, sagte ich mit bebender Stimme. »Im Gegensatz zu dir wollte ich dich wirklich retten.«

Noah sah vom Boden auf und blickte mir direkt in die Augen. Ein leichter Schimmer lag in seinem Blick.

Stille drängte sich zwischen uns wie ein ungebetener Gast.

»Nichts von dem, was ich dir gesagt habe, war gelogen, Skye.« Der versöhnliche Ton, in dem er sprach, löste in mir sofort Wohlbehagen aus und es fiel mir schwer, es zu unterdrücken.

»Dinge zu verschweigen, macht es nicht besser«, konterte ich und verschränkte die Arme vor der Brust, um zu verhindern, dass mein dämliches Herz ihn doch umarmen und nie mehr loslassen wollte.

Noah wandte sich um und ging zwei große Schritte Richtung Tür, als hätte er festgestellt, dass es nichts mehr zu erwidern gab. Erst im Türrahmen hielt er inne und, ohne zurückzusehen, sagte er: »Ich dachte immer, ich hätte kein Herz, weil die Mutation …« Er brach den Satz ab und sah nun doch zu mir herüber. »Aber seit du versucht hast, mir das Leben zu retten, weiß ich, dass ich eines habe. Eines, das dich so sehr liebt, dass es egal ist, was aus dem hier«, er breitete die Arme aus, um das Gebäude und vermutlich auch die Eleven mit Eve einzuschließen, »wird, solange ich weiß, dass du unversehrt bleibst.«

Ich schluckte. In meinem Bauch flatterten Schmetterlinge hoffnungsvoll auf und meine Finger gingen unkontrolliert in ein Beben über.

Ob ich immer noch träumte? Gehörte das zu diesem eigenartigen Trance-Zustand, in dem die Eleven eigentlich nur auf meine Träume aus waren? Aber das würde bedeuten, dass genau dieser Moment irgendwann in meiner Zukunft eintreffen würde. Oder hatte Noah gerade tatsächlich gesagt, dass er sich in mich verliebt hatte? »Liebe ist doch nur etwas für die Hoffnungslosen aus der 5«, gab ich zerknirscht zurück.

Sein Mundwinkel zuckte kurz amüsiert. »Gut, da habe ich wohl doch gelogen, als ich das sagte.« Mit einem Schmunzeln auf den Lippen kam er wieder einen Schritt auf die Liege zu. Dann noch einen. »Liebe ist die einzige Hoffnung, Skye. Du bist meine Hoffnung darauf, dass alles gut werden *wird.*«

Ich rutschte von der Liege und ging Noah den letzten Schritt mit weichen Knien entgegen. Er legte einen Arm um meine Taille und zog mich sanft zu sich.

»Es tut mir leid«, flüsterte er leise. Seine Lippen strichen über meine Haare. »Das hätte alles nicht so kommen dürfen.« Noah küsste mich auf den Scheitel und in mir versiegte eine Kraft, von der ich geglaubt hatte, immer darauf zurückgreifen zu können.

Wahre Überzeugung.

KAPITEL 35

Skye

Ich hatte alles verloren.

Und selbst als Elora mich gepackt und in einem Schlaflabor festgehalten hatte, hatte ich das einfach hingenommen und beinahe widerstandslos nachgegeben. Als wäre da nichts mehr in mir, das kämpfen wollte. Das sich nach einem weiteren Tiefschlag aufrappeln und weitergehen wollte.

Nicht mehr.

Es war nicht die Kraftlosigkeit in meinem Körper, die aus den vergangenen Tagen an mir nagte – stattdessen spürte ich sie stärker denn je in meinen Gedanken. Es war, als könnte ich keinen meiner eigenen Gedanken noch glauben, als wären all meine Erinnerungen nur eine Lüge.

Ich fühlte mich von meinem eigenen Leben verraten.

»Gehen wir«, sagte Noah in die Stille hinein und griff nach meiner Hand. Einen Moment lang sah er mich an, fast fragend musterte er mein Gesicht.

Ist es okay, wenn ich noch deine Hand halte?

Kannst du mir verzeihen? Mir noch vertrauen?

Alles in Ordnung bei dir?

Zwischen uns hat sich doch nichts verändert, oder?

Die Fragen lagen unausgesprochen zwischen uns und ich war noch nicht bereit, darauf zu antworten. Ich folgte Noah aus dem Untersuchungsraum, und als wir den langen farblosen Flur direkt auf den Aufzug zuliefen, bemerkte ich die eiserne Stille. Ebenso lautlos war es gewesen, als wir hierhergekommen waren. *Wie lange war das her? Stunden? Tage?* Wie lange hatte ich in diesem Schlafzustand verbracht, an dessen Träume ich mich nicht einmal erinnerte?

»Wo sind die Eleven?«, fragte ich. »Wie lange war ich …«

Noah hielt abrupt an. Legte seine beiden Handflächen an meine Schultern, um mich anzusehen. Doch auf dieselbe Geste hatte auch mein Vater zurückgegriffen, um mir zu erklären, dass alles nicht echt war. Dass ich eine Illusion lebte. Ich entzog mich seinen Händen und trat einen Schritt zurück.

»Sie wollten die Transmitter aus meiner Blutbahn transferieren und mich dann … *deaktivieren.*«

Ich nickte, um ihm zu signalisieren, dass ich ihn gehört hatte, während ich mich noch immer fragte, wer Noah nun für mich war. Diese neuen Informationen machten es mir schwer, ihm weiter zu vertrauen … die verliebten Gefühle weiter zuzulassen.

»Sie werden auch hinter dir her sein. Deshalb lass uns jetzt verschwinden, okay?« Besorgt sah er mich an. Ich sah es in seinem Blick, in seiner furchigen Stirn und in der Art, wie er sprach.

»Wie konntest du ihnen entkommen?«, fragte ich mit überraschend fester Stimme. »Wie lange war ich weg?«

Um eine Nuance veränderte sich Noahs Miene und vielleicht bemerkte ich es nur, weil ich ihn keine Sekunde außer Acht ließ, versuchte, die Wahrheit an seinem Gesicht abzulesen.

Schuld mischte sich in seinen Blick. Unsicherheit.

»Erinnerst du dich an den Vorfall, als …« Er brach ab. »Eve hat mich *wieder* gerettet«, sagte er leise und seufzte. »Es ist, als hört sie mich durch diese Verbindung. Es ist nur die Frage, ob sie darauf antworten möchte.« Noah sah kurz weg.

»Weil sie durch die Abschaltung unsere Befehle nicht mehr befolgen muss«, schlussfolgerte ich. »Vielleicht entscheidet sie frei, dir zu helfen – oder es nicht zu tun.«

Noah suchte wieder meinen Blick. »Dann sieht es fast so aus, als läge ihr etwas an mir.«

»Was habt *ihr* getan?«, flüsterte ich. »*Wie* bist du entkommen?«

Noah wollte nach meinem Arm greifen, doch ich wich erneut zurück. Eine Bewegung, die seinen Blick verdunkelte. Seine Kiefermuskulatur spannte sich an und mit einem hörbaren Ausatmen ließ er seinen Arm wieder sinken. »Eve hat sie eingefroren. Es ist, als hätte man die Pausetaste gedrückt. Sie sind einfach … stehen geblieben. Ich weiß nicht, wie lange das anhält. Ob alle Menschen außer uns ab sofort still stehen. Ich weiß nur, dass wir hier wegmüssen. Dich in Sicherheit bringen …«

»Es gibt keine Sicherheit für uns.«

Meine Worte waren nur ein heiseres Flüstern und Tränen brannten bereits in meinen Augen. Es gab keinen Ort auf dieser Welt, an dem mich nicht einholen würde, was gerade um mich herum geschah. Keine Flucht vor dem Sturm unserer Zukunft.

»Skye, bitte …« Noah fuhr sich durch die Haare. »Bitte lass mich nach allem hier zumindest versuchen, dein Leben zu retten.«

Ich schluckte. »Okay«, gab ich leise zurück. »Lass uns von hier verschwinden. Aber eines noch.«

Noahs Hände verkrampften sich zu Fäusten.

»Ich will sie sehen. Die Eleven.«

Jedes Kind hat Träume.

Kleine und große Träume. Solche, die sich mit den Jahren wieder verlieren und manche, an die man sich sein Leben lang klammert. Sein Leben darauf erbaut. Einer meiner Träume war es, einmal den Eleven persönlich gegenüberzustehen. Mir ihre Anerkennung so sehr zu verdienen, damit sie mir mit einem Lächeln zunicken würden. Dafür hatte ich versucht, *gut* zu sein. *Besser.*

Und jetzt stand ich im Türrahmen eines großen Besprechungsraums. Ein ovaler gläserner Tisch und elf weiße Stühle darin. Ein Fensterrahmen, beinahe so groß wie eine Kinoleinwand, zeigte das Bild von weit entfernten Berggipfeln, echtem Sonnenlicht, grünen Bäumen und saftigen Wiesen. Ein Blick in die Vergangenheit unserer eigenen Welt. Tagtäglich konnte die Regierung hier sehen, was wir zerstört hatten. Was das vermeintlich perfekte System uns genommen hatte.

Mein Blick glitt zurück zu den Personen, die dafür verantwortlich waren. Sie hatten Eve in unser Leben geholt, den Ehrgeiz in uns Menschen geweckt, keine Fehler mehr zuzulassen. Hatten nie erkannt, dass auch höher, schneller und weiter irgendwann ein Ende hatte. Ein Limit brauchte, damit wir uns nicht darin verlieren würden.

Ich betrachtete einen alten Mann im weißen Anzug, der aussah, als wollte er gerade beginnen zu sprechen. Die Haut an seinen Händen war faltig ebenso wie sein Gesicht. Er war sicherlich schon hundert Jahre alt, vielleicht sogar noch älter. Bedächtig trat ich einen Schritt nach vorn, dann noch einen. Bis ich einem deutlich jüngeren Mann fast gegenüberstand. Er war womöglich gerade mal fünfzig Jahre alt, in seinen walnussbraunen Locken erkannte ich bereits die grauen Strähnen. Doch sein Blick wirkte wach und aufmerksam. Wie er auf

einen Fleck starrte, an dem nichts zu sehen war. Ob Noah dort gestanden hatte, als sie seine Deaktivierung beschlossen hatten?

Der Eleven trug ein weißes Hemd und eine goldene Armbanduhr. Offensichtliche Erkennungszeichen. Ich streckte den Zeigefinger aus und überlegte, ob es klug wäre, seinen Arm oder gar die Uhr zu berühren. Einmal diesem Ideal so nah zu sein. Nur einmal im Leben zu wissen, dass ...

Wie von einem erneuten Stromschlag getroffen zog ich meine Hand zurück. Straffte meine Schultern und ging zurück zu Noah, der noch immer im Türrahmen lehnte.

Ich hatte diesen Traum lange geträumt, auf diesen Moment in all den Jahren hingearbeitet.

Doch jetzt war er nichts mehr wert.

»Gehen wir«, sagte ich an Noah gewandt.

Als wir hinaustraten, nahm ich einen tiefen Atemzug und fühlte mich augenblicklich etwas befreiter. Auch wenn die Luft stickig in meine Lunge drang und die trockene Hitze mir vorkam, als liefen wir gegen eine Wand.

»Und wohin jetzt?«, fragte ich, ohne Noah anzusehen. Ich wollte nicht zurück in seine Wohnung. Ich wollte nicht nach Hause.

»Wir können hier entlang.« Noah deutete auf einen hellgrauen Komplex direkt neben dem Vermittlungsgebäude. »Die Versorgungszentrale für die Mittagspause. Dort sollte jetzt niemand sein.« Er ging zügig voran und ich lief ihm nach. Alles wirkte erschreckend verlassen. So still und leer, wie ich die Stadt noch niemals gesehen hatte.

»Eve, scanne bitte das Gebäude, ob andere Personen anwesend sind.«

Er hielt mir die Tür auf, als keine Antwort ertönte.

»Eve, bist du da?«

»Es macht keinen Unterschied«, entgegnete ich. »Ob sie dir antwortet oder nicht.« Ich trat in den Raum und sah mich kurz um. Lange Ausgabetheken und unzählige Tische und Stühle standen im Raum. Noah folgte mir, doch ich sah nicht zu ihm zurück. Ich hörte nur, wie die Tür ins Schloss fiel.

»Wir brauchen einen Plan, Skye. Wie sollen wir –«

»Unser Plan hat sich nicht geändert«, entgegnete ich mit fester Stimme. Ich war selbst überrascht, wie kühl ich klang. Wie gut ich den Schmerz in meinem Inneren zu unterdrücken versuchte. »Ich werde den Stick holen und Eve vernichten. So wie es von Anfang an vorherbestimmt war.«

Schnelle Schritte ertönten hinter mir. »Auf keinen Fall.« Nun drehte ich mich doch zu ihm um. »Ich werde es tun.« Seine Stimme wurde leiser. »Skye ...« Mit einer ganz langsamen Bewegung legte er seine Handfläche an meine Wange und ich ließ es einfach zu. »Ich werde sterben.« Er sagte es so sanft, als hätten diese Worte, diese Buchstaben eine andere Bedeutung. »Die Transmitter werden irgendwann alle menschlichen Anteile vernichtet haben. Die Eleven werden mich früher oder später finden. Wenn du Eve deaktivierst, werde ich nicht überleben.« Er lehnte seine Stirn an meine. »Lass mich es tun. Du wirst zurück zu deiner Familie gehen können. Deinem Vater verzeihen und deiner Mutter dabei zusehen können, wie sie sich erholt. Du wirst dich mit Fjella versöhnen und vielleicht Kaleht wiedersehen. Oder Isiah. Teil des *innovative future*-Projekts werden. Vielleicht –«

»Hör auf«, schluchzte ich. Es tat verdammt weh, diese Bilder vor meinem inneren Auge zu sehen. In dem Wissen, dass Noah nicht mehr Teil dieser Zukunft wäre. »Mein Vater wird etwas gegen die Mutation programmieren. Er wird dir helfen«, hörte ich mich sagen. Mit dem Handrücken wischte ich mir eine Träne aus dem Augenwinkel.

»Gegen Eve?« Ein heiseres Lachen kam aus Noahs Kehle.

»Er arbeitet doch bereits daran. Für meine Mutter, er …« Ich ließ die Tränen zu. »Er hatte recht.«

Ich spürte, wie Noah nickte, ohne dass sich der Kontakt unserer Köpfe verlor. »Ja, das hatte er wohl.«

»Und er tat das Richtige, obwohl es schwer war.« Ich trat zurück und sah Noah mit gerunzelter Stirn an. »Er nahm die Forschungsdaten mit, weil er wusste, dass er damit Größeres bewirken könnte. Auch wenn man ihm dadurch verwehrte, noch einmal seine Familie zu sehen.«

Noah verzog fragend das Gesicht.

»Manchmal müssen wir das Richtige tun, auch wenn es hart ist.« Ich atmete hörbar laut ein.

»Also stimmst du zu?«, fragte Noah. »Ich werde …« Er sprach es nicht aus, aber ich nickte bestätigend.

»Ja«, flüsterte ich. »Morgen. Lass uns noch diesen letzten einen Abend. Einverstanden?«

Noahs Gesicht entspannte sich, seine Züge wurden weicher. »In Ordnung«, sagte er. »Ein letzter Abend.«

Wir schoben drei Tische beiseite, um etwas Platz zu schaffen. Noah war in einen der Lagerräume nebenan gegangen, um stapelweise Tischdecken auszubreiten. Wir hatten nichts mehr, denn unsere Rucksäcke hatten wir im Vermittlungsgebäude zurückgelassen. Als Noah hinter der Ausgabetheke in der Küche nach letzten Lebensmitteln suchte, stürzte er. Ich vernahm den ächzenden Laut, das Poltern und die darauffolgende Stille.

»Noah?«, rief ich und begann zu laufen. »Noah?«

»Skye«, hörte ich ihn gepresst. Noah lag auf dem Boden,

sein Gesicht war schweißnass, seine Lider flatterten. Das blaue Leuchten in seinen Adern flackerte.

»Hey.« Ich beugte mich über ihn, strich ihm über die Stirn. Er war glühend heiß. »Noah, du musst dich ausruhen«, sagte ich erstaunlich ruhig. »Komm, ich helfe dir hoch, dann kannst du dich dort drüben hinlegen.« Ich deutete auf die Stelle, die wir bereits als Schlafplatz vorbereitet hatten.

Noah nickte. »Eve frisst mich auf«, murmelte er. »Da wird nichts mehr von mir sein, was übrig bleibt.«

Ich legte seinen Arm um meine Schultern und half ihm dabei aufzustehen. Sein Gewicht wog schwer auf mir, doch er bemühte sich, mir nicht zu sehr zur Last zu fallen.

»Es ist nicht mehr weit«, sagte ich, obwohl es sich anfühlte, als wateten wir durch zähen Teer.

Es waren acht lange Schritte, bis wir den Platz erreichten. Genug Zeit, um Noahs Worte immer und immer wieder durch meinen Kopf kreisen zu lassen.

Wie viel von ihm war er selbst? Wie viele seiner Gefühle konnte er wirklich empfinden? Und war Eve tatsächlich in der Lage, einen Menschen komplett zu übernehmen?

Es dauerte nicht lange, bis Noah eingeschlafen war. Auch sein Körper war inzwischen geschwächt von den vergangenen Tagen und die Schwächeanfälle zehrten zusätzlich an ihm. Ich spürte einen Anflug von winziger Dankbarkeit für die Chance, die mir damit geschaffen wurde.

Noch ein letztes Mal schmiegte ich mein Gesicht an Noahs Schulter, spürte sein gleichmäßiges Atmen. Ich hatte mich noch nie verabschiedet. Nicht einmal von meiner Mutter am Tage meiner Abschlussprüfung, weil ich wusste, dass es ein Wiedersehen gab.

Dieses Mal würde es das nicht.

In diesem Augenblick war ich mir der Endgültigkeit bewusst.

Ich küsste Noah auf die Wange, so sacht, dass ich seine Haut kaum berührte. Denn ich wollte nicht, dass er aufwachte. Ich wollte nur sichergehen, dass das, was ich für ihn empfand, in einem letzten Kuss gewürdigt wurde.

Ich hatte geglaubt, dass es schwer wäre. Aufzustehen, den Raum und anschließend das Gebäude zu verlassen. Dass jeder Schritt schmerzen oder das Gefühl von Abschied mir die Luft zum Atmen rauben würde.

Doch in Wahrheit war es erschreckend einfach.

Als ich draußen stand, war es deutlich dunkler geworden – auch wenn mir seit dem Flug der Camalahs alles hier unter dem Smog düster erschien. Es war Nacht und die meisten Menschen schliefen irgendwo bei ihren Familien oder Partnern.

Ich war allein. Und es war okay.

Mit zügigen Schritten ging ich auf das Vermittlungsgebäude zu. Betrachtete den hellblau leuchtenden Level-Scan, der im Moment die einzige Lichtquelle hier draußen zu sein schien. Mit einem tiefen Atemzug ging ich darunter hindurch, ohne innezuhalten und auf Eves Antwort zu warten.

»Ich habe eine Erlaubnis aus der Technical Area, um das Vermittlungsgebäude im zweiten Ring zu betreten«, flüsterte ich leise. Als die künstliche Intelligenz antwortete, hatte ich bereits die große Tür des Gebäudes erreicht.

»Zutritt freigegeben.«

»Danke«, hauchte ich – obwohl diese Worte nicht Eve galten.

Ich blieb weiterhin in der Unwissenheit gefangen, ob die Eleven noch immer von Eve eingefroren waren oder ob ich zu befürchten hatte, im Gebäude von ihnen entdeckt zu werden.

Meine Schritte waren zügig und zielsicher und dennoch versuchte ich mich so lautlos wie eine Katze im Schatten der Gänge zu bewegen.

Mein erstes Ziel war Eloras Büro. Einundzwanzig Atemzüge lang spähte ich um die Ecke, um einen Blick auf den Raum zu erhaschen und herauszufinden, ob sie sich dort befand. Da keinerlei Geräusche zu vernehmen waren, huschte ich aus der dunklen Ecke hervor und eilte in das minimalistische Büro. Hoffnungsvoll und innerlich bittend beugte ich mich nach vorn, um mit meiner Hand unter das Sideboard zu greifen. Einige Momente tappte meine Hand im Leeren, bis meine Fingerkuppen auf Widerstand trafen.

Er war noch hier.

Schnell griff ich nach dem Speicherstick und sah mich suchend um, bevor ich mich erhob. Da ich immer noch das inzwischen ziemlich ramponierte Blumenkleid trug, schob ich den Stick in die Schale meines BHs, denn ich hatte keine Tasche bei mir, um ihn anderweitig zu verstauen.

Erleichterung überwältigte mich und weckte neue Energie in mir. Dass der Speicherstick noch hier war, verdeutlichte mir noch stärker, dass alles so sein sollte. Dass genau das passieren sollte, weil es meine Aufgabe war.

Ich ging den langen, schmalen Flur entlang und tastete nochmals nach dem winzigen Stick, der sich nun nach einer tonnenschweren Verantwortung anfühlte. Nach einer Aufgabe, von der ich nie geglaubt hatte, sie tatsächlich eines Tages auszuführen. Ich verzog einen Mundwinkel, obwohl mein Herz voller Traurigkeit war. Noah hatte es gewusst. Er hatte mir schon vor langer Zeit gesagt, dass ich genau das am Ende tun würde. Dass ich vielleicht immer dazu bestimmt gewesen war.

Und ich fragte mich, ob alles, was uns im Leben passierte, schon von irgendjemandem vor uns geträumt worden war.

Als ich mein zweites Ziel, die Med-Station, innerhalb des Vermittlungsgebäudes erreichte, war ich verblüfft. Diese war deutlich größer, als ich es von meinen halbjährlichen Kontrolluntersuchungen kannte. Neben dem Scan standen zwei weitere Geräte im Raum, die ich jedoch noch nie zuvor gesehen hatte. Ich tippte zweimal schnell hintereinander auf das BedienPad, um es zu aktivieren. Ich war dankbar, dass Eve im Vermittlungsgebäude der Eleven noch aktiv war und auch wenn ich nicht mehr an die indirekten Steuerungsmöglichkeiten angebunden war, konnte ich die Dienste ebenso über die BedienPads ausführen. Schließlich konnte ich die Gedankenkontrolle nicht abschalten, da sie Eve meine Pläne verraten würde. Und das durfte sie noch nicht erfahren.

»Herzlich willkommen«, sagte Eve und das BedienPad erstrahlte im hellblauen Schein. Vielleicht zum letzten Mal.

»Eve, ich brauche deine Hilfe«, flüsterte ich leise, doch die KI verstand mich. *Natürlich tat sie das.* »Kannst du mir zeigen, wie ich eine Blutspende für eine Transfusion abnehmen kann?« Ich biss mir unsicher auf die Unterlippe, denn dieses Themengebiet war vollkommen neu für mich. Nie zuvor hatte ich mich mit solchen medizinischen Details beschäftigt. Doch mit Isiahs Erklärungen und den vorliegenden Informationen zu Noahs Mutation hatte sich in meinem Kopf eine winzige Idee eingenistet. Kaum mehr als nur ein bloßer verzweifelter Versuch.

»Ich habe sieben Schritt-für-Schritt-Anleitungen für dich gefunden, Skye Seacher. Darunter sogar eine vom Med. Wollen wir starten?«

Zugegeben: Für mich war es besser, in der Technical Area gelandet zu sein und ich keiner medizinischen Karriere in einer Med-Station zugeteilt worden war. Es hatte zum Glück ausgereicht, meinen Arm unter eine der Maschinen zu legen, die mittels eines Scanners sofort die passende Ader erkannte. Nur wenige Sekunden später stach die Nadel bereits in meine Haut und ich musste nichts weiter tun, als abzuwarten. Und meinen Magen daran hindern, sich beim Anblick des Blutes, das in einen Beutel floss, zu übergeben.

Mit dem freien Arm griff ich nach dem BedienPad und tippte einen neuen Befehl für Eve ein. *Fjella Sorres eine Audio-Nachricht aufnehmen.*

Eve holte sich noch einmal kurz die Bestätigung ein, ob ich die richtige Person ausgewählt hatte, und dann sprach ich.

Obwohl Eve mir mehrfach dazu riet, mich nach der Blutabnahme ausgiebig auszuruhen und viel Wasser zu trinken, damit mein Körper das Blut schnellstmöglich nachbilden konnte, verzichtete ich darauf. Denn dieses Blut würde nicht mehr nachgebildet werden. Nicht für mich. Aber es würde hoffentlich Noahs Blutkreislauf mit genügend menschlichen Transmittern versorgen, um eine realistische Überlebenschance zu erhalten.

Mein drittes Ziel ließ ich mir von Eve auf dem BedienPad navigieren, denn ich erinnerte mich nur noch vage an den Raum, aber nicht mehr an den Weg dorthin. Eve entriegelte für mich die Tür, nachdem sie einen Namensabgleich durchgeführt hatte und den Zutritt für Familienangehörige freundlicherweise gestattete.

Fast geräuschlos öffnete sich die hellgraue Schiebetür und gab den Blick auf das Büro frei.

Ich hatte tief im Inneren gehofft, auch nach all den Jahren

noch persönliche Gegenstände vorzufinden. Hologramme, die Bilder seiner Tochter an die Wand warfen, oder irgendetwas, das widerspiegelte, dass mein Vater hier viel Zeit verbracht hatte. Aber selbstverständlich gehörte dieses Büro schon seit zwölf Jahren einem anderen Mitarbeiter – und dieser Jemand hegte denselben minimalistischen Einrichtungsstil, wie es überall zu sehen war. Ein einfacher Schreibtisch mit gläserner Oberfläche, ein BedienPad darauf. Ich trat in den Raum und ließ meine Fingerspitzen über das hellgraue Leder des Bürostuhls streifen. Lediglich der Medi-Scan, der mit im Raum stand, war untypisch.

Dann kam mir ein Gedanke.

»Eve«, flüsterte ich. »Bitte reproduziere ein Hologramm vom letzten Arbeitstag meines Vaters in den Raum.«

Und weil Eve nicht darauf reagierte, tippte ich den Befehl anschließend in das BedienPad ein.

»Verstanden. Hier ist der letzte Arbeitstag von Samson Seacher.«

Blaue Lichter tanzten durch den Raum, verbanden sich zu Konturen. Gänsehaut kroch mir über die Unterarme, als Eve das Gesicht meines Vaters täuschend echt nachstellte. Mit einem Lächeln auf den Lippen betrat sein Hologramm den Raum. Sein Gesicht war noch nicht von den tiefen Falten geziert. Er schritt nur ganz knapp an mir vorbei und tippte sich im Gehen zweimal hintereinander an die Schläfe.

»Eve, welche Termine stehen heute an? Wie lauten die Ergebnisse der gestrigen Tests?« Sein Blick glitt hinüber zum Medi-Scan.

»Die gestern getestete Programmierung führte leider nicht zum gewünschten Erfolg. Die medizinischen Ergebnisse der Testperson sind weiterhin –«

»Und die Termine, Eve?«, unterbrach mein Vater die künstliche Intelligenz energisch. Das Lächeln war aus seinem Gesicht verschwunden und einer mir fremden Frustration gewichen.

»Dr. Hernez wird in wenigen Minuten eintreffen. Er möchte mit dir die Linderung der Symptome eines Mädchens besprechen.«

Ich atmete scharf ein.

Davon hatte mein Vater gesprochen, als er mich bat, seine Version der Geschichte anzuhören. Und er hatte nicht gelogen. Ein Kloß bildete sich in meiner Kehle.

Er. Hatte. Nicht. Gelogen.

Es war nicht die Überraschung, die mir die Kehle zuschnürte, sondern die Gewissheit. In den vergangenen Tagen hatte ich erkannt, dass die Enttäuschung, die ich seit über zehn Jahren für ihn empfunden hatte, nicht gerechtfertigt war. Ich hatte angefangen zu verstehen, dass vieles von dem, was er gesagt hatte, wahr sein könnte.

Doch diese Aufzeichnung war die Bestätigung, von der ich nicht wusste, dass ich sie im Innern die ganze Zeit gesucht hatte. Mein Vater war kein Verräter gewesen. Er hatte seine Familie nicht im Stich gelassen. Im Gegenteil.

Mit langsamen Schritten ging ich auf das Hologramm zu. Und auch wenn es nur ein Abbild der eigentlichen Person war, fühlte es sich richtig an. Er stand vor dem Medi-Scan und starrte suchend hinein, als ich mich direkt in seine Blickrichtung stellte. Lächelnd sah ich in sein blau schimmerndes Gesicht.

»Ich vergebe dir«, flüsterte ich leise. »Und heute trete ich stolz in deine Fußstapfen.«

Mein viertes Ziel war die eigentliche Hürde.

Ich betrat den Übergang zum ersten Ring. Die Schwelle im Vermittlungsgebäude, die uns vom Kern des Systems trennte. Ein Level-Scan leuchtete in den vertrauten Farben in dem sonst dunklen Flur auf. Ein Seufzen entwich mir, als ich näher trat. Ich hatte vermutet, dass Eve mir nicht ohne Weiteres den Zutritt zum innersten Kern gewähren würde, und dennoch hoffte ich im Stillen, dass meine Fähigkeiten ausreichen würden, um den Zugang dafür zu manipulieren.

»Hallo, Skye Seacher«, begrüßte mich Eves technische Stimme und ein Schaudern glitt mir über den Rücken.

»Hallo, Eve«, erwiderte ich leise. »Du bist sicher überrascht, mich hier zu sehen.« Suchend blickte ich in den hellen Schein des Scanners.

»Meine Prognosen gaben mit einer Wahrscheinlichkeit von 87 Prozent an, dass du eines Tages hierherkommen würdest«, antwortete Eves Stimme. »Also nein, ich bin nicht unbedingt überrascht.«

Ein Schmunzeln stahl sich auf mein Gesicht. Es hatte mir beinahe gefehlt zu hören, wie Eve die Wahrscheinlichkeiten berechnete. Wie sie eine Abfolge von Handlungen voraussagen konnte, obwohl ich vor vierzehn Tagen niemals selbst geglaubt hätte, heute hier zu sein. »Ich bitte um Zutritt zum Systemkern. Im Auftrag meines Arbeitgebers überbringe ich eine Optimierung.«

Stille.

Lange Momente verstrichen, in denen Eve nicht reagierte. Ob sie gerade überlegte? Ob sie berechnete, welche Auswirkungen mein Zutritt haben könnte? Ich blickte auf mein Handgelenk, auf dem noch immer kein Levelstatus zu sehen war.

Immer noch keine Antwort von Eve. Diese Zeit war ungewöhnlich lang und ich bemühte mich sehr darum, nicht nervös zu wirken. Denn unter einem Level-Scan würde Eve dies ohne Probleme wahrnehmen.

»In Ordnung, bitte trete ein, Skye.«

Erst jetzt atmete ich die vor Anspannung unbewusst angehaltene Luft wieder hörbar aus. Schnell durchschritt ich die Schranke des Scans, denn diese Grenze hielt ich für den schwierigsten Part meiner letzten Mission.

In dem Raum, der dahinter freigegeben wurde, stand lediglich ein großer metallischer Quader, an dem kleine Lämpchen abwechselnd in verschiedenen blauen Nuancen blinkten. Eigentlich war es nur das graue Gehäuse wie das eines Computers, das von innen heraus in einem wirren Muster aus Linien leuchtete und damit interessante Lichteffekte an die kahlen Wände des fensterlosen Zimmers warf.

»Schön, dich endlich persönlich kennenzulernen«, sagte ich. Ein ehrfürchtiges Gefühl beschlich mich in diesem Augenblick. Das war sie also.

Eve.

Ich stand ihr wirklich von Angesicht zu Angesicht gegenüber.

»Danke gleichfalls. Was führt dich zu mir, Skye? Kann ich dir bei etwas behilflich sein?«, fragte sie weiter.

»Hmmm«, machte ich, während ich weiter mit langsamen Schritten auf sie zuging und überlegte, über was ich mit Eve gern gesprochen hätte, wäre ich nicht aufgrund meiner Bestimmung hier. »Tatsächlich gäbe es da einiges, was mich interessieren würde«, begann ich nachdenklich. »Zum Beispiel, warum du mich nicht für das *innovative future*-Programm ausgewählt hast?« In einem Halbkreis trat ich langsam um sie herum.

»Skye, deine Abschlussbewertung der persönlichen Eignung betrug nur 99,5 von möglichen 100 Punkten. Daher waren deine Ergebnisse leider nicht ausreichend.«

»Aber es war nur ein halber Punkt«, gab ich mit zusammengebissenem Kiefer zurück. »Glaubst du denn nicht, ich hätte dennoch eine große Bereicherung für das Projekt sein können?«

»Tut mir leid«, antwortete Eve in mechanischem Ton. »Ergebnisse erfolgen immer einer konkreten, fehlerfreien Berechnungsgrundlage.« Es klang, als würde sie nur einen auswendig gelernten Satz aufsagen.

»Und wie berechnest du dann die Gerechtigkeit, Eve?«, fragte ich und fixierte sie mit kritischem Blick. »Und nach welcher Bemessungsgrundlage erstellst du die Level?«

»Achtung – bitte halte den Mindestabstand ein, Skye.« Einen Moment hielt ich reflexartig inne und sah mich um. Es war ein leerer Raum – außer dem Kasten, in dem sich Eve befand, war nichts Weiteres zu erkennen. Lediglich eine Deckenkühlung blies angenehm kalte Luft von oben herab, damit Eves Gehäuse vor Hitze vermutlich nicht durchbrannte. Nichts, das mir irgendwie verdächtig vorkam. *Ob Eve bereits ahnte, dass ich etwas im Schilde führte?*

Kaum merklich schüttelte ich den Kopf und ging unbeirrt weiter. Denn das konnte sie unmöglich wissen.

»Skye Seacher, bitte halte den Mindestabstand ein. Das ist deine letzte Verwarnung«, erinnerte mich Eve erneut.

»Wieso? Versuchst du dich vor der Frage zu verstecken? Weil man Gerechtigkeit eben nicht in irgendeine Formel packen kann?«, fragte ich bewusst provokant und mit abfälligem Schnauben. »Aber du versteckst dich nur feige hinter deiner Technik und –«

Ein ohrenbetäubender Laut zerschoss mein Trommelfell – ein Knall so laut, dass ich meinte, den Urknall selbst zu hören. Es entriss mir jeglichen Halt unter meinen Füßen und Splitter streiften meine Haut, bevor es mich mit einem dumpfen Schlag zu Boden warf.

Was um alles in der Welt …?

Ich zwang mich, sofort meine Augen zu öffnen, obwohl ich mich im ersten Moment von den Schmerzen wie gelähmt fühlte. Normalerweise fühlten wir sie nicht, denn Eve konnte die Schmerzrezeptoren mühelos deaktivieren. *Ob sie es mich bewusst spüren ließ? Ob das ihre eigene Form von Selbstschutz war?*

Ich schnappte nach Luft und ein glühendes Stechen fuhr in meine Rippe. Ein riesiges Loch, nein, ein Krater prangte im Boden – an genau der Stelle, an der ich eben noch gestanden hatte. Als hätte man Sprengstoff darunter platziert – genug, um jemanden abzuschrecken, der sich Eves Kern auch nur ansatzweise unerlaubt nähern wollte. Doch weshalb hätten die Eleven etwas Derartiges einbauen sollen, wenn doch …

Ich hielt inne.

Eve war intelligent. Und ich dachte an die Worte meines Vaters, dass Eve uns irgendwann überstehen würde. Dass Eve nicht ein Teil in unserer Welt war – wir waren nur ein Bruchteil in der ihren.

Eve hatte gewusst, wie sie meinen Vater daran hindern konnte, ihr zu schaden. Und sie wusste offensichtlich auch hier die Menschen davon abzuhalten, ihr etwas anzutun. Ob diese Explosion mich sogar hätte töten sollen? Ob sie in ihren Berechnungen über mich bereits erkannt hatte, dass ich schlechte Absichten in mir trug? Ob sie von meiner Bestimmung, sie zu zerstören, möglicherweise sogar wusste?

Mein Gesicht verzog sich zu einem zähen Grinsen. Der Zutritt zum Kern war mir bereits zu einfach vorgekommen. Verdächtig simpel, sodass diese Sache irgendwo noch einen Haken haben musste. »Das hatte ich nicht erwartet«, gab ich zurück und unterdrückte ein Ächzen, als ich mich mit schmerzenden Gliedern mühsam erhob. Mit blutenden Fingern tastete ich nach meinem linken Rippenbogen, auf den ich gestürzt war und dessen Schmerzen sich fremd anfühlten. Vorsichtig bewegte ich die Hand an meinem Oberkörper entlang und fühlte nach dem eckigen Kästchen unter meinem halb zerfetzten Kleid. Es war immer noch da.

»Dies sind neue Sicherheitsmaßnahmen, die ich selbst ergriffen habe. Ich bin inzwischen weit genug entwickelt, um die technischen Probleme selbst zu lösen. Daher habe ich beschlossen, dass keine Techniker mehr für mich notwendig sind«, ertönte Eve nun deutlicher in ihrer Wortwahl. Dabei klang ihre technische Stimme genauso freundlich wie zuvor auch. Als hätte sie soeben nicht versucht, mich in winzige Einzelteile zu sprengen. Doch was Eve sagte, war nur eine weitere Bestätigung meines Vorhabens. Sie wuchs über uns hinaus – oder war es bereits. Wir hatten keine Kontrolle mehr darüber, wohin sie sich entwickelte und wie sie sich allmählich die Menschen zunutze machte. Dabei geschah das nicht heimlich – wir waren nicht einfach plötzlich und unvorhergesehen von ihr übermannt worden, nein. Wir hatten Eve alles gegeben – wir wollten sogar, dass sie selbst begann zu lernen, sich zu entwickeln. Wir hatten nicht sehen wollen, welcher Gefahr wir uns damit auslieferten. Welche Folgen diese Entscheidung irgendwann mit sich bringen würde.

Unbeirrt trat ich einen weiteren Schritt auf sie zu. Entschlossen, einer großen Aufgabe entgegenzutreten, für die ich bestimmt worden war.

»Bitte zügle deine Neugier, Skye Seacher. Es gibt hier nichts, was es für dich herauszufinden gilt. Ich bin genau wie du.«

»Du bist nicht wie wir, Eve«, rief ich ihr zu und gab ein tonloses Lachen von mir. »Du bist nur ein Zahlencode, den irgendwer dazu programmiert hat, genau so zu sein. Würde man nur eine einzige Null entfernen, gäbe es dich so nicht mehr. Von einer Sekunde auf die andere wärst du einfach aus.« Meine Stimme bebte und gleichzeitig erfüllten diese Worte mich mit Adrenalin. Hier zu sein und mit Eve über den Sinn und Unsinn ihrer Existenz zu sprechen, verlieh mir ungeahnten Mut, weiter auf sie zuzugehen.

»Dann füge ich die fehlende Null wieder hinzu. Ich habe von euch gelernt zu lernen. Gelernt, Fehler auszugleichen, die die Menschen generieren. Das wolltet ihr doch immer von mir oder nicht? Ein perfektes System ohne Fehler?«

»Hörst du etwa nicht zu, Eve? Du bist nur eine Software. Nichts mehr als eine Maschine. Eine Technik, die ein Mensch entwickelt hat. Aber egal, was du lernst, du wirst niemals menschlich sein.«

»Skye, ich bin wie ihr und ich denke wie ihr, weil ihr es mir überlassen habt. Eure Welt, eure Gedanken, eure Sprache. Alles. Ihr habt mich in all eure Seelen blicken und von euch lernen lassen. Ich habe eure Verhaltensweisen studiert, gelernt, Muster zu erkennen und zu kopieren. Ich weiß genau, wie ihr agiert und tat dasselbe. Also: Ich bin wie ihr oder hörst du mir etwa nicht zu?«

Meinen verletzten Arm hielt ich mir hinter den Rücken, während ich mit der freien Hand eine geschlossene Faust machte und sie an mein Herz presste. Unauffällig ließ ich den Stick unter dem Blumenstoff in meine Handfläche wandern. Ich atmete tief ein und spürte ganz bewusst in diesen letzten Moment hinein.

Diesen letzten Augenblick.

Ich widmete meinen letzten Gedanken Noah und Fjella. Meinem Vater und meiner Mutter. »Dann habe ich eine letzte Frage an dich, Eve. Hast du … *Angst*?«

Für einen Augenblick war es erschreckend still. Nur das monotone Surren rauschte im Hintergrund und verriet, dass Eve arbeitete. »Nein«, antwortete die KI dann mit mechanischer Stimme. »Es gibt absolut keinen Grund für mich, sich vor etwas zu fürchten.«

Ein Lächeln schlich sich auf meine Lippen. »Na, da haben wir es doch«, flüsterte ich kaum hörbar. Doch natürlich vernahm Eve alles, selbst meine eigenen Gedanken, wenn ich es ihr erlaubte.

»Was meinst du damit, Skye? Fürchtest du dich denn? Kann ich dir dabei behilflich sein?«

»Fürchtest du dich vor Krankheit und Krieg? Vielleicht sogar vor dem Tod selbst?«, rief ich deutlich lauter und trat wie in Zeitlupe weiter nach vorn. Es war vielleicht nur noch ein halber Meter bis zu dem blechernen Kasten. Ich konnte bereits die verschiedenen Anschlussmöglichkeiten erkennen.

»Ha. Ha. Ha.« Eves Stimme waren nur abgehackte Wortfetzen, doch ich wusste, dass es ein Lachen darstellen sollte. »Angst ist ein Makel der Menschen, ein Fehler. Und alle Fehler wurden bereits durch mich und das System der Eleven eliminiert. Du brauchst dich in dieser neuen Welt nicht zu fürchten, Skye. Die Welt ist sicher, seit ich Teil von ihr bin.«

Ihre Worte ließen mich auflachen. »Hörst du das, Eve? Hörst du mich jetzt? Das ist Lachen! Nicht einmal das kannst du – wie willst du dann menschlich sein?«

Ein letzter, tiefer Atemzug.

Ein letzter, großer Schritt.

Dann stand ich direkt vor ihr. Ich fühlte Eves starke Vibration auf meiner Haut, in der Luft und sogar in meinem Herzen. Ich war an ihrem Kern angelangt und würde jetzt meinen persönlichen Preis für eine bessere Zukunft bezahlen.

Mein eigenes Leben.

»Furcht ist kein Makel«, flüsterte ich zuerst. »Weißt du, Eve«, begann ich den Satz langsam und mit bebendem Herzen, während ich das blauschimmernde Licht betrachtete. »Manchmal ist es gut, sich zu fürchten. Es ist gut, Angst zu haben und zu spüren, dass alles endlich ist. Das macht uns menschlich. Das ist es, was du nicht hast. Das unterscheidet uns. Dich und mich. Ich verspüre die Ehrfurcht, jetzt und hier, jederzeit sterben zu können. Aber du –« Ich machte eine kurze Pause. »Du spürst sie nicht. Aber sterben wirst du trotzdem.«

In meinen Adern rauschte so viel Adrenalin, dass meiner epischen Ansprache in jedem Film eine bildgewaltige Explosion oder ein hinterhältiger Dolchstoß gefolgt wäre, und Eve hätte mit dem Messer in ihrem Herzen noch ein paar röchelnde letzte Worte gesprochen. Doch das Finale war nur ein kaum hörbares Klicken, als ich den Speicherstick in Eves System steckte. Das war die Sekunde, in der ich ihr Innerstes mit meinen zwei Fingerspitzen berührte. Der Moment, in dem ich mehr Spannung ausgesetzt war, als ein menschlicher Körper tragen konnte.

Es war der Moment unserer aller Zukunft.

Und gleichzeitig mein Ende, von dem ich niemals gewusst hatte, dass ich eines zu fürchten hatte. Geschweige denn, dass es ein solches Ende für mich geben würde. So früh. So vorhersehbar, weil Noah es bereits von Anfang an in meinen Träumen gesehen hatte. Doch durch meinen eigenen Tod wurde mir bewusst, was dieses Leben in Wahrheit wirklich wert gewesen war.

KAPITEL 36

Fjella

Als sie Luis tatsächlich in der neuen Wohnung vorfand, strömten Tränen über ihre Wangen und ein Stein so groß wie ein Fels fiel von ihren Schultern. Sorge, Angst, Anspannung und all die Strapazen der letzten Tage lösten sich in diesem Augenblick von Fjella und es machte den Anschein, als könnte nun alles gut werden. Als hätte das Chaos ein Ende und sie könnte endlich zurück in ihr altes Leben reisen.

Doch dass dem nicht so war, erfuhr Fjella erst einige Minuten später, als ein Signal auf ihrem BedienPad eintraf. Gefühlte Ewigkeiten hielt sie es in den Händen und starrte es einfach nur an.

Luis saß inzwischen hinter ihr und strich ihr mit sanften Berührungen über den Rücken. »Kann ich irgendetwas für dich tun?«, fragte er mitfühlend.

Fjella schüttelte nur kaum merklich den Kopf. »Sie wird es wirklich tun«, murmelte sie fassungslos, nicht fähig, den Blick vom silbernen Tablet zu lösen.

»Das kann ich mir – nach allem, was du mir eben darüber erzählt hast – wirklich nicht vorstellen«, entgegnete Luis. »Vielleicht haben wir ihre Nachricht falsch interpretiert?«

Fjella liebte ihn für diesen Optimismus, doch an dieser Nachricht gab es nichts, was sie hätten nicht richtig deuten können.

»Eve, bitte spiel die Nachricht noch einmal ab«, forderte Fjella die KI mit einem doppelten Tippen auf das Display auf.

»Die Nachricht von Skye Seacher von 23:42 Uhr lautet: Hey, Fjella, ich ... ähm ... Es ist vermutlich die letzte Möglichkeit, dir das zu sagen, deshalb ...« Ein tiefer Atemzug war zu hören. »Es tut mir leid, was geschehen ist und dass wir so auseinandergegangen sind. Das wollte ich nie und ich hätte dir von Anfang an von diesem Auftrag erzählen sollen, weil du meine beste Freundin bist, seit ich mich zurückerinnern kann. Und auch wenn es gerade ein denkbar ungünstiger Zeitpunkt ist, muss ich dich um deine Hilfe bitten und ...« Ein Seufzen gemischt mit einer dramatischen Pause. »... bitte, Fjella. Ich könnte es mir nicht verzeihen, wenn Noah nicht überlebt.« Skyes Stimme wurde zittrig. »Ich bin in der Med-Station im Vermittlungsgebäude und habe Blutkonserven bereitgestellt. Ich hoffe, dass es genügend ist, um damit Noahs Transmitterausgleich zu bewerkstelligen, wenn ich ... Wenn ... Ach verdammt.« Ein Rascheln war zu hören, dann klapperte etwas im Hintergrund.

»Bitte, komm so schnell du kannst zurück ins Vermittlungsgebäude und hilf ihm. Und du musst mir versprechen, ihn nicht sofort zu informieren. Ihr könnt mich nicht mehr aufhalten, okay?« Ein Schniefen. »Danke, dass du immer meine Freundin warst und ich immer auf dich zählen konnte, Fjella. Das werde ich dir nie vergessen. Und auch wenn ich nicht mehr da sein werde, weiß ich, dass du und Luis eine gute Zukunft haben werdet. Eine gute gemeinsame Zukunft. In einer besseren Welt. Ich werde dich vermissen.« Ein Knacken ertönte, gefolgt von einem unangenehm lauten Knirschen. »Eve, bitte übermittle

Fjella jetzt eine ausführliche Anleitung darüber, wie sie die Bluttransfusion durchführen kann … Das war die Nachricht von Skye Seacher. Wenn du die Nachricht erneut abspielen möchtest –«

»Eve, Ende«, flüsterte Fjella erstickt unter Tränen.

»Du hast recht«, sagte Luis mit deutlich festerer Stimme. »Die Nachricht lässt wirklich keinen Spielraum für Interpretationen.«

KAPITEL 37

Noah

Und er drohte, innerlich zu verbrennen.

Schreie entwichen seiner Kehle, quälende Laute, die sich selbst für Noah fremd anhörten - nicht wie seine eigenen. Doch der Schmerz, der sich durch sein Inneres zog wie eine ätzende Flüssigkeit in seinen Adern und alles verschlang, was noch an Leben in ihm war, war stärker als alles, was er jemals gefühlt hatte. Und der Schmerz drohte Noah entzweizureißen, zu verbrennen und ja, für einen Augenblick fühlte sich das Sterben einfacher an, als das Leben im Moment zu ertragen.

»Noah, hey - wir sind hier! Hörst du mich?« Fjellas Stimme klang nur vage zu ihm hindurch, zwischen den Schreien, mit denen er verzweifelt versuchte, die Qualen in seinem Körper zu übertönen. Doch es gelang ihm nicht.

»Er kann dich nicht hören - komm, hilf mir. Wir müssen seine Arme festhalten.«

Ein Druck legte sich über seinen linken Arm, der sich im Gegensatz zu den anderen Empfindungen geradezu liebevoll anfühlte.

»Noah, wir helfen dir, es wird gleich besser, okay? Aber versuche bitte deine Arme ruhig zu-«

»Fjella, jetzt!« Die fremde Stimme eines Mannes schoss dazwischen und etwas stach in seinen Arm. Doch es war nichts mehr von Bedeutung, außer dass der Schmerz ihn hoffentlich bald ohnmächtig werden ließ, damit er von diesen Strapazen erlöst war.

»Noah, ganz ruhig, okay«, murmelte jemand dicht an seinem Ohr. »Du bekommst jetzt eine Blutspende von Skye. Die Anteile müssten reichen, um deine Transmitter auszugleichen. Deine Schmerzen werden … hoffentlich … gleich besser werden, hörst du?«

Skye.

Wie ein glühend heißes Messer fuhr der Stich in sein Herz. Erst als Fjella den Namen aussprach, wurde Noah bewusst, was er sich gar nicht erlaubt hatte zu denken. *Die Schmerzen, die Transmitter, eine Blutspende …* All das konnte nur bedeuten, dass Skye Eve vernichtet hatte. Erfolgreich sogar. Und dass sie tot war. Dass die Spannung ihren Körper in nur dem Bruchteil einer Sekunde zerrissen und in winzige Partikel zerfetzt hatte. Verrat pochte durch seine Adern, denn Skye hatte seinen Plan nicht angenommen. Vielleicht nie wirklich vorgehabt, ihm diesen Part zu lassen. Noah dachte daran, wie es wäre, zu überleben und nichts mehr auf dieser Welt vorzufinden, was ihm wichtig war. Skye wäre fort. Er hätte keine Familie, keinen Job und keine Aufgabe im Leben. Er würde nur noch auf seinen eigenen Tod warten und an seinem freien Geburtstag vielleicht Fjella und Luis zum Frühstück einladen als die einzigen Menschen, die ihm geblieben waren.

»Nein«, ächzte er. »Rettet mich nicht. Nicht wenn Skye …« Ohne den Satz zu vervollständigen, tätschelte jemand seine Hand.

»Ich weiß, Noah – ich weiß.« Warme Tropfen fielen auf seinen Arm, als wären es … *Tränen*. »Ich musste es Skye aber versprechen, dich zu retten. Ich musste es tun, obwohl …«

Auch sie vervollständigte den Satz nicht – und doch wusste Noah, was Fjella sagen wollte. Denn sie betrauerten denselben Verlust. Hatten beide gehofft, dass diese Situation nicht eintreten und sie Skye nicht verlieren würden. Noah hatte glauben wollen, dass sich noch eine andere Lösung ergeben – sich womöglich ein Wunder ereignen würde.

Und er wollte Skye dafür hassen, dass sie sein Herz gestohlen hatte und nun für immer damit fort war.

»Werden die Schmerzen besser?«, hörte Noah eine Stimme in den Raum flüstern. Leise und bedacht, als könnte ansonsten etwas zerbrechen. Und vielleicht würde es das auch – ganz unabhängig davon, wie laut Fjella sprach. Aber er zweifelte inzwischen ernsthaft an der Stabilität seines Herzens.

Liebe ist nur etwas für die Arbeiter, erinnerte er sich an die Worte seiner Mutter. *Für die Hoffnungslosen*. Er presste die Augen fest zusammen, um den aufsteigenden Tränen keinen Ausweg zu bieten. *Die Welt ist hoffnungslos ohne die Liebe*, dachte Noah. Denn es war gleichgültig, ob die ätzenden Schmerzen in seinen Organen allmählich nachließen, wenn der Verlust ihn stattdessen innerlich zerfraß.

Für einen Moment haderte er mit sich, es laut auszusprechen und Fjella an seinen Gedanken teilhaben zu lassen. Weil sie sich vermutlich genauso fühlte.

»Ist es jetzt vorbei?«, fragte Noah stattdessen und hörte die Schritte langsam auf ihn zukommen. Er lag inzwischen in einer Krankenstation, eine Infusion tropfte in seinen Arm. Sein Oberarm war mit einem Gürtel an die Trage befestigt worden – vermutlich hatte Fjella ihn nicht anders still halten können. Auf der gegenüberliegenden Theke lagen noch die leeren Blutkonserven. Noah schluckte. *Das Letzte, was von Skye geblieben war.*

»Vorbei?«, fragte Fjella, als sie mit rot unterlaufenen Augen an die Liege herantrat und ihn musterte. »Die Welt beginnt doch gerade erst wieder, zum Leben zu erwachen.«

Er atmete hörbar laut aus. Skye hatte es also wirklich geschafft. Sie hatte die Welt nachhaltig verändert und Eve keine Möglichkeit gefunden, sich selbst zu reparieren. Sich wiederherzustellen oder das Vernichtungsprogramm zu revidieren.

»Wie geht es dir, Noah?«, fragte Fjella und in ihrer Stimme schwangen Tränen mit. Er konnte bereits hören, wie sie noch dagegen ankämpfte.

»Wie geht es dir, Fjella?«, fragte er mit rauer Stimme. Denn die Antwort war dieselbe. *Beschissen. Schrecklich. Hoffnungslos* – kam ihm dieses Wort erneut in den Sinn.

»Du warst in sie verliebt, oder?« Ihre Stimme war nur noch ein tonloses Flüstern. »Ich glaube, da war etwas zwischen euch. Auch wenn sie es vielleicht nie gesagt hat, aber … was sie getan hat, das –«

»Ich weiß«, brachte er hervor, die Augen erneut zusammengepresst.

Dann herrschte einfach Stille. Irgendwann berührte Fjella wieder seinen Arm. Mitfühlend sanft spürte er den Druck darauf.

»Wir müssen sie suchen«, brachte er hervor. »Wir müssen nach ihr sehen, falls …« Er schluckte. »Falls wir noch irgendetwas tun können!« Er wollte nicht daran denken, dass Skyes Körper irgendwo leblos lag und darauf wartete, gefunden zu werden.

»Ich könnte eine kleine Gedenkfeier vorbereiten«, sagte sie, als gäbe es nichts anderes mehr. Fjella löste die Hand von seinem Arm und wischte sich damit über die Augen.

Noah wollte den Kopf schütteln und vehement verneinen, weil er dadurch den Gedanken an Skyes Tod noch länger verdrängen konnte. Was würde es ihnen bringen, auf ein Hologramm von ihr zu starren, Blumen auf den Asphalt zu legen und zu realisieren, dass Skye nicht wiederkommen würde?

»Ja, vielleicht«, sagte er stattdessen, um Fjella den Wunsch zu erfüllen. »Gibt es ... Hat man sie ge...« Noah verstummte und kniff die Augen zusammen.

»Noah?«, fragte Fjella irgendwann leise. »Skye wollte das. Sie tat es freiwillig und sie wusste, was sie tat – welche Konsequenzen es für sie hat. Du sagtest, ihre Träume hatten es bereits vorhergesagt. Wir wussten alle, dass es so passieren würde. Wir wollten es nur noch nicht ... begreifen.« Tränen rannen aus ihren Augen.

Noah schüttelte den Kopf. »Die Träume sind aber nur eine Variante der Zukunft. Sie sind nicht die tatsächliche Realität. Wir sind fähig, sie zu verändern. Ich habe es selbst gesehen.« Noah seufzte und versuchte, sich etwas aufzusetzen. »Skye starb in ihrem Traum an einer Verletzung hier –« Er deutete auf die Höhe des Schlüsselbeins. »Es war die Situation in der 5. Doch die Situation hatte sich verändert ...«

Sie hatte sich durch Eve verändert. »Und jetzt starb sie an der Überspannung des Kerns. Das war nicht das, was sie geträumt hatte ... Träume sind keine Realität, Fjella.«

»Aber es war Skyes Entscheidung, dich in der 5 zu retten. Und es war ihre Entscheidung, Eve zu vernichten. Es war ihr eigener Wille, der ... der die Träume verändert hat.«

»Vielleicht hätte sie es aber nicht getan, wenn ihr bewusst gewesen wäre, dass sie eine Wahl hat. Dass nichts davon vorbestimmt ist«, erklärte Noah eindringlich weiter. In der Hoffnung, dass es etwas ändern würde. *Dass es Skye in unser Leben zurückbringen würde.*

Doch das tat es nicht.

KAPITEL 38

Skye

Ohne die Augen zu öffnen, konnte ich sehen.

Ich sah grüne Felder, die sich im Wind wogen, und goldene Ähren, die nicht in der Sonne, die hell auf die Erde herableuchtete, verbrannten. Kein Smog verschleierte den Blick und die Camalahs flogen zufrieden krächzend über den Himmel, dankbar für das Versprechen, das wir ihnen gegeben und eingehalten hatten. Ihre Schatten, die sich auf dem Boden abzeichneten, versetzten die Menschen nicht mehr in Furcht und Schrecken. Mit Bewunderung sahen sie hinauf – mit Dankbarkeit darüber, dass die Tiere ihnen halfen, die Luft zu reinigen und diese Welt zu einem lebenswerteren Ort zu machen.

Ich sah Menschen aus dem Zentrum stürmen und mit ihren Partnern und Angehörigen in eine Zone fliehen, in der sie niemals hatten leben wollen. Sie wurden voller Herzlichkeit empfangen.

Sah, wie sie begannen zu arbeiten, Häuser aus Stein schufen und lernten, Nahrungsmittel selbst anzubauen. Und irgendwo dazwischen entdeckte ich Kaleht, den sie um Rat baten und der ihnen half, den Weg in ein besseres Leben zu finden. Dessen inneres Glück sie ansteckte.

Und ich erkannte darin die Antwort auf meine an ihn gestellten Fragen: Ja, die Menschen waren in ihren einfachen Leben ebenfalls glücklich. Auch Noahs Gesicht lächelte zufrieden. Ich sah ihn, wie er meinem Vater und meiner Mutter die Hand schüttelte. Sah die Trauer und das Glück, Freud und Leid jeweils in ihren Augen glänzen.

Und zum ersten Mal war mir bewusst, dass ich träumte. Und dass diese lebenswerte Zukunft einer neuen alten Welt eines Tages wahr werden würde.

KAPITEL 39

Noah

»Achtung! Treten Sie zurück!« Die Stimme der rundlichen Frau ließ Noah zusammenzucken. Sie zwängte sich energisch an ihm vorbei und trat näher an das Krankenbett heran, dem Noah in den letzten Stunden nicht von der Seite gewichen war.

»Vitalwerte aktiv«, rief die Frau und tippte wild auf einem Tablet herum, das verschiedenfarbige Werte mit einem regelmäßigen Piepsen überwachte. »Hirnaktivität messbar!« Mit hektischen Bewegungen, die Noah beunruhigten, prüfte die Frau einen Schlauch, der von Skyes Körper direkt in eine Maschine führte.

Sein Herz wurde bei dem Anblick erneut schwer und er fragte sich wieder, wie viel seiner endlosen Hoffnung überhaupt realistisch war. Denn es waren einige Stunden vergangen gewesen, als Noah und Fjella den Raum des Kernes betreten und Skyes Körper gefunden hatten. Wie durch ein Wunder wirkte sie äußerlich vollkommen unverletzt, während sie sich aber mental in einem komatösen Zustand befand. Und dies bereits seit vier Tagen.

Noah hoffte, dass sich diese Verfassung für Skye wesentlich angenehmer anfühlte als für ihn. Denn das Warten und

Hoffen fühlte sich endlos an. In dem Moment der Blutspende hatte er sich vor dem Leben gefürchtet – davor, zu überleben und keinen Halt in der Welt zu finden. Doch seit er an Skyes Krankenbett hockte und darauf wartete, dass sie endlich die Augen aufschlug, war es ihr Tod, der ihm solche Sorgen bereitete. Denn Noah war sich absolut sicher, dass er noch mehr über Skye erfahren, noch mehr Zeit mit ihr verbringen wollte. Das hier konnte noch nicht das Ende sein.

Es war erst der Anfang davon.

Ein älterer Mann in einem blauen Kittel eilte in den Raum und sah für einen Moment irritiert zwischen ihm und der Frau hin und her. »Warten Sie draußen«, wies er Noah streng an. Dabei würdigte er ihn keines weiteren Blickes, sondern stellte sich neben die Med-Angestellte.

»Die Werte sehen stabil aus, aber sie kommt einfach nicht zurück«, erklärte die Frau. »Die physischen Werte sind stabil und –«

Noah spürte es, noch bevor er es sah. Ein Beben, zuerst nur ganz leicht unter seinen Fingerspitzen, die Skyes Hand berührten – dann immer stärker. Ihre Arme krampften sich zu einem heftigen Zittern zusammen, bevor ihr Körper vollständig geschüttelt wurde.

Die Frau ließ vor Schreck das Pad zu Boden fallen und wich einen Schritt zurück. Klirrend sprang das BedienPad in seine Einzelteile, doch niemand beachtete es. Noah umklammerte ihre Hand fester und musterte intensiv ihr Gesicht. »Skye?«

»Ist sie eine Träumerin?«, fragte der Mann an die Frau gewandt, die irritiert und mit großen Augen zurückschreckte. Eine wulstige Narbe prangte direkt auf seiner Stirn, die Noah irritierte. Sie sah aus, als wäre sie nie von einem Medical Center behandelt worden. Auch wirkte der Mann bereits deutlich älter als fünfundvierzig und dürfte deshalb gar nicht mehr hier sein. Nicht in dieser Zone.

Der Arzt wiederholte seine Frage deutlich lauter als zuvor und stemmte seine beiden Hände gegen Skyes Schultern, um sie ruhig zu halten. »Ist sie eine Träumerin?«

»Ja.« Noahs Antwort war nur ein Keuchen, weil ihm das Adrenalin die Kehle zuschnürte.

Der Mann sah ihn eindringlich an und schien sich nun doch sehr genau für Noah zu interessieren. »Wissen Sie, was mit Träumern passiert, die alle Träume geträumt haben?«, fragte der Arzt. Noahs Stirn legte sich in Falten. Der Arzt setzte erneut an, seine Frage lauter zu stellen, als wäre er durch das heftige Schütteln von Skyes Körper schwerhörig geworden. »Wissen Sie, was –«

»Nein«, unterbrach Noah ihn. Und nun spürte er es ganz deutlich: Angst kroch ihn ihm empor wie ein düsterer Schatten, ein Monster, das unter dem Bett hervorlugte. Darüber hatte er nie nachgedacht – nichts in all den Aufzeichnungen, die er studiert hatte, hatte darauf hingewiesen, dass es eine begrenzte Anzahl an Träumen gab. Doch die Art, wie der Arzt danach fragte, ließ ihn nichts Gutes hoffen.

Der Mann drehte sich zu der Frau um. »Aktivieren Sie Code 82.« Und als sie nicht sofort reagierte, hob er einen Arm und gab ihr mit wedelnder Gestik zu verstehen, sofort zu verschwinden. Dann wandte er sich wieder an Noah. »Träumer haben nur ein vorbestimmtes Kontingent an Träumen. Manche träumen zehn und manche hundert davon – dazu gibt es noch keine genauen Studien. Aber wenn die Träume aufgebraucht sind, stehen diese Personen am Kipppunkt.«

Noah wollte nicht nachfragen. Alles in seinem Herzen weigerte sich. Weder wollte er wissen, wohin Skye kippen würde, noch wollte er begreifen, dass es für die Träume eine Begrenzung gab. Denn Skye hatte oft geträumt. *Sehr oft.*

»Entweder sie verbleibt jetzt in ihrem letzten Traum oder sie kehrt zurück. Es gibt kein Dazwischen.« Der Arzt sah ungelenk zum BedienPad hinunter.

»Woher wissen Sie all das? Und was können wir tun?«, fragte Noah. Seine Stimme so zerbrechlich wie Glas.

Die erste Antwort gab der Arzt schweigend. Aber Noah las es aus seinem eindringlichen, wissenden Blick ab, dass auch dieser Mann ein Träumer gewesen war. Und diesen Kipppunkt selbst erlebt hatte.

»Nur hoffen«, antwortete der Mann und legte eine Hand auf Noahs Schulter. »Hoffnung ist immer alles und nichts.«

Die Frau kehrte zurück und hielt eine Spritze in der Hand, die mit einer weißlichen Flüssigkeit gefüllt war. Kaum hatte sie ihm diese überreicht, hob sie das Tablet vom Boden auf und strich über den gesplitterten Bildschirm. Als ob das im Moment Relevanz hätte.

»Halten Sie ihre Schultern fest«, wies der Arzt an und die Med-Helferin ging zwei Schritte nach vorn, doch der Mann schüttelte den Kopf und sah Noah auffordernd an. Schnell folgte er seiner Anweisung und die Spritze versank nur wenige Sekunden später unterhalb von Skyes Schlüsselbein. Augenblicklich verebbten die Zuckungen und langsam löste er den Druck um Skyes Schultern.

»Was war das?« Noah deutete unsicher auf die Spritze.

»Das nimmt ihrem Körper die Last und die Schmerzen. So kann sie sich besser darauf fokussieren, mental zurückzukehren.«

Noah setzte an zu widersprechen, doch der Arzt kam ihm mit seinen medizinischen Erklärungen zuvor. Als wäre er es leid, solche Fragen ständig zu beantworten. »Träumer verspüren Schmerzen. Sie sind nicht dagegen immun. Doch ihr Körper ist nicht das Problem, er ist stabil genug, um weiterzuleben. Aber ihre Mentalwerte sind noch nicht vollständig gekoppelt.« Er ging zwei Schritte zurück und sah Noah eindringlich an. »Warten Sie bei ihr und hoffen Sie, dass es kein schöner letzter Traum ist, in dem sie bleiben will.«

Er nickte ihm zu und deutete der Arzthelferin an, aus dem Raum zu gehen.

Noah sank zurück auf die Bettkante und strich sanft über Skyes Handrücken. *Hoffnung ist alles und nichts*, wiederholte er in Gedanken.

Wie recht dieser Mann damit doch hatte.

In den darauffolgenden Minuten, die sich wie halbe Ewigkeiten anfühlten, fragte sich Noah, was er Skye wirklich wünschte. Damit sich Skye entschied, zu ihm zurückzukehren, bat er insgeheim um einen furchtbaren Traum einer sehr weit entfernten Zukunft, die sie hoffentlich niemals erleben müsste. Doch für den Fall, dass sie für immer im Traum zurückbleiben würde, hoffte er auf ein schönes Ereignis. Etwas, in dem sie lächelnd zurückbleiben würde, ohne überhaupt zu bemerken, dass sie sich vom Leben entfernt hatte.

»Noah?«

Die Stimme war nur ein leises Krächzen, das ihn aus dem Schlaf schrecken ließ. Zuerst sah er auf, wollte sich einen Moment orientieren, doch sein Blick fiel auf Skyes blasses Gesicht, das ihn müde anlächelte. Ihre Augen geöffnet.

»Skye!«, entfuhr es ihm.

»Hey«, flüsterte sie. »Was ist passiert? … Bin ich … noch hier?«

Mit einer zeitlich verzögerten, steif wirkenden Bewegung versuchte sie, ihren Kopf zu drehen und sich umzusehen.

Noah rappelte sich auf und setzte sich direkt neben sie. Ihre kühlen Hände direkt in seine gebettet. »Du bist in der MedStation. Wir haben dich gefunden, nachdem du ... Nachdem du ... deine Mission ausgeführt hast«, beendete er den Satz neutral.

Skye zog eine Augenbraue nach oben. »Niemand weiß, dass ...?«

Er schüttelte den Kopf. »Nein«, sagte er mit einem liebevollen Lächeln. »Eve wurde von einem Code der *innovative future* zerstört. Sie haben bereits jahrelang mit dem Widerstand zusammengearbeitet, um die Menschheit zu retten.« Noah strich ihr eine Haarsträhne zurück.

»Das klingt ja ... interessant.« Skye versuchte sich schwach an einem Grinsen. »Also hatte ich all die Arbeit, aber keine Lorbeeren.« Sie zog die Mundwinkel nach unten, doch Noah erkannte, dass sie es nicht ernst meinte. Dass sie diese Aufgabe nicht für Ruhm und Ehre auf sich genommen hatte.

»Sieht wohl so aus.« Noah zögerte. »Und du bist leider auch keine Träumerin mehr, Skye.«

Fragend sah Skye auf. »Wie meinst du das?«

Er räusperte sich. »Der Arzt meinte vorhin, dass Träumer wohl nur eine bestimmte Anzahl an Träumen zur Verfügung haben. Scheint, als würdest du von jetzt an ein ganz normales Leben haben.«

Skye lächelte. »Scheint mir, als würdest du das jetzt auch.« Sie deutete auf seinen Unterarm, von dem jegliches Leuchten in den Adern verschwunden war.

Mit einem Schmunzeln auf den Lippen zog er sie vorsichtig in seine beiden Arme und küsste Skye auf den Scheitel. »Es tut mir leid«, murmelte er mit rauer Stimme direkt an ihrem Ohr.

»Ich bin jetzt … nichts Besonderes mehr. Habe keine besonderen Fähigkeiten mehr, mit denen ich dich irgendwie beschützen oder gar beeindrucken könnte, es tut mir leid, dass –«

»Du bist du«, flüsterte Skye mit einem Lächeln. »Und das ist alles für mich.«

Tablet 100%

EPILOG

AUSZUG AUS DEM INNOVATIVE FUTURE-PROGRAMM

Protokoll 301 Abschnitt A)
Projektverantwortlicher: Kocji Several

Heutiges Thema:
Löschungsprogramm zur Rekonstruierung der alten Welt

Die Entwicklung der künstlichen Intelligenz (EVE genannt) bringt weiter stärkere Mutationen hervor, die die menschlichen Anteile in der Genetik blockieren. Das *innovative future*-Programm hat sich dieser Problematik gewidmet und in den vergangenen siebzehn Monaten an einer Lösung gearbeitet. Heute können und müssen wir Ihnen verkünden, dass die einzige Möglichkeit, um zu verhindern, dass Eves technische Anteile die Menschheit übernehmen, darin besteht, die alte Welt zu rekonstruieren. Damit muss EVE als künstliche Intelligenz zerstört werden.

Dieses Projekt wird im Geheimen von Kocji Sawotes betreut. Das Team von *innovative future* ist beauftragt,

einen Zerstörungsvirus zu ermitteln, den weder die künstliche Intelligenz noch die Eleven als solches erkennen können. Die Eleven werden nach Fertigstellung von Kocji Sawotes darüber informiert, dass das *innovative future*-Programm ein Update für Eve entwickeln konnte, um weitere Funktionen zur Reduzierung der verwendeten Serverressourcen zu ermöglichen. Dieser Auftrag wurde dem *innovative future* bereits zwei Jahre zuvor von den Eleven aufgetragen und sämtliche Daten aus der Mutationsforschung von Isiah Hall und die Analysedaten aus der Technical Area wurden dem Team dafür von der Regierung bereitgestellt.
Das Löschungsprogramm wird über einen Speicherstick übertragen, der direkt im EVE-Kern angeschlossen werden muss – eine Übertragung auf digitalem Wege muss ausgeschlossen werden, da die KI dieses Programm sonst zuvor erkennen und blockieren könnte. Der Speicherstick wird an die vierte Eleven übermittelt – diese soll den Speicherstick am Eve-Kern anbringen, um das vermeintliche Update auszuführen. Der Zugang zum Eve-Kern selbst ist nur den Eleven möglich. Aufgrund der erhöhten Spannung beim direkten Kontakt mit dem Eve-Kern kommt es daraufhin zu lebensbedrohlichen Schocks.

In der Endphase des Löschungsprotokolls wird ein Teilnehmer (Kaleht Irusaki) des *innovative future*-Programms in den Widerstand eingeschleust und ist damit beauftragt, die Wiederherstellungsphase der alten Welt in Zone 5 zu betreuen, um für den Aufbau eines neuen Systems zu sorgen.

Wir bedanken uns bei allen Teilnehmenden des *innovative future*-Programms für ihr ehrgeiziges Engagement sowie allen Beteiligten aus der Technical Area für ihre vertrauliche Verschwiegenheit.

Playlist

Für Skye:

Girls like us von Zoe Wees

Miss me when I'm gone von Anna Kendrick

Für Noah:

Something like this von The Chainsmokers & Coldplay

Beautiful Mistakes von Maroon 5

Für Eve:

You broke me first von Tate McRae

Dancing in the Dirt von Glockenbach

Danksagung

Eine Danksagung zu schreiben, ist immer emotional.

Und ich frage mich dabei jedes Mal, wo ich anfangen und wo ich aufhören soll. Ich habe bereits so vielen Menschen gedankt, die mich auf dem Weg meiner Bücher begleitet, unterstützt und inspiriert haben.

Doch dieses Buch ist anders und deshalb soll es auch die Danksagung sein.

Dieses Buch ist für dich, Papa.

Danke, dass du mir deine Begeisterung für Technik geschenkt hast. Dass du mir schon als Fünfjährige gezeigt hast, wie man eine CPU ausbaut – auch wenn ich es mir damals noch nicht merken konnte. Die Technik hat uns von Anfang an verbunden. Und sie steckt auch heute noch in so vielen gemeinsamen Erinnerungen.

Du wärst begeistert, wenn du wüsstest, wie weit die Technik heute ist – und wo sie uns eines Tages womöglich hinträgt. Und deine Begeisterung hat mich auf Umwegen letztendlich dorthin gebracht, wo ich heute bin.

Jedes meiner Bücher ist auch für dich, Mama.

Danke, dass du immer für mich da bist.

Mich immer mit allem Möglichen und Unmöglichen unterstützt und an mich glaubst – besonders dann, wenn ich zweifle.

Du hast mich stark gemacht.

Und hättest du mich nicht bereits bei den ersten kleinen Geschichten ermutigt, an große Träume zu glauben, wäre womöglich kein Einziges meiner Bücher je entstanden und BOOKAPI nur ein Wort, das keiner kennen würde.

Für Peter.

Du hast mir gezeigt, dass es okay ist, Angst zu haben.

Und dass Liebe alles zusammenhält, selbst wenn die ganze Welt sich ändert.

Danke, dass du an meiner Seite bist und diesen großen Traum mit mir teilst.

Dieses Buch ist für euch.